Knaur

Von Barbara Delinsky sind außerdem erschienen:

Freunde und Liebhaber (Band 60297)
Der Tag, an dem alles anders wurde (Band 60298)
Virginias Töchter (Band 60305)
Facetten der Liebe (Band 60306)
Schatten vergangener Tage (Band 60333)
Das Herz einer betrogenen Frau (Band 60334)
Zusammen und doch allein (Band 60466)
Niemals werd ich dich vergessen (Band 60595)

Über die Autorin:

Die Romane von Barbara Delinsky erscheinen regelmäßig in den amerikanischen Bestsellerlisten. Sie wurde vielfach ausgezeichnet, und ihre weltweit veröffentlichten Bücher haben eine Gesamtauflage von über 20 Millionen Exemplaren. Die Diplompsychologin und Soziologin lebt mit ihrem Ehemann, der Anwalt ist, und ihren drei Söhnen in der Nähe von Needham, New England.

Barbara Delinsky

Der Platz einer Frau

Roman

Aus dem Amerikanischen
von Georgia Sommerfeld

Knaur

Die englische Originalausgabe erschien 1997 unter dem Titel
A Woman's Place bei Headline Book Publishing, London.

Besuchen Sie uns im Internet:
www.droemer-knaur.de

Deutsche Erstausgabe Januar 1999

Redaktion Ilse Wagner
Umschlaggestaltung Agentur Zero, München
Umschlagfoto Zefa, Düsseldorf
Satz MPM, Wasserburg
Druck und Bindung Clausen & Bosse, Leck
Printed in Germany
ISBN 3-426-60693-3

2 4 5 3

Danksagung

Es beschämt mich immer wieder, mit welcher Bereitwilligkeit mir vielbeschäftigte Menschen ihre kostbare Zeit und Fachkenntnisse zur Verfügung stellen, damit meine Bücher einen gewissen Grad von Authentizität erlangen. Bei »Der Platz einer Frau« hatte ich besonderes Glück. Margaret Travers, eine der führenden Spezialistinnen in Familienrecht, danke ich für ihre juristische Beratung, Charlie Wagner, der Besitzerin der »Wicker Lady«, für den umfassenden Einblick in diesen Geschäftszweig; Fay Shapiro, Melanie Gargus, Regina Hurley, Ashley Brown Ahearn und Peter Carr danke ich für ihre Hilfe in vielerlei Hinsicht. Sollte dieses Buch sachliche Irrtümer enthalten, so liegt die Schuld hierfür bei mir.

Mein Dank gilt außerdem meinen familieneigenen Anwälten – meinem Mann Steve und meinem Sohn Eric –, die sich trotz all der Fälle, mit denen sie befaßt waren, Zeit nahmen, sich mit meinem zu befassen. Nicht, daß die Zwillinge nichts getan hätten. Sie hörten zu und reagierten und äußerten wertvolle Meinungen zu allem, vom Titel über den Handlungsablauf bis zum Schutzumschlag.

Zu guter Letzt möchte ich meiner Agentin, Amy Berkower, danken, die sich bei ihrem Einsatz für dieses Buch regelrecht überschlagen hat.

Erstes Kapitel

Wäre ich ein abergläubischer Mensch gewesen, hätte ich den Gestank als böses Omen gewertet. Ich hatte mir gewünscht, daß unsere Abreise glatt über die Bühne ginge, und jetzt wurde es allmählich ernst. Das letzte, was ich brauchen könnte, wäre ein verärgerter Dennis.

Aber ich war eine vertrauensvolle Seele. Als ich an jenem Freitagmorgen im Oktober die Küche betrat, beschlich mich keinerlei böse Vorahnung – ich merkte lediglich, daß irgend etwas schlecht geworden war. Ein ekelhafter Geruch überlagerte den frischen Herbstduft, der aus dem Garten hereinwehte, und nahm den weinroten Kerzen auf der gläsernen Tischplatte und dem Korb frischgepflückter Äpfel dazwischen den Charme.

Roch vielleicht das Einwickelpapier des Kabeljaus, den es gestern abend gegeben hatte, unter dem Spülbecken? Nein, der Deckel des Mülleimers war fest geschlossen, und die Luft in dem Schrank einwandfrei. Desgleichen im Backofen. Auch als ich den Kühlschrank öffnete, schlug mir kein Gestank entgegen, doch ich überprüfte sicherheitshalber trotzdem die Milch, die meine Tochter oft zu lange draußen stehen ließ, das Hühnchen, das ich für Dennis vorgebraten hatte, und die Käsedose, in der sich unter Plastikfolie vielleicht etwas Pelziges, Blaues verbarg.

Doch der Gestank war nach wie vor da, widerlich und

intensiv, eine weiterer Stolperstein in einer mit Stolpersteinen gespickten Woche. Als berufstätige Ehefrau und Mutter zweier Kinder auch nur zwei Tage zu verreisen, erforderte jedesmal generalstabsmäßige Vorbereitungen, doch diesmal würde ich elf Tage weg sein, und das teilweise in einer Mission, vor der mir graute. Meine Mutter lag im Sterben, und mein inneres Gleichgewicht war auch ohne unerklärliche Geruchsbelästigungen angeschlagen genug.

Nachdem ich die naheliegenden Quellen ausgeschlossen hatte, begann ich mich gerade zu fragen, ob vielleicht unter den zweihundert Jahre alten Dielenbrettern des Hauses etwas vor sich hin zu faulen begonnen hatte, als mein Sohn auf Strümpfen hereingetappt kam. Er sah ernster aus, als ein Neunjähriger mit zerzausten Haaren in einem echten Red-Sox-Baseball-Shirt und kampferprobten Jeans es sollte, doch er war von Natur aus ein ernstes Kind – und hellwach. Ich hatte mich zwar nach Kräften bemüht, den Grund für unsere Reise zu bagatellisieren, doch ich vermutete, daß er Bescheid wußte.

»Ich kann meine Turnschuhe nicht finden, Mom. In meinem Zimmer sind sie nicht, und wenn ich sie nicht finde, dann weiß ich nicht, was für welche ich zu Grandma anziehen soll – sie waren meine besten.«

»Sehr richtig, sie waren es.« Ich legte meine Arme auf seine Schultern. Er reichte mir bis zur Brust. »Ich mußte gestern abend Schlamm von den Sohlen abkratzen. Was hast du dir nur dabei gedacht, Johnny? Wir waren uns doch einig, daß du zum Football keine guten Schuhe anziehen würdest.«

»Wir haben Basketball gespielt. Jordans Vater hat einen Korb aufgehängt, aber es ist noch nichts gepflastert.« Er schnitt eine Grimasse. »Puhhh! Was stinkt denn hier so?«

Ich ließ einen verzweifelten Blick durch die Küche wandern. »Gute Frage! Hast du eine Idee?«

»Frag nicht mich, frag Kikit. Die läßt doch immer alles rumliegen. Bist du sicher, daß ich zum Training am Dienstag zurück bin?«
»Die Maschine landet um eins. Training ist erst um fünf.«
»Wenn ich es versäume, muß ich auf die Ersatzbank.«
Ich nahm sein Gesicht in die Hände. Seine Wangen waren noch weich, hatten ihre kindliche Rundlichkeit jedoch bereits verloren. »Du könntest das Training höchstens versäumen, wenn der Flug aus irgendeinem Grund verschoben würde, und in dem Fall würden Daddy oder ich mit dem Mann reden ...«
»Es ist eine feste Regel«, fiel Johnny mir ins Wort und trat einen Schritt zurück. »Ohne Training darf man nicht mitspielen. Wo sind meine Schuhe?«
»Auf dem Treppenabsatz in der Garage.« Er trabte los. »Willst du was essen?« rief ich ihm nach. »Brody kommt in einer Dreiviertelstunde. Im Flugzeug bekommen wir zwar etwas, aber ich kann nicht garantieren, daß es dir schmecken wird.«
Keine Antwort. Er war schon durch den Vorraum und in der Garage. Ich rief die Treppe hinauf nach meiner Jüngsten. »Kikit?«
»Sie hat es sich wieder anders überlegt und verfrachtet ihre Menagerie aus ihrem ins Arbeitszimmer«, verkündete mein Mann und warf die Morgenausgabe des GLOBE, abgesehen vom Wirtschaftsteil, auf den Tisch. »Ich habe noch nie so viele ausgestopfte Viecher auf einem Haufen gesehen. Braucht sie die wirklich alle?« Er zog prüfend die Luft durch die Nase ein und verzog das Gesicht. »Was ist das denn?«
Aus Dennis' Mund war diese Frage besonders unangenehm für mich, denn im Rahmen der Pflichtenaufteilung in unserer Ehe war ich für alles verantwortlich, was das Haus betraf. Aber ich hatte jetzt einfach nicht die Zeit, noch weiter zu

suchen. »Vielleicht ist es eine Ratte. Der Kammerjäger mußte ein paar der Fallen im Keller mit neuen Ködern versehen, was bedeutet, daß etwas von dem Gift gefressen worden ist, was wiederum bedeuten kann, daß es eines der Tiere nicht mehr nach draußen geschafft hat.«

Johnny stürmte mit einem inbrünstigen »Eklig!« durch die Küche.

Seine Schuhe hinterließen eine Spur getrockneter Schlammbröckchen, aber ich hatte auch keine Zeit mehr, sie aufzufegen.

»Eier, Dennis?«

»Vielleicht. Ich weiß nicht. Erst mal Kaffee.« Er setzte sich mit dem Wirtschaftsteil an den Tisch.

Ich schaltete die Kaffeemaschine ein und sagte, die Stimme in mir ignorierend, die mich hektisch zur Eile antrieb, in sanftem Ton: »Willst du nun Eier oder nicht? Ich habe nur noch vierzig Minuten, um mich fertigzumachen und zu packen.«

»Was ist mit dem Gestank – den kann ich unmöglich elf Tage ertragen!«

»Vielleicht geht er ja von selbst weg«, meinte ich hoffnungsvoll. »Falls nicht, mußt du den Kammerjäger anrufen. Die Nummer hängt an der Pinnwand.«

»Aber ich bin doch nicht da, wer soll ihn denn reinlassen? Ich fahre gleich nach euch los, um mich in den Berkshires mit der Ferguson-Gruppe zu treffen. Darum kann ich euch ja nicht zum Flughafen bringen.« Er warf mir einen tadelnden Blick zu. »Ich kann es nicht fassen, daß du nicht in der Lage warst, den Zubringerdienst zu organisieren.«

»Ich bin nicht schuld, daß es nicht geklappt hat. Keine Ahnung, was da schiefgelaufen ist. Ich habe die Fahrt zum Flughafen schon vor zwei Wochen gebucht und eine Bestätigungsnummer bekommen, die es beweist. Sie behaupten, ich hätte den Auftrag letzte Woche telefonisch storniert, aber das habe ich natürlich nicht getan. Wenn ich nicht noch mal dort angerufen hätte, um sicherheitshalber nachzufragen, ob es klargehe, hätten wir dagesessen. Ein Glück, daß Brody uns hinbringen kann. Und was den Geruch angeht«, ich versuchte, ruhig zu bleiben, »ruf den Kammerjäger doch einfach an, wenn du wieder da bist. Eine andere Lösung fällt mir nicht ein, Dennis. Es ist ein durch den Feiertag verlängertes Wochenende, und alle Flüge sind ausgebucht. Wir bekämen keine Plätze in einer späteren Maschine.« Ich hätte gerne noch hinzugefügt, daß er in Anbetracht meiner wegen des Zustandes meiner Mutter reichlich angeschlagenen Psyche ruhig ein wenig Rücksicht auf mich nehmen könnte, aber er hatte sich immerhin bereit erklärt, die Kinder zu versorgen, damit ich nach Cleveland noch eine Arbeitswoche dranhängen könnte, und so verkniff ich es mir. Ich war nicht undankbar – meine Nerven waren nur ein wenig ausgefranst. Und es wurde immer später.

Ich nahm gerade den Eierbehälter aus dem Kühlschrank, als hinter mir Hüpfgeräusche laut wurden und Clara Kate mit ihrer siebenjährigen Stimme sagte: »Ich nehme Travis, Michael und Joy mit, okay, Mommy?« Ich drehte mich zu ihr um, und sie schaute, ihre Wange an meine Taille schmiegend, mit ihrem Engelsgesicht, das von einer durch Haarspangen nur mangelhaft gebändigten Masse kastanienbrauner Locken eingerahmt wurde, zu mir auf. Meine Haare hatten die gleiche Farbe, doch die Locken waren schon vor langer Zeit Schere und Fön zum Opfer gefallen.

Ich legte den Arm um ihren Hals und drückte sie an mich, während ich Eier verrührte. »Ich dachte, wir hätten uns geeinigt, daß du nur zwei mitnehmen würdest.«

Ihre Wange streifte meinen Arm. »Das wollte ich ja auch, aber

wen soll ich hierlassen? Ich bin die einzige, die weiß, von welchem Essen Travis übel wird, und Michael hat Alpträume, wenn er nicht bei mir ist, und Joy würde die ganze Zeit weinen, weil sie immer zusammen sind, die drei. Außerdem möchte ich, daß sie Tantchen Rona kennenlernen, und Grandma freut sich bestimmt, wenn sie sie sieht. Wie ist es denn in ihrem Krankenhaus?«
»Ich weiß nicht – ich war noch nicht dort.«
Sie drehte ihre kleine Hand mit gespreizten Fingern hin und her. »Ist es blankgeputzt und laut wie bei mir damals?«
»Nur auf der Station, wo kleine Mädchen behandelt werden, die allergisch auf bestimmte Lebensmittel reagieren. Grandmas Station wird blankgeputzt und ruhig sein.«
»Schläft sie?«
»Nicht die ganze Zeit.«
»Nur manchmal?«
»Ziemlich viel, aber bestimmt nicht, wenn ihr da seid. Da wird sie keine Minute versäumen wollen.«
»Kann sie reden?«
»Natürlich kann sie das.«
»Nicht, wenn sie Schläuche im Hals hat. Hat sie Schläuche im Hals?«
»Nein, Schätzchen.« Ich riß einen Beutel mit geriebenem Cheddar auf und hielt ihn ihr hin.
Sie nahm sich eine Handvoll. »Hat sie Schläuche in der Nase?«
»Nein. Das habe ich dir doch gestern abend schon gesagt.«
»Nun, manchmal ändern sich Dinge ja«, meinte sie altklug, führte die Faust zum Mund und duckte sich kauend unter meinem Arm hervor. »Warum kommst du nicht mit, Daddy?«
»Das weißt du doch«, antwortete er hinter seiner Zeitung. »Ich muß arbeiten.«

»Wenn du arbeiten mußt«, sie kletterte auf einen Stuhl und von dort auf den Tisch, setzte sich auf die Kante und ließ die Beine baumeln, »warum hast du dann deine Golfschläger in den Kofferraum getan?«
Ich mischte Cheddar unter die Eier – aber sehr leise.
»Weil ich«, sagte Dennis, »nach der Arbeit Golf spiele.« Das »nach« betonte er.
»Wir schwänzen Schule, um Grandma zu besuchen. Ich finde, du solltest auch schwänzen und mitkommen.«
»Ich war doch im August dabei.«
Ihre Beine schabten an der Zeitung entlang. »Wann darf sie denn wieder aus dem Krankenhaus?«
»Ich weiß nicht.«
»Überhaupt noch mal?«
»Großer Gott, Kikit!« Er lachte gepreßt und legte mit lautem Geraschel die Zeitung beiseite. »Ich kann nicht lesen, wenn du dauernd gegen die Zeitung stößt. Du verstreust überall Käse. Geh vom Tisch runter!«
»Holst du uns am Dienstag vom Flugplatz ab?«
»Ja.«
»Aber der ist so riesig, wie willst du da wissen, wohin du mußt?«
»Ich werde es schon herausfinden. Runter vom Tisch!« kommandierte er und schlug augenblicklich wieder die Zeitung auf, als sie gehorchte.
»Er wird euch abholen«, rief ich ihr beruhigend nach, als sie aus der Küche hüpfte. Ich goß die Eier-Käse-Mischung in eine fettbrutzelnde Pfanne, drückte die Toasttaste nach unten und griff mir einen Teller. »Die Angaben zu dem Flug hängen an der Pinnwand«, erklärte ich Dennis, »und es ist auch die Nummer dabei, unter der du erfahren kannst, ob die Maschine pünktlich landet. Außerdem habe ich dir die Cleveland-

Nummern hingehängt und den Plan, wann die Kinder nach ihrer Rückkehr wo sein müssen, samt den Telefonnummern der Fahrgemeinschaften.«

Die Zeitung wurde wieder weggelegt, die Stuhlbeine schabten über den Boden. Dennis stand auf, ging zu der Pinnwand hinüber, die neben dem Telefon hing, studierte die Notizen und stieß einen Grunzlaut aus.

»Was ist?« fragte ich.

»Was soll sein? Immer dasselbe, immer dasselbe. Wir brauchen ein Kindermädchen.«

»Wir hatten ein Kindermädchen. Die Gute belegte das Telefon mit Beschlag, fuhr wie ein Irre und schmierte Kikit, obwohl ich ihr tausendmal sagte, daß die Folgen katastrophal seien, stur Erdnußbutter aufs Brot.«

»Sie war Französin. Französische Kindermädchen sind leichtfertig. Wir brauchen ein schwedisches Kindermädchen. Ich weiß, ich weiß – du sagst, wir seien ohne besser dran, aber« – er bedachte die Pinnwand mit einer ungeduldigen Handbewegung – »diese Fahrgemeinschaften sind ein schlechter Witz, und die vielen Termine der Kinder sind sogar ein Problem, wenn du da bist. Erinnerst du dich noch an letzte Woche?«

Wie könnte ich das vergessen? Ich hatte Kikit und ihre Freundinnen nach dem Ballettunterricht eine geschlagene Stunde warten lassen, als im Laden in Essex, wo ich zu dieser Zeit gerade arbeitete, der Strom ausfiel und die Uhren stehenblieben. Ich hatte ein schauerlich schlechtes Gewissen gehabt.

»Warum hast du nicht auf deine Armbanduhr geschaut?« fragte er zum x-ten Mal.

»Weil ich vollauf mit dem Versuch beschäftigt war, die Computer wieder auf die Reihe zu kriegen.«

»Du bist überfordert«, meinte der eingefleischte Pessimist.

»Bin ich nicht«, widersprach die eingefleischte Optimistin. »Solange du mir hilfst, komme ich bestens zurecht.«
»Es wäre bedeutend einfacher, jemanden zu engagieren, der die Kinder herumkutschiert.«
»Das würden sie nicht wollen.« Ich verrührte die Eier. »Sie wollen, daß wir das tun. Ich will, daß wir es tun. Außerdem haben wir für Notfälle einen Sitter: Mrs. Gimble.«
»Die hat doch gar keinen Führerschein.« Dennis war zu seiner Zeitung zurückgekehrt.
»Sie wohnt zwei Häuser weiter und liebt die Kinder. Dennis?« Ich wartete, bis er mich ansah. »Du gehst doch am Samstag zu Johnnys Spiel, oder?«
»Wenn ich kann.«
Natürlich konnte er – die Frage war, ob er wollte. »Es würde ihm das Herz brechen, wenn du nicht kämst.«
»Wenn mir etwas dazwischenkommt, dann geht es eben nicht. Ich habe eine Firma zu leiten, Claire.«
Auch das hätte ich nicht vergessen können – dazu erinnerte er mich zu oft daran. Und ich könnte auch nicht ins Feld führen, daß seine Firma nur noch ein Schatten ihrer selbst war und ihm genügend Zeit für Vaterpflichten bliebe, wenn er sich entschlösse, sie wahrzunehmen, denn damit würde ich ihn in die Defensive drängen. Das wußte ich aus Erfahrung, und ich würde mich hüten, ein zweites Mal in dieser Richtung zu argumentieren. Ich mußte einfach nur wissen, daß Dennis den Kindern in meiner Abwesenheit seine volle Aufmerksamkeit widmen würde.
»Wie groß ist die Ferguson-Gruppe?«
»Das ist unterschiedlich.«
Die Eier waren fast fertig. »Und was machen die genau?«
»Plastik-Kram.«
Ich gab den Eiern den letzten Schliff. »Für den Haushalt?«

Der Grunzlaut, mit dem er mir antwortete, konnte ebenso ja wie nein heißen.
Der Toast sprang hoch. Ich bestrich beide Scheiben mit Butter, schnitt sie diagonal durch, arrangierte die Hälften am Tellerrand, häufte die Eier in der Mitte auf und schob den Teller in den Spalt zwischen Zeitung und Dennis. Dann machte ich mich ans Abspülen der Pfanne.
»Das Spiel findet am Samstagvormittag um zehn statt. Bitte leg deine geschäftlichen Termine entsprechend – einer von uns muß Johnny spielen sehen, und es tut ihm besonders gut, wenn du das bist. Er war todunglücklich, als du seinen Touchdown letzte Woche nicht miterlebtest. Er ist überzeugt, daß er nie wieder einen schaffen wird. Aber selbst wenn es so ist – er muß das Gefühl haben, daß du ihn spielen sehen willst.«
»Ich habe gesagt, ich werde es versuchen«, erwiderte Dennis in warnendem Ton, »aber wenn mir Arbeit dazwischenkommt, versäume ich vielleicht die erste Halbzeit. Was stinkt hier bloß so?« Er schob die Zeitung mit lautem Geraschel zu einem Haufen zusammen und mit einem Ruck seinen Stuhl zurück, sprang auf und begann, Schranktüren aufzureißen und zuzuknallen. »Du warst in letzter Zeit mit deinen Gedanken überall, nur nicht hier. Du mußt irgendwas an den falschen Platz gelegt haben.«
Das war zwar möglich, aber ich glaubte nicht, daß er in den Schränken etwas finden würde – sie waren erst vor ein paar Tagen gründlich saubergemacht worden.
»Hier«, sagte er angewidert. »Schmeiß das weg.«
Eine stinkende Tüte landete im Spülbecken. Sie enthielt eine halbe, verfaulte Zwiebel. Ich hatte keine Ahnung, wie sie in dem Schrank mit den ordentlich zusammengefalteten Einkaufstüten gelandet war, aber als ich Dennis fragend ansah,

wich er vor dem üblen Geruch zurück und ließ sich wieder am Tisch nieder, um weiter zu frühstücken.
Ich versenkte die Zwiebel im Mülleimer, griff mir das Luftspray und drückte auf den Sprühknopf. »Alle Achtung«, lobte ich in heiterem Ton, »du bist ein sehr viel besserer Detektiv als ich.«
Er warf mir einen ärgerlichen Blick zu und befaßte sich dann wieder mit dem Börsenbericht.

Eine halbe Stunde später kam Brody. Er nahm sich eine Tasse Kaffee und fachsimpelte mit Dennis, während ich unsere Taschen fertigpackte, die Betten machte und in eine Kombination aus weichfallenden, grauen Hosen, elfenbeinfarbener Weste und aprikotfarbenem Blazer schlüpfte, die ideal für die an Cleveland anschließende Arbeitswoche wäre. Und meine Mutter würde begeistert davon sein. Sie liebte schöne Kleider, spürte sie gerne auf der Haut und sah ihre Töchter gerne darin, und das war nur zu verständlich: Sie hatte harte Zeiten durchgemacht und war froh, daß sie der Vergangenheit angehörten.
Das Gepäck wurde eingeladen, Dennis geküßt und umarmt, und dann winkte er uns von der Veranda unseres georgianischen Hauses am Cape Cod hinterher, das überhaupt nicht am Cape stand, sondern in einem kleinen Ort nördlich von Goucester. Wir fädelten uns in den Pendlerverkehr Richtung Boston ein.
Ich lehnte mich auf dem Beifahrersitz von Brodys Range Rover zurück und atmete hörbar aus.
»Geschafft?« fragte er leise.
Ich lächelte und schüttelte den Kopf, minderte das Kopfschütteln jedoch mit einer Geste wieder ab. Ja, ich war

geschafft. Und voller Sorge. Und in diesem Moment erleichtert, Dennis »hinter mir zu haben«. Er haßte meine Reisen, betrachtete sie, trotz all meiner Bemühungen, die dadurch entstehenden Unbequemlichkeiten zu minimieren, als Belastung für unser aller Leben. Wobei er diesmal erstaunlich handzahm gewesen war, eher verdrießlich als aggressiv. Vielleicht wurde er allmählich nachgiebiger. Oder der Zustand meiner Mutter ging ihm nahe. Wie auch immer – es hatte keine größeren Explosionen gegeben.

Jetzt, mit Brody am Steuer, konnte ich für die Stunde, die wir zum Flughafen brauchen würden, eine Verantwortungspause einlegen. »Es ist so lieb von dir, daß du uns fährst«, sagte ich. Mit seinen hellbraunen Haaren, den etwas dunkleren, noch leicht verschlafenen Augen hinter der randlosen Brille und seiner lockeren, entspannten Art war er ebenso erholsam fürs Auge wie für die Seele.

»Es ist mir ein Vergnügen«, erwiderte er. »Ich glaube übrigens, daß bei dieser Ferguson-Geschichte einiges für Dennis drin ist. Die Firma hat ein paar böse Einbrüche erlebt, aber das Management ist solide, und es arbeiten Spitzenköpfe dort. Sie brauchen nur etwas Kapital. Wenn Dennis das beschaffen kann, landet er vielleicht einen Supercoup.«

Ich hoffte es. In letzter Zeit war ihm das allzu selten vergönnt gewesen, was ihm meinen Erfolg mit WickerWise noch schwerer im Magen liegen ließ. Allerdings arbeitete er auch nicht so hart. Das wollte er gar nicht. Aber ich hätte nichts dagegen gehabt, wenn er auf eine Goldmine gestoßen wäre. Mein Ego brauchte weit weniger Bestätigung.

»Die Verträge für die Filiale in St. Louis müßten heute zurückkommen«, fuhr Brody in seiner ruhig-kompetenten Art fort. »Sobald ich die unterschrieben vorliegen habe, kann ich der Baufirma grünes Licht für die Renovierung geben. Ich faxe dir den Stand der Dinge ins Hotel – dann hast du ihn am Mittwoch bei deiner Ankunft dort vorliegen. Die Firma kümmert sich auch um die notwendigen Handwerker. Hast du die Baupläne dabei?«

Ich klopfte auf den Aktenkoffer neben meinem Bein. »Kaum zu glauben, daß das schon Nummer achtundzwanzig wird.«

Zwölf Jahre war es her, daß WickerWise seine Pforten geöffnet hatte. Das Mutterhaus befand sich noch immer in einem ehemaligen Spritzenhaus in Essex, fünfzehn Autominuten von zu Hause entfernt. Es war der Prototyp einer Ladenkette, die sich inzwischen von Nantucket bis Seattle erstreckte. Wir hielten enge Verbindung zu unseren Filialen, Brody und ich. Alle waren in freistehenden Gebäuden untergebracht – alten Schulhäusern, ehemaligen Bars, Tankstellen, Gemischtwarenläden, sogar in zwei früheren Kirchen. Diese Kulissen verliehen ihnen einen ganz besonderen Charme, der durch die charakteristische Innenraumgestaltung und die Art der Präsentation der Korbmöbel, die wir verkauften, seine Vollendung erfuhr. Auch darauf hatten Brody und ich ein wachsames Auge. Alle Bestellungen liefen über uns. Jede neue Filiale wurde grundsätzlich von einem von uns eröffnet und dann zweimal jährlich besucht.

Achtundzwanzig Filialen, ein Dutzend Boutiquen in Nobelkaufhäusern, eine Fabrik in Pennsylvania, Räume in zahlreichen Ausstellungshäusern von Wohltätigkeitsorganisationen – es wurde mir ganz schwindlig, wenn ich darüber nachdachte. So viel erreicht in so kurzer Zeit – fast wie im Märchen. Ich hatte ein winziges Pflänzchen eingesetzt, und es wuchs wie verrückt.

»Weißt du, wo wir hinfliegen?« Kikit war aufgestanden, hatte sich zwischen den Sitzen vorgebeugt und sich mit ihrem kleinen Pulloverarm in seinen großen Lederjackenarm eingehakt. Eigentlich hätte sie angegurtet hinten sitzen sollen wie Johnny, doch ich brachte es nicht übers Herz, darauf zu bestehen, denn im Flugzeug müßte sie sich bald genug anschnallen. Außerdem war Brody ein guter Fahrer, und er liebte meine Kinder. In einer brenzligen Situation würde er Kikit augenblicklich an seine Rückenlehne drücken.

»Nach Cleveland, glaube ich«, antwortete er mit Engelsgeduld, obwohl wir beide wußten, was kommen würde.

»Warst du da schon mal?«

»Das weißt du doch, Clara Kate.«

»Erzähl's mir trotzdem.«

»Ich war in Cleveland auf dem College«, berichtete Brody pflichtschuldigst. »Und dort habe ich deinen Dad kennengelernt.«

»Und meine Mom.«

»Und deine Mom. Aber zuerst deinen Dad. Wir waren in der selben Verbindung.« Er hielt inne – das gehörte zum Spiel.

»Und ihr habt allen möglichen Mist gemacht«, gab Kikit ihm sein Stichwort.

»Wir haben allen möglichen Unsinn gemacht, wollte ich es formulieren«, korrigierte er streng genug, um eines von Kikits glucksenden, kleinen Lachern zu ernten. »Nach dem Abschluß studierten wir an verschiedenen Orten Betriebswirtschaft und sahen uns eine Weile nicht.«

»Sechs Jahre.«

»Du kennst die Geschichte besser als ich.«

Ich schloß die Augen, lehnte mich an die Kopfstütze und lächelte. Brody erzählte sie ihr noch immer, während Dennis es schon lange müde geworden war.

»Du und Daddy redeten eine Zeitlang darüber und machtet

dann gemeinsam eine Firma auf. Hast du meine Grandma in Cleveland kennengelernt?«
»Nein – erst als ich hierhergezogen war.«
»Wird sie sterben?«
Meine Lider flogen auf. Ich drehte mich zu Kikit um und wollte sie gerade für diese Frage schelten, als mein Blick auf Johnnys gespanntes Gesicht fiel und mir klar wurde, daß sie nur ausgesprochen hatte, was sie beide dachten. Das tat sie häufig, und ich liebte sie dafür – auch wenn es mir Antworten abverlangte, die ich eigentlich nicht zu geben bereit war.
»Nicht heute oder morgen«, antwortete Brody für mich.
»Aber bald?« insistierte Kikit.
»Vielleicht. Sie ist schon ziemlich lange krank, und ihr Körper wird allmählich ziemlich müde.«
»Ich werde auch manchmal müde.«
»Das ist etwas anderes«, sagte Brody. »Etwas ganz anderes.«
»Bist du sicher?«
»Absolut. Definitiv. Du wirst müde, wie wir alle müde werden. Bei deiner Grandma liegt es an ihrem Alter und der Krankheit, die sie hat.«
»Krebs.«
»Krebs.«
Kikit holte tief Luft, und ich wappnete mich für einen geharnischten Angriff, doch was kam, war ein quengeliges »Gehen wir dieses Jahr in den Zirkus, Brody? Du hattest es versprochen, aber dann hast du nie wieder was davon gesagt. Meine Freundin Lily geht hin. Und Alexander Bly. Ich will auch hin.«
»Ich habe schon die Eintrittskarten.«
Ihr Gesicht leuchtete auf. »Ehrlich? Sitzen wir in der Mitte wie letztes Jahr? Da sind die Elefanten auf die Umrandung von der Manege gestiegen, weißt du noch, Brody? Es. War.

So. Cool. Joy« – Brodys Tochter, nicht zu verwechseln mit Kikits Puppe – »kommt doch auch mit, oder? Es wäre nämlich nicht fair, wenn wir ohne sie gingen. Ich möchte noch so einen Alligator wie Hector, krieg ich einen, Mommy? Einen purpurroten diesmal? Es ist mir egal, was Daddy sagt – Alligatoren müssen mit anderen Alligatoren zusammensein. Kriege ich einen, bitte?«

Connie Grant war immer klein und zierlich gewesen, aber in den wenigen Wochen seit meinem letzten Besuch schien sie noch kleiner und zierlicher geworden zu sein. Und nicht nur das – sie hatte auch deutlich weniger Farbe und Energie. Sie stand unter schweren Medikamenten, und ihre Augen konnten ein Ziel nur Sekunden festhalten. Das vordringliche Problem, hatte mir der Arzt bei einem meiner Anrufe erklärt, sei im Moment nicht der Krebs, sondern ihr Herz – für einen chirurgischen Eingriff sei sie aber zu schwach.

Sie mußte ihre letzten Kraftreserven mobilisiert haben, um für die Kinder präsent zu sein, denn sobald Johnny und Kikit mit meiner Schwester verschwunden waren, damit wir ein Weilchen für uns hätten, schloß sie die Augen und lag schweigend da.

Bedrückt setzte ich mich zu ihr. Nach ein paar Minuten begann ich eine Melodie zu summen, und das schwache Lächeln, das ich erntete, beflügelte mich, der Melodie den Text hinzuzufügen. Connie liebte die Streisand. Mit »Evergreen« beginnend, sang ich leise ein Medley, bis sie ausgeruht genug war, um die Augen wieder zu öffnen. Ich sang die letzten Zeilen von »The Way We Were« und lächelte.

Das Lächeln, mit dem sie mich belohnte, war nur kurz, doch der Blick, der ihm folgte, war ein Von-Frau-zu-Frau-Blick und erschreckend scharfsichtig. Ich sah die Wahrheit darin, vor der ich mich fürchtete, und sagte hastig: »Das darfst du nicht einmal denken!«

»Wie stellst du dir das vor?« fragte sie mit kraftloser Stimme. »Ich kann nicht viel anderes tun als hier zu liegen und zu denken. Was für eine Ironie. So viel Freizeit.« Sie schloß die Augen und seufzte. »Ich war immer beschäftigt. So beschäftigt – mit so wenigen Resultaten.« Ihre Lider hoben sich, und ihr Blick erbat mein Verständnis. »Ich habe so vieles in meinem Leben tun wollen und es nicht getan. Es ist frustrierend.«

»Du hast genug getan«, widersprach ich.

»Von damals an, als Daddy starb. Du hast uns durchgebracht – mit zwei Jobs gleichzeitig –, Tag und Nacht gearbeitet.«

»Ich bin meinem Schwanz nachgejagt wie eine Katze, das war alles. Ich kam nicht weiter. Wie jetzt. Immer wieder glaube ich, die Schmerzen im Griff zu haben, und dann schlagen sie erneut mit voller Wucht zu. Ich bin müde, Claire.«

Ihre Verzweiflung zu hören, ängstigte mich und machte mich gleichzeitig zornig, denn Connie Grant verdiente es nicht, mit Dreiundsechzig zu sterben. Sie hatte lange und hart für ein besseres Leben gekämpft, sich nie entmutigen lassen.

»O Mom, es gab doch auch Positives. Eine Menge.«

»Dich, ja.« Sie seufzte wieder. »Aber Rona?«

»Auch Rona.«

»Sie ist achtunddreißig, aber so unreif wie eine Zwölfjährige.«

»Wenn du so willst. Aber für eine Zwölfjährige ist sie unheimlich auf Zack. Und sie war für dich da, Mom. Viel mehr als ich. Ich wünschte, ich wohnte näher bei dir.«

»Selbst wenn du das tätest – du hast eine Familie. Du hast eine Firma. Rona hat nichts.«

»Sie hat Freundinnen.«

»Die sind genauso orientierungslos wie sie. Keine von ihnen hat ein Ziel – außer das Kosmetikstudio. Was soll aus Rona werden, wenn ich nicht mehr die Hand über sie halte? Sie hat zwei gescheiterte Ehen hinter sich, keine Kinder, keinen Beruf. Ich sorge mich um sie.«

»Sie muß sich nur finden, und das wird sie, keine Angst.«

»Wirst du ein Auge auf sie haben, Claire?« flehte Connie. Sie war noch blasser geworden. »Wenn ich nicht mehr da bin, hat Rona nur noch dich.«

»Ich werde tun, was ich kann.«

»Biete ihr die Leitung einer Filiale an.«

»Das habe ich schon, aber sie will sie nicht.«

»Biete sie ihr noch mal an. Sie wird Harolds Geld in null Komma nichts durchgebracht haben. Armes Ding. Sie ist fast genauso unselbständig wie ich es war, als euer Vater starb. Es ist tragisch, wie die Geschichte sich wiederholt. Da versucht man, die Kinder davor zu bewahren, die gleichen Fehler zu machen ...« Die Heftigkeit, mit der sie sich für dieses Thema engagierte, forderte ihren Tribut, und Connie sank noch tiefer in die Kissen zurück. »Wenigstens bist du mir gelungen. Sprich mit mir. Wo ist diese neue Filiale?«

Froh über die Ablenkung, erzählte ich ihr von dem Laden in St. Louis und von der International-Home-Furnishing-Ausstellung in North Carolina. Sie lächelte und nickte, doch ich spürte, daß ihre Konzentration nachließ. Aber WickerWise gefiel ihr. Und so berichtete ich ihr, während sie mir zugewandt in ihrem Klinikbett lag, von den Hochwasserschäden, die in der New-Orleans-Filiale behoben werden mußten, der möglichen Vergrößerung unserer Filiale in Denver, der Frau, die sich als neue Zweigstellenleiterin beworben hatte und eventuell in Frage kommenden Geschäftsräumen, die wir uns in Atlanta würden ansehen müssen.

»Gut«, sagte sie an einer Stelle, und an einer anderen: »Je mehr Städte, um so besser – Präsenz ist wichtig«, und schließlich – und erwartungsgemäß: »Und New York?«
Wir hatten eine hervorragend florierende Niederlassung in East Hampton, aber East Hampton war nicht Manhattan, und Mutter wünschte sich, daß WickerWise Einzug in die Fifth Avenue hielte.
»Noch nicht«, sagte ich. »Vielleicht in ein paar Jahren.«
»Aber das wäre der wahre Erfolg! Meinst du nicht auch?«
»Ich weiß nicht, Mom. Manhattan ist ein hartes Pflaster. Allein die Miete für einen Laden dort wäre schwindelerregend. Vielleicht wäre eine Boutique in einem Kaufhaus machbar ...«
»Ein eigenständiges Geschäft auf der Fifth Avenue – etwas anderes kommt nicht in Frage! Und jetzt erzähl mir alles, was die Kinder mir nicht erzählt haben.«
Ich erzählte ihr, daß Johnny im Kirchenchor sang, von dem Blumenverkauf von Kikits Pfadfindergruppe, von den Lehrern und Freunden der beiden. Ich redete, bis sie wieder ermattete. Diesmal schien sie regelrecht zornig, weil sie meinen Besuch nicht voll auskosten konnte. Ich versprach ihr, zur Abendessenszeit wiederzukommen und ging, damit sie sich ausruhen könnte.

Rona war knapp zwei Jahre jünger als ich. Als Kinder und Teenager hatten wir ein Zimmer, unsere Kleider und sogar unsere Freundinnen geteilt, und man hätte annehmen sollen, daß wir einander nahestanden. Daß das nicht so war, resultierte aus der Tatsache, daß wir auch Connie teilten. Für mich war es nicht schwer, sie zu teilen – Connie und ich waren uns derart ähnlich, daß ich immer gut abschnitt, wenn Vergleiche angestellt wurden. Rona war anders, sie sang nicht in unserem Chor, sie sehnte sich nach Moms Anerkennung und bemühte sich so verzweifelt darum, daß jeder Versuch fehlschlug. Trotzdem gab sie nie auf, war grimmig entschlossen, irgendwann einmal Erfolg zu haben.

In dem Bestreben, uns alle aus der Armut zu erretten, heiratete sie mit Zwanzig überstürzt den reichsten und begehrtesten Junggesellen, den sie finden konnte. Drei Jahre und zwei Geliebte später wurde Jerry ihr Ex. Nicht zu entmutigen – um so mehr, als ich an der Schwelle zur Ehe stand –, fand sie Mann Nummer zwei. Harold war der älteste begehrte Junggeselle, den sie finden konnte, und er betrog sie nicht. Er starb.

Meine Kinder liebten Rona, und sie liebte sie. Während ich an Moms Bett saß, ging sie mit ihnen ins Kino, in Spielwarenläden, ins Naturwissenschaftliche Museum, in Restaurants, wohin alle mit ihren Kindern gingen, die im Großraum Cleveland etwas darstellten. Ihr Bedürfnis nach Bewegung, das von Erwachsenen als Ruhelosigkeit empfunden wurde, wurde von Kindern als Durchhaltevermögen bewundert. Und warum auch nicht?

Sie war selbst ein Kind, wenn sie mit ihnen zusammen war, wenn auch das mit der offenen Brieftasche. Es lag Trotz in dem, was sie mit Kikit und Johnny unternahm, als käme es ihr nicht sosehr darauf an, das eine oder andere zu tun, sondern einfach darauf, etwas zu tun, was ich nicht tun würde. Rona mochte für das Ziel leben, von Connie akzeptiert zu werden, doch sie liebte es, mich zu provozieren. Ich war die Geizige, die Strenge und zu guter Letzt der Grund für ihre tiefsitzende Lebensangst.

Und ich war außerdem dafür da, die Fragen zu beantworten, mit denen ich bestürmt wurde. Rona war mißtrauisch, verlangte zu wissen, was die Ärzte mir gesagt hätten, weil sie überzeugt war, daß sie ihr nicht halb soviel sagten. Johnny behandelte das Thema ausweichend, erkundigte sich, was aus der Katze seiner Großmutter werden würde, weil er es nicht über sich brachte, zu fragen, was aus seiner Großmutter werden würde, aber Kikit hatte keine solchen Hemmungen. Wenn sie nicht fragte: »Was war in der Spritze?« oder: »Hast du gesehen, daß ihre Hand zitterte?« oder: »Warum piepst die Maschine so?«, dann berichtete sie: »Ich hörte sie weinen, als sie sie auf die Seite drehten. Warum hat sie da geweint, Mommy?«

Die Kinder begleiteten mich zweimal am Tag ins Krankenhaus, zu kurzen Besuchen, die zu Connies Aufheiterung gedacht waren, doch die Hinfälligkeit ihrer Großmutter bedrückte sie. Und so zog Rona nur zu bereitwillig mit ihnen ab. Meine Ankunft bot ihr eine Fluchtmöglichkeit, und sie gab sich nicht die Mühe, ihre Erleichterung darüber zu verbergen. Manchmal sagte sie spöttisch: »Viel Vergnügen«, oder neckend: »Wir werden an dich denken.« Und dann wieder bedachte sie mich nur mit einem befriedigten Blick, der besagte, daß die Zeit des Heimzahlens gekommen war.

Und ich verstand sie. Nicht nur war sie all die Tage in der Klinik, wenn ich nicht da war, sondern sie erlebte Connie von einer anderen, kritischeren Seite – und sie mußte Connies Frustration aushalten.

Nein, ich konnte es ihr nicht verübeln, eine Atempause zu begrüßen. Hätte ich die Wahl gehabt, wäre ich auch lieber woanders gewesen, denn es war qualvoll, meine Mutter sterben zu sehen. Gleichgültig, wie oft ich ins Krankenhaus ging – jedesmal, wenn ich das Zimmer betrat und sie leiden sah, traf es mich wie beim ersten Mal. Gleichgültig, wie lange ich an ihrem Bett saß und ihr blasses Gesicht betrachtete – beim nächsten Besuch erschreckte es mich, sie so blaß vorzufinden. Gleichgültig, wie geschickt ich mich ablenkte, wenn ich nicht bei ihr war oder wie müde ich ins Bett kroch – ich lag wach und grämte mich.

Die Kinder blieben bis Dienstag. Der Abschied von ihrer Großmutter war nur die erste Nervenprobe. Als wir auf dem Flugplatz eintrafen, erfuhren wir, daß die erwarteten Maschinen wegen an der Ostküste tobender Unwetter verspätet eintreffen würden. Ihre Ankunft verzögerte sich weiter und weiter. Ich versuchte Dennis im Büro und zu Hause zu erreichen, einmal, zweimal, dreimal, und hinterließ jeweils Nachrichten für ihn.

Johnny begann sich wegen seines Trainings zu sorgen.

Der Abflug wurde neuerlich verschoben. Ich hinterließ neuerliche Nachrichten für Dennis.

Johnny weinte, daß er wirklich keine Lust hätte, auf die Ersatzbank verbannt zu werden, weil das Team, gegen das sie am Samstag spielen würden, nichts taugte, und seines darum die Chance hätte, zu gewinnen.

Kikit weinte, weil Michael, Travis und Joy sich in ihrem Koffer zu Tode fürchteten, und was passierte während Flugverzögerungen mit dem Gepäck?

Ich war auch nicht besserer Dinge als die Kinder. Es paßte mir ohnehin nicht, sie allein fliegen zu lassen, doch als ich vorschlug, sie sollten bis zum nächsten Morgen und auf besseres Wetter warten, geriet Johnny wegen seines Trainings in eine solche Panik, daß ich nachgab. Schließlich änderte die Fluggesellschaft die Route dahingehend ab, daß die Maschine über Baltimore fliegen würde, was Johnny noch nervöser machte, was sich darin äußerte, daß er Kikit kniff, die daraufhin weinend zu mir kam. Und alles, was ich tun konnte, war, Dennis eine letzte Nachricht zu hinterlassen, die Kinder nach ausgedehnten Umarmungen ins Flugzeug zu setzen und der Flugbegleiterin den Schwur abzunehmen, sie Dennis in Logan persönlich zu übergeben.

Ich kehrte ins Krankenhaus zurück und versuchte weiterhin, Dennis zu erreichen. Meistens hörte ich beim Abfragen des Anrufbeantworters mich selbst. Erst kurz vor der ursprünglichen Landezeit hatte ich endlich Glück.

»Wirst du pünktlich dort sein?« fragte ich, nachdem ich ihn ins Bild gesetzt hatte.

»Natürlich werde ich pünktlich dort sein«, antwortete er.

Aber das war er nicht. Die Kinder landeten um sechs in Logan. Dennis kam erst um sechs Uhr vierzig. Er behauptete, ich hätte ihm diese Zeit genannt.

Das stimmte nicht, aber sich darüber zu streiten, wäre sinnlos gewesen. Ich wollte nichts, als die Kinder aus der Ferne nach Kräften beruhigen und dann ins Bett fallen. Ich hatte die ganze Woche schlecht geschlafen – das war auf Reisen immer so. Ich war geschafft.

Ich verschob St. Louis auf Donnerstag, um noch einen Tag länger bei meiner Mutter bleiben zu können. Ein Anruf bei Brody, und alles wurde entsprechend arrangiert. Am Freitag trafen wir uns bei der International-Home-Furnishing-Ausstellung, und von da an legten wir, einschließlich Montag, Zwölf-Stunden-Tage ein, an denen wir von Ausstellung zu Ausstellung pilgerten und von Firmenrepräsentant zu Firmenrepräsentant. Ich wußte, welche Modelle in unseren Läden laufen würden, und Brody wußte, welche preiswert waren.

Mit Rücksicht auf meine Sorge um Connie übernahm Brody Denver und New Orleans für mich. Ich absolvierte Atlanta und war am Dienstag spät abends wieder in Cleveland. Rona war begeistert über den zusätzlichen freien Tag, doch ich war nicht um Ronas willen zurückgekommen. Nicht einmal so sehr um Moms als um meiner selbst willen. Connie Grant war die einzige Mutter, die ich jemals haben würde. Ich hatte zu lange zu weit von ihr entfernt gelebt. Nur zu bald würde das keine Rolle mehr spielen.

Die Kinder waren enttäuscht, aber verständnisvoll. Das war allgemein ihre Einstellung zu meinen Reisen, denn nachdem ich sie in ihren ersten Jahren immer mit in den Laden genommen hatte, fühlten sie sich persönlich in meine Karriere eingebunden. Sie kannten das Warenangebot, die Fachausdrücke und wußten erstaunlich viel über jede neue Filiale. Und sie wußten auch, daß sie mich anrufen konnten, wo immer ich auch sein mochte.

In diesem Fall wußten sie, nachdem sie ihre Großmutter gerade gesehen hatten, wie krank sie war. Wenn es Grandma guttue, daß ich bei ihr bliebe, dann solle ich bleiben, beschwor Kikit mich tapfer, auch wenn sie mich wie verrückt vermisse.

Ich wünschte, ihr Vater wäre nur halb so entgegenkommend gewesen. Er nahm mir das Versprechen ab, am Donnerstag mit der Nachmittagsmaschine nach Hause zu kommen.

An jenem letzten Mittwoch wirkte meine Mutter kräftiger. Sie sprach tatsächlich davon, zu Thanksgiving in den Osten zu kommen, und während die Ärzte dies für unwahrscheinlich hielten, klammerte ich mich an den Gedanken. Grandma vom Flughafen abzuholen – es gehörte einfach zu die-

sem Feiertag. Die Kids zählten auf ihren Besuch. Und ich auch.
Sie bestand darauf, daß ich anriefe, damit sie mit ihnen sprechen könnte, und war enttäuscht, als sich der Anrufbeantworter einschaltete. Ich sah es positiv. »Dennis muß sich irgend etwas für sie ausgedacht haben und mit ihnen unterwegs sein.«
Mutters Züge wurden weich. »Es ist so einfach mit den beiden. Es sind wundervolle Kinder, so redegewandt und reif, unterschiedlich, aber jedes für sich etwas Besonderes. Du bist eine bessere Mutter, als ich es war.«
»Das stimmt nicht. Ich hatte nur Glück.«
»Mit Glück hat das wenig zu tun. Wie heißt es in dem Sprichwort? Jeder ist seines Glückes Schmied.«
»Das gilt nur zum Teil. Wir hatten wirklich Glück, Dennis, die Kids und ich. Abgesehen von Kikits Allergien, sind wir gesund, die Kinder haben nette Freunde, machen sich gut in der Schule. Johnny bereitet mir allerdings ein wenig Sorgen – er will immer alles besonders gut machen. Gott sei Dank, gelingt es ihm auch.«
»Da kommt er nach seiner Mutter«, sagte meine Mutter. »Meine Freundinnen sind völlig hingerissen von deinen Läden. Ich werde immer wieder gefragt, ob die Firma Aktien ausgibt.« Ihre Brauen hoben sich fragend.
»Nein, nein, wir wollen keine Fremdbeteiligungen.«
»Warum nicht?«
»Es ist nicht nötig, wir expandieren nicht so schnell. Ich lege Wert darauf, die Kontrolle über meine Filialen zu haben, mich selbst darum zu kümmern. Und darum muß ich sie auf eine gewisse Anzahl beschränken, sonst ist das nicht mehr machbar.«
»Aber denke an das Geld!«

Ich hatte bereits eine Menge Geld – das letzte Jahr hatte uns einen Umsatz von mehr als zwanzig Millionen beschert –, und Connie kannte meine Einstellung, da wir dieses Gespräch nicht zum erstenmal führten. Früher hätte sie trotzdem weiterdiskutiert, doch jetzt fehlte ihr die Energie dazu.
»Nun ja, ich bin jedenfalls stolz auf dich.«
Das wußte ich. Von meiner Kindheit bis heute hatte sie niemals an meinen Fähigkeiten gezweifelt. Sie vertraute mir. Sie glaubte an mich.
Ich straffte meine Schultern. »Ich bin auch stolz auf mich.«
»Und wie steht es mit Dennis?«
Meine Schultern sackten eine Spur ab. »Schwer zu sagen, er spricht nicht darüber.«
»Und wie geht es ihm beruflich?«
»Ich wünschte, ich wüßte es, aber auch darüber spricht er kaum.« Ich zögerte. Es erschien mir unloyal, mich zu beschweren, aber sie war immer meine Klagemauer gewesen, und sie war noch nicht tot, verdammt noch mal. »Manchmal begreife ich es nicht. Man sollte doch denken, daß es ihm ein Bedürfnis wäre, seine Ideen mit mir zu erörtern. Ich bin zwar kein Akademiker wie er, aber ich habe durchaus ein Gefühl dafür, was Erfolg verspricht und was nicht. Doch er behält alles für sich. Es kommt mir vor wie ein Machtkampf – als wolle er nicht riskieren, daß ich ihn niedermache. Als ob ich das täte! Ich halte seit Jahren den Mund, wenn mir eine seiner Unternehmungen zweifelhaft erscheint.«
»Du hättest ihn mal aufmachen sollen.«
»Es wäre mir schrecklich gewesen, wenn ich recht gehabt hätte, und ebenso schrecklich, wenn ich mich geirrt hätte. Es wäre nichts Positives für mich dabei herausgekommen, und für ihn wäre es nur eine Verletzung seines Stolzes.« Ich lächelte. »Aber Brody hat einen guten Eindruck von der

Gruppe, mit der er sich letzte Woche traf. Mit etwas Glück wird Dennis sie überzeugen können, daß er der Mann ist, der ihnen die Geldgeber besorgen kann, um die Firma zu halten.«
Diesmal ließ Connie meinen Bezug auf das »Glück« unkommentiert, und sie wies mich auch nicht darauf hin, daß ich bereits so erfolgreich war, daß ich keinen Penny von dem brauchte, was Dennis verdiente. Diese Tatsache war für uns beide eine Beruhigung, wie sie nur Menschen, die früher einmal ohne Schwimmweste über Bord gefallen waren, empfinden konnten.
»Ich will es noch erleben, daß Dennis den Durchbruch schafft.«
»Ich auch.«
»Ich bin nicht bereit, zu sterben.«
»Und ich bin nicht bereit, dich gehen zu lassen.«
Sie schenkte mir einen weiteren Von-Frau-zu-Frau-Blick, und ich, die ich mich mit ihr verbunden fühlte wie mit keinem anderen Menschen auf der Welt, wurde von einer Welle der Liebe und des Kummers erfaßt, die mir Tränen in die Augen trieb und die Kehle zuschnürte. Über die Liebe und den Kummer hinaus empfand ich auch Bewunderung. Connie Grant hatte die Mentalität eines Mulis. So schwer ihr Leben auch gewesen war – sie war unbeirrt ihren Weg gegangen. Jetzt war sie oft so schwach, daß sie kaum den Arm heben konnte, von einer solchen Übelkeit geplagt, daß sie kaum einen Bissen hinunterbrachte, von solchen Schmerzen gequält, daß sie kaum denken konnte – und trotzdem weigerte sie sich zu sterben.
»Du bist eine starrsinnige Frau«, sagte ich, als ich wieder sprechen konnte.
»Was habe ich für eine Wahl?« konterte sie. »Die Alternative wäre – was? Defätismus? Der würde es noch schlimmer

machen. Man kann kein Essen auf den Tisch bringen, wenn man nicht bereit ist, zu kochen. Deine Schwester hat das nie begriffen. Sie hätte etwas aus sich machen können, wenn sie nicht immer die schnellste Lösung gesucht hätte. Du willst braun werden? Geh ins Sonnenstudio. Du willst Geld? Heirate einen reichen Mann. Ich dachte, sie würde daraus lernen, mich arbeiten zu sehen. Falsch gedacht. Rona will immer das Beste und das sofort. Aber manchmal ist das nicht möglich. Manchmal ist das Beste, was man tun kann, das Beste, das man tun kann.«

Sie ließ sich erschöpft zurücksinken und schloß die Augen. Ihr Atem ging flach. Während ich sie, anfangs voller Angst, und dann zunehmend ruhiger, beobachtete, regenerierte sie sich langsam. Als sie die Augen schließlich wieder öffnete, war ihr Blick weich. »Du bist wie meine Mutter Kate, Claire. Sie war einfallsreich und zielbewußt.« Ihr Blick wurde entrückt, und ein liebevoll-spöttisches Lächeln umspielte ihre Lippen. »Es gab da eine Geschichte. Ich hatte sie fast vergessen: Die süße Kate und ihre Perlen.«

Ich hatte nie etwas über irgendwelche Perlen gehört. »Großmutter Kate war bettelarm.«

»Arm an Besitz, nicht an Phantasie. Ihre Perlen waren Augenblicke – ein schöner nach dem anderen, aufgezogen auf eine feste Schnur. Sandkörner wischte sie einfach weg und vergaß sie. Manche Menschen, sagte sie, könnten die Perlen durch den Sand nicht sehen oder hätten nur die Charakterstärke, einige wenige davon zu befreien und am Ende ein Würgehalsband. Die Kette deiner Großmutter Kate war lang, und deine wird es auch werden. Ronas – nun, Rona befaßt sich nicht lange genug mit einer Sache, um überhaupt eine Perle wachsen zu lassen. Was mich betrifft« – sie seufzte –, »ich arbeite immer noch daran. Die Kinder zu sehen, dich zu sehen – das sind schöne Momente, Claire. Sie helfen mir mehr als Morphium, weißt du das? Du kommst mich doch bald wieder besuchen, ja, Baby?«

Die Geschichte von Großmutter Kates Perlen war eine der philosophischeren, die meine Mutter mir erzählt hatte. Sie beschäftigte mich am Donnerstag während des Heimflugs. Ich dachte an meine eigenen Perlen, wundervolle Momente mit der Familie, mehr als ich zählen konnte, Momente der Freude und des Stolzes bei meiner Arbeit – und plötzlich wurde das Heimweh, das mich durch die ganze Woche begleitet hatte, fast unerträglich. Ich konnte es nicht erwarten, nach Hause zu kommen.

Mein Flugzeug landete pünktlich, der Chauffeur, den ich zum Flughafen bestellt hatte, war pünktlich, doch meine Ungeduld wurde immer größer. Ich war eine Ewigkeit weggewesen, und ich sehnte mich danach, heimzukommen, sehnte mich danach, meine Kinder zu umarmen und mit Dennis zu sprechen. Ich freute mich sogar auf die mir an sich verhaßten Pflichten wie Abwaschen, Wäsche zusammenlegen, Teppiche saugen, Betten machen. Mein Zuhause war mein Hafen, ich sehnte mich danach, vor Anker zu gehen.

Ich kam um halb sechs an – genau zu der Zeit, die ich den Kindern genannt hatte –, und es wunderte mich, daß sie mich nicht draußen erwarteten, denn ich hatte fest damit gerechnet, meine Kette um zwei schöne Perlen verlängern zu können, indem ich Johnny auf dem Verandageländer lümmeln sähe und Kikit beim Kästchenhüpfen auf dem sanft geschwungenen Bürgersteig. Es war warm draußen und noch hell. Dennis hätte schon vor einer halben Stunde mit ihnen zu Hause sein müssen.

Sein Wagen stand vor der an unser Haus gebauten Garage. Ich schleppte mein Gepäck zur Vordertür und mußte sie aufschließen, was mich ebenfalls wunderte. Wer immer als erster heimkam, sperrte beide Türen für die Kinder auf, die dann bis zum Einbruch der Dunkelheit zwischen Drinnen und Draußen pendelten.

»Hallo?« rief ich und erwartete die Freudenschreie, die mir bei meiner Ankunft für gewöhnlich aus der vor mir liegenden Küche oder aus dem ersten Stock entgegenschallten, doch es kamen keine, und die Stille war nur ein Punkt, der mich beunruhigte. Abgesehen von meinen Reisetaschen, die ich am Fuß der Treppe zum ersten Stock abgestellt hatte, war sie leer, nichts von den Schuhen, Schulpacks, Pullovern und diversen anderen Dingen zu sehen, die sich in meiner Abwesenheit üblicherweise dort ansammelten.

»Hey, Leute, ich bin wieder da-ah!«

»Das höre ich.« Dennis war wie aus dem Nichts in der Tür des Arbeitszimmers zu meinen Rechten erschienen. Er hielt ein Glas in der Hand. Bourbon on the rocks. Es schien sein erster zu sein – sein Blick war noch völlig klar.

Ob aus mütterlichem oder ehefraulichem Instinkt – jedenfalls erfaßte mich jäh ein ungutes Gefühl. »Was ist los?« fragte ich in die Stille hinein. Es war mir klar, daß etwas passiert sein mußte, und Angst stieg in mir auf. War Kikit krank? Johnny verletzt? Connie gestorben? »Was ist los?« wiederholte ich, diesmal im Flüsterton.

Dennis lehnte sich mit der Schulter an den Türrahmen und betrachtete scheinbar fasziniert den Inhalt seines Glases. Als er den Blick wieder hob, lag ein seltsamer Ausdruck darin.

»Ist etwas mit meiner Mutter?«

Er schüttelte den Kopf.

»Mit den Kindern?«

»Es geht ihnen gut.«
»Wo sind sie?«
»Bei meinen Eltern.«
Meine Schwiegereltern wohnten gleich hinter der Grenze nach New Hampshire, nur dreißig Fahrminuten entfernt. Ich konnte verstehen, daß sie Dennis die Kinder zeitweise abnahmen, wenn ich verreist war – aber doch nicht, wenn ich wieder heimkam! Johnny und Kikit freuten sich doch genauso auf mich wie ich mich auf sie. »Soll ich sie abholen?«
»Nein.« Sein Tonfall war ebenso seltsam wie sein Ausdruck, kälter als sonst, energischer als sonst. Die Erinnerung an eine Auseinandersetzung vor ein paar Monaten schoß mir durch den Kopf. Sie hatte mit Gift und Galle begonnen, war dann jedoch in ein unüblich kälteres, energischeres Stadium übergegangen, in dem Dennis mir die Trennung vorschlug.
»Warum nicht?« fragte ich in vorsichtigem Ton.
Er trank einen Schluck.
»Dennis?« Die Gefühle und Gedanken, die mich beschlichen, gefielen mir ganz und gar nicht. Ich hatte schon seinerzeit, wie schon einige Male zuvor, gegen eine Trennung gestimmt, doch diesmal wirkte er beängstigend selbstsicher und entschlossen.
Es klingelte.
Mein Blick flog zur Haustür und zu Dennis zurück. »Wer ist das?« fragte ich, als ich sah, daß er nicht überrascht war.
Er bedeutete mir mit dem Glas, zu öffnen, was ich eiligst tat. Ein freundlicher, leger gekleideter Mann in mittleren Jahren stand auf der Schwelle.
»Claire Raphael?«
»Ja.«
Er streckte mir ein neutrales Kuvert hin. Sobald ich es

entgegengenommen hatte, machte er auf dem Absatz kehrt und ging den Weg hinunter.
Der Umschlag war an mich adressiert. Als Absender war das *Office of the Constable of Essex County* angegeben.
Ich schloß die Tür, warf Dennis einen unbehaglichen Blick zu und riß das Kuvert auf.

Zweites Kapitel

Die Überschrift wies das Papier als eine *Vorläufige Verfügung des Probate and Family Court Department of the Commonwealth of Massachusetts, Essex Division* aus. Dennis war mit Schreibmaschine als Kläger aufgeführt, ich als Beklagte.

Verwirrt schaute ich zu ihm auf. Er erwiderte meinen Blick völlig gelassen. Ich las weiter.

> Bis zu einer Anhörung zur Feststellung des Sachverhalts oder einer weiteren Verfügung des Gerichts wird angeordnet:
>
> Der Kläger/Vater erhält das vorläufige Sorgerecht für John und Clara Kate Raphael, die minderjährigen Kinder der Parteien.
>
> Die Ehefrau hat die eheliche Wohnung bis zum kommenden Montag, dem 28. Oktober, zwölf Uhr mittags zu räumen, zu welchem Zeitpunkt alle Parteien zu erscheinen haben, um triftige Gründe dafür vorzubringen, warum das vorläufige Sorgerecht und die Wohnungsräumung dauerhafte Gültigkeit erlangen sollten oder nicht.
>
> Zu besagtem Termin wird eine Anhörung zu dem Zweck stattfinden, vor einer endgültigen Scheidungsvereinbarung über das vorläufige Sorgerecht und eine Unterhaltszahlung zu entscheiden.

Das Formblatt trug das Datum dieses Tages: Donnerstag, 24. Oktober, und die Unterschrift von E. Warren Selwey, Justice of the Probate and Family Court.
Ich starrte fassungslos auf das Schreiben hinunter. Dennis spielt mir einen üblen Streich, um mir deutlich zu machen, daß ihm meine Reisen nicht passen, war die einzige Erklärung, die mir dafür einfiel. Aber das Formular sah mit seinem geprägten Briefkopf und den mit einer altersschwachen Schreibmaschine ausgefüllten Leerräumen, deren Typen, wie ich feststellte, bis auf die Rückseite durchgeschlagen hatten, erschreckend echt aus – und Dennis lachte nicht.
»Was ist das?« fragte ich.
»Das sollte eigentlich klar sein.«
»Es sieht aus wie eine gerichtliche Verfügung.«
»Kluges Kind.«
»Eine gerichtliche Verfügung?«
»Du sagst es.«
»Dennis!« Anklagend hielt ich ihm das Formular hin. »Was ist das?«
Dennis war ein Blender. Was ihm am Geschäftssinn mangelte, glich er mit gutem Aussehen, Charme und der Art selbstbewußten Lächelns aus, das Menschen unwiderstehlich anzog. Als seine Frau wußte ich, daß sich eine gewisse Unsicherheit hinter der Fassade verbarg.
Zumindest war das bisher so gewesen. Heute wirkte sein Selbstvertrauen so echt, daß es mir angst machte.
»Ich habe die Scheidung eingereicht«, erklärte er. »Das Gericht hat mir das vorläufige Sorgerecht für die Kinder zuerkannt, und angeordnet, daß du das Haus räumen mußt.«
Das konnte nur ein übler Streich sein. »Du machst Witze.«
»Nein. Dieses Schreiben ist eine offizielle Verfügung.«

Ich schüttelte den Kopf. Was sollte das? »Warum sind die Kinder bei deinen Eltern? Heute war doch Schule.«

»Meine Eltern wohnen ja ganz in der Nähe. Bei ihnen zu Abend zu essen ist etwas Neues für die Kids, und es gibt dir Zeit, deinen Kram zu packen und zu verschwinden. Ich möchte nicht, daß die Kinder sich aufregen.«

»Wenn du nicht möchtest, daß sie sich aufregen« – ich schluckte trocken und hob das Formblatt hoch –, »was soll das dann?«

Er stieß sich gereizt vom Türrahmen ab. »Um Himmels willen, Claire, du hast es direkt vor der Nase! Ich verlange die Scheidung. Ich wiederhole: Ich verlange die Scheidung. Warum geht das nicht in deinen Kopf?«

»Weil das nicht die Art und Weise ist«, erwiderte ich mit aufsteigender Angst laut und heftig, »in der zwei vernünftige Menschen nach fünfzehn guten Ehejahren miteinander umgehen. Solche Menschen reden miteinander.«

»Das habe ich versucht, aber du hast dich taub gestellt. Ich habe dreimal von Scheidung gesprochen. Wenn du willst, kann ich dir sogar die genauen Daten nennen. Das letzte Mal war im August. Da sagte ich, wir sollten uns trennen, wenn die Schule wieder anfinge.«

Ich erinnerte mich daran. Er war aufgebracht gewesen, weil eine Finanzierung, um die er sich bemüht hatte, geplatzt war. Zur gleichen Zeit waren die Umsatzaufstellungen des zweiten Quartals von WickerWise gekommen – besser denn je, was ihn noch zusätzlich demoralisierte. Und so hatte er gedroht, auszuziehen. Das tat er immer, wenn er aufgebracht oder frustriert war oder sich gedemütigt fühlte – das kannte ich zur Genüge.

»Ich kam nicht auf die Idee, daß du es ernst meintest.«

»Das tat ich aber. Sehr.«

»Dennis!«
»Claire!« äffte er meinen Tonfall nach und lehnte sich, wieder ganz gelassen, an den Türrahmen. Ich glaube, es war diese Gelassenheit, die mich fertigmachte, denn sie vermittelte, daß Dennis in diesem Fall wirklich die Oberhand hatte, und sie schuf Distanz zwischen uns, verlieh seiner Stimme Kälte. »Ich will die Scheidung. Da du nicht bereit warst, mir zuzuhören, blieb mir nichts anderes übrig, als zu diesem Mittel zu greifen.«
In meinem Kopf herrschte ein heilloses Durcheinander – Fragen, Ängste, langfristige Folgen schossen in alle Richtungen, kollidierten miteinander. Ich versuchte, sie voneinander zu trennen, Satz für Satz zu denken, Schritt für Schritt. Trotzdem war ich atemlos. »Okay. Wenn es dir ernst ist mit der Trennung, dann können wir uns einigen – aber was soll das mit dem Sorgerecht für Johnny und Kikit und dieser Verfügung, daß ich das Haus zu räumen habe?«
»Ich will das Haus. Ich will Unterhalt. Ich will das alleinige Sorgerecht für die Kinder.«
»Wie bitte?«
»Du bist keine verantwortungsbewußte Mutter.«
»Wie bitte?«
»Großer Gott, Claire, soll ich es dir buchstabieren?«
»Ja – du sollst es mir buchstabieren.« Ich wurde allmählich zornig. Es reichte mir. »Ich bin durchaus eine verantwortungsbewußte Mutter. Was in aller Welt könntest du dem Richter erzählen, um ihn vom Gegenteil zu überzeugen?«
»Du wirst zwischen deiner Mutter und deiner Arbeit zerrieben. Die Kinder leiden.«
»Inwiefern?«
»Du bist kaum hier – und wenn, dann hast du den Kopf so mit Arbeit voll, daß du die Kinder vergißt.«

»Kommst du jetzt wieder mit Kikits Ballettunterricht? Das haben wir doch schon ein dutzendmal durchgekaut. Im Laden war der Strom ausgefallen und die Uhren waren stehengeblieben.«
»Was war mit dem versäumten Gesprächstermin bei der Lehrerin?«
Ich brauchte einen Moment, bis ich begriff, was er meinte. »Dem bei Mrs. Stanetti? Den habe ich nicht versäumt. Wir mußten ihn zweimal verschieben, und dann konnten wir einander nicht mehr erreichen.«
Er hob die Hand. »Sie hat auf dich gewartet, und du bist nicht erschienen. Und dann war da noch der Unfall, den du letzten Monat hattest. Der Wagen war total hinüber. Es war ein Wunder, daß den Kindern nichts passierte.«
»Ich konnte nichts für den Unfall, Dennis. Ich wurde von einem Mann gerammt, der einen Herzinfarkt hatte. Das hat die Polizei so gesehen und die Versicherung ebenfalls.«
»Der Richter sieht es aber anders: Er ist meiner Meinung: daß du hättest ausweichen können, wenn du bei der Sache gewesen wärst, und nicht das Leben unserer Kinder hättest aufs Spiel setzen müssen. Apropos Kinder: Kikit hatte einen kapitalen Allergie-Anfall, während du weg warst.«
Mein Magen krampfte sich zusammen. »Wann? Und woraufhin?«
»Dienstag abend – auf den tiefgefrorenen Eintopf hin, den du für uns vorbereitet hattest. Was hast du da bloß reingetan, Claire? Du müßtest doch am besten wissen, was Kikit essen darf und was nicht. Aber was noch schlimmer ist – es war kein Epi-pen da. Du mußt ihn in Cleveland gelassen haben.«
»Das habe ich nicht. Ich habe ihn eingepackt. In ihre Reisetasche.«
»Da war er aber nicht. Ich habe nachgesehen. Er war weder

dort noch hier. Ich mußte mit ihr ins Krankenhaus rasen. Sie schwoll immer mehr an und rang immer mühsamer nach Luft. Als wir ankamen, war sie schon fast blau.«
Ich preßte die Hand auf die Brust. Diese Neuigkeit raubte mir den Atem, mehr als alles andere. Mit Medizin oder ohne – jeder Anfall von Kikit war gefährlich. »Es waren Antihistamine da und ein Reserve-Epi-pen. Ich habe immer einen Vorrat da.«
Er schüttelte den Kopf. »Wir haben überall gesucht.«
»Die Sachen sind in dem Kühlschrank im Keller. Das hatte ich dir gesagt! Ist sie wieder okay?«
»Sie haben sie stabilisiert, aber es dauerte eine Weile. Sie weinte nach dir, aber du warst ja nicht da.«
Wut kochte in mir hoch. »Ich war nur eine Telefonnummer weit weg. Warum hast du mich nicht angerufen?«
»Ich habe es versucht, aber du hattest dein Handy ausgeschaltet, und bei deiner Schwester war besetzt.«
»Du hättest es ja später noch mal versuchen können. Oder am nächsten Tag. Ich habe mein Handy benutzt – es war eingeschaltet. Und bei Rona war bestimmt nicht endlos besetzt. Außerdem hätte die Telefonistin das Gespräch unterbrochen, wenn du gesagt hättest, daß es sich um einen Notfall handelte. Oder du hättest in Connies Krankenzimmer anrufen können – oder auf der Station. Ich hatte dir alle Nummern an die Pinnwand gehängt. Du hättest mich erreicht, wenn du gewollt hättest. Ich wäre sofort zurückgekommen.«
»Tatsächlich? Von den letzten neunzig Tagen warst du vierunddreißig weg. Gib's zu, du bist für dein Leben gern auf Achse.«
»Das ist nicht wahr, und schon gar nicht, wenn eines der Kinder krank ist. Du hast tatsächlich die Tage gezählt, die ich nicht hier war? Wie viele davon habe ich bei meiner Mutter

verbracht?« Wenn ich nicht so aufgebracht gewesen wäre, hätte ich sie ihm selbst vorgezählt. Arme Kikit. Ich wußte, wie ihre Anfälle verliefen. Erst ein paar Stunden Panik und dann eine schnelle, körperliche Erholung. Die emotionale hinkte immer hinterher. Bis wir den Grund für den Anfall herausgefunden hatten, war sie vor lauter Angst nicht bereit, etwas zu essen.

Und diesmal war ich nicht dagewesen! Sie mußte geglaubt haben, ich ließe sie im Stich.

Wütend auf Dennis, weil er mich nicht informiert hatte, lief ich in die Küche und nahm den Hörer ab, um sie bei meinen Schwiegereltern anzurufen, doch Dennis drückte mit dem Finger auf die Gabel, bevor es dort zum ersten Mal klingeln konnte.

»Laß das!« Ich versuchte, seine Hand wegzuziehen. »Ich muß mit Kikit reden.«

»Du mußt«, erwiderte er gefährlich langsam und mit Fingern wie Blei, »deine Klamotten packen und verschwinden. Du hast die gerichtliche Verfügung gelesen, Claire. Wenn du dich ihr widersetzt, rufe ich die Polizei.«

»Das würdest du nicht tun!«

»Doch, das würde ich«, sagte er, und sein Gesichtsausdruck ließ mir keine Möglichkeit, daran zu zweifeln. Er war mein Mann, er kannte mich genauer als jeder andere Mann, doch in seinen Augen lag keine Wärme, nichts, das darauf hindeutete, daß ich in irgendeiner Weise etwas Besonderes für ihn war. Ich hätte auch eine Fremde sein können, gegen die er eine spontane Abneigung gefaßt hatte, oder jemand, der ihn beleidigt hatte und an dem er sich nun rächte.

In diesem Augenblick war er auch für mich ein Fremder. »Du machst mir angst, Dennis.«

»Geh einfach.«

»Ich bin hier zu Hause. Wo soll ich denn hin?«
»Es wird dir schon was einfallen«, meinte er in seltsam lauerndem Ton.
Ich wartete darauf, daß er weiterspräche. Als er es nicht tat, fragte ich: »Zum Beispiel?« Es war, als wisse er etwas, das ich nicht wußte, und als wolle er es mir eigentlich sagen.
Er hob den Arm, stützte sich über dem Telefon an der Wand ab und lächelte mich schief an. »Kikit hat mir von deinem Auftritt vor dem Fensterputzer erzählt.«
»Auftritt?«
»Als du in deiner hübschesten Victoria's-Secret-Unterwäsche hier hereinstolziertest, als er gerade das Panoramafenster da drüben putzte.«
Ich hatte keine Ahnung, worauf er hinauswollte, doch ich sagte: »Als ich ihn sah, floh ich sofort. Ich wäre am liebsten im Boden versunken.«
»Du sahst gut aus, und du wußtest es.«
»Du glaubst, ich bin absichtlich ins Zimmer gekommen? Ich bitte dich, Dennis, der Junge ist zwanzig Jahre alt.«
»Junges Fleisch. Sexy Fleisch.«
»Er ist der große Bruder von Johnnys bestem Freund. Darum habe ich ihn überhaupt eingestellt. Er brauchte das Geld.«
»Und bekam einen netten kleinen Kick als Trinkgeld. Kikit fand es urkomisch. Ich für meinen Teil halte es für ein skandalöses Verhalten in Gegenwart eines leicht zu beeindruckenden kleinen Mädchens.« Er ließ seinen Arm an der Wand herunterrutschen. »Das mit dir und Brody finde ich übrigens auch nicht komisch.«
Ich schaute ihn verständnislos an. »Was ist mit mir und Brody?«
»Daß ihr es miteinander treibt.«
Daß wir es miteinander trieben? Ich und Brody?

Es dauerte eine ganze Weile, bis ich wieder sprechen konnte, und dann tat ich es in gelassenem Ton. Seine Beschuldigung war so absurd, daß ich sie nicht ernst nehmen konnte. »Das ist doch verrückt, Dennis. Was ist denn nur in dich gefahren?«

»Ihr beide. Seit Monaten und Monaten darf ich mir das nun schon ansehen. Hast du gedacht, ich würde es nicht bemerken? Ständig berührst du ihn.«

»Ich berühre ihn?«

»Mal seine Hand, mal seinen Arm. Und dann kommt noch die Art hinzu, wie ihr einander anschaut, wie ihr miteinander redet. Wenn einer von euch einen Satz beginnt, weiß der andere schon, was er sagen will. Du verbringst mehr Zeit mit ihm als mit mir oder den Kindern.«

»Das bezweifle ich zwar, aber wenn du schon die Stunden zählst, dann bedenke dabei bitte, daß Brody mein Geschäftsführer ist.«

»Ein wirklich praktisches Arrangement. Wie das Büro in seinem Haus.«

»Das Büro ist in seinem Haus«, hielt ich ihm entgegen, »weil du es hier nicht haben wolltest. Ich wollte es auf dem Dachboden einrichten – das wäre ideal gewesen –, aber du lehntest diesen Vorschlag ab, weil du nicht wolltest, daß Telefone klingelten und Leute ein und aus gingen.«

»Ich habe dir gesagt, du solltest dir was mieten.«

»Das war vor fünf Jahren. Damals war die Firma noch kleiner, und etwas zu mieten erschien mir übertrieben. Ich wäre ja hier im Arbeitszimmer geblieben, aber ich brauchte mehr Platz. Und so richteten wir das Büro in Brodys Remise ein. Nicht in seinem Haus – in seiner Remise.«

»Du bist doch andauernd in seinem Haus. Das habe ich selbst gesehen. Du benutzt seine Küche. Du benutzt sein Bad. Ich wette, du kennst sein Schlafzimmer in- und auswendig.«

Es kostete mich all meine Beherrschung, ihn angesichts des schmuddeligen Bildes, das er da malte, nicht anzuschreien. »Du bist total auf dem Holzweg. Zwischen Brody und mir spielt sich lediglich ab, was sich überall zwischen Menschen abspielt, die zusammenarbeiten.«

»Und zusammen reisen. Beispielsweise diese Woche: Vier Nächte in High Point.«

»Rein beruflich.«

»Ja, ja. Ich habe Telefonrechnungen von anderen Reisen: Auf jeden Anruf bei uns kamen drei Anrufe bei ihm.«

»Er ist mein Geschäftsführer«, wiederholte ich. »Mein Geschäftspartner.«

»Warum fanden diese Telefonate dann nicht während der Geschäftszeiten statt?«

»Weil ich während der Geschäftszeiten mit anderen Leuten beschäftigt war. Die Anrufe zu Hause mußten davor oder danach erfolgen.«

»Die bei Brody lagen eindeutig danach: Einundzwanzig Uhr fünfundvierzig, zweiundzwanzig Uhr dreißig, dreiundzwanzig Uhr fünfzehn.«

»Das ist richtig. Um diese Zeit hatte ich mit dir und den Kindern telefoniert, etwas gegessen und saß an meinem Laptop, um auszuwerten; was ich an dem betreffenden Tag getan hatte, und aufzulisten, was mein Stellvertreter erfahren und was ich ihn fragen müßte – und angesichts der Zeitunterschiede war es dann eben so spät.« Es war mir bewußt, daß ich defensiv klang, aber Dennis' Anschuldigungen waren so unfair, daß ich sie nicht unwidersprochen im Raum stehenlassen konnte.

»Nett von Brody, daß ihn das nicht störte.«

»Er ist genau so eine Nachteule wie ich.«

»Und woher weißt du das?«

»Aus dem gleichen Grund wie du – weil Brody unser engster Freund ist!« Ich fuhr mir mit einer heftigen Handbewegung durch die Haare, als könnte ich damit die Wogen glätten. In meinem Kopf herrschte heillose Verwirrung – nicht zuletzt aufgrund der Erkenntnis, daß Dennis all das schon seit langem geplant und Argumente dafür gesammelt haben mußte. Telefonrechnungen? Brody und ich? »Brody war dein Zimmerkamerad auf dem College. Du kennst ihn seit fast fünfundzwanzig Jahren. Er war dein Geschäftspartner – lange, bevor er einer wurde. Er war dein Trauzeuge. Er ist der Taufpate unserer Kinder, ihr Lieblingsonkel und, ja, okay, mein bester Freund. Wenn du auf all das eifersüchtig bist, dann tut es mir leid . . .«
»Eifersüchtig? Er kann dich haben! Der Sex mit dir war bestenfalls mittelmäßig!«
Ich hatte das Gefühl, einen Magenschwinger bekommen zu haben, knickte tatsächlich in der Mitte ein. »Du hast dich nie beschwert, du konntest doch nie genug bekommen.«
»Verdammt richtig! Es war wie Zähneziehen. Entweder warst du erledigt, oder du arbeitetest bis spät in die Nacht, oder du warst mit einem Ohr in den Kinderzimmern, weil du fürchtetest, es könnte etwas sein . . .«
»Halt, halt! Ich habe dich nur höchst selten abgewiesen, und du bist jedesmal, wenn wir zusammen waren, zum Orgasmus gekommen. Worüber beklagst du dich also? Wirf mir keine Platitüden an den Kopf, Dennis. So beschäftigt ich auch war – ich nahm mir Zeit dafür. Wir haben weiß Gott oft miteinander geschlafen.«
»Du sprichst von Quantität – ich von Qualität.«
Ich warf einen flehenden Blick zur Decke. »Großer Gott – was geht hier vor?«
»Das!« sagte Dennis und schlug gegen die gerichtliche Verfü-

gung, die ich in meiner Hand hielt. Als ich einen Schritt zurücktrat, trat er vor das Telefon. Ich war zu verblüfft, um zu reagieren, als er den Hörer ans Ohr hob, eine Nummer eintippte, und dann war ich völlig verwirrt, als er unsere Adresse durchgab und sagte: »Schicken Sie schnellstens jemanden her.« Erst als er auflegte, begriff ich, was er getan hatte.

Mein Mann, der mich vor kaum zwei Wochen mit einer Umarmung verabschiedet und mir nachgewinkt hatte, als sei alles in bester Ordnung, hatte gerade die Polizei gerufen.

»Dennis!« Ich kämpfte gegen die aufsteigende Panik an. »Mein Gott, Dennis! Ist dir klar, daß du Brücken abbrichst?«

»Verschwinde.«

»Was tust du uns allen an?«

»Du hast es getan – nicht ich.«

»Ich brauche die Kinder, und sie brauchen mich.«

»Jetzt haben sie mich.«

»Jetzt? Jetzt? Auf einmal? Wo warst du denn die letzten neun Jahre? Ich will meine Kinder!«

»Das kannst du am Montag dem Richter erzählen. Und bis dahin will ich dich hier raushaben.«

»Aber ich bin deine Frau.«

»Laut Gerichtsbeschluß leben wir ab sofort getrennt.«

Ich konnte kaum atmen. Jedes Wort, das er sagte, war ein Tiefschlag. Und wie er es sagte! So gefühllos. So brutal. So unbarmherzig. Ich begriff diesen Dennis nicht. Aber ich begriff, daß ich Gefahr lief, zu verlieren, was mir mehr als alles andere auf der Welt bedeutete – und so appellierte ich in flehendem Ton an ihn: »Es muß eine bessere Lösung geben – um der Kinder willen. Eine humanere Lösung. Sie wußten doch, daß ich heute zurückkommen würde. Wie willst du ihnen meine Abwesenheit erklären? Wie soll ich sie ihnen

erklären? Und wann? Ich muß sie sehen, Dennis, ich kann nicht bis Montag warten.«
»Die gerichtliche Verfügung ...«
»Die gerichtliche Verfügung kümmert mich einen Dreck – es geht mir um meine Kinder!« Ich fing an zu weinen, doch auch das kümmerte mich nicht – nicht einmal, als es klingelte. Ich folgte Dennis durch die Halle zur Tür.
»Es sind Prachtkinder. Sie sind angepaßt und wachsen behütet auf – und sie sind glücklich. Was du da tust, und wie du es tust, wird sie total verstören. Es muß sie verstören. Du machst sie damit kaputt, Dennis!«
»Sie ist nicht bereit zu gehen«, erklärte Dennis dem Polizeibeamten. Es war Jack Mulroy. Er kannte uns, denn wir lebten in einem kleinen Ort.
»Ich bin ihre Mutter«, gab ich Jack, immer wieder neue Tränen wegwischend und schniefend, zu bedenken. »Ich liebe meine Kinder, und sie lieben mich. Es kann doch kein Richter, den ich nie gesehen habe, verfügen, daß ich mein Zuhause und meine Kinder verlassen muß!«
Jack streckte die Hand nach der gerichtlichen Verfügung aus, die ich in meiner Faust zerknüllt hatte. Ich öffnete die Hand und gab sie ihm. Er würde mich verstehen, dachte ich. Er hatte mir einmal geholfen, als Kikit einen schlimmen Anfall gehabt hatte. Und dann noch einmal, als Dennis verreist war und mitten in der Nacht plötzlich die Alarmanlage losging. Er war ein anständiger Kerl, und er wußte, daß ich meine Kinder liebte – er würde niemals, niemals etwas tun, das ihnen weh täte. Er wußte, daß ich es nicht verdiente, aus meinem Zuhause vertrieben zu werden. Er war ein Gesetzeshüter – er war für Gerechtigkeit.
»Ich fürchte, Sie müssen tatsächlich gehen«, sagte er. »Dies ist ein offizielles Schreiben. Ich kann keine gerichtliche Verfügung außer Kraft setzen.«

»Aber sie ist nicht gerechtfertigt. Ich habe nichts Unrechtes getan.«
»Das müssen Sie am Montag bei Gericht sagen.«
»Aber ich kann nicht bis Montag warten. Sehen Sie das nicht ein? Wenn ich es tue, dann ist der Schaden angerichtet, dann müssen die Kinder leiden.« Ich schaute Dennis an. »Es muß eine bessere Lösung geben!«
Er verschränkte die Arme vor der Brust.
»Dennis!« flehte ich inständig.
»Bitte, Mrs. Raphael«, sagte Officer Mulroy. »Machen Sie es uns allen nicht unnötig schwer. Sind das Ihre Reisetaschen? Kommen Sie, ich trage Sie Ihnen zu Ihrem Wagen.«
»Ich hatte einen Unfall mit Totalschaden«, erklärte ich mit einem Anflug von Hysterie in der Stimme. »Und ein neues Auto habe ich noch nicht.«
»In der Garage steht ein Mietwagen«, informierte Dennis Jack. »Die Schlüssel stecken.«
Jack nahm mich am Arm. Ich entriß ihn ihm. »Ich habe den Mietwagen vor meiner Abreise zurückgebracht«, sagte ich zu Dennis.
»Ich habe gestern einen neuen für dich gemietet.«
Jack legte die Hand auf meinen Arm. »Ich möchte keine Verstärkung anfordern müssen«, sagte er so leise, daß ich erkannte, daß ihm die Situation beileibe peinlich war. Aber in diesem Augenblick wurde mir mit einem Schlag klar, wie die Dinge lagen: Wenn ich nicht freiwillig ginge, würde ich gewaltsam entfernt.
Wenn ich gewaltsam entfernt werden müßte, würde Dennis es dem Richter mitteilen.
Wenn er das täte, würde der Richter vielleicht glauben, daß ich mich nicht unter Kontrolle hätte, und wenn er das glaubte, wäre es möglich, daß ich meine Kinder verlöre.

Arme, Beine, Eingeweide – alles schien zu zittern. Ich zog ein Papiertuch aus der Tasche und drückte es an meine Nase, atmete aufschluchzend tief ein und dachte daran, was meine Mutter unglaublicherweise erst vor vierundzwanzig Stunden zu mir gesagt hatte. »Was habe ich für eine Wahl?« hatte sie mich gefragt.

Was hatte ich für eine Wahl? Ich konnte in Panik geraten. Ich konnte kreischend und heulend und zähneklappernd gegen ein System protestieren, das mich etwas zu tun zwang, das ich nicht wollte. Oder ich konnte ein Heilmittel suchen.

Dennis ignorierend, sagte ich verzagt zu Jack: »Ich weiß nicht, was ich machen soll, ich war noch nie in so einer Situation.«

»Zuallererst müssen Sie hier weg. Der Wagen steht in der Garage?«

Ich nickte, wobei ich die Lippen zusammenpreßte, um das Zittern zu unterbinden. Ich wollte nicht mehr weinen – nicht in Dennis' Gegenwart, und auch nicht vor Jack.

Ich sank auf die Knie, um mir die Schultertasche umzuhängen. Jack nahm die größere. »Ist das alles, was Sie brauchen?« fragte er.

Ich hatte die vergangenen dreizehn Tage aus diesen beiden Taschen gelebt – es würde auch noch drei weitere Tage gehen. Außerdem hätte ich es nicht einmal, wenn mein Leben davon abgehangen hätte, fertiggebracht, andere Kleider herauszusuchen und einzupacken.

Ich schaute Dennis nicht an, und ich sagte auch nichts zu ihm, weil ich Angst hatte, daß ich dann in Tränen ausbrechen, ihn anflehen oder beschimpfen würde. Einzig und allein darauf konzentriert, zum Auto zu kommen, ohne zusammenzubrechen, führte ich Jack durch die Küche und den Vorraum in die Garage.

Der Mietwagen war burgunderrot, was ich liebte und Dennis

haßte. Darin lag ein gewisser Widerspruch – ebenso wie in der Tatsache, daß er mir einen Wagen gemietet hatte, anstatt mich in ein Taxi zu verfrachten. Ich hatte vorgehabt, mir morgen selbst einen zu mieten und dann innerhalb einer Woche einen neuen zu kaufen.

Jack verstaute die Taschen im Kofferraum, ich glitt hinter das Steuer und machte mich mit der Zündung, den Scheinwerfern und der Gangschaltung vertraut. Irgendwie schaffte ich es, rückwärts hinauszufahren, ohne an einer Wand entlangzuschrammen. Ich fuhr neben den Streifenwagen, kurbelte die Scheibe herunter und wartete auf Jack.

Er kam zu mir, beugte sich herunter und sagte: »Sie müssen sich schleunigst einen Anwalt suchen.« Jetzt, da wir nicht mehr im Haus waren, schwang Mitgefühl in seiner Stimme mit, und ich kam zu dem Schluß, daß er im Grunde doch auf meiner Seite stand. »Sie müssen bis Montag eine Liste stichhaltiger Gründe zusammenstellen, die den Richter davon überzeugen, daß Sie in das Haus und die Kinder zu Ihnen gehören. Kennen Sie einen guten Anwalt?«

Einen Anwalt. So weit hatte ich noch gar nicht gedacht. Einen Scheidungsanwalt. Der Gedanke erschütterte mich bis ins Mark. Einen Spezialisten für Familienrecht. Ich hätte schon wieder in Tränen ausbrechen können.

Der einzige Rechtsanwalt, mit dem ich Erfahrung hatte, war der, der die WickerWise-Verträge abschloß – aber der befaßte sich nicht mit Fällen wie diesem. Doch ich nahm an, daß er mir einen empfehlen könnte. Allerdings müßte ich ihm dann sagen, warum ich ihn bräuchte, und das wollte ich nicht.

Dann fiel mir jemand ein – einer der prominenteren Scheidungsanwälte von Boston. Er war der Schwager meiner Filialleiterin in Philadelphia. Angesichts dieser Verknüpfung war

ich sicher, daß er sich trotz der Kurzfristigkeit meines Falls annehmen würde.
Zuerst aber wollte ich meine Kinder sehen.
Jack war dagegen. »Das würde ich nicht tun. Sie sind aufgebracht, und das würde sich auf sie übertragen. Und außerdem – was würden Sie ihnen denn sagen wollen?«
Ich machte den Mund auf und wieder zu. Ich wußte nicht, was ich ihnen sagen sollte. Um der Kinder willen erschien es mir wichtig, daß Dennis, seine Eltern und ich ihnen eine übereinstimmende Version präsentierten, aber ich hatte ja keine Ahnung, was sie ihnen bereits erzählt hatten.
»Vielleicht wäre es einfacher, wenn ich sie anriefe.« Da könnte ich mogeln, könnte behaupten, noch in Cleveland zu sein oder so. »Ist mir das erlaubt?«
»In der gerichtlichen Verfügung steht zwar kein diesbezügliches Verbot, aber wenn Ihr Mann was dagegen hat, könnte es schwierig werden, sie zu erreichen. Dinge wie Telefongespräche und die Besuchsrechte werden am Montag geklärt.«
Besuchsrechte? Unvorstellbar!
»Kikit ist am Samstag zu einer Geburtstagsfeier eingeladen – ich muß ein Geschenk mit ihr besorgen. Und was ist mit Johnnys Spiel? Darf ich dort hin?«
»Besprechen Sie das mit Ihrem Anwalt. Sie dürfen, aber vielleicht sollten Sie erst mit Dennis reden. Wer vertritt ihn denn?«
»Keinen Schimmer.«
»Das kann Ihr Anwalt sehr schnell rauskriegen.«
Wieder kroch Panik in mir hoch. »Ich bin eine verantwortungsbewußte Mutter. Ich habe meine Kinder keinen größeren Gefahren ausgesetzt als alle anderen Mütter, die ihre Kinder zum Spielen vor die Tür lassen. Diese Behauptung ist einfach verrückt. Genauso wie das Gerede von Scheidung.

Dennis hat kein einziges Wort davon gesagt, als ich Freitag vor einer Woche abreiste. Wir verabschiedeten uns im besten Einvernehmen, und wir haben auch ganz formal miteinander telefoniert, während ich weg war.« Ich schaute zum Haus hinüber, meinem Haus, aus dem ich verbannt worden war. »Ich kann das alles überhaupt nicht fassen.«
»Sprechen Sie mit einem Anwalt. Sie haben bis Montag Zeit, sich auf die Anhörung vorzubereiten. Und dort haben Sie die Chance, die Sache zum Guten für sich zu wenden.«

Ich war in Gedanken sosehr damit beschäftigt, zu rekapitulieren, was zu Hause vorgefallen war, daß mir erst nach einer ganzen Weile bewußt wurde, wohin ich unterwegs war: nach New Hampshire, zu meinen Kindern. Das hatte nicht mein Verstand entschieden, sondern mein Herz. Als ich den Highway erreichte, fiel mir wieder Jacks Frage ein, was ich den Kindern sagen wollte. Ich hielt am Straßenrand an und spielte die möglichen Szenarien durch. Sie endeten entweder damit, daß die Kinder weinten oder daß ich weinte oder daß ich ihre Großeltern anschrie oder daß ihre Großeltern die Polizei riefen. Letzteres erschien mir allerdings unwahrscheinlich. Ich hatte immer ein gutes Verhältnis zu meinem Schwiegereltern gehabt. Aber das hatte ich auch zu Dennis zu haben geglaubt – und was hatte er getan? Mein Glaube war erschüttert. Ich konnte nicht mehr darauf bauen, daß die Menschen, denen ich vertraute, rational handelten.
Aber in erster Linie ging es mir um die Kinder. Das wichtigste war, sie nicht unnötig zu traumatisieren. Dennis und ich mußten zu irgendeiner Einigung kommen. Dafür brauchte ich einen Ratgeber. Ja, ich brauchte einen Anwalt.
Ich nahm das Handy aus meiner Handtasche, holte mir bei

der Auskunft die Nummer von Lloyd Ushers Kanzlei und tippte die Nummer ein. Das Vorzimmer war natürlich nicht mehr besetzt – es war halb sieben – aber ich wußte, wie lange ich abends arbeitete, wußte, wie lange die meisten erfolgreichen Leute abends arbeiteten, und nahm an, daß er noch im Büro war.

Ich suchte die Nummer meiner Filialleiterin in Philadelphia heraus und erklärte ihr, um einen normalen Tonfall bemüht, daß ich eine dringende Frage habe und darum Ihren Schwager konsultieren müsse. Sie gab mir seine Durchwahl.

Lloyd Usher meldete sich mit einem Grunzlaut, der besagte, daß er beschäftigt war. Hastig nannte ich ihm meinen Namen, erklärte ihm, wie ich auf ihn gekommen war und schilderte ihm in dürren Worten meine Situation. Ich hätte gleich wissen müssen, daß er nicht der richtige Mann für mich war, als er mir anbot, mich am nächsten Tag um vierzehn Uhr zu empfangen, aber einen anderen Ansprechpartner hatte ich nicht, und es eilte!

Also verlegte ich mich aufs Betteln. Ich sagte, es handle sich um einen Notfall, daß es um das Wohl meiner Kinder gehe, und das Problem keinen Aufschub bis zum nächsten Tag dulde. Er erwiderte mir hörbar genervt, daß alle Welt Probleme hätte, die keinen Aufschub duldeten, und daß er das Büro um halb acht verlassen müsse. Ich versprach, vorher dazusein und ihn nur ein paar Minuten zu beanspruchen. Mehr brauchte ich nicht, wirklich – nur ein paar Minuten, um ein paar Fragen zu stellen. Das wäre immerhin ein Anfang. Es würde die schreckliche Hilflosigkeit mindern, die mich erfüllte, und mir einen Hauch von Handlungsfähigkeit zurückgeben.

Ich fuhr, so schnell es der Stoßverkehr zuließ. Nachdem ich endlich einen Parkplatz gefunden hatte, kam ich um Viertel

nach sieben in der Kanzlei an. Mit einem vorwurfsvollen Blick auf seine Uhr ließ er mich ein.
»Ich fasse mich kurz«, versprach ich ihm in einem Ton, der gleichzeitig Gelassenheit, Tüchtigkeit, Verständnis für seinen Zeitdruck und Dankbarkeit ausdrücken sollte. Ich wollte einen reifen und vernünftigen Eindruck bei ihm erwecken.
Er rannte beinahe vor mir her den Flur hinunter. Als geschulte Innenarchitektin hätte ich die Einrichtung der Büros, an denen wir vorbeihasteten, normalerweise mit einem Blick erfaßt, aber mein Kopf war zu voll mit anderen Dingen, als daß ich mehr registriert hätte als Luxus. Lloyd Usher und sein Büro verströmten ihn ebenfalls: Orientteppiche, kostbare Holztäfelung, Zweireiher, coiffeurgestylte Frisur.
Nachdem er mir mit einer Geste Platz in einem Ledersessel angeboten hatte, ging er hinter seinen Schreibtisch, nahm seine Uhr ab und in die Hand, um sie besser im Auge zu haben, und streckte die freie Hand auffordernd aus. »Lassen Sie mich die gerichtliche Verfügung sehen.«
Ich zog sie aus meiner Handtasche und reichte sie ihm hinüber.
Er las sie und gab sie mir zurück. »Das ist ja ein drastischer Schritt. Was hat ihn ausgelöst?«
»Ich habe keine Ahnung. Als ich nach elf Tagen von einer Reise zurückkam, wurde ich von meinem Mann erwartet, und es vergingen keine zehn Minuten, bis der Bote kam und mir dies hier aushändigte.«
»Er hat es Ihnen zugestellt«, korrigierte er mich. »Aber Sie haben meine Frage nicht beantwortet. Ein Räumungsbefehl ist eine ernste Sache. Sie müssen schon etwas getan haben, um ihn zu rechtfertigen.«
»Ich habe nichts getan.«
»Mrs. Raphael.« Tadelnder Blick, ebensolcher Ton.

Ich war höchst befremdet. Dieser Mann sollte eigentlich auf meiner Seite stehen. Ich begriff seine ablehnende Haltung nicht, auch nicht seine demonstrativ präsente Uhr.
Aber er war erfolgreich. Er war gefragt, der Scheidungsanwalt der Scheidungsanwälte. Er mußte wissen, was er tat. Und ich brauchte Hilfe.
Also sagte ich ruhig: »Mein Mann hatte eine Liste von Fakten zusammengestellt, die einzeln gesehen ohne Bedeutung sind, mich aber in der Summe nachlässig erscheinen lassen.«
»Und – sind Sie das?«
»Nein. Ich liebe meine Kinder.«
»Viele, die ihre Kinder mißhandeln, lieben sie gleichzeitig.«
Entweder wollte er mich auf die Probe stellen, oder er spielte den Advocatus diaboli, um mehr über mich zu erfahren, aber es fiel mir diesmal schon schwerer, ruhig zu bleiben. »Ich mißhandle meine Kinder nicht, weder körperlich noch psychisch. Meine Kinder und ich haben eine gute, stabile, gesunde Beziehung zueinander.«
»Wie ist das angesichts Ihrer Arbeit möglich?«
»Ich verstehe nicht.«
»Wie bringen Sie das alles unter einen Hut? Ich habe meine Schwester über Sie reden hören – in ihren Augen sind Sie ein leuchtendes Beispiel dafür, was Frauen leisten können. Ich für meinen Teil halte ihre Ehrfurcht für naiv. Ich erinnere mich noch gut an die Zeit, als meine Kinder klein waren. Gottlob war meine Frau nicht berufstätig. Ich glaube nicht, daß sie sonst auch nur halb soviel für die Kinder hätte tun können, wie es ihr unter diesen Umständen möglich war. Wie also schaffen Sie das? Sie können sich nicht gleichzeitig ihnen und Ihrer Arbeit widmen. Und was ist mit Ihrem Mann – was ist mit seinen Bedürfnissen?«
Ich setzte mich aufrechter hin. »Was soll damit sein?«

»Wer trägt ihnen angesichts Ihrer Doppelbelastung als Mutter und Geschäftsfrau Rechnung?«

Ich hatte um einen kurzfristigen Gesprächstermin gebettelt und war hierher gehetzt, um Antworten zu bekommen – aber auch, um meine Panik beschwichtigen zu lassen. Doch Lloyd Ushers Art und Reden waren nicht dazu angetan, meine Verfassung zu bessern. Er ermutigte mich in keiner Weise, gab mir nicht das Gefühl, in ihm einen Verbündeten zu haben – und er bemühte sich nicht im geringsten, meine Sympathie zu gewinnen. Ich konnte mir nicht vorstellen, mein Leben vor ihm auszubreiten.

Ich atmete tief durch und fragte irritiert. »Gehen Sie an all Ihre Fälle in dieser Form heran oder nur an meinen?«

Ein arrogantes Lächeln zuckte in seinen Mundwinkeln. »Den meisten Frauen, die ich vertrete, ist ernsthaftes Unrecht geschehen – sie wurden betrogen, belogen, manipuliert. Die meisten wurden unterdrückt, durften keinen eigenen Freundeskreis haben, keinen Beruf. Vielen von ihnen droht eine drastische Verschlechterung ihres Lebensstils, wenn ich keine entsprechende Vereinbarung aushandeln kann. Auf Sie trifft das nicht zu – Sie haben ja alles.«

»Nicht alles«, erwiderte ich leise. »Ich habe meine Kinder nicht mehr. Ich habe mein Heim nicht mehr, und ich habe auch den Mann nicht mehr, den zu haben ich vor zwei Stunden noch überzeugt war. Vielleicht gab es Probleme in meiner Ehe, die ich hätte sehen müssen, aber diese gerichtliche Verfügung ist eine Farce. Ich habe für meinen Mann gesorgt, ich habe für meine Kinder gesorgt, und in der Zeit, die dann noch blieb, habe ich eine Firma aufgebaut. Ich nutze meine Zeit. Ist dagegen etwas zu sagen? Ich verstehe nicht, wie man mich in dieser Weise aus meinem eigenen Haus vertreiben und von meinen Kinder trennen kann.«

»Das Gericht kann es und hat es getan. Es ist absolut dazu berechtigt. Sie sagen, es sei niemand zu kurz gekommen. Ihr Mann bestreitet das, und das Gericht hat sich seiner Meinung angeschlossen.«

»Mir scheint, als täten Sie das auch.«

»Sagen wir mal, ich habe meine Vorbehalte gegen berufstätige Frauen.«

»Schuldig, bis die Unschuld bewiesen ist, ja?« fragte ich und sah ihn einen Blick auf seine Uhr werfen. »Schauen Sie, Mr. Usher, ich bin heute abend zu Ihnen gekommen, weil ich mir Sorgen um meine Kinder mache. Ich weiß nicht, was ihnen erzählt worden ist, und ich weiß nicht, ob ich Dennis oder Dennis' Anwalt anrufen soll, um es zu erfahren, wobei ich nicht einmal weiß, wer das ist. Es ist mir klar, daß ich meinerseits einen Anwalt brauche, um eine Gegenstrategie zu entwerfen, und es ist mir auch klar, daß das Zeit kostet. Es ist mir ebenfalls klar, daß Sie ein vielbeschäftigter Mann sind und meinetwegen nicht alle anderen Fälle beiseite schieben können, an denen Sie arbeiten – aber das bringt mich wieder zum Anfang zurück. Ich mache mir Sorgen um meine Kinder, und ich brauche Rat, weil ich Angst habe, daß ich sonst vielleicht etwas tue, das ihnen zusätzlich Kummer bereitet oder mir schadet. Wieviel Spielraum läßt mir diese gerichtliche Verfügung?«

Er befestigte die große goldene Uhr wieder an seinem Handgelenk. »Soviel wie ein Würgehalsband. Ich würde mich an Ihrer Stelle bis Montag nicht mehr zu Hause sehen lassen.«

Das war nicht die Antwort, die ich hatte hören wollen. »Könnte ich die Kinder vielleicht bei meinen Schwiegereltern besuchen? Oder zum Footballspiel meines Sohnes gehen?«

Er stand auf und begann Unterlagen in seinen Aktenkoffer zu

packen. »Wäre das in ihrem Interesse, oder würde es sie nur noch mehr aufregen?«

»Ich weiß es nicht.«

»Nun, wenn Sie es nicht wissen – wer sollte es dann wissen? Sie sind ihre Mutter. Sie müßten sie am besten kennen. Ich kenne sie überhaupt nicht. Ich kann Ihnen nur vom juristischen Standpunkt aus raten. Eine gerichtliche Verfügung ist eine gerichtliche Verfügung. An Ihrer Stelle würde ich sie respektieren, bis Sie mit dem Richter reden können. Montag mittag?« Er blätterte in seinem Terminkalender. »Um elf habe ich eine Anhörung in Barnstable. Da bin ich vor zwei, drei Uhr nicht zurück. Wir könnten eine Verschiebung um ein paar Tage erwirken. Oder es könnte mich einer meiner Partner vertreten. Wie auch immer – angesichts meines Eindrucks von Ihrer Firma und der Tatsache, daß Ihr Mann offenbar entschlossen ist, Schwierigkeiten zu machen, werde ich einen Vorschuß von zehntausend Dollar brauchen.«

»Zehntausend Dollar?« Wofür? Für eine Terminverschiebung, aufgrund derer ich nur noch länger von meinem Kindern getrennt wäre? Für die Weitergabe meines Falles an einen seiner Partner? Für sein Bombardement mit Anschuldigungen, nachdem ich erst zwei Stunden zuvor in vernichtender Weise kritisiert worden war?

»Nun ja, ich führe hier kein Wohlfahrtsinstitut«, grollte er in einem scherzhaften Ton, den ich als unverschämt herablassend empfand. »Ach, kommen Sie, Sie wissen doch Bescheid. Sie sind eine erfolgreiche Geschäftsfrau, ruhig und cool ...«

»Natürlich bin ich cool. Was habe ich denn für eine Wahl? Entweder bin ich ruhig und cool, oder ich verliere die Nerven und gerate in Panik.«

»Meinem Eindruck nach neigen Sie nicht zu Panik. Ruhig,

cool und emanzipiert. Ihr Mann hatte es bestimmt nicht leicht mit Ihnen.«

Ich stand auf. »Ich danke Ihnen für Ihre Zeit, Mr. Usher, aber wir haben sie beide vergeudet.«

»Ich spreche nur aus, was sich jeder Richter denken wird. Die Zeiten haben sich geändert, Mrs. Raphael. Frauen wie Sie sind nicht hilflos. Sie sind nicht verletzlich. Sie erwecken kein Mitleid. Oft sind es Frauen wie Sie, die den Ehevertrag gebrochen haben. Und darum machen Sie sich darauf gefaßt, hügelaufwärts zu kämpfen. Wenn in erster Linie Sie der Familienernährer sind, wenn Ihr Mann mehr Zeit für die Kinder hat, wenn Sie viel reisen – nun, dann wäre es vielleicht tatsächlich besser, die Kinder Ihrem Mann zu überlassen. Denken Sie darüber nach und rufen Sie mich an, wenn Sie zu einem Entschluß gekommen sind.«

Ich war nicht bereit, noch weiter nutzlos meinen Atem zu verschwenden. Ich raffte die kläglichen Reste meiner Würde zusammen, packte sie zu meiner Angst und meinem Stolz und verließ wortlos das Büro.

Zehn Minuten später erfaßte mich Panik. Ich saß in einem Stau fest. Die gerichtliche Verfügung lag zerknittert auf dem Beifahrersitz – neben dem Strafzettel, der unter meinen Scheibenwischer geklemmt worden war, während ich zu einer Zeit bei Lloyd Usher gewesen war, in der keine Parkgebühren mehr zu zahlen waren. Ich verstand beides nicht, hatte keinen Anwalt, der mir etwas davon hätte erklären können. Ich hatte meine Kinder nicht mehr, ich hatte mein Haus nicht mehr, ich hatte keinen Platz zum Übernachten und keine Ahnung, wie ich mein Leben wieder in den Griff bekommen sollte.

Schweiß brach mir aus allen Poren, und ich begann am

ganzen Körper zu zittern. Wohin sollte ich mich wenden? Was sollte ich tun?

Hinter mir hupte es. Ich nahm den Fuß von der Bremse und ließ den Wagen ein Stückchen vorwärts rollen. »Okay«, flüsterte ich. »Okay, okay.«

Na schön, ich war nicht vollkommen. Ich hatte die Kids warten lassen, hatte einen Gesprächstermin bei einer Lehrerin nicht eingehalten, war mit den Kindern im Auto in einen Unfall verwickelt gewesen, hatte Dennis vielleicht sogar die falsche Ankunftszeit des Flugzeugs genannt, mit dem die Kinder kamen, oder zu sagen vergessen, wo ich Kikits Reservemedizin aufbewahrte. Aber ich tat mein Bestes.

Wurde ich jetzt dafür bestraft, daß ich mehr verdiente als Dennis? Er hatte, verdammt noch mal, alles gehabt – eine florierende Firma, eine eindrucksvolle Klientel, einen bekannten Namen – und er hatte es in den Sand gesetzt. Sollte ich vielleicht mit Gewalt Pleite machen, nur weil er gescheitert war?

Wieder hupte es hinter mir. Wieder nahm ich den Fuß von der Bremse und ließ den Wagen ein Stückchen vorwärts rollen.

Als die Schlange erneut zum Stillstand kam, griff ich mir mein Handy, tippte unsere Privatnummer ein – und hörte meine eigene Nachricht. Das bedeutete, daß Dennis die Kinder noch nicht nach Hause geholt hatte, denn Kikit raste immer sofort los, wenn das Telefon klingelte, kam allen anderen zuvor und redete, solange er es zuließ, auf den Anrufer ein.

Ich fing wieder an zu zittern. Es schien mir, als hätte sich die Autoschlange seit einer Ewigkeit nicht bewegt. Diesmal hupte ich. Nichts geschah, aber ich fühlte mich besser.

Wieder griff ich zu meinem Handy, tippte die Nummer der Cleveland Clinic ein – und löschte sie, bevor die Verbindung

zustande kam. Ich durfte meiner Mutter nicht erzählen, was vorgefallen war, dazu war ihr Herz zu schwach.
Hätten Rona und ich einander nahegestanden, hätte ich vielleicht sie angerufen. Wie die Dinge lagen, wollte ich nicht riskieren, Genugtuung in ihrer Stimme zu entdecken.
Ich rief erneut zu Hause an, ließ es jedoch nur einmal klingeln. Ich könnte auch nicht mit den Kinder sprechen, nicht, bevor ich wüßte, was ich sagen würde.
Was sollte ich tun? Was sollte ich nur tun? Ich hatte das Leben immer als Herausforderung gesehen, die es anzunehmen galt, aber das hier war eine kapitale. Sie konnte sich auf meine gesamte Zukunft und die meiner Kinder auswirken.
»Hilfe!« rief ich, aber nur leise, denn plötzlich wußte ich, wohin ich wollte. Es gab nur einen Ort, der mir einen sicheren Ankerplatz bot, nur einen Menschen, dem ich vertrauen konnte.

Drittes Kapitel

Ich erinnerte mich noch daran, wann Brody sein Haus gekauft hatte. Er hatte vier Jahre im Osten gelebt, die letzten drei davon als Dennis' Partner. Der Reiz, geschieden zu sein, hatte sich abgenutzt, ebenso wie das aufregende Leben eines Singles mit Nachholbedarf. Er hatte seine Eigentumswohnung satt, hatte die ständig neuen Mädchen satt, die hungrigen Blicke, die oberflächlichen Unterhaltungen. Er sehnte sich nach Abgeschiedenheit. Er sehnte sich nach Luft. Er wünschte sich ein gemütliches Plätzchen für die Zeiten, wenn seine damals sechs Jahre alte Tochter ihn besuchen kam.

Das Haus hatte drei Schlafzimmer und war im charakteristischen Cape-Stil aus Zedernholz gebaut, dessen Rotton zu Grau verwittert war. Es stand an der Küste, bei Flut vom Wasser aus über Sand und Felsen zu erreichen. Er hatte es mir gezeigt, bevor er sich darum bewarb. Ich mußte nicht einmal hineingehen – ein Blick von der Zufahrt, eine Nasevoll Meeresluft, das Donnern und Zischen von Wasser und Gischt, und ich empfand den inneren Frieden, nach dem er sich sehnte.

Und so innerlich aufgewühlt ich im Moment auch war – als ich jetzt von der Hauptstraße abbog, verspürte ich einen Anflug dieses Friedens. Es war eine automatische Reaktion auf das erste Knirschen von Kies unter meinen Reifen. Ich hatte hier nur Positives erlebt, zunächst, als ich Brody besuchte, und später, als ich täglich zur Arbeit hierherkam. Ich liebte, was ich tat, und die Menschen, mit denen ich es tat. Dieses Haus verkörperte Behaglichkeit, Herausforderung und Erfolg.

Es war niemand im Büro. Die Fenster und Oberlichter – ich gehörte der Es-kann-nie-hell-genug-sein-Schule an und hatte darauf bestanden, so viele Fenster einzubauen, wie die Bausubstanz gestatten würde – reflektierten das Mondlicht in silbernen Rechtecken. Die einzige andere Außenbeleuchtung spendeten die antiken Wandleuchter beiderseits der Eingangstür.

Aber Brody war zu Hause. Meine Scheinwerfer erfaßten den Range Rover im Carport, und das Licht im Haus sprach ebenfalls dafür.

Meine innere Anspannung ließ ein wenig nach. Als ich aus dem Wagen stieg und die feuchte Meeresluft roch, fühlte ich mich plötzlich aufgehoben.

Mein Klingeln verhallte ohne Reaktion. Ich versuchte es ein zweites Mal. Er hatte zwar nichts von irgend welchen Plänen für heute abend erzählt, aber es konnte natürlich sein, daß er mit einem Freund weggefahren war und den Range Rover stehengelassen hatte. War hatten uns erst morgen sehen wollen, und so erwartete er mich nicht. Hätte meine Rückkehr den normalen Verlauf genommen, wäre ich heute abend ja vollauf mit den Kindern und Dennis beschäftigt gewesen.

Bei dem Gedanken brach wieder die brutale Realität über mich herein, und meine Fassungslosigkeit kehrte zurück. Um nicht hier vor Brodys Seiteneingang in Tränen auszubrechen, lenkte ich mich hastig damit ab, seinen Hausschlüssel aus den anderen an meinem Bund herauszusuchen. Ich schloß die Küchentür auf. Die Wärme, die mir entgegenschlug, war nach der kühlen Nachtluft draußen ausgesprochen angenehm. Als zweites registrierte ich den Duft eines Eintopfs, der auf dem Herd vor sich hinköchelte. Das war ermutigend, denn es bedeutete, daß er nicht lange wegbleiben würde. Wahrscheinlich war er Joggen.

Er lief fünfmal in der Woche sechs Meilen. Bei etwa acht Minuten pro Meile – wie lange er präzise brauchte, hing von der jeweiligen Tagesform des Knies ab, das vor ein paar Jahren bei einem Fahrradunfall zerschmettert worden war –, betrug die Laufzeit fünfundvierzig Minuten.

In der inständigen Hoffnung, daß er schon vor vierundvierzig Minuten losgelaufen war, ging ich zur Eßnische hinüber und setzte mich auf einen Stuhl. Er war aus Rattan und paßte damit zu dem Gestell des runden Glastisches. Dieses Set war die einzige Konzession, die Brody in diesem Raum an mich gemacht hatte. Ihm wäre ein auf Schragen ruhender, gebrauchter Zeichentisch mit Bänken auf beiden Seiten lieber gewesen. Er wollte Schlichtheit, Behaglichkeit ohne Schnörkel, eine Küche, in der ein Mann sich ausleben konnte. Und so hatte ich für die Rattanstühle karierte Kissen in einem warmen Braun und Grau ausgesucht, die zu den dunklen Holzschränken und den schwarzen, gußeisernen Töpfen und Pfannen paßten, die in einem Bündel über dem in der Mitte stehenden Herd hingen. Die Accessoires hatte er selbst zusammengestellt – Brody war ein großer Nostalgiker. Die Lockente stammte aus der Hütte seines Großvaters im Wald, über der irdenen Schüssel hatte er als Kind Nüsse geknackt, der Wetterhahn hatte das Dach des Stalls geziert, in dem er die Boxen ausgemistet und sich damit ein Taschengeld verdient hatte. Meine Begeisterung für die Skulptur, die unter dem Telefon auf einem niedrigen Hocker stand, hielt sich in Grenzen. Sie war aus zwei Steinen zusammengefügt, wobei der kleinere oben drauf saß, und wenn man die darin eingeritzten Linien mit zusammengekniffenen Augen betrachtete, konnte man mit viel Phantasie Gesichtszüge ausmachen. Ich sah einen Neandertaler darin, der mir kalte Schauer über den Rücken jagte. Brody sah einen Einfaltspinsel darin, der ihn daran erinnerte, daß er gut drauf war, viel mehr hatte als die meisten.

Brody war mitfühlend. Er war bescheiden. Er war ein Mann, der wußte, was er wollte, und ich liebte ihn dafür.

Ja, ich liebte ihn. Natürlich liebte ich Brody. Hatten wir je miteinander geschlafen? Definitiv nein. Ich war Dennis absolut treu gewesen, und es verletzte mich tief, daß er daran zweifelte.

Ich stand auf, ging zum Herd und rührte den Eintopf energisch um, was eine Vielzahl von Zutaten in dem Wirbel zutage förderte – Hühnerfleisch, Karotten, Zwiebeln, grüne Paprikaschoten und Pilze, und das alles in einer roten Sauce, die deutlich nach Burgunder roch und mit Sicherheit hervorragend schmeckte. Brody konnte einen Topf nehmen und alles hineinwerfen, was in der Küche herumlag, und am Ende schmeckte es immer hervorragend. Meistens blieb etwas von seinen Abendmahlzeiten übrig, und das aßen wir beide dann am nächsten Mittag und – ja, Dennis –, wer immer sonst noch da war.

Abends aß ich mit den Kindern, und wenn Dennis nicht unterwegs war, gesellte er sich zu uns. Brody tat das alle ein, zwei Wochen einmal. Ich hatte mich so darauf gefreut, heute abend mit den Kindern zu essen. Jetzt wußte ich nicht einmal, wann ich sie wiedersehen würde.

Ich drängte die aufsteigende Panik entschlossen zurück, aber mein Magen krampfte sich schmerzhaft zusammen.

Doch das Schicksal meinte es gut mit mir. Gerade als meine Emotionen überzukochen drohten, hörte ich Brody die Treppe heraufkommen. Er öffnete die Tür und trat in die Küche, ein hochgewachsener, atemloser, durchgeschwitzter Athlet in Joggingshorts und T-Shirt und mit einem strahlenden Lächeln auf dem Gesicht. »Hey, das ist ja toll. Ich hatte dich heute abend nicht erwartet«, sagte er stoßweise, doch er hatte das letzte Wort kaum ausgesprochen, als sein Lächeln erstarb. Ich brauchte mich nicht nach dem Grund zu fragen. Haare, Make-up, Kleidung – an nichts davon hatte ich seit Cleveland Hand angelegt, und das lag irgendwo in einem anderen Universum. Ich hatte Angst. Ich machte mir Sorgen. Ich hatte seit dem Frühstück nichts gegessen, und zwei Wochen lang keine Nacht richtig geschlafen. Ich mußte aussehen wie aus der Geisterbahn.

Aber als Brody hereingekommen war, hatte mich eine Welle der Erleichterung erfaßt. Ich zog die zerknitterte, gerichtliche Verfügung aus der Tasche und gab sie ihm. Brodys Gesicht war gerötet, und er atmete noch immer sehr schnell.

Schweiß rann über seine Wangen und seine Brust, an der das T-Shirt dunkelfleckig klebte, und bestimmt auch an seinem Rücken hinunter. Ich spürte die Wärme, die er abstrahlte, roch ihn sogar, doch es war ein gesunder Geruch, der eines erhitzten Mannes. Nach einem Tag unglaublicher Ereignisse empfand ich ihn als beruhigend.

Dennis, der sehr auf sein Aussehen bedacht war, hatte allen Grund, Brodys Konkurrenz zu fürchten. Brody trug eine randlose Brille, die er vom Küchentisch genommen und aufgesetzt hatte, als ich ihm die gerichtliche Verfügung hinhielt. Er hatte glatte, sich oben allmählich lichtende Haare, ein narbiges Knie und einen krummen kleinen Finger. Zweimal im Jahr ging er zu Bostons bestem Herrenausstatter, kaufte sich ein, zwei Anzüge, ein, zwei legere Outfits, aber er machte keine langwierige Staatsaktion daraus. In seiner

Freizeit trug er alte Jeans und noch ältere, karierte Hemden. Er war einer der uneitelsten, attraktivsten Männer, die ich kannte.
Aber ich hatte nie mit ihm geschlafen. Bei allen Heiligen – das hatte ich nicht. Und ich hatte Brody auch niemals, niemals Dennis gegenüber in den Himmel gehoben. Berührte ich Brody häufiger als meinen Mann? Falls ja, dann geschah es unabsichtlich.
Brodys Gesicht war ausdruckslos. Er wischte sich gerade mit dem Ärmel den Schweiß von der Stirn, als ich ein beginnendes Runzeln entdeckte. Er hielt den Arm in der Luft, warf mir einen verwirrten Blick zu, las weiter. Dann hob er das Dokument hoch und sagte, inzwischen nicht mehr so atemlos, mit seiner einzigartigen, tiefen Stimme: »Das ist ein Witz, oder?«
Genau das war auch mein erster Gedanke gewesen. Wir dachten also gleich, Brody und ich, aber das war kein Verbrechen. Es sprach lediglich für gesunden Menschenverstand. Wir wußten beide, daß ich eine verantwortungsbewußte Mutter war. Wir wußten beide, daß ich meine Kinder liebte. Wir wußten beide, daß ich eine aufmerksame, fürsorgliche Ehefrau gewesen war.
»Er will die Scheidung«, berichtete ich, jetzt, da ich nicht mehr allein war, innerlich ruhiger. »Er will das Haus, er will Unterhalt und er will die Kinder.«
Brody sah so entgeistert aus, daß ich ihm beinahe um den Hals gefallen wäre. Sein Unglauben bestätigte, daß meiner gerechtfertigt war.
»Seit wann?« wollte er wissen.
»Ich habe keine Ahnung, aber er muß sich schon eine ganze Weile damit befaßt haben. Die Kinder sind bei Howard und Elizabeth.«
Er starrte verständnislos auf die gerichtliche Verfügung hin-

unter. »Welcher vernünftige Richter kann so etwas anordnen?«
»Einer, dem mein Sündenregister vorgelegt worden ist.«
»Welches Sündenregister?«
Ich erzählte ihm, was Dennis in Verbindung mit den Kindern gegen mich vorgebracht hatte. »Er behauptet, ich würde zwischen meiner Mutter und meiner Arbeit zerrieben, und die Kinder litten. Aber es kommt noch viel besser: Er behauptet, daß du und ich ein Verhältnis haben.«
Brody fuhr zurück. Ich konnte nicht erkennen, ob er rot wurde, denn sein Gesicht war noch immer gerötet, aber ich hätte schwören können, daß da etwas war, vielleicht in seinen Augen, ein Anflug von Innigkeit. Ich empfand ihn ebenfalls, und es machte mich fast ein wenig verlegen.
Zuerst sagte er gar nichts. Dann schluckte er. »Das hat Dennis gesagt?«
Ich nickte.
Er fuhr sich erneut mit dem Ärmel über die Stirn.
»Ich brauche Hilfe, Brody. Er hat aus Verkettungen unglücklicher Umstände und einer aus der Luft gegriffenen Vermutung Argumente gegen mich konstruiert, und herausgekommen ist, daß ich aus meinem Haus vertrieben worden bin und nicht zu meinen Kindern darf. Als ich versuchte, vernünftig mit ihm zu reden, rief er die Polizei, und es kam tatsächlich ein Beamter. Meinetwegen!« Ich tippte mir heftig mit dem Daumen an die Brust. »Als sei ich gefährlich! Er sagte, ich müsse gehen, und er hat dafür gesorgt, daß ich es auch wirklich tat!«
Brody las die gerichtliche Verfügung ein zweites Mal.
»Was geht nur in Dennis vor? Ich dachte immer, gerichtliche Verfügungen seien das letzte Mittel. Er hat doch nie von Scheidung gesprochen.«

»Von Trennung schon. Das tat er jedesmal, wenn er nicht gut drauf war. Ich habe immer dagegen gestimmt. Unsere Ehe ist vielleicht nicht der Himmel auf Erden, aber sie ist besser als die meisten.« Oder machte ich mir da etwas vor? »Würdest du das nicht auch sagen?«
Brody antwortete nicht. Er beugte sich über das Spülbecken, drehte das Wasser auf und trank direkt aus dem Hahn, richtete sich auf und wischte sich mit dem Handrücken den Mund ab. Seine Augen waren dunkel. »Er behauptet also, wir hätten ein Verhältnis. Das ist wirklich nicht zu fassen«, stieß er hervor. »Und was für Beweise hat er dafür?«
»Nur Blödsinn. Unsere gemeinsame Arbeit. Unsere gemeinsamen Reisen.«
»Der spinnt doch! Verdammt«, schimpfte er mit bekümmertem Gesicht, »ich weiß, wie schmerzhaft eine Scheidung ist. Das hätte ich dir nie gewünscht. Und Johnny und Kikit hätte ich es auch nie gewünscht.« Er fluchte leise.
»Ich will meine Kinder wiederhaben, Brody.«
»Du brauchst einen Anwalt.«
»Das ist das nächste Problem. Ich komme gerade von Lloyd Usher. Es war ein Fehler, mich an ihn zu wenden. Er vermittelte mir das Gefühl, daß ich nur bekomme, was ich verdiene. Ist es so? Was war falsch daran, alles richtig machen zu wollen?«
Brody wollte den Arm um mich legen, hielt jedoch mitten in der Bewegung inne und schaute angewidert an sich herunter. Ich scherte mich nicht darum, daß er verschwitzt war, und schlang den Arm um seine Mitte. Ich brauchte Trost, und es war völlig harmlos, auch wenn Dennis es anders gesehen hätte.
Brody zog mich näher zu sich heran und erwiderte heftig: »Gar nichts war falsch daran. Du hast mit drei Bällen jongliert

und keinen fallen lassen. Du verdienst eine Medaille. Und das weiß Dennis auch genau. Was ist bloß in ihn gefahren?«

»Ich weiß es nicht.«

»Hast du Usher einen Vorschuß gegeben?«

»Nein.«

»Sehr gut. Er ist nicht seriös, Claire. Trotzdem hat er einen Namen. Seine Klientel setzt sich hauptsächlich aus Frauen zusammen. Hilflosen Frauen. Sie gehen zu ihm, weil sie glauben, er sei ein harter Bursche, und sie brauchen einen harten Burschen. Sie protestieren nicht, wenn er einen horrenden Vorschuß verlangt, weil sie meinen, daß ihnen damit sein Engagement sicher sei. Dann gehen sie in der Annahme nach Hause, daß er an ihrem Fall arbeitet, aber das tut er nicht. Er zieht sie über den Tisch. Das wird ihnen klar, wenn nichts geschieht. Wagen sie es, sich deshalb zu beschweren, schiebt er sie auf Partner ab. Bis dahin haben sie dann schon zu viel Zeit und Geld investiert und sind zu angeschlagen, um mit einem anderen Anwalt noch mal von vorn anzufangen.«

Ich konnte mich mit diesen Frauen identifizieren, ihrer Hilflosigkeit, ihrer Angeschlagenheit. Auch ich wollte einen harten Burschen und hatte mich von einem Namen blenden lassen, ohne zu wissen, wer sich dahinter verbarg. Wäre es um meine Firma gegangen, hätte ich das nie getan, aber in diesem Fall mußte ich mir selbst mildernde Umstände zubilligen.

»Sein Name war der einzige, den ich kannte, und ich habe keine Zeit! Ich muß am Montag vor Gericht erscheinen, um mich gegen diese Anschuldigungen zu verteidigen.«

»Lloyd Usher ist nichts für dich.«

Ich schaute mit einem Anflug von Hysterie zu ihm auf.

»Und wer ist was für mich?«

»Carmen Niko.«

Ein Name! Die Hysterie legte sich. Ich hatte ihn schon gehört, wußte aber nicht mehr, in welchem Zusammenhang.
»Was ist das für eine Frau?«
»Etwa so alt wie du – neununddreißig, vierzig –, blitzgescheit und Anwältin aus Leidenschaft.«
»Ich kenne den Namen irgendwoher. Ist sie Kundin bei uns?«
»Ich war mal mit ihr liiert.«
»Ach ja, stimmt. Das ist schon eine Ewigkeit her.« Aber es war eine heiße Affäre gewesen, wenn ich mich recht erinnerte, wenn mir auch nicht klar war, woher ich das wußte. Ganz sicher nicht von Brody – sein Liebesleben war eines der wenigen Dinge, in die er mich nicht einbezog. Er erwähnte höchstens nebenbei, daß er mit irgend jemandem in ein bestimmtes Restaurant oder eine Show gehe. Einzelheiten erfuhr ich aus Hillary Howards Klatschkolumne im örtlichen Wochenblatt. Hillary hatte ein Auge auf die North-Shore-Prominenz geworfen, eine lebhafte Phantasie und eine Schwäche für Tratsch. Brody, der viel unterwegs war, lieferte ihr reichlich Stoff. Außerdem schwärmte sie für ihn, und damit war sie nicht allein. Er konnte es bestreiten, soviel er wollte – die Frauen drehten sich nach ihm um, wenn er vorbeiging.
Ich wußte das, denn ich erlebte es oft genug, wenn wir gemeinsam auf Reisen waren.
Zur Zeit kam eine gewisse Ellen McKenzie in den Genuß seiner Gunst, eine Künstlerin mit einem Loft in Bostons South End und auf unkonventionelle Weise attraktiv, wenn man nach dem Bild gehen konnte, das Hillary vor ein paar Monaten von ihr gemalt hatte. Er traf sich allerdings nur sporadisch mit ihr, und ich bezweifelte, daß ihm eine langfristige Beziehung vorschwebte. Wahrscheinlich war sie gut im Bett. Brody war ein sehr maskuliner Mann.

Aber es ging im Moment nicht um Ellen McKenzie – es ging um Carmen Niko. »Wie endete es?« fragte ich, denn wenn es da Kummer oder Zorn gegeben hatte und Carmen mich mit Brody assoziierte, könnte es Probleme geben.
Doch er antwortete: »In Freundschaft. Ich arbeitete damals mit Dennis zusammen, und wir hatten einen Heidenstreß. Carmens Karriere kam in Gang, die Klienten gaben sich die Klinke in die Hand. Wir waren beide bis über die Ohren beschäftigt, und schließlich wurde die Beziehung zu einer Belastung, die nicht dafürstand. Wir eignen uns besser zu Freunden als zum Liebespaar. Sie ist vielleicht nicht so bekannt wie Lloyd Usher, aber sie steckt ihn locker in die Tasche.«
Diese Empfehlung genügte mir. »Wie kann ich sie erreichen?«
Brody entzog sich meinem Arm, ging zum Telefon hinüber und tippte eine Nummer ein. Nach einer Minute sagte er: »Carmen? Hier ist Brody. Ich muß mit dir reden. Wenn du da bist, geh ran.«
Ich hielt den Atem an. Es war fast neun. Ich erwartete nicht, daß ein Anwalt mich heute noch empfangen würde, aber morgen brauchte ich einen Termin. Wenn Carmen in einem Prozeß steckte, verreist oder aus einem anderem Grund nicht verfügbar war, würde ich mich mit Lloyd Usher abfinden müssen.
»Carmen«, lockte Brody in schmeichelndem Ton. »Komm schon, Carmen. Dieser Anruf ist dienstlich. Ich habe einen interessanten Fall für dich.«
Ich mußte ausgesehen haben wie ein im Wald ausgesetztes Kind, denn er kam mit dem Telefon zu mir zurück, nahm meine Hand, führte sie an die Lippen und küßte sie, was mir das Gefühl gab, umsorgt und geliebt zu werden, was ich nach der Behandlung von Dennis und Lloyd Usher bitter nötig

hatte – aber was mir wirklich half, war die Tatsache, daß Carmen sich offenbar hatte erweichen lassen, denn er sagte plötzlich: »Es ist tatsächlich ein interessanter Fall. Genau auf deiner Linie. Nicht sonderlich erfolgreicher Mann verlangt die Scheidung von erfolgreicher Frau und will sein Ego aufforsten, indem er ihr alles wegnimmt. Es geht um Geld, Vermögenswerte und zwei Kinder, die sie abgöttisch lieben und die bedeutend mehr Zeit mit ihr verbracht haben als mit ihm. Sie kam vor ein paar Stunden aus Cleveland zurück, wo sie ihre Mutter besucht hatte, die im Sterben liegt, und er ließ ihr in seiner Gegenwart einen Räumungsbefehl zustellen. Sie hat bis Montag mittag Zeit, einen Einspruch dagegen vorzubereiten, denn für zwölf Uhr ist eine Anhörung angesetzt. Also braucht sie dringendst jemanden, und ich habe ihr gesagt, du seist die Beste.«

Er hörte eine Weile zu, wobei er noch immer meine Hand hielt, wofür ich ihm dankbar war, denn ich befand mich auf unbekanntem Terrain. Wenn mir jemand vor vierundzwanzig Stunden gesagt hätte, daß mich bei meiner Heimkehr eine Scheidungsklage mit Sorgerechtsverlangen für meine Kinder und ein Räumungsbefehl erwartete, hätte ich ihn ausgelacht und gesagt: »Mich? Ausgeschlossen. So was würde meinem Mann niemals einfallen!«

Wie wenig ich ihn doch nach fünfzehn Jahren kannte. Dieser Gedanke war fast ebenso bestürzend wie die anderen Dinge.

»Morgen um halb neun?« fragte Brody mich.

Ich nickte heftig.

»Sie wird da sein«, sagte er zu Carmen. »Ihr Name ist Claire Raphael.«

»Darf ich die Kinder anrufen?« flüsterte ich drängend.

Er gab meine Frage weiter und nickte gleich darauf. »Gibt es sonst was, das du noch heute wissen mußt?« fragte er mich.

O ja, das gab es. Ich streckte die Hand nach dem Hörer aus. »Carmen? Ich geb dich weiter – Claire will dich sprechen.«

»Hi«, begrüßte ich sie. »Ich bin Ihnen unendlich dankbar, daß Sie sich so kurzfristig Zeit für mich nehmen. Brody sagt, Sie seien die Beste.«

Die Stimme, die mir antwortete, war kehlig und klang amüsiert. »Brody ist nicht objektiv. Aber Ihr Fall scheint wirklich interessant zu sein.«

»Ich möchte diesen Spuk so schnell wie möglich beenden. Das hat mich alles völlig unvorbereitet getroffen.«

»Die Guten rechnen nie mit so etwas – dazu sind die Bösen zu raffiniert.«

»Habe ich eine Chance?«

»Das kann ich erst beurteilen, wenn ich mehr weiß.«

»Können wir am Montag eine Aufhebung des Räumungsbefehls erwirken?«

»Gleiche Antwort.«

»Sie sagten, ich dürfe die Kinder anrufen. Darf ich sie auch sehen? Mein Sohn hat am Samstag ein Football-Spiel, und da würde ich gerne hingehen. Meine Tochter wird auch dort sein. Sie hatte einen Allergie-Anfall, als ich verreist war, von dem ich erst jetzt erfahren habe. Ich möchte mit ihr sprechen und mich vergewissern, daß sie wieder ganz okay ist.«

»Wieviel wissen die Kinder über die neue Situation?«

»Das weiß ich nicht.«

»Bringen Sie es, wenn möglich, in Erfahrung. Sie wollen sie doch sicher nicht unnötig aufregen. Telefonate sind am einfachsten. Da müssen Sie nicht sagen, woher Sie anrufen. Aber wenn Sie am Samstag bei dem Football-Spiel erscheinen und danach nicht mit ihnen nach Hause fahren, dann wirft das zwangsläufig Fragen auf.«

»Gibt es eine Möglichkeit, die Verfügung vor Montag außer

Kraft setzen zu lassen? Könnten wir morgen zum Gericht gehen und eine Notfallentscheidung erwirken?«

»Nur, wenn Ihr Mann plötzlich etwas tut, womit er die Kinder in Gefahr bringt. Könnte das sein?«

Ich hätte das nur zu gerne bejaht. Er behauptete, ich sei nicht für die Kinder da, aber in Wahrheit traf das auf ihn zu. Er war ein Meister der Ausreden. Er konnte aus dem Stegreif Terminschwierigkeiten konstruieren – ich war überzeugt, daß er irgendwo eine Liste mit Begründungen liegen hatte, warum er für dieses oder jenes keine Zeit hatte. Er hatte Johnnys Spiele versäumt und Kikits Auftritte in der Schule. Er hatte Schulfeste versäumt, sogar ein paar Geburtstagspartys und wesentlich mehr Abendessen als ich.

Aber würde er die Kinder in Gefahr bringen? Ich seufzte. »Ich glaube nicht.«

»Dann üben Sie sich in Geduld. Kommen Sie morgen zu mir, und wir entwerfen eine Strategie.«

Howard und Elizabeth Raphael waren beide Ende Sechzig, geistig und körperlich fit, und sie verfügten über eine ansehnliche Altersversorgung, die Howard in vierzig Jahren als Gebietsleiter für Granite Savings and Trust angespart hatte. Während Elizabeth manchmal zum Leichtsinn neigte, war Howard solide. Er hatte darauf bestanden, sein Vermögen von der Bank verwalten zu lassen, anstatt Dennis damit zu betrauen, und das war gut so, denn Dennis, der sein Geld damit verdiente, daß er mit Kapital jonglierte, war ebensoleicht zu verführen wie seine Mutter.

Die Raphaels mochten mich. Ich hatte oft den Eindruck, daß sie beruflich gesehen mehr Zutrauen zu mir hatten als zu Dennis. Selbst wenn sie deshalb ein schlechtes Gewissen hatten, selbst wenn sie meinten, es sei an der Zeit, sich ihrem Sohn gegenüber loyaler zu zeigen, wußten sie doch, wieviel mir meine Kinder bedeuteten und ich ihnen. Ich wußte nicht, was Dennis ihnen über unsere Trennung erzählt hatte, aber ich weigerte mich zu glauben, daß sie wortlos den Hörer auflegen würden.

Wie sich zeigte, hatten sie dazu gar keine Chance. Die Stimme, die sich meldete, gehörte meinem Baby. »Hallo?«

Mein Herz klopfte bis zum Hals, und Tränen schossen mir in die Augen. Sie zu hören, war Balsam für meine Seele. »Hi, Süße.«

»Mommy!« quiekte sie und rief dann in den Raum hinein: »Es ist Mommy, Grammy Bess! Ich hab dir doch gesagt, daß sie anruft! Wo bist du, Mommy? Daddy hat erzählt, du müßtest nach deinem Besuch bei Grandma noch woandershin. Mommy, ich hatte einen ganz schlimmen Allergieanfall, aber ich weiß nicht, wovon. Daddy meinte, es wäre was in dem Auflauf gewesen, aber ich hab diesen Auflauf doch schon oft gegessen. Er mußte mich ins Krankenhaus bringen. Johnny drängelte ständig, wir sollten dich anrufen, aber Daddy sagte, er wolle mich nicht allein lassen, und als wir wieder nach Hause kamen und er es versuchte, hat er dich nicht erwischt, und dann schlief ich ein. Wo war denn bloß meine Medizin, Mommy?«

Ich wischte mir mit der Handwurzel die Tränen weg und nahm dann das Papiertuch, das Brody mir hinhielt. Ich bemühte mich, nicht zu schniefen. »Das weiß ich nicht, Baby. Ich bin sicher, daß ich sie dir vor deiner Abreise aus Cleveland eingepackt hatte, und im Kühlschrank im Keller war noch eine Reserve. Und ich kann mir auch nicht erklären, was die Allergie ausgelöst haben könnte. In dem Auflauf war das gleiche drin wie immer. Hat Mrs. Beckwith dir vielleicht im

Auto etwas zu essen gegeben, als sie dich und Jenny an dem Nachmittag von der Schule abholte?« Etwas so Simples wie gemahlene Walnüsse in einem Plätzchen, die Kikit natürlich nicht hätte sehen können, wären schon eine Erklärung gewesen.

»Sie hat uns gar nichts gegeben. Sie bringt uns nie Snacks mit wie du. Wir waren am Verhungern. Daddy war böse, als ich krank wurde.«

»Nicht böse – nur besorgt. Er weiß doch, daß es nicht deine Schuld war. Bist du jetzt wieder ganz okay?«

»Richtigen Hunger hab ich noch nicht. Wo bist du?«

»Du mußt aber essen, Süße. Wenn du Angst hast, dann iß Dinge, in denen nichts Gefährliches sein kann. Bananen oder Eier. Und Putenschnitzel. Ich habe massenhaft davon eingefroren. Sag Daddy, er soll dir welche auftauen.«

»Wo bist du?«

Einmal hatte ich die Frage ignorieren können – ein zweites Mal konnte ich es nicht. Aber ich war lange genug Kikits Mutter, um zu wissen, daß es nur eines kleinen Anstoßes bedurfte, um sie zu veranlassen, meine Wissenslücken zu schließen.

»Was denkst du denn, wo ich bin?«

»Daddy hat uns erzählt, du seist in Santa Fe. Als wir sagten, daß du da ja gar keinen Laden hättest, sagte er, du wärst hingeflogen, um einen zu eröffnen. Davon hast du mir gar nichts gesagt!« Ich hörte Elizabeths Stimme im Hintergrund und dann Kikits quengeligen Protest: »Aber ich will mit Mommy reden! Darf ich nicht noch einen Moment mit ihr reden, nur noch ein ganz kleines bißchen?«

»Kikit!« rief ich, um ihre Aufmerksamkeit zurückzugewinnen, bevor Elizabeth das Gespräch unterbräche. »Hat es diesmal gejuckt?«

»Ja. Ich brauche ein Geschenk für Staceys Geburtstagsparty, Mommy! Wann kommst du heim?«
»Das weiß ich nicht genau. Hast du noch Schwierigkeiten beim Atmen?«
»Nein. Daddy blieb den ganzen Tag bei mir, als ich nicht in die Schule konnte.«
Das war ein kleiner Lichtblick. Für gewöhnlich floh Dennis, wenn den Kindern etwas fehlte, mit der Begründung, er wolle nicht im Weg stehen.
»Wie ist es denn in der Schule, Süße?«
»Okay. Ich konnte meinen Vortrag über die Schmetterlinge noch nicht halten, weil Sammy Hayes zu lange für seinen über Sterne brauchte, und jetzt komme ich morgen dran. Johnny will dich auch noch sprechen. Er hat eine Eins in der Mathearbeit bekommen.« Sie rief in den Raum: »Ich hab dir die Überraschung nicht verdorben ... sie wußte es sowieso ... du kriegst doch immer Einser in Mathe ... nein, ich will noch reden, ich bin noch nicht fertig ...«
»Hi, Mom«, sagte Johnny, und wieder bildete sich ein Kloß in meinem Hals.
Ich schluckte ihn energisch hinunter und drückte das Taschentuch auf meine Augen. »Hey, gratuliere! Wieder eine Eins? Das ist toll! Wann hat Mrs. Anders denn die Arbeiten herausgegeben?«
»Gestern. Ich wollte dich abends anrufen, aber Dad sagte, daß dein Handy abgeschaltet sei und er nicht wüßte, in welchem Hotel zu wohnst. Warum hast du nicht angerufen?«
Ich hätte ihm gerne ehrlich geantwortet, doch das konnte ich nicht. Ich haßte Dennis dafür, daß er mich zum Lügen zwang.
»Es war schon zu spät, wegen des Zeitunterschieds.«
»Wie ist es denn in Santa Fe?«
Ich war noch nie im Leben dort gewesen, aber Johnny auch

nicht. »Ach, sehr hübsch«, rief ich. »Hast du das Buch über Paul Revere schon fertig gelesen?«

»Ja. Wir machen einen Ausflug nach Boston, und ich muß den Erlaubnisschein morgen unterschrieben mitbringen.«

»Laß ihn von Daddy unterschreiben.«

»Aber ich muß sechs Dollar und fünfundachtzig Cents für den Bus und so weiter mitbringen.«

»Laß sie dir von Daddy geben.«

»Ich brauche es aber genau – und Daddy hat nie Kleingeld.«

»Grandma bestimmt. Ich werde sie gleich darum bitten, wenn wir zu Ende telefoniert haben. Hat Grandma Abendessen gemacht?«

»Nein, wir waren bei Bertucci's. Bist du okay? Du hörst dich erkältet an.«

Eine typische Nebenerscheinung von Tränen. »Nein, nein, ich vermisse euch nur.«

»Wann kommst du heim?«

»Das kann ich noch nicht genau sagen. Ich rufe euch an, sobald ich es weiß.«

»Ich geb dir jetzt Grandma.«

»Ich hab dich lieb, Johnny!« sagte ich hastig, damit er es noch mitbekam, bevor er den Hörer weitergab.

»Hallo, Claire«, meldete Elizabeth sich fröhlich. »Wie geht es dir? Du hast ein gutes Abendessen verpaßt. Die Kinder haben Pizza gegessen, und Howard und ich Nudeln. Bertucci's ist eine landesweite Restaurantkette, glaube ich. Hast du in Santa Fe auch eines gesehen? Wie schön für dich, dort sein zu können. Alle meine Bekannten, die schon mal da waren, schwärmen davon. Du hättest keinen besseren Ort für einen neuen Laden finden können.«

»Claire?« schaltete Howard sich ein. »Ich sitze in meinem Arbeitszimmer, Claire. Leg auf, Elizabeth.«

»Gleich. Oje!« Nach einem Tumult im Hintergrund kam wieder Kikit an den Apparat. »Wir haben gestern abend gesungen – ›Jeremiah Was a Bullfrog‹ –, und es war zum Totlachen, als Daddy quakte, aber mit dir ist es trotzdem lustiger. Ich vermisse dich so, Mommy! Wann kommst du heim?«

Wieder wurde mir das Atmen schwer. Singen war ein Bestandteil unseres Familienlebens. Dennis und ich hatten auf dem College in seinem letzten und meinem ersten Studienjahr in derselben A-cappella-Gruppe gesungen. Wir hatten uns beim Singen kennengelernt und gesungen, wenn wir miteinander ausgingen. Einige der ersten Erinnerungen der Kinder waren mit unserem gemeinsamen Singen verbunden. Vor dem Schlafen, im Auto, in den Ferien – das ideale Mittel, um Harmonie zu erzeugen, ein Gefühl der Nähe, ohne es in Worte zu fassen. Als die Kinder noch klein waren, ließen sie sich von jeder beruhigenden Melodie trösten.

Die Texte gewannen erst an Bedeutung, als sie größer wurden und anfingen mitzusingen. Beide sangen mit Begeisterung. Beide sangen richtig. Johnny war jetzt in dem Stadium, mit tieferer Stimme singen zu wollen, und es war köstlich, ihn dabei zu beobachten, wie er das Kinn an die Brust drückte und vor Anstrengung die Stirn runzelte – und so litt der Wohlklang manchmal ein wenig. Aber trotzdem war das gemeinsame Singen etwas Besonderes.

In letzter Zeit hatten wir es nicht mehr so oft getan wie früher. Entweder war Dennis unterwegs oder ich war unterwegs oder eines der Kinder hatte etwas anderes vor. Hin und wieder improvisierten wir zu dritt, wenn der Vierte fehlte. Aber diesmal war es anders. Diesmal hatte Dennis in dem Bewußtsein mit den Kindern gesungen, daß er ihre Mutter aus dem Haus und aus ihrer aller Leben entfernen wollte.

Wann würde ich heimkommen? Ich wünschte, ich wüßte es.
»So bald ich kann, Baby, so bald ich kann. Wir telefonieren bald wieder, okay, Süße?«
»Ich hab dich lieb, Mommy.«
Ich konnte nicht mehr. Neue Tränen strömten über meine Wangen, und ich mußte alle Beherrschung aufbieten, um nicht aufzuschluchzen. »Ich hab dich auch lieb, Schatz.«
Brody, der dabei war, seinen Nacken mit einem Handtuch abzutrocknen, hielt inne, um mein Gesicht zu streicheln. Er sah so gequält aus, wie ich mich fühlte.
Elizabeth kam zurück. »Ich wünsch dir noch schöne Tage, Claire. Ja, Johnny, ich habe Kleingeld. Ich habe alle Sorten Kleingeld. Du kannst es dir selbst abzählen. Paß auf dich auf, Claire.«
Es klickte, und dann war nur noch Howards leise rasselnder Atem zu hören. Er befand sich eindeutig außer Hörweite der Kinder. »Geht's dir gut?« fragte er.
»Nein, das tut es nicht«, erwiderte ich mit tränenerstickter Stimme und nahm mir dann eine Minute Zeit, um mich zu fassen. »Es macht mich krank! Weißt du, was vorgeht?«
»Dennis will die Scheidung.«
»Hat er dir von der Räumung erzählt?«
Es folgte ein Pause und dann ein widerstrebendes: »Ja. Hör zu, Claire, ich billige seine Methode nicht, aber so ist er nun mal, wenn er etwas in Angriff nimmt: Er springt kopfüber hinein.«
»Ich weiß. Ich habe zugesehen, wie er das tat und wie er scheiterte. Aber diesmal steht mehr auf dem Spiel. Ich mache mir Sorgen um die Kinder.« Doch mit ihnen zu sprechen, hatte mich ein wenig beruhigt. Sie hatten ganz normal gewirkt. Ich war froh, daß ich angerufen hatte. »Kikit scheint wieder in Ordnung zu sein. Ist sie anlehnungsbedürftig?«

»Ein bißchen, aber du kennst Elizabeth und mich – uns stört das nicht.«
»Schläft sie gut?«
»Dennis sagt, sie schlafen beide gut.«
»Wissen sie, was er tut?«
»Nein.«
»Haben sie irgendeinen Verdacht?«
»Nein. Das macht er gut, muß ich sagen. Er will es ihnen erst nach der Anhörung am Montag erzählen. Ich hoffe, daß er bis dahin etwas nachgiebiger geworden ist, aber sein Anwalt scheint ein radikaler Bursche zu sein.«
»Wer ist denn sein Anwalt?« Als Howard nicht antwortete, sagte ich: »Das ist doch kein Geheimnis. Irgend jemand ist mit Dennis zum Gericht gegangen und hat einen Richter dazu überredet, diese Verfügung zu erlassen. Es würde meine Anwältin nur einen einzigen Anruf kosten, den Namen zu erfahren. Du begehst also keinen Vertrauensbruch, wenn du ihn mir nennst.«
»Arthur Heuber«, murmelte er und fuhr dann in normaler Lautstärke fort: »Dennis wird bald wiederkommen. Ich lege lieber auf, sonst glaubt er noch, daß ich hinter seinem Rücken mit dir konspiriere.«
»Aber findest du denn nicht auch, daß das alles Irrsinn ist?«
»Laß mich da raus, ich bin nicht bereit, Partei zu ergreifen.«
»Kannst du nicht wenigstens mit ihm reden?«
»Das habe ich schon getan. Er ist überzeugt, das Richtige zu tun, und darauf beharrt er.«
»Aber wie kann er das alleinige Sorgerecht für die Kinder wollen? Er ist nie ein Vollzeit-Vater gewesen – es gab immer zu viele andere Dinge, die er lieber tat. Hat er eine Vorstellung davon, welche Einschränkungen seiner Lebensweise er in Kauf nehmen müßte – oder zählt er darauf, die Kinder bei

Bedarf zu euch bringen zu können? Wo ist er denn jetzt? Wenn er das Haus gleich nach mir verlassen hätte, müßte er schon seit zwei Stunden bei seinen Kindern sein.« Howard antwortete nicht.
In etwas zaghafterem Ton fragte ich: »Hat er dir erzählt, was er mir vorwirft? Meine Verbrechen aufgezählt?«
»Claire!«
»Es ist alles nicht wahr, Howard. Du kennst mich. Du weißt, wie abgöttisch ich meine Kinder liebe.«
»Du stehst seit einiger Zeit wirklich unter großem Druck. Die Sorge um deine Mutter ...«
»Nein, ich bewältige das alles ohne Probleme. Die hat nur Dennis. Ich wollte, daß er uns nach Cleveland begleitete, doch er sagte, er habe keine Zeit. Vielleicht wollte er aber auch nur das letzte Mal seine Freiheit auskosten, bevor er sich als Vollzeit-Vater ins Geschirr legt. Er hat das alles geplant – offenbar schon seit einer ganzen Weile.« Ich schlug die Augen nieder und spürte meine Wangen heiß werden, aber ich mußte es wissen. »Hat er dir auch von seinem Verdacht gegen Brody erzählt?«
Nach einer Pause kam ein leises: »Ja.«
Wahrscheinlich mußte ich mich daran gewöhnen, dachte ich. Dennis hatte dieses intime Thema, diese so persönliche Anschuldigung, seinem Anwalt gegenüber zur Sprache gebracht, der damit zu einem Richter gegangen war. Er hatte bei seinen Eltern davon gesprochen und weiß Gott bei wem noch. Ich fühlte mich verraten und war von einem glühenden Zorn erfüllt.
»Und du glaubst das? Du kennst Brody doch!« rief ich, einen schnellen Blick zu unserem langjährigen Freund hinüberwerfend. Er lehnte mir verschränkten Armen am Spülbecken, und sein Gesicht spiegelte meine Empfindungen wider. »Er

geht bei uns ein und aus wie ein Familienmitglied! Glaubst du wirklich, er wäre fähig, etwas mit der Frau seines Partners anzufangen?«

»Die beiden sind seit fünf Jahren keine Partner mehr.«

»Es ist nie, nie etwas zwischen Brody und mir gewesen«, schwor ich und schlug erncut die Augen nieder. Es war mir unsäglich peinlich. »Dennis irrt sich. Das ist nur Phantasie, Unsicherheit, Eifersucht oder was immer.«

»Ich muß jetzt aufhören, Claire.«

»Wann sind die Kinder wieder zu Hause?«

»Das weiß ich nicht.«

»Schlafen sie am Wochenende wieder daheim?«

»Claire!«

»Ich möchte mich doch nur irgendwie orientieren, Howard. Ich weiß nicht, was ich tun soll. Ich will nicht, daß sie verletzt werden, sie haben noch nie schlechte Erfahrungen gemacht. Ich will nicht, daß Dennis ihnen Lügen über mich erzählt. Ich will nicht, daß er versucht, sie gegen mich aufzuhetzen. Wenn er was an mir auszusetzen hat, dann soll er das mit mir ausmachen und nicht die Kinder da reinziehen. Sie sind kein Faustpfand.«

»Das weiß er.«

»Wenn er etwas Falsches sagt, richtet er irreparable Schäden damit an. Bitte, macht Dennis klar, wie verletzlich die beiden sind, ja, Howard?« flehte ich.

»Er liebt sie, Claire.«

Mich hatte er vor kurzem angeblich auch noch geliebt. Hatte er das nicht letzten Monat an meinem Geburtstag sogar ausgesprochen? Er hatte mir ein liebevoll verpacktes Päckchen gegeben, in dem sich ein zweites befand, in dem sich ein drittes befand, in dem sich ein Paar Ohrringe befand, das von einem – wie er wußte – von mir bewunderten Künstler stammte. Ich war über die Sensibilität gerührt gewesen, mit der er das Geschenk ausgesucht, über die Mühe, die er sich mit der Verpackung gemacht hatte, wieder einmal bezaubert von Dennis' dramaturgischer Begabung. Und, ja, er hatte gesagt: »Ich liebe dich.«

Wieviel bedeuteten diese Worte aus seinem Mund also?

Ich übernachtete bei Brody. Es erschien das Vernünftigste, denn es war schon spät, und ich war völlig durcheinander. Brody war mein bester Freund. Er wußte, welche Sorgen ich mir um die Kinder machte und wie schmerzlich die Trennung für mich war. Bei Brody konnte ich es mir erlauben, zu toben oder einfach nur still vor mich hinzubrüten. Ich tat beides. Er nötigte mich dazu, etwas von seinem Burgunder-Eintopf zu essen und ein langes, heißes Bad zu nehmen. Er bezog sogar das Bett in Joys Zimmer für mich.

Am Morgen bestand er darauf, mich zu Carmen nach Boston zu fahren, und ich protestierte auch in diesem Fall nicht, war wie ausgebrannt, leer, kraftlos und voller Angst, und ich war unendlich dankbar, daß er mich begleitete.

Carmen Niko war das nicht.

Viertes Kapitel

Carmens Büro lag im dritten Stock eines Gebäudes mit großstadtschmuddeliger Steinfassade. Die Aufzugkabine hing in einem Käfig aus verschnörkeltem, schmiedeeisernem Gestänge, das beim Öffnen und Schließen und Aufsteigen klirrte, doch das Büro präsentierte sich in modernerem Gewand. Die offene Wartezone war frühmorgendlich aufgeräumt, neben einem Telefon lagen fächerförmig arrangiert Illustrierte auf einem auf Hochglanz polierten Eichentisch, zwei Sessel und ein kleines Sofa warteten auf Klienten, der Schreibtisch der Empfangssekretärin paßte vom Stil her zum Couchtisch, geschmackvoll gerahmte Landschaftsdrucke zierten die Wände, und Streifen auf dem Teppich zeugten vom Gebrauch eines Staubsaugers.

Nichts hier war pompös oder einschüchternd, wie ich es in Lloyd Ushers Kanzlei erlebt hatte. Diese war ansprechend und behaglich, in warmen Grün-, Apricot- und Brauntönen, die offensichtlich zur Beruhigung gedacht waren, womit sie allerdings bei mir keinen Erfolg hatten. Ich würde mich erst besser fühlen, wenn ich wieder bei meinen Kindern wäre, erst dann wieder frei atmen können, wenn ich genau wüßte, was Dennis vorhatte. Doch zumindest weckte die Atmosphäre Hoffnung in mir.

Carmen Niko selbst war herzlich und geradeheraus, nicht unbedingt schön, aber auf eine Weise zurechtgemacht, die diesen Eindruck vermittelte. Hochgewachsen, dunkelhaarig und mit samtigbrauner Haut kam sie in einem weichfließenden, kürbisfarbenen Kostüm auf uns zu. Außer großen, goldenen Kreolen trug sie keinen Schmuck. Sie begrüßte mich mit einem Lächeln und einem angenehm festen Händedruck und kniff Brody mit einem »Hey, Schöner« in die Wange, wonach sie ihn übergangslos mit einer Geste auf das kleine Sofa nötigte, meinen Arm umfaßte und mich über den kurzen Flur zu ihrem Büro führte.

Anstatt sich wie Llowd Usher hinter dem Schreibtisch zu verschanzen, nahm sie sich einen Notizblock und setzte sich in den Sessel, der rechtwinklig zu meinem stand.

Ich beobachtete ihr Gesicht, während sie die gerichtliche Verfügung las. Was auch immer Brody über diese Frau gesagt hatte – wenn sie mich plötzlich an den Pranger stellen sollte, wie Lloyd Usher es getan hatte, wäre ich sehr schnell wieder draußen. Ich war zu müde, zu verängstigt und zu angeschlagen, um einer weiteren Attacke standhalten zu können.

Falsch. In Wahrheit war ich zu müde, zu verängstigt und zu angeschlagen, um irgendwo anders hinzugehen, falls ich auch mit Carmen Niko nicht zurechtkäme, und darum war meine geheime Drohung nichts als Prahlerei. Ich wappnete mich, was immer da kommen mochte.

Doch sie nickte nur, als sie zu Ende gelesen hatte, und sagte: »Das ist eine Standard-Verfügung«, und legte sie beiseite. Dann zog sie die Kappe von ihrem Füller ab und bat mich leise und mitfühlend, ihr zu schildern, was am Tag zuvor geschehen war. Sie machte sich Notizen, während ich erzählte, hakte nach, wenn ich Details nur streifte, kehrte zum Anfang zurück, als ich fertig war, wollte alles, aber auch alles über meine Heimkehr wissen.

»Ihr Mann wußte also, wann Sie kommen würden.«

»Bis auf fünfzehn Minuten genau. Ich hatte ihm die Flugnummer und das Versprechen gegeben, auch ganz bestimmt mit dieser Maschine zu fliegen.« Er hatte darauf bestanden. Was hatte ich gedacht? Daß er es nicht erwarten könne, mich wiederzusehen? Vielleicht. Eher jedoch, daß er es satt hatte, Kindermädchen zu spielen. Auf den wahren Grund war ich jedenfalls nicht gekommen.

»Hatte er bei Ihrer Ankunft genügend Zeit, den Constable anzurufen, bevor er aus seinem Arbeitszimmer kam?«

»Ja, sogar reichlich, wenn er nach dem Wagen Ausschau gehalten hat. Ich mußte ja die Rechnung unterschreiben und mein Gepäck aus dem Kofferraum holen lassen.«

»Wie war das mit dem Anruf bei der Polizei? Was hat er da gesagt?«

»Nicht viel, glaube ich, genau weiß ich es nicht mehr.« Es war zuviel auf mich eingestürmt. »Wir stritten uns. ›Schicken Sie schnellstens jemanden her‹ – ja, ich glaube, das war alles.«

»Aber es kam nur ein Beamter. Jack Mulroy. Er klingelte und wartete geduldig darauf, daß Dennis ihm aufmachte. Hatte er die Waffe gezogen?«

»Großer Gott, nein!« Es dauerte einen Moment, bis ich begriff, worauf sie hinauswollte. »Sie glauben«, meine Stimme war plötzlich eine Oktave höher, »daß Dennis das vorher abgesprochen hatte?«

»Möglich ist es. Sogar wahrscheinlich. Die Leute kennen Ihre Familie. Die Polizei hat noch nie wegen häuslicher Gewalttätigkeiten bei Ihnen erscheinen müssen. Demnach hätte der Hilferuf: ›Schicken Sie schnellstens jemanden her!‹ zu der Annahme führen müssen, daß entweder ein Einbruch oder ein Überfall der Grund sei. Aber sie schickten nur einen Mann, einen friedlichen Burschen, von dem sie annahmen, daß Sie auf ihn hören würden, weil Sie ihn kannten.«

Ich fühlte mich zutiefst gedemütigt und rieb mir die brennende Stelle auf meiner Brust. »Als ich vor zwei Wochen verreiste, tat ich das in der Überzeugung, daß Dennis mich liebte. Und jetzt stellt sich heraus, daß er mit der Polizei geredet hat und ihnen von der gerichtlichen Verfügung erzählt hat? Ihnen gesagt hat, er befürchte, daß ich eine Szene machen würde?« Angesichts der Reaktion der Polizei leuchtete es tatsächlich ein. »Warum sollte er das tun?«
»Um Sie anzuschwärzen«, bot Carmen als Erklärung an. Ihre Stimme war kehlig, aber trotzdem weich, und sie strahlte Ruhe aus. »Wir müssen herausfinden, ob es ihm wirklich um die Kinder geht oder um etwas anderes. Aber zuallererst müssen wir seine Argumente entkräften.« Ihr Füller zog eine Linie über die Seite. »Okay. Zählen Sie mir noch einmal die Beispiele auf, anhand derer er Sie als nachlässige Mutter bezichtigt.«
Ich wiederholte und widerlegte jedes einzelne. Als ich fertig war, fragte ich: »Wie kann ein Richter eine Entscheidung fällen, nachdem er nur eine Seite gehört hat?«
»Das machen die ständig«, sagte Carmen. »Und es ist meine Aufgabe, dafür zu sorgen, daß auch die andere gehört wird.« Sie blätterte zurück. »Was ist mit diesen Allergie-Medikamenten?«
Über diesen Punkt zermarterte ich mir das Gehirn, seit Dennis ihn mir an den Kopf geworfen hatte. »Wir haben sie immer und überall dabei. Das ist eine Selbstverständlichkeit, wenn man ein schwer allergisches Kind hat – wie das Lesen der Packungsinhaltsstoffe, das Einkaufen in Bioläden und speziellen Bäckereien. Kikit trägt sogar ein schmales Armband, das für den Notfall die wichtigsten Angaben enthält – nicht gern, aber da bin ich eisern. Sie darf keinen Schellfisch essen, keine Nüsse und keinen Sellerie. Die Nüsse sind das

größte Problem, denn gemahlene sieht man ja nicht. Also haben wir immer das Medizin-Set dabei. Es besteht aus einem Epi-pen zur Injektion von Epinephrin und einem oralen Antihistamin. Ich habe es ihr ins Handgepäck getan; für den Fall, daß sie im Flugzeug etwas essen würde. Sie hat zwar immer ihr eigenes Essen dabei, aber ich wollte kein Risiko eingehen. Wenn sie einen Anfall bekommt, geht es sehr schnell. Ihr Hals kann innerhalb von zwanzig Minuten zuschwellen. Ich habe ausführlich mit der Flugbegleiterin gesprochen und ihr gesagt, wo die Medizin ist. Ich bin überzeugt, daß ich sie mitgegeben habe, Carmen. Es kann nicht sein, daß ich das versäumt habe. Aber selbst wenn, hätte meine Schwester Rona sie gefunden, denn ich hatte sie in ihrem Kühlschrank deponiert. Das war vor anderthalb Wochen. Auf der Rückreise wohnte ich zwar im Apartment meiner Mutter, aber ich sah Rona jeden Tag, und sie hat die Medizin mit keinem Wort erwähnt. Sie hätte sie nie weggeworfen, denn sie weiß von Kikits Allergien. Sie hat sogar mal einen Anfall miterlebt. Sie vergöttert Kikit. Außerdem erinnere ich mich daran, sie in Kikits Tasche gepackt zu haben. Ich erinnere mich daran.«

»Und wer hat ausgepackt?«

»Dennis.« Aber das würde bedeuten, daß er Kikit absichtlich in Lebensgefahr gebracht hätte, und das konnte ich nicht einmal in Betracht ziehen. »Vielleicht hat Kikit ja selbst ausgepackt. Vielleicht hat sie das Set aus Unachtsamkeit irgendwohin geworfen. Ich habe zwar immer eine Reserve da, aber Dennis ist einer dieser Wo-steht-bei-dir-denn-die-Milch-Männer. Und dann die Beschuldigung, daß es an dem Auflauf gelegen hatte! Ich habe nichts anderes hineingetan als sonst, aber schön – sie wurde krank. Warum hat er mich dann nicht angerufen, als sie den Anfall hatte? Ich war nicht im

Urwald verschollen, er hätte mich erreichen können, wenn er gewollt hätte. Alle anderen, die mit mir sprechen wollten, erreichten mich doch auch.«
»Was uns auf Brody bringt«, sagte Carmen. »Wie oft haben Sie auf Ihrer Reise mit ihm telefoniert?«
»Jeden Tag. Wie mit den Kindern. Das heißt, gegen Ende hatte ich immer nur den Anrufbeantworter dran.«
»Und das hat Sie nicht irgendwann beunruhigt?«
Diese Frage – und andere – hatte ich mir in den Stunden, die ich schlaflos in Joys Bett lag, selbst gestellt und versucht, die Situation aus verschiedenen Blickwinkeln zu sehen. War ich beunruhigt gewesen? »Ehrlich gesagt, nein. Kikit und Johnny waren bei ihrem Vater, und ich verließ mich darauf, daß er mich anriefe, wenn es ein Problem gäbe. Und es war ja nicht so, daß eine ganze Woche ohne ein Wort vergangen wäre. Es waren nur zwei Tage. Außerdem hatte ich einmal, als ich auch unterwegs war und sie nicht erreichen konnte, bei Dennis' Eltern angerufen, und er war außer sich, sagte, ich hätte ihn in Verlegenheit gebracht, ihn beleidigt, er sei durchaus in der Lage, seine Vaterpflichten zu erfüllen. Und so zwang ich mich, mir keine Sorgen zu machen.«
»Aber mit Brody haben Sie gesprochen.«
»Das bedingte die Firma. Außerdem muß ich bei ihm nicht den Umweg über den Anrufbeantworter machen – er nimmt den Hörer selbst ab.«
»Und Sie haben über Geschäftliches gesprochen.« Ihre Hartnäckigkeit hätte anklagend gewirkt, wenn ihr entschuldigender Ton nicht gewesen wäre. »Wenn Ihr Mann Einzelgesprächsnachweise hat, weiß er, wie lange Ihre Telefonate jeweils dauerten.«
»Lange«, sagte ich, denn es erschien mir albern, es zu leugnen, »und es ging dabei nicht nur um die Firma. Der Zustand

meiner Mutter verschlechtert sich täglich, und das beunruhigt mich natürlich sehr. Dennis haßt es, wenn ich nervös bin, und er haßt es, wenn er keine Antworten weiß. Er denkt, daß ich ihm absichtlich Fragen stelle, die ihn ratlos machen, aber so ist es nicht. Es gibt keine Antwort auf den Tod, verdammt noch mal. Man kann sich nur seine Ängste und seine Traurigkeit von der Seele reden – und bei Brody darf ich reden.«

»Lieben Sie ihn?«

»Brody? Tun wir das nicht alle?«

»Aber Sie hatten nie eine sexuelle Beziehung?«

»Nie.«

»Auch nichts Ähnliches?«

»Wir haben einander noch nicht einmal auf den Mund geküßt. Unsere Beziehungen sind rein freundschaftlich. Es hat nie etwas anderes gegeben. Dennis konstruiert da mit Gewalt etwas. Das Problem ist«, meine Stimme hob sich vor Frustration, »daß ich das Gegenteil nicht beweisen kann. Ich kann nur sagen, daß er sich irrt. An Gelegenheiten hätte es Brody und mir nicht gefehlt.« Die Ironie dessen ließ mich freudlos auflachen. »Wenn wir gewollt hätten, hätten wir miteinander schlafen können, und Dennis hätte es nie beweisen können. Brody und ich sind Geschäftspartner. Wir machen viele gemeinsame Reisen, bei denen wir in getrennten Zimmern übernachten, manchmal auch in Suiten mit zwei Schlafzimmern, und wir haben nie etwas dabei gefunden, weil Brody ein Freund der Familie ist. Er war sogar schon mit Dennis befreundet, bevor ich ihn kennenlernte.«

»Sie haben also diese und alle anderen Anschuldigungen zurückgewiesen. Was sagte Dennis dazu?«

»Daß er recht habe. Daß die gerichtliche Verfügung es beweise.«

»Wie reagierte er denn damals, als Sie den Termin bei der Lehrerin nicht einhielten?«
Ich erinnerte mich, daß es mir schrecklich unangenehm gewesen war. Wie hatte Dennis reagiert? »Nicht dramatisch, sonst wüßte ich es noch. Er war damit zufrieden, daß ich einen neuen Termin vereinbaren wollte, was ich auch tat, wonach er sich aber nicht einmal mehr erkundigte, weil er zu der Zeit weg war – beim Fliegenfischen in Vermont, glaube ich. Das kann ich nachprüfen.« Sein Kalender war in seinen Computer eingespeist, jederzeit leicht zugänglich. Wenn er Spielchen spielen wollte – konnte ich das auch.
»Hat er Sie jemals – seinerzeit oder irgendwann sonst – beschuldigt, eine nachlässige Mutter zu sein?« fragte Carmen.
»Nein.«
»Hat er jemals vor gestern« – sie blätterte ein paar Seiten zurück – »behauptet, sie würden zerrieben?«
»Nein – und ich kann Ihnen versichern, daß das nicht auf seinem Mist gewachsen ist. Dieses Wort kommt in seinem Wortschatz gar nicht vor. Das hat ihm jemand anderer eingeblasen. Sein Anwalt ist Arthur Heuber. Könnte der das getan haben?«
Carmen runzelte die Stirn. »Wäre möglich.«
Ich deutete auf die gerichtliche Verfügung, die am Rand des Schreibtischs lag. »Könnte er hinter der ganzen Sache stekken? Es ist ein so plötzlicher Schritt. Ein so extremer Schritt. Dennis behauptet, dreimal eine Trennung vorgeschlagen zu haben, aber über den Vorschlag ging er nie hinaus. Er sagt oft Dinge, um mich aufzubringen, daß ich die Firma verkaufen soll, zum Beispiel, aber er meint es nicht ernst – und wenn es ihm in diesem Fall ernst gewesen wäre, hätte er das Thema nachdrücklich ansprechen können oder vorschlagen, zur Eheberatung zu gehen, oder tatsächlich ausziehen. Er hätte mir

sagen können, daß er schon bei einem Anwalt sei. Meine Güte, die haben Material gegen mich zusammengestellt, ohne daß ich die geringste Ahnung hatte.« Plötzlich kam mir ein Gedanke. Ich schob ihn weg, doch er drängte sich wieder nach vorn. »Wenn ich zynisch sein wollte, könnte ich sagen, er hat mich reingelegt.«

Ich erwartete, daß sie mir sagen würde, ich sei paranoid. Statt dessen sagte sie: »Das könnten Sie.«

»Mein Gott.«

»Was bringt Sie auf die Idee?«

»Kleine Dinge«, die plötzlich Sinn ergaben. O ja, die Beweise waren Nebensächlichkeiten. Aber wenn Nebensächlichkeiten einem Richter als Beweise genügt hatten, dann genügten sie mir auch. »Wie der Gestank in der Küche am Morgen meiner Abreise nach Cleveland. Dennis veranstaltete eine dramatische Suchaktion und förderte schließlich aus dem falschen Schrank eine verfaulte, halbe Zwiebel zu Tage, als hätte er gewußt, wo sie zu finden war. Und dann das Durcheinander mit unserer Fahrt zum Flughafen. Ich hatte arrangiert, daß wir abgeholt würden. Irgend jemand machte es rückgängig«, etwas anderes fiel mir ein, »und er konnte uns passenderweise nicht hinbringen, wußte aber, daß Brody es tun würde, womit er wiederum etwas gegen uns verwenden konnte. Und dann das Theater wegen Johnnys und Kikits Rückkehr aus Cleveland.« Ich war jetzt richtig in Fahrt. »Dennis behauptet, ich hätte ihm die falsche Ankunftszeit genannt. Vielleicht hat er sie absichtlich falsch verstanden. Und dann ist da noch die Tatsache, daß er nicht so unleidlich wie sonst war, wenn ich mich reisefertig machte. Für gewöhnlich brach er einen Streit vom Zaun – wegen der Kinder, wegen des Hauses, was auch immer – und gab keine Ruhe, bis ich wütend war. Diesmal nicht. Vielleicht freute er sich darauf, mich loszuwerden.

Vielleicht freute er sich darauf, das in die Tat umzusetzen, was er geplant hatte. Vielleicht fuhr er gar nicht zu einem geschäftlichen Treffen in die Berkshires, sondern mit irgendeinem Kumpel weg. Vielleicht hätte er in Wirklichkeit mit zu meiner Mutter fliegen können und wollte es nur nicht.«
Mit der Luft ging mir auch das Gift aus. Ich haßte Dennis in diesem Augenblick – nicht, weil er vielleicht etwas von dem getan hatte, was ich vermutete, sondern, weil er mich dazu brachte, es zu vermuten. Fünfzehn Jahre lang war ich freundlich und nett gewesen, und er machte plötzlich eine Xanthippe aus mir.
Und das schon, bevor ich mich mit Kikits Allergie-Anfall befaßte.
Carmens Feder kratzte noch ein, zwei Minuten über das Papier, ehe auch sie verstummte.
Ich war den Tränen nahe. »Ich will meine Kinder wiederhaben«, sagte ich schließlich mit erstickter Stimme. »Ich komme mir vor wie in einem Alptraum. Mein Leben war schön. Unser Leben war schön. Dennis war nie ein Vollzeit-Vater. Er wollte es nie sein. Warum dann jetzt das alles?«
»Wahrscheinlich wegen Geld«, meinte Carmen.
Ich starrte sie entgeistert an. »Er hat doch einen Haufen Geld.«
»Hat er es, oder haben Sie es?«
»Wir haben es. Unsere Ersparnisse liegen auf Gemeinschaftskonten. Er hat zu allem Zugang.«
»Wer von Ihnen verdient mehr?«
»Ich.«
»Wieviel mehr?«
Ich wollte gerade sagen, doppelt soviel, als mir die Zahlen einfielen, die wir im April beim Finanzamt angegeben hatten. Damals hatte ich kaum darauf geachtet, denn ich vermied es

tunlichst, auffällig Vergleiche anzustellen: Dennis war dünnhäutig, und wenn die Einkommensteuer fällig wurde, genügte schon ein Blick von mir, den er falsch interpretierte, um ihn aufzubringen.
Doch als ich mir jetzt die Zahlen vergegenwärtigte, erkannte ich, daß »doppelt soviel« eine Untertreibung wäre.
»Letztes Jahr habe ich viermal soviel verdient wie er.«
»Wird das dieses Jahr auch so sein?«
»Nein, der Unterschied wird noch größer. Dennis arbeitet weniger.«
»Freiwillig?«
»Zum Teil. Er muß nicht arbeiten. WickerWise bringt so viel ein, daß wir mehr als gut davon leben können.«
»Was ist mit dem anderen Teil?«
Ich zögerte. Dennis war mein Mann, und es erschien mir unloyal, bei einer Fremden schlecht über ihn zu reden.
Dann wurde mir klar, wie absurd diese Skrupel angesichts dessen waren, was er mir antat. »Er ist nicht besonders gut in seinem Beruf«, konstatierte ich. »Zu Beginn landete er ein paar Volltreffer, aber das hörte auf, als die Wirtschaftslage sich verschlechterte. Jetzt, da der Markt wieder aufblüht, versucht er sein Glück erneut, aber es klappt nicht mehr so wie früher, und seine Verzweiflung wirkt sich negativ auf seine Urteilskraft aus.«
»Und auf sein Ego?«
Ich stieß vielsagend den Atem aus.
»Also«, sagte Carmen, »ich wiederhole. Es könnte sein, daß er Geld will. Das ist in Fällen wie diesem oft so. Der Vater setzt das Sorgerecht als Druckmittel ein, überläßt es seiner Frau, wenn sie sich mit einem niedrigeren Unterhalt zufriedengibt. In Ihrem Fall ist es umgekehrt – Dennis wird einen höheren Unterhalt wollen.«

»Den kann er haben«, rief ich, denn wenn das alles war, was er wollte, dann wäre das Problem schnell gelöst. Ich war nicht raffgierig, scherte mich keinen Deut um Schmuck oder Sportwagen oder die Vierhundert-Dollar-Stiefel, die Dennis so liebte. Die Freude, die mir der Erfolg von WickerWise bereitete, hatte weniger mit Geld zu tun als mit Selbstbestätigung. »Er kann so viel Geld haben, wie er will. Rufen Sie seinen Anwalt an. Wenn es hier nur um Geld geht und die Sache mit einem Anruf zu regeln ist, dann rufen Sie an!«
»So einfach ist es leider nicht, Claire. Ja, ich werde Art anrufen, aber wir können vor Montag nichts bewegen. Als der Richter diese Verfügung erließ, wurde die Sache sogar Dennis aus der Hand genommen. Das Thema bei Gericht war nicht Geld, es war Ihre Befähigung als Mutter.«
»Ich bin eine gute Mutter.«
»Das werden wir beweisen müssen. Aber es muß ein gewisses Procedere eingehalten werden. Für uns bedeutet das, Argumente gegen Dennis' Beschuldigungen anzuführen. Wir müssen den Richter dazu bringen, sowohl den Beschluß über das vorläufige Sorgerecht als auch den Räumungsbefehl aufzuheben.«
»Aber wenn Dennis seine Vorwürfe zurücknimmt ...«
»Das wird er nicht. Nicht vor Montag. Nicht, nachdem er zum Gericht gegangen ist. Das wird Art nicht zulassen, denn ihm geht es um seine Glaubwürdigkeit als Anwalt.«
»Ich dachte, es gehe darum, was das Beste für die Kinder ist.«
»Das tut es auch, aber alles zu seiner Zeit.«
»Rufen Sie ihn an. Sagen Sie ihm, Dennis kann haben, soviel er will.«
»Vorsicht, Sie müssen auch noch etwas zum Leben haben.«
»Ich habe reichlich.«
»Und wenn er zehn Millionen verlangt?«

Mein Lachen klang dünn. »So erfolgreich bin ich nun auch wieder nicht.«
»Er könnte argumentieren, daß WickerWise sogar noch mehr wert sei.«
»Was in der Firma steckt, ist kein flüssiges Kapital.«
»Das spielt keine Rolle, wenn Sie ihm Carte blanche geben. Er wird vorschlagen, daß Sie den Betrieb beleihen oder das Haus oder die Investitionen, die Sie für die Ausbildung der Kinder getätigt haben. Okay, vielleicht verlangt er auch keine einmalige Abfindung. Vielleicht verlangt er einen monatlichen Scheck über zwanzigtausend.«
Ich schluckte. »An diese Summe kommen unsere monatlichen Ausgaben nicht im entferntesten heran.«
»Vielleicht nicht in bar. Aber wenn Sie den Wert des Hauses, der Autos, der Kleider nehmen, wenn Sie die Lebenshaltungskosten dazurechnen und die Bewirtungs- und Reisespesen, die er braucht, um seinen gewohnten Lebensstil zu erhalten, den prozentualen Anteil an der Firma, der ihm zusteht, weil er Ihnen zur Seite stand und Ihnen half, sie aufzubauen ...«
»Er hat mir überhaupt nicht dabei geholfen«, protestierte ich aufgebracht. »WickerWise lief nebenher, während Dennis andere Dinge machte. Erst als die Profite stiegen, wurde ihm klar, daß es mehr als ein Hobby von mir war, doch selbst dann behelligte ich ihn nicht damit, verlangte nie, daß er Firmenempfänge gab oder Weihnachtsgeschenke für meine Leute kaufte. Diese Dinge tat ich für seine Firma, aber er nie für meine. WickerWise war immer ausschließlich mein Baby. Er hat nichts dafür getan und demzufolge auch keinerlei Anspruch darauf.«
»Geben Sie ihm Carte blanche, und er wird ihn geltend machen.«

Diese himmelschreiende Ungerechtigkeit ließ mich verstummen.

Carmen legte ihre Hand auf meine. »Es tut mir leid, so brutal sein zu müssen, aber es ist wichtig, daß Sie begreifen, daß diese Scheidung nicht einfach wird. Die wenigstens Scheidungen sind das.«

»Scheidung.« Ich schluckte.

»Darauf wird es hinauslaufen, wenn sich nicht ganz schnell etwas ergibt. Sie hatten ihm vorgeschlagen, zu einer Eheberatung zu gehen, und er hatte sich geweigert.«

»Er sagte, er brauche keinen Berater, er wisse genau, wie er funktioniere. Vielleicht tut er das, aber ich weiß es nach gestern nicht mehr.«

»Wollen Sie die Scheidung?«

»Er hat sie bereits eingereicht, was bleibt mir anderes übrig?«

»Aber wollen Sie sie wirklich?«

Ja, ich wollte die Scheidung. Ich war außer mir über Dennis. Nein, ich wollte die Scheidung nicht. Dennis war mein Mann. Außerdem würden die Kinder unter einer Scheidung leiden. Aber wenn ich außer mir über Dennis war, würden die Kinder ohnehin leiden.

Wir hatten drei Jahre lang eine feste Beziehung gehabt und waren seit fünfzehn fahren verheiratet. Es hatte schwierige Zeiten gegeben, weiß Gott, aber auch gute.

»Während meiner beiden Schwangerschaften«, erinnerte ich mich mit einem wehmütigen Lächeln, »war Dennis einfach traumhaft aufmerksam und liebevoll. Oft überraschte er mich mit einem Blumenstrauß, und er machte wunderschöne Aufnahmen von mir mit meinem Bauch. Damals begeisterte er sich fürs Fotografieren, und er war wirklich gut. Er gab mir das Gefühl, etwas Besonderes zu sein.«

Dennis konnte charmant sein. Er konnte witzig sein. Und

wenn er wollte, konnte er ein wunderbarer Gefährte sein. Ja, es hatte wirklich gute Zeiten gegeben. Außerdem hatte ich mir für meine Kinder gewünscht, was ich nicht gehabt hatte – ein intaktes Elternhaus. Ich hatte mir so gewünscht, daß diese Ehe funktionierte.

»Denken Sie darüber nach«, sagte Carmen. »Und ich rufe Art an und erkunde, wie ernst es Dennis ist.« Sie stand auf und drehte den Terminkalender auf dem Schreibtisch zu sich herum. »Wir werden uns ein paar Stunden zusammensetzen müssen, um unsere Erwiderung auszuarbeiten. Ich muß nachher zum Gericht. Wie wär's morgen um die selbe Zeit?«

»Ist mir recht«, antwortete ich schnell. Morgen war Samstag. Ich war dankbar, daß sie bereit war, am Wochenende zu arbeiten. »Was ist mit den Kindern? Was soll ich machen?«

»Bis nach der Anhörung gar nichts.«

»Ich habe noch nie eines von Johnnys Spielen versäumt, wenn ich zu Hause war. Das ist hart.«

»Ich weiß – aber Dennis lauert nur darauf, weiteres Material gegen Sie zu sammeln. Geben Sie ihm keine Gelegenheit dazu. Die Kinder glauben im Moment, Sie seien in Santa Fe, und erwarten demnach nicht, Sie zu sehen. Rufen Sie sie an. Sagen Sie ihnen, daß Sie sich am Montag abend sehen – aber für den Augenblick respektieren Sie bitte die Entscheidung des Gerichts.«

»So wie es mich respektiert?« fragte ich mit hohntriefender Stimme. »Seine Entscheidung hat nichts mit Rechtsprechung zu tun.«

»Wenigstens haben Sie einen Anwalt. Jede Woche müssen sich Hunderte von Frauen vor Gericht selbst vertreten, weil sie sich keinen leisten können, und ich kann Ihnen sagen, die werden über den Tisch gezogen, daß ihnen Hören und Sehen vergeht.«

»Wie ist das möglich?«
»Weil die Gerichte nicht unfehlbar sind. Ich baue immer wieder darauf, daß die Gerechtigkeit siegt, aber ich habe auch schon erlebt, daß es nicht so war.«
Ich richtete mich in meinem Sessel auf. »Wird sie es in meinem Fall tun?«
»Zu guter Letzt«, erwiderte sie, doch ihre Antwort kam für meine Begriffe zu zögernd.
»Warum nicht gleich?«
Sie hielt drei Finger hoch und zählte ab: »Dennis Raphael, Art Heuber und E. Warren Selwey. Von Dennis weiß ich es nicht, aber die beiden anderen sind harte Burschen. Art ist keine imposante Erscheinung und eher wortkarg, aber wenn er spricht, hören die Leute zu. Was den Richter betrifft, nun, der ist ein Fundamentalist.«
»Inwiefern?«
»Seiner Meinung nach gehört die Frau barfuß und mit dickem Bauch an den Herd – je unterwürfiger, um so besser.«
Unbehagen ergriff von mir Besitz, ich drehte mich in meinem Sessel seitwärts und schlug die Beine übereinander. »Dann hat die Tatsache, daß ich eine florierende Firma besitze, ihn schon gegen mich eingenommen, bevor er Dennis' andere Vorwürfe hörte?«
Carmen nickte. »Höchstwahrscheinlich. Selweys zweite Frau war Anwältin. Sie machte eine Pause, um ein paar Kinder in die Welt zu setzen, doch als die in die Schule kamen, ging sie wieder arbeiten. Kurz danach ließen die beiden sich scheiden. Sie hat ihn ausgenommen wie eine Weihnachtsgans.«
»Wieso darf er dann auf diesem Richterstuhl sitzen? Er kann doch unmöglich objektive Urteile fällen.«
»Er und unser letzter Gouverneur sind befreundet.«
»Verdammt.« Ich stellte meine Füße nebeneinander auf den

Boden. »Verdammt.« Ich richtete mich auf. »Können wir einen anderen Richter bekommen?«
»Für Montag nicht. Selwey hat die Verfügung erlassen, und demzufolge könnte auch nur er sie widerrufen. Aber wir haben ein starkes Gegenargument – daß Ihr Mann die Vorfälle, die er Ihnen anlastet, manipuliert hat, um Sie verantwortungslos erscheinen zu lassen. Das werden wir ausschlachten.«
Ich stand auf. Eine ungeheure innere Unruhe erfaßte mich. Ich war eine Macherin, aber Carmen befahl mir zu warten. Das war hart. Sehr hart. »Und wenn das nichts nützt?« fragte ich.
Sie mußte spüren, daß ich drauf und dran war, die Beherrschung zu verlieren, denn sie fixierte mich mit einem beschwörenden Blick. »Dann klappt es auf andere Weise. Wir werden uns bis Montag an die Regeln halten, aber wenn wir keine Aufhebung der Verfügung erreichen, greife ich zu anderen Mitteln. Auf jeden Fall werden Sie Ihre Kinder am Montag abend sehen können.«
»Ich will sie nicht nur sehen, ich will mit ihnen unter einem Dach schlafen! Wenn Dennis meinen Anblick nicht mehr erträgt, dann soll doch er ausziehen.« Ich schnitt eine Grimasse. »Er war ein so lausiger Vater. Ich kann es nicht fassen, daß ein Richter ihm das Sorgerecht zugesprochen hat.«
Carmen nahm mich bei den Schultern. Sie war ein paar Zentimeter größer als ich und mußte den Kopf leicht neigen, um mir in die Augen schauen zu können. »Es wird alles gut, Claire. Wenn Selwey uns nicht gibt, was wir wollen, gehen wir in die Berufung.«
»Aber das dauert doch!«
»Was sich durchaus zu Ihren Gunsten auswirken könnte, denn es wäre gut möglich, daß Dennis seine Rolle als Übervater nach einer Weile satt hat. Vielleicht würde sich das Problem dann ganz von selbst lösen.«

»Ich will meine Kinder wiederhaben.«
»Sie werden sie zurückbekommen.«
»Ich will sie aber schon am Montag wiederhaben.«
»Dann lassen Sie uns das Wochenende durcharbeiten. Bringen Sie mir, wenn Sie morgen herkommen, Unterlagen mit. Ich brauche finanzielle Informationen über Ihre Firma und über die von Dennis. Und denken Sie über Dennis als Vater nach. Schreiben Sie die negativen Punkte auf – möglichst mit Zeugen und Daten. Wir werden ins Feld führen, daß Dennis Sie reingelegt hat, und in Wahrheit Sie der fürsorglichere und verantwortungsbewußtere Elternteil sind.«
»Vor Gericht. In der Öffentlichkeit.«
»Es geht nicht anders.«
»Und was wäre, wenn Dennis und ich noch vor Montag zu einer Einigung kämen?«
»Dann müßten wir trotzdem vor Selwey erscheinen, aber das wäre dann nur eine reine Formsache. Ich rufe Art an und ergründe, wo wir stehen. Wo kann ich Sie erreichen?«
Ich wollte ihr gerade unsere Privatnummer geben, als mir klar wurde, daß ich ja nicht nach Hause durfte. Also öffnete ich meine Handtasche und kramte nach einer Visitenkarte. »Im Büro. Und danach bei Brody.«
»Sie wollen dort übernachten?« Als ich nicht antwortete, schüttelte sie den Kopf. »Das geht nicht.«
»Ich schlafe doch in Joys Zimmer.«
»Das ist egal, es würde keinen guten Eindruck machen.«
»Wer sollte es denn mitkriegen?«
»Jeder, der sich dafür interessiert. Gehen Sie das Wochenende über auf Nummer Sicher, Claire. Nehmen Sie sich ein Hotelzimmer.«
Ich wollte protestierten. Ich wollte toben. Ich wollte Carmen anflehen, mir meine Kinder zurückzuholen, wofür ich ihr

weit mehr als die Zehntausend geben würde, die Lloyd Usher verlangt hatte, selbst wenn sie nur acht Stunden an meinem Fall säße.
Doch ich glaubte, daß sie das schon wußte. Ich hatte es bereits gesagt, wenn auch nicht mit so vielen Worten. Ich hatte auch protestiert und getobt, und allmählich ging mir der schrille Tonfall meiner Stimme auf die Nerven. Das Problem bestand darin, daß ich es nicht gewohnt war, mein Schicksal in fremde Hände zu legen. Meiner Überzeugung nach konnte man seine Angelegenheiten nur selbst zufriedenstellend ordnen. Brody war einer der wenigen Menschen, in die ich mehr Vertrauen hatte als in mich selber.
Hatte ich Vertrauen zu Carmen Niko? Sie machte einen versierten Eindruck. Sie machte einen erfahren Eindruck. Sie wirkte freundlich, und sie schien Verständnis für meine Lage zu haben.
Hatte ich Vertrauen zu ihr? Ich nahm an, es blieb mir im Moment nichts anderes übrig.

»Hi, Mom. Wie geht's dir?«
»Claire! Warum hast du gestern abend nicht angerufen? Ich dachte schon, das Flugzeug sei abgestürzt.«
»Du hättest davon gehört, wenn es so gewesen wäre«, erwiderte ich gewollt flapsig. »Ich war erst spät zu Hause, und dann herrschte Trubel.«
»Und ich lag hier und wartete. Das ist nicht gut für mein Herz.«
Was sollte ich sagen? Ich hätte sie gestern abend unmöglich anrufen können – ich war erst jetzt, nach dem Gespräch mit Carmen mit Brody auf der Heimfahrt, gefaßt genug dazu, mit ihr zu sprechen. »Es tut mir leid, Mom.«

»Nun ja, vergessen wir's. Wie geht es den Kindern?«
»Gut.« Zumindest Elizabeths Aussage nach, mit der ich vorher drei Minuten lang telefoniert hatte.
»Ich nehme an, Dennis hat seine Sache gut gemacht, während du weg warst.«
O ja. »Das hat er. Fühlst du dich ein bißchen besser?«
»Was hast ... gesagt? Ich höre ... nicht. Irgend etwas ... nicht mit der Verbindung.«
»Ich bin gerade durch einen Tunnel gefahren.« Lauter. »Ich bin gerade durch einen Tunnel gefahren. Ist es jetzt wieder besser?«
»Du sitzt im Auto?«
»Ja.«
»Wohin fährst du?«
»Ich hatte eine Besprechung in Boston, und jetzt bin ich auf dem Weg ins Büro.«
»Du klingst müde.«
Müde war ein Wort dafür. Ich hätte ihr gern auch noch die anderen genannt, aber das konnte ich nicht. »Wenn man so lange weg war, hat sich immer viel Arbeit angesammelt.«
»Wann kommst du mich wieder besuchen?«
»Das weiß ich noch nicht.«
»Ich fühle mich jedesmal besser, wenn du hier bist.«
»Ich weiß, aber ich war jetzt zwei Wochen nicht zu Hause. Ich muß zu Atem kommen und hier klar Schiff machen, bevor ich wieder zum Flughafen rase. War Rona heute bei dir?«
Die atmosphärischen Störungen wurden so laut, daß ich ihre Antwort nicht verstand. »Die Verbindung reißt ab, Mom. Ich lege jetzt auf.«
»Rufst du mich nachher noch mal an?«
»Ich versuche es. Wenn nicht mehr heute, dann auf jeden Fall morgen.«

»Was machst du denn heute noch?«
»Ich muß … es gibt ein paar Dinge …« Ich wünschte mir inständig, es ihr erzählen zu können, eine weitere Stimme sagen zu hören, wie unrecht Dennis mir tat – aber ich brachte es nicht über mich.
»Du bist schon wieder fast weg, Claire. Die Verbindung ist katastrophal.«
»Ich ruf dich bald wieder an, okay?«
»Okay. Bis dann, Schatz.«

Fünftes Kapitel

Als wir aus Boston zurückkamen, deponierte ich mein Gepäck in einem Hotel, als sei ich in einer fremden Stadt auf Geschäftsreise. Mir das vorzumachen, half mir ein wenig. Als ich ins Büro kam, erschien mir meine Welt schon wieder etwas heiler.

Angela, unsere Empfangssekretärin, telefonierte gerade und winkte mir überschwenglich zu, deutete auf den Hörer und formte mit den Lippen den Namen des Verkaufsleiters unseres größten Lieferanten. Ich antwortete mit einem ebenso stummen »Nein!« und ging weiter zum Chefbüro, das Brody und ich uns teilten. Kaum eine Minute später streckte Vicky, unsere Sekretärin, den Kopf zur Tür herein, um hallo zu sagen.

Angela war seit drei Jahren bei uns, Vicky seit fünf. Beide waren Ende Zwanzig und kannten Dennis und die Kinder, doch unsere Beziehung war nicht so eng, daß ich sie in unser Privatleben einbezogen hätte. Und so erwähnte ich nichts von einer eventuellen Scheidung, und erst recht nichts von der Sorgerechtsverfügung, die, wie ich hoffte, ohnehin aufgehoben würde.

Vicky erkundigte sich nur kurz nach dem Verlauf meiner Reise, und da Brody zu dem für unsere Anzeigen zuständigen Grafiker gefahren war, hatte ich das Büro für mich.

In dem dringenden Bedürfnis, etwas gegen die entsetzliche

Situation zu unternehmen, in der ich mich befand, sagte ich Angela, daß ich nicht gestört werden wolle, und rief in Dennis' Firma an.
»Hi, Jenny, ich bin's«, sagte ich, als seine Sekretärin sich meldete, wie ich es schon Hunderte von Malen getan hatte. »Ist mein Mann da?«
Es folgte eine Pause und dann ein verlegenes: »Äh – ich weiß nicht genau ...«
»Es ist dringend. Bitte stellen Sie mich durch.«
»Ja, Claire?« Dennis' Stimme klang unwillig.
»Wir müssen reden.«
»Das hat mir mein Anwalt untersagt.«
»Meine Anwältin wäre sicher auch nicht damit einverstanden, aber ich setze mich darüber hinweg. Wir sind erwachsene Menschen, wir können uns doch auch ohne Vermittler unterhalten. Ich will die Kinder sehen, Dennis!«
»Nein.«
»Ich bin doch keine Gefahr für sie!«
»Ich unterhalte mich mit dir nicht darüber.«
»Aber du hast doch erreicht, was du wolltest. Ich habe begriffen, daß du dich von mir trennen willst. Ich bin einverstanden.«
»Ich will mehr als die Trennung.«
»Okay. Auch darüber können wir sprechen. Aber wir müssen dazu keine Anwälte einschalten.«
»Sie sind bereits eingeschaltet.«
»Dem können wir sehr schnell ein Ende machen. Wir brauchen ihnen nur zu sagen, daß wir uns privat einigen. Das haben wir in der Vergangenheit schließlich immer getan.«
»Richtig.«
»Ich werde dir ab sofort zuhören, ich verspreche es.«
Nach einer kleinen Pause erklärte er in energischem Ton: »Ich

lege jetzt auf, Claire. Mein Anwalt ist Arthur Heuber. Sage deiner Anwältin, sie soll ihn anrufen.«
»Wenn du Geld willst, ich gebe es dir! Aber halte die Kinder nicht von mir fern. Ich liebe sie, und sie brauchen mich.« Ich hielt den Atem an. Es war kein Laut zu hören. »Dennis?«
Totenstille. Als habe er aufgelegt.
»Dennis?«
Nichts.
Verzweifelt hielt ich den Hörer noch eine Minute ans Ohr, doch dann mußte ich einsehen, daß es keinen Sinn hatte. Ich legte auf.
Sekunden später tippte ich unsere Privatnummer ein. Ich wußte, daß die Kinder um diese Zeit nicht zu Hause waren, und hinterließ auf dem Anrufbeantworter, daß ich sie später anrufen würde. Dann rief ich Kikits Allergologen an. Er versicherte mir, daß es ihr wieder gutgehe. Obwohl es ihn natürlich beunruhige, daß wir nicht wußten, was den Anfall ausgelöst hatte, wolle er im Moment keine weiteren Tests anordnen.
»Wir haben schon so viele gemacht«, sagte er, »und sie haben präzise Aufschluß darüber gegeben, was sie verträgt und was nicht. Ich neige immer noch zu dem Verdacht, daß sie etwas gegessen hat, wovon sie wußte, daß sie es nicht essen sollte.«
Ich teilte seine Meinung. Verbotene Dinge hatten nun mal einen besonderen Reiz für Kinder. Aber es konnte auch reine Gedankenlosigkeit gewesen sein. Weitere Tests anzuordnen, würde das Trauma nur vertiefen. Es wäre besser, den Vorfall auf sich beruhen zu lassen und sie in Zukunft genauer im Auge zu behalten.
Aber wie sollte ich das aus der Ferne bewerkstelligen?
Ich machte mich an die Zusammenstellung der verlangten finanziellen Informationen über WickerWise. Informatio-

nen über Dennis' Arbeit zusammenzustellen, war schwieriger, denn unser Scheckbuch, die Bankauszüge und Rechnungsquittungen lagen zu Hause im Arbeitszimmer. Ich hatte nur unsere Einkommensteuererklärungen da, die wir im April gemeinsam eingereicht hatten, und die steckte ich in einen großen, braunen Umschlag mit der Aufschrift »CGR privat«.

Dann wandte ich mich der Arbeit für WickerWise zu und nahm mir die von der Reise mitgebrachten Unterlagen vor. Aber ich konnte mich nicht konzentrieren, meine Gedanken wanderten immer wieder zu Dennis, Johnny und Kikit.

Also stapelte ich die Papiere aufeinander, schob sie beiseite und versuchte mein Glück mit dem Inhalt meines Posteingangskörbchens, in dem sich auch ein Schwung Mitteilungen über Anrufe befand.

Nachdem ich die dritte Nachricht gelesen hatte, ohne daß mein Gehirn ihren Sinn erfaßt hätte, ließ ich auch das sein.

Carmen wollte Nachteiliges über Dennis? Das konnte sie haben. Ich würde ihr erzählen, wie Johnny einmal mit einer Zwei in einer Schulaufgabe nach Hause kam, und Dennis die Arbeit durchlas, um herauszufinden, warum es keine Eins geworden war. Und wie Johnny einmal in den letzten Sekunden eines Basketballspiels danebenwarf, und Dennis sich lang und breit darüber ausließ, wie nah das Team dem Sieg gewesen war. Subtile Kritik, aber verletzend. Wie bei Kikits Lispeln, das er nachäffte, bis sie es sich mühevoll abgewöhnte. Würde der Richter ihn aufgrund solcher Dinge als schlechten Vater betrachten?

Ein Psychologe vielleicht – aber ein Richter mit steinzeitlichen Ansichten? Unwahrscheinlich.

Der Mann verabscheute berufstätige Frauen? Nun, ich hatte immer alles getan, was Dennis als Ehemann und Johnny und

Kikit als Kinder erwarteten. WickerWise hatte nur die zweite Geige gespielt.
Okay, ich kam manchmal zu spät und war manchmal zerstreut, aber das waren alle berufstätigen Frauen und alle berufstätigen Männer. Meine Kinder hatten nicht darunter gelitten. Sie wußten, daß ich sie liebte.
Worin also bestand meine Verfehlung?

Carmen konnte Art Heuber erst kurz vor Büroschluß erreichen, und die Neuigkeiten, die sie danach für mich hatte, waren nicht ermutigend. »Sie geben nicht nach. Dennis will auf seiner Meinung beharren, daß Sie nicht in der Lage seien, Ihre Mutterpflichten zu erfüllen. Er will durchsetzen, daß die vorläufige Verfügung bis Erreichen einer Scheidungsvereinbarung Gültigkeit behält. Also brauchen wir schlagende Gegenargumente. Er wird zu seinen bisherigen Anschuldigungen stehen und wenn möglich noch weitere vorbringen. Gibt es da noch was?«
Ich schüttelte meine Hände aus. Sie waren kalt und taub. Mein ganzer Körper war kalt und taub.
Gab es noch etwas? »Nicht, daß ich wüßte, doch ich wäre ja auch nicht im Traum auf die anderen Dinge gekommen, aus denen er mir einen Strick drehen will!«
»Aber jetzt wissen Sie, in welche Richtung seine Vorwürfe gehen. Denken Sie nach! Wir brauchen einleuchtende Erklärungen für alles, was ihm noch einfallen könnte. Haben Sie schon ein Waffenarsenal für einen Gegenangriff?«
»Das klingt wie Krieg.«
»Unglücklicherweise läuft es genau darauf hinaus. Entweder wir kämpfen oder wir gehen unter. Also, wie steht es mit entsprechenden Beispielen?«

Ich seufzte resigniert. »Die meisten beweisen mangelnde Sensibilität, aber keine Vernachlässigung.«
»Sie sagten, er sei viel unterwegs. Wie viel davon dient seinem Beruf und wie viel dem Vergnügen?«
»Er arbeitet höchsten fünfzehn Stunden in der Woche.«
»Können Sie das belegen?«
Ich könnte mich in seinen Terminkalender einloggen. Daraus wäre zu ersehen, wann er Verabredungen hatte und mit wem. Ich könnte Beruf und Vergnügen voneinander trennen, die Anzahl der Mittagessen im Ritz und der Abende in Fenwick Park herausziehen. Und ich könnte auch im Golfclub anrufen und unter einem Vorwand die Angaben auf unserer Anwesenheitsliste erfragen.
Ich konnte es nicht fassen, daß es so weit gekommen war.
»Können Sie es, Claire?«
»Ja.«
»Dann tun Sie es. Wir haben keine andere Wahl. Wir müssen ihn mit seinen eigenen Waffen schlagen. Und, Claire, passen Sie auf, was Brody betrifft.«
Ich wurde zornig. »Was soll das heißen? Ich habe mir doch schon ein Zimmer im Royal Sonesta genommen, mich dort umgezogen und das Bett zerwühlt, für den Fall, daß Dennis mir nachspioniert und dem Zimmermädchen Geld gegeben hat, damit es ihn auf dem laufenden hält. Jetzt bin ich im Büro, und das teile ich nun mal mit Brody. Ich kann ihn wohl kaum übers Wochenende nach Sibirien verbannen.«
»Aber vielleicht nach New York oder Washington. Er hat mich vorhin angerufen. Er ist wütend auf Dennis, fühlt sich in seiner Ehre gekränkt. Er will zu ihm gehen, ihn zur Rede stellen – und schließt sogar nicht aus, ihn zu verprügeln. Lassen Sie das nicht zu, Claire, es würde alles noch schlimmer machen. Wenn Brody unbedingt etwas tun will, dann soll er

morgen abend auf irgendeine Schickimicki-Party gehen und sich dort für die Montagszeitung mit einem neuen Mädel am Arm fotografieren lassen. Verstehen Sie, worauf ich hinaus will?«

Brody war inzwischen zurückgekommen. Ich sah ihn durch die gläserne Trennwand in seinem Sessel liegen und mit überkreuzten Füßen und den Fäusten unter dem Kinn vor sich hinbrüten.

Nur seine Augen bewegten sich, als ich in der Tür erschien. Was ich darin las, verhieß nichts Gutes, doch als er meinen Blick sah, grummelte er: »Keine Sorge, ich mache schon keine Dummheiten. Ich bin nur stinkwütend auf den Kerl.« Er ließ die Fäuste in den Schoß fallen. »Warum hat er nicht den Mund aufgemacht, verdammt noch mal? Er hätte es mir doch nur zu sagen brauchen, wenn er fand, daß ich zu oft bei euch rumhing oder sonst etwas tat, das ihm nicht paßte. Ich hätte es klarstellen können. Zum Teufel – ich hätte mich zurückgezogen, wenn ich gewußt hätte, daß er meinetwegen Alpträume hatte.« Er warf seine Brille auf den Schreibtisch und drückte Daumen und Zeigefinger gegen seinen Nasenrücken. »Aber er hat kein Wort darüber verloren, sich nie etwas anmerken lassen, war freundlich wie immer, als ich dich und die Kinder neulich morgens abholte, um euch zum Flieger zu bringen. Vielleicht war er sauer, weil ich ihn nicht besuchte, während ihr weg wart. Vielleicht dachte er, ich fände es nicht der Mühe wert, allein seinetwegen zu kommen. Und weißt du was? Er hat recht. Ich unterhalte mich viel lieber mit dir als mit ihm. Als die Kinder wieder da waren, rief ich an – ich hatte vor, sie alle zu Steaksuppe einzuladen –, aber es war auf Anrufbeantworter geschaltet, und ich hinterließ keine Nachricht, weil es dann ohnehin zu spät geworden wäre und die Kinder nur herumgenervt hätten.«

Ich mußte lächeln. Er hatte recht. »Sie lieben deine Steaksuppe.«

»Genau, und ich wollte ihm die Nerverei ersparen. Ich nahm an, daß er mit ihnen unterwegs war, alles unter Kontrolle hatte.« Er legte die Hand auf den Kopf. »Dennis und ich haben viel miteinander erlebt, jahrelang, Höhen und Tiefen, und ich finde es schlimm, daß er seinen Verdacht mir gegenüber nicht aussprach. Noch schlimmer ist, daß er überhaupt auf diese Idee kam! Glaubte er wirklich, ich würde mich an seine Frau ranmachen? Was nicht heißen soll, daß ich dich nicht liebe und der Gedanke mir manchmal recht reizvoll erschien, aber ich hätte doch nie etwas getan, das eure Ehe durcheinandergebracht hätte. Was störte ihn also an unserer Beziehung?«

»Die Vertrautheit. Die Zuneigung.«

»Die bestand zwischen euch doch genauso.«

Nein, genauso nicht. Meine Beziehung zu Brody war unbeschwert, die zu Dennis nicht. Meine Beziehung zu Dennis beinhaltete Verantwortung, Erwartungen. »Wir waren verheiratet. Eine Ehe ist nie ohne Spannungen.«

»Und ich habe sie noch verstärkt, wie es aussieht. Meine Güte, Claire, es tut mir leid. Das lag nie in meiner Ansicht.«

»O Brody, du hast dir nichts vorzuwerfen. Ich bin schuld.« Ich lehnte mich an den Türrahmen und verschränkte die Arme vor der Brust. »Er versuchte, mir etwas zu sagen, und ich hörte nicht zu. Wenn er von Ausziehen sprach, dachte ich, er wolle mich nur ärgern – er wußte, welche Knöpfe er drücken mußte, um mich wütend zu machen. Aber offenbar meinte er, was er sagte. Ich hätte ihn ernster nehmen sollen.« Ich preßte die Arme an die Brust. »Es wird alles wieder gut«, sagte ich. »Am Montag wird alles wieder gut.«

Es mußte eine Spur von Zweifel in meinem Tonfall mitgeschwungen haben, die nur ein Mensch bemerken konnte, der mich so gut kannte wie Brody, denn er sprang plötzlich auf, kam zu mir herüber und nahm mich in die Arme. Ich sagte ihm nicht, daß Carmen das nicht billigen würde – es kümmerte mich nicht.

»Ich habe Angst«, flüsterte ich an seiner Schulter. »Immer wieder überfällt mich die Angst, daß irgend etwas schiefgeht und Dennis alles bekommt, was er will, und ich die Kinder nur jedes zweite Wochenende sehen darf oder etwas ähnlich Schreckliches.«

»Das wird nicht passieren«, versicherte er mir mit seiner tiefen Stimme. »Kein Richter ist so dumm.«

»Dieser haßt erfolgreiche Frauen.«

»Das ist doch sein Problem.«

»Wenn er gegen mich urteilt, dann ist es auch meines.«

»Dann gehen wir in die Berufung.« Er hielt mich von sich weg und schaute mir in die Augen. »Dennis' Anschuldigungen sind idiotisch. Allesamt. Wenn er die Scheidung möchte, dann laß ihm seinen Willen, aber er ist bescheuert. Er wird keine Bessere finden als dich – nicht in tausend Jahren.«

Am Samstag morgen fuhr ich wieder zu Carmen. Unser Hauptthema war nicht die Scheidung, sondern das Sorgerecht für die Kinder, und sie stellte mir eine Menge Fragen zu meinem Alltag, wann ich morgens aufstand, wer den Kindern das Frühstück machte, wann ich ins Büro fuhr, wer die Wäsche wusch, Kleidung kaufte, Arzttermine vereinbarte.

Sie mußte Beweismaterial dafür zusammenstellen, daß ich eine verantwortungsbewußte und fürsorgliche Mutter war.

»Der Richter wird sich auch ein Bild von Ihrer psychischen Verfassung machen wollen«, sagte Carmen. Wir saßen diesmal an dem langen Tisch im Konferenzraum, wohin ich die finanziellen Informationen mitgebracht hatte und Carmen ihren unvermeidlichen Notizblock. »Er wird wissen wollen, wie Sie die Krankheit Ihrer Mutter verkraften, wie oft Sie in Zukunft zu ihr fliegen werden, ob Sie so beeinträchtigt sind, daß es sich auf die Kinder auswirkt.«

»Natürlich bin ich beeinträchtigt. Sie ist meine Mutter, und sie liegt im Sterben. Ich war nicht gerade eine Mustertochter, war nicht so oft bei ihr, wie ich es hätte sein sollen. Meine Schwester hat die Hauptlast der Betreuung getragen, aber sie und Mom kommen nicht gut miteinander aus. Die Zeit wird knapp, und ich muß wenigstens jetzt für sie verfügbar sein. Wenn Dennis mir das vorwirft, dann spricht das doch gegen ihn, finden Sie nicht?«

»Was ich finde, spielt keine Rolle, es zählt nur, wie der Richter es sieht.«

»Wenn er kein herzloses Ungeheuer ist, wird er es verstehen«, sagte ich. Auch wenn ich eine schlechte Erfahrung mit ihm gemacht hatte, auch wenn er eine schlechte Erfahrung mit seiner Frau gemacht hatte – er mußte eine Mutter haben und wissen, wie das war.

»Ich bin ja nicht alle zwei Tage dort. Ich mache auf dem Weg von oder zu einem geschäftlichen Termin einen Abstecher nach Cleveland, und was die Kinder angeht, so haben sie sie gerne besucht. Sie wissen, wie viel es ihr bedeutet, sie zu sehen. Es ist eine Lektion für sie, wissen Sie? Daß man vor einer Krankheit nicht davonlaufen kann. Wenn Menschen schwach und traurig sind, brauchen sie einen am meisten, und es ist Dennis, der hier ein schlechtes Vorbild ist.«

Carmen hob die Hand. »Wir sprechen nicht über Dennis, wir sprechen über Sie.«

Ich setzte mich aufrecht hin. »Der Zustand meiner Mutter

dreht mir das Herz im Leibe um, aber es ist nicht so, daß ich mich bis zur Besessenheit gräme. Wenn ich etwas mit den Kindern tue, dann bin ich völlig auf sie konzentriert. Für die Arbeit gilt das gleiche. Ich funktioniere einwandfrei. Natürlich ging mir durch meine Besuche in Cleveland Zeit mit meinen Kindern verloren, und mein Leben ist hektischer geworden, aber ich bewältige es.«

»Wann werden Sie Ihre Mutter wieder besuchen?«

»Das hängt davon ab, wie es ihr geht und welche Geschäftsreisen ich mache.«

»Wir brauchen präzise Angaben«, insistierte Carmen. »Dennis behauptet, der zuverlässigere Elternteil zu sein. Wir halten dagegen. Der Richter wird wissen wollen, welche Reisen Sie planen, wie lange Sie weg sein werden, und wer sich in Ihrer Abwesenheit um die Kinder kümmern wird.«

»Dennis, selbstverständlich. Zumindest haben wir das in der Vergangenheit so gehandhabt, und ich habe nichts dagegen, diese Regelung beizubehalten.«

»Der Richter wird hören wollen, daß Sie eine Weile zu Hause sein werden.«

Das war auch mein Wunsch, aber ich konnte es nicht versprechen. »Meine Mutter liegt im Sterben.«

»Ich weiß«, nickte Carmen.

»Haben Sie Ihre Mutter schon verloren?«

»Nicht durch den Tod. Sie hat mich verlassen.«

Das brachte mich zum Schweigen, aber nicht für lange. »Sehen Sie sich jemals?«

»Nie.«

»Haben Sie sich von ihr verabschieden können?«

»Wir wußten gar nicht, daß sie wegwollte – bis sie eines Abends nicht zum Essen erschien.«

»Mein Vater war auch so urplötzlich weg. In einem Moment

war er noch kerngesund, und im nächsten tot durch einen Herzinfarkt. Ich hatte keine Gelegenheit, mich von ihm zu verabschieden. Bei meiner Mutter habe ich sie. Wie könnte ich die ungenutzt lassen?«

Ein kleiner Sieg: Carmen war sichtlich hin- und hergerissen. »Das sollen Sie ja nicht.« Sie seufzte. »Sie müssen nur mit Bedacht vorgehen.«

»Ich hatte eigentlich gehofft, sie alle zwei Wochen zu besuchen, aber das wird dem Richter nicht gefallen.« Ohne Frage. »Es sei denn, Sie nehmen die Kinder mit und kommen auch mit ihnen zurück. Sie dürfen sie nicht mehr allein fliegen lassen.«

War das verantwortungslos von mir gewesen? Aber wir lebten in den Neunzigern. »Das ist doch normal.«

»Aber unstatthaft für eine Mutter, die einen Richter davon überzeugen will, daß ihre Kinder für sie an erster Stelle stehen«, erklärte Carmen. »Ich sage ja nicht, daß der Richter recht hat, aber wir müssen seiner Einstellung Rechnung tragen. Sie müssen Ihre Reisen soweit wie irgend möglich reduzieren. Wenn sich der Zustand Ihrer Mutter dramatisch verschlechtert, fliegen Sie natürlich hin, doch der Richter wird Sie auch auf etwaige Geschäftsreisen ansprechen. Dennis hat ihm bereits berichtet, daß Sie viel unterwegs sind.«

»Ja, ja, er hat es durchgezählt. Seiner Aussage nach war ich von den letzten neunzig Tagen vierunddreißig nicht zu Hause.«

»Ist das falsch?«

»Wahrscheinlich nicht. Aber er hat nie gesagt, daß es ihm zu viel war. Er hat sich nie beschwert, abgesehen davon, daß er meinte, wir brauchten ein Kindermädchen, aber wir hatten mal ein Au-pair-Mädchen, und das war eine Katastrophe. Neulich fing er wieder davon an, aber die Kinder sind ja jetzt größer – heutzutage brauchen wir eher einen Chauffeur als einen Babysitter. Dennis schwebt ein niedliches, kleines Schwedenmädchen vor, und ich habe Visionen eines weiteren Desasters. Außerdem macht mir das Fahren nichts aus. Es gibt mir Gelegenheit, mich mit meinen Kindern zu unterhalten, ihre Freunde kennenzulernen. Ich genieße diese Zeit – Dennis hält das für eine Zumutung. Sagen Sie doch das dem Richter.«

Carmen grinste und machte sich eine Notiz. Dann breitete sie einen Kalender auf dem Tisch aus. »Welche Geschäftsreisen haben Sie für die nächste Zeit geplant?«

»Unmittelbar gar keine. Brody macht übernächste Woche einen Zug durch unsere Läden an der Westküste. Ich hatte eigentlich vor, kurz vor Thanksgiving die Runde durch unsere Kaufhaus-Boutiquen zu machen.«

»Zu früh.«

»Gleich nach Thanksgiving?«

Ihr Füller wanderte durch den November, weiter durch den Dezember und wieder zurück. »Hat das nicht Zeit?«

»Eigentlich nicht. Unsere Boutiquen machen zu Weihnachten immense Umsätze. Und dann finden Partys statt und Wohltätigkeitsveranstaltungen und ich überprüfe davor gern die Dekoration.«

»Kann das nicht Brody übernehmen?«

»Das ist nicht seine Domäne. Er ist der Rechner – ich bin die Künstlerin.«

»Lassen Sie es ihn diesmal trotzdem machen – es ist wichtig für Sie, hier zu sein.«

Irgend etwas irritierte mich, irgend etwas, das sie nicht aussprach. »Das verstehe ich ja, aber wenn wir den Richter am Montag dazu bringen können, seine Verfügung außer Kraft zu setzen, dann ist es damit doch getan, oder? Wenigstens, was das Sorgerecht betrifft?«

Carmen sah nicht so optimistisch aus, wie ich es mir gewünscht hätte. »Nur, wenn Dennis nachgibt, was ich bezweifle. Er wird Ihnen nicht das alleinige Sorgerecht überlassen – zumindest nicht, bevor eine für ihn zufriedenstellende Scheidungsvereinbarung unter Dach und Fach ist. Es könnte sein, daß er einem gemeinsamen Sorgerecht zustimmt, aber selbst dann wird der Richter wahrscheinlich ein Gutachten erstellen lassen wollen, bevor er sich zu einer endgültigen Regelung entschließt.«

»Ein Gutachten?« Ein neuer Stolperstein. Mein Magen krampfte sich zusammen. »Womit soll sich das befassen?«

»Mit Ihnen. Mit Dennis. Mit den Kindern. Es wird von jemandem erstellt, der vom Gericht als Vormund *ad libitum* bestimmt wird, jemand, der entweder Sozialarbeiter oder Psychologe ist oder auch Jurist, eine unparteiische Person, die Gespräche mit ihnen allen führt und dem Gericht gegenüber dann eine Empfehlung ausspricht.«

»Und wie lange dauert das?«

»Der Richter genehmigt dreißig Tage dafür. Die Verhandlungen bezüglich der Scheidungsvereinbarung könnten mehr Zeit in Anspruch nehmen. Wenn Sie und Dennis sich nicht über die Aufteilung des Vermögens einigen können, wenn es zum Prozeß kommt, dann werden es vielleicht sechs Monate – wenn nicht ein Jahr.«

Ich schnappte entsetzt nach Luft. »Ein Jahr in Ungewißheit? Das könnte ich nicht ertragen, nicht ohne meine Kinder. Holen Sie mir meine Kinder zurück, Carmen. Ich brauche meine Kinder.«

Ich mußte einfach daran glauben, daß der Richter seine Verfügung aufheben würde. Ich sah ein, daß Dennis und sein Anwalt ihn beeinflussen konnten, als ich nicht da war, um mich zu verteidigen, aber am Montag könnte ich ihm meine

Version der Geschichte vortragen. Dann würde der Richter die Wahrheit erkennen. Er könnte gar nicht anders.

Das war der Hauptgrund dafür, daß ich Johnny und Kikit, als ich an diesem Abend mit ihnen telefonierte, ankündigte, daß ich am Montag nachmittag nach Hause käme. Natürlich hatte ich auch einen Hintergedanken dabei: Ich dachte mir, wenn die Kinder auf mich warteten, die Stunden zählten, die Minuten, die Sekunden, wie Kikit mir versichert hatte, würde der Richter es nicht wagen, sie zu enttäuschen. Schließlich lag uns allen doch in erster Linie das Wohl der Kinder am Herzen, oder?

Sechstes Kapitel

Meine Vorstellung von einem Gerichtssaal basierte auf Filmen wie »Das Urteil«, »Anatomie eines Mordes« und »Wer die Nachtigall stört« – und auf Ausschnitten aus dem Simpson-Prozeß, die ich im Vorbeigehen auf Flughafenmonitoren aufgeschnappt hatte.

Demzufolge erwartete ich einen erhöht hinter seinem Tisch sitzenden, ehrfurchtgebietenden Richter, zu dessen Füßen an zwei Tischen die beiden Anwälte mit ihren Klienten saßen und auf den Bänken dahinter das Publikum in atemloser Spannung der Verhandlung folgte, während die Tür von bärbeißigen Beamten bewacht wurde.

Die Realität sah völlig anders aus. Der Richter befand sich zwar hinter seinem Tisch, aber er war ein dürres Männchen, das ständig von seinem Stuhl aufsprang und mit wehender Robe zum einen oder anderen Ende des Tisches lief und sich hier ein Buch griff und dort mit Papieren wedelte, als wolle es auf sich aufmerksam machen. Und die einzigen, die ihm Aufmerksamkeit zollten, waren die drei Leute, die direkt rechts von ihm standen. Auf den Zuschauerbänken saßen Zweier-, Dreier- und Vierergrüppchen beieinander, die sich angeregt unterhielten und mit Papieren raschelten. Zwei uniformierte Beamte führten in einer Ecke des Raumes ein Privatgespräch, und alles wurde vom Zischen und Klopfen der Heizkörper untermalt.

Dennis war nirgends zu entdecken. Vielleicht hatte er eingesehen, wie absurd seine Anschuldigungen waren, und wollte sich die Peinlichkeit ersparen, mitzuerleben, wie die Verfügung gegen mich aufgehoben wurde.
Carmen sah sich nach einem freien Platz um und zog mich schließlich zu der unbesetzten Geschworenenbank, wo sie mir die vier Seiten umfassende, eidesstattliche Erklärung, die wir, jedem von Dennis' Argumenten eines entgegensetzend, am Wochenende zusammengestellt hatten, zum Durchlesen und Unterschreiben gab, was ich tat, während vorn am Richtertisch bereits ein neues Grüppchen Aufstellung genommen hatte. »Der Richter handelt pro Stunde bis zu acht Fälle ab«, erklärte Carmen mir auf meine verwunderte Frage, als ich ihr die unterschriebene Gegendarstellung und ihren Füller zurückgab. Und dann hörte ich, wie hinter uns die Tür aufging, drehte mich um und sah Dennis hereinkommen. Er trug seinen blauen Lieblingsanzug und die rote Krawatte, die ich ihm vor drei Wochen als Glücksbringer für einen Geschäftsabschluß geschenkt hatte. Sie hatte gewirkt! Würde sie es heute wieder tun?
Er befand sich in Begleitung eines äußerlich unauffälligen Mannes, der trotz aller Unscheinbarkeit auffiel: Durch seine Haltung und seinen Gang, die ein unerschütterliches Selbstvertrauen vermittelten.
»Ist das Arthur Heuber?« fragte ich.
Carmen nickte. »Seit über dreißig Jahren Scheidungsanwalt. Mit allen Wassern gewaschen.«
Meine Augen wanderten wie magisch angezogen zu Dennis. Er hielt meinem Blick einen Moment lang ungerührt stand und wandte sich dann gelassen ab. Wenn es ihn getroffen hatte, mich zu sehen, so war ihm nichts anzumerken. Aber ich begann zu zittern.

Carmen legte die Hand auf meinem Arm. »Atmen Sie tief durch. Sie schaffen das schon. Ich komme gleich wieder – ich bringe Missy nur die Papiere. Das ist die Blonde da drüben, Selweys Schriftführerin – und seine Cousine, glaube ich, aber recht nett.«
Sie ging auf die andere Seite des Gerichtssaales hinüber, sprach ein paar Worte mit Heuber, und dann traten sie beide zu der Schriftführerin. Auch Heuber gab Papiere ab. Enthielten sie neue Anschuldigungen? Aber welche?
Carmen kam zurück.
»Raphael gegen Raphael«, rief die Schriftführerin uns auf.
Noch immer zitternd, folgte ich meiner Anwältin zu dem Platz rechts vom Richtertisch, der erst Minuten zuvor geräumt worden war. Mich zur Ruhe ermahnend, fixierte ich den Richter. Er stand an den bejahrten Holztisch gelehnt und las die Erklärungen, die Missy an ihn weitergegeben hatte. Alle paar Minuten warf er mir über den Rand seiner Brille hinweg einen Blick zu. Ich wartete darauf, daß er Dennis auf die gleiche Weise mustern würde, doch das geschah nicht. Ganz offensichtlich sah er in mir den Bösewicht.
Ich stand hochaufgerichtet da und atmete, stolz auf meine Beherrschung, ruhig und gleichmäßig – bis ich anfing, darüber nachzudenken. Vielleicht hielt er mich, wenn ich mich angesichts dessen, was für mich auf dem Spiel stand, so gelassen gab, für ein eiskaltes Biest. Aber wenn ich mir anmerken ließe, wie mir in Wahrheit zumute war, und wieder zitterte, würde er mich für emotional labil halten.
Wofür sollte ich mich also entscheiden?
Ich blieb ruhig. Es hatte mir geholfen, als mein Vater so plötzlich starb. Es hatte mir geholfen, als das Geld, auf das ich fürs College gezählt hatte, ausgegeben werden mußte, weil Rona den Wagen eines Nachbarn zu Schrott gefahren hatte.

Es hatte mir geholfen, als nach dem ersten Ehejahr die alten Sünden meines Mannes ans Licht kamen.
Hatte ich diese alten Sünden erwähnt? Nein. Sie waren ohne Bedeutung für die Gegenwart.
Der Richter begann, rhythmisch hin und her zu schwanken, blätterte zuerst die eine Erklärung durch und dann die andere. Schließlich knallte er beide auf den Tisch und richtete seinen Blick auf Carmen.
Sie folgte der stummen Aufforderung und sagte mit einer Stimme, die den Eindruck vermittelte, daß sie und der Richter die einzigen im Raum mit einem Fünkchen Verstand waren: »Euer Ehren, wie Sie gerade gelesen haben, war meine Klientin fassungslos über die Verfügung, die letzten Donnerstag gegen sie erlassen wurde. Sie führt ein untadeliges Leben. Sie ist sowohl geistig als auch körperlich kerngesund. Sie wird von den Lehrern ihrer Kinder geachtet, von ihrem Pastor, ihren Ärzten und ihren Freunden, und ist ein gerngesehenes Mitglied ihrer Gemeinde. Als Haupterzieherin hat sie zwei fröhliche und angepaßte Kinder aufgezogen, die sich ihrer Liebe sicher sind und sie im Moment schrecklich vermissen. Ihr Mann zeichnete sich meistens durch Abwesenheit aus. Er hat vorher nie den Wunsch geäußert, die Kinder allein versorgen zu wollen, und auch niemals angedeutet, daß er seine Frau für eine ungeeignete Mutter hielt. Sie hatte keine Ahnung, daß er ernsthaft eine Scheidung anstrebte – so wortkarg ist er. Und dann wandte er sich hinter ihrem Rücken, während sie am Bett ihrer sterbenden Mutter saß, an dieses Gericht und machte Angaben, die beweisen sollten, daß sie ihren Mutterpflichten aufgrund einer Überbelastung nicht mehr gewachsen sei. Das trifft nicht zu. Seine Beweisführung stützt sich auf Zufälle, irrige Annahmen und sogar ein paar dreiste Lügen. Sie enthält zu viele Unbekannte, um

ernst genommen zu werden, zu viele Punkte, die nahelegen, daß Mr. Raphael die Situation manipulierte, um seine Frau in ein schlechtes Licht zu rücken. Unverblümt gesagt: er hat sie reingelegt.«

»Einspruch, Euer Ehren«, sagte Arthur Heuber mit leiser, aber gewichtiger Stimme. »Es gibt keinen Beweis für diese Behauptung.«

»Und auch keinen dagegen«, warf Carmen ein. »Aber Mr. Raphaels Vorgehensweise in dieser Angelegenheit war so verstohlen, daß wir sein Motiv in Frage stellen müssen. Seine Firma läuft schlecht. Er wollte die Kinder noch nie allein versorgen. Wir nehmen an, daß er auf Geld aus ist. Meine Klientin ist bereit, sich großzügig zu zeigen. Das hätte sie ihm selbst sagen können, und dem Gericht wäre viel Zeit erspart geblieben. Wir sind bereit, über eine Scheidungsvereinbarung zu verhandeln, und zwar an jedem von Mr. Raphael gewünschten Ort, aber erst, wenn die derzeitige Situation geklärt ist. Mrs. Raphael liebt ihre Kinder, und sie lieben sie. Sie sehnt sich nach ihnen. Wir beantragen, daß der Räumungsbefehl außer Kraft gesetzt und die Kinder wieder in ihre Obhut überstellt werden.«

Der Richter nahm ein Dokument, das Missy ihm reichte, hörte auf zu schwanken, um es zu unterschreiben, und sagte, als er es ihr zurückgab: »Der Aussage des Vaters nach kommen sie gut ohne sie zurecht.«

Die Kinder wußten ja gar nicht, daß sie mich nicht mehr hatten, dachte ich mit einem Anflug von Hysterie. Sie dachten, ich sei auf einer ganz normalen Geschäftsreise in Santa Fe und käme heute nachmittag zurück.

Carmen spann meinen Gedankenfaden weiter: »Die Kinder sind es gewöhnt, daß ihre Mutter häufig verreist, aber auch, daß sie – und das haben Sie aus der Erklärung meiner

Mandantin ersehen –, wenn sie zu Hause ist, all die Dinge für sie tut, die ihr Vater vermissen läßt. Er kocht nicht, er kauft ihnen nichts zum Anziehen, er hilft ihnen nicht bei den Hausaufgaben, geht nicht zur Elternsprechstunde in die Schule und kauft keine Geschenke mit ihnen, wenn sie zu Freunden zum Geburtstag eingeladen sind. Die Kinder sind noch klein, und eines von ihnen hat ein medizinisches Problem, um das sich in der Hauptsache meine Mandantin kümmert.«

»In sehr fragwürdiger Weise, wie hieraus hervorgeht«, sagte Selwey, mit der flachen Hand auf Dennis' Unterlagen klopfend.

»Es war Medizin da, Euer Ehren. Mr. Raphael geriet in Panik und wußte nicht, wo er danach suchen sollte, obwohl Mrs. Raphael es ihm mehrfach gesagt hatte. In dieser Hinsicht bewies er genau die Nachlässigkeit, deren er meine Mandantin bezichtigt. Die Medizin lag im Kühlschrank, was der gesunde Menschenverstand eigentlich nahelegt.«

Selwey starrte sie über seine Brille hinweg an. »Ich wäre nicht darauf gekommen. Heißt das, daß es mir an gesundem Menschenverstand mangelt?«

»Nein. Was ich meine, ist, daß jemand, der mit dem Problem vertraut ist, darauf hätte kommen müssen. Mr. Raphael ist mit dem Problem vertraut. Daß er nicht darauf kam, deutet auf ein gewisses Unvermögen hin, das bei meiner Mandantin im Gegensatz dazu nicht besteht.«

»Nein? Sie ist eine vielbeschäftigte Frau. Sie hat eine Mutter, die in einem weit entfernten Bundesstaat im Krankenhaus liegt, und eine Firma, für die sie ständig in der Weltgeschichte herumfliegt. Man sollte annehmen, daß sie froh wäre, wenn sich jemand anderer um ihre Kinder kümmerte.«

Ich holte Luft, um zu protestieren.

Carmen kam mir zuvor. »Ganz und gar nicht. Die Kinder waren für sie stets vorrangig. Wie beschäftigt sie auch sein mochte, wie groß ihre Firma auch geworden sein mag – sie hat immer mehr Zeit mit ihnen verbracht als ihr Mann.«

Diesmal klopfte Selwey auf meine Unterlagen. »Das behaupten Sie, aber bekanntlich geht Qualität über Quantität. Sie ist vielleicht häufiger mit ihnen zusammen – wobei das auf die letzten Wochen wohl nicht unbedingt zutrifft –, aber der Wert dieses Zusammenseins erscheint mir zweifelhaft. Sie ist zerstreut, und sie hat ihre Kinder mehr als einmal in Gefahr gebracht.«

»Das habe ich nicht!« Ich konnte nicht einfach dastehen und mich von einem Mann verunglimpfen lassen, der mich überhaupt nicht kannte.

Ich hatte nicht laut gesprochen, aber sein Blick flog zu mir und bohrte sich in meinen. »Mrs. Raphael! Dies ist eine Anhörung. Nichts, was Sie sagen, hat Gewicht, da Sie nicht unter Eid stehen. In diesem Verfahren spricht Ihre Anwältin für Sie. Ist das klar?«

Mein Herz hämmerte so laut gegen meine Rippen, daß ich einen Moment lang fürchtete, er würde mich auch dafür maßregeln, aber ich brachte ein Nicken zustande.

»Schön. Fahren wir fort.« Er hielt die beiden Erklärungen hoch.

»Euer Ehren?« unterbrach Carmen ihn.

Mit einem genervten Seufzer ließ er die Papiere wieder sinken. »Ja?«

»Mrs. Raphael hat ihre Kinder niemals absichtlich in Gefahr gebracht. Wir bitten, Sie zu vereidigen und es beschwören zu lassen. Außerdem würden wir gerne Zeugen für ihre Gewissenhaftigkeit als Mutter bringen.«

Er beugte sich zu der Uhr hinüber, die ein Stück von ihm entfernt auf dem Tisch lag. »Keine Zeit.«

Keine Zeit. Keine Zeit? Es ging um mein Leben, um meine Kinder, und er hatte keine Zeit?

Er nahm ein leeres Blatt Papier und schrieb, während er sprach, etwas auf. »Da die Parteien sich nicht über das Sorgerecht einig sind, benenne ich einen Vormund *ad libitum* zur Prüfung des Falles. Vorschläge?« Er schaute über seine Brille hinweg auf Carmen hinunter.

Ich war entsetzt. Wir hatten über diese Möglichkeit gesprochen, Carmen und ich, aber ich hatte gehofft, daß sie nicht eintreten würde, denn das bedeutete dreißig verlorene Tage. Aber ich wollte, daß dieser Alptraum hier und jetzt endete.

Carmens Favoritin war eine Sozialarbeiterin namens Nora Spellman. Sie war geschieden, hatte das alleinige Sorgerecht für ihre drei Kinder und hätte mich fraglos fair beurteilt. Aber sie verkörperte alles, was Selwey haßte. Er hätte sie abgelehnt, und wir hätten unser Stimmrecht verschwendet. Und so nannte Carmen den zweiten Kandidaten, auf den wir uns am Samstag geeinigt hatten. »Anthony Twomey. Er ist Anwalt bei Cone und Nugent, konservativ, aber fair.«

Der Blick des Richters glitt zu Art Heuber. »Kennen Sie Anthony Twomey?«

»Ich habe von ihm gehört.« Er schaffte es, seine Mißbilligung nur durch seine Kopfhaltung auszudrücken.

»Wen würden Sie vorziehen?«

»Peter Hale.«

Carmen zog leise die Luft durch die Nase ein, sagte jedoch nichts. Sie hatte offenbar Vorbehalte gegen diesen Peter Hale, und demzufolge hatte ich die auch. Aber ich wurde ja nicht gefragt.

»Ich benenne Dean Jenovitz«, erklärte der Richter und schrieb den Namen auf sein Blatt Papier. »Er ist graduierter Psychologe, hat sein Büro in der Cambridge Street. Sollte er

sich in einer Woche noch nicht bei Ihnen gemeldet haben, rufen Sie mich an.«
Eine Woche? Plus dreißig Tage für das Gutachten?
»Euer Ehren«, begann Carmen, »was die letzte Woche von Ihnen erlassene Verfügung betrifft ...«
»Die Kinder bleiben beim Vater.«
Ich schnappte nach Luft.
Er warf mir einen warnenden Blick zu. »Es bestehen zu viele Zweifel an ihrer Zuverlässigkeit.«
»Welche Zweifel?« fragte Carmen.
»Sie scheint ein Problem mit der Wahrheit zu haben.«
»Alles, was in ihrer Erklärung steht, ist die Wahrheit.«
»Wie ist dann das hier zu verstehen?« Er löste etwas von Dennis' Erklärung, das mit einer Büroklammer daran befestigt worden war, und reichte es Carmen. Ich schaute von der Seite darauf hinunter. Es war ein Foto von Brody und mir, am letzten Donnerstag, wie das Datum in der rechten Ecke besagte, von draußen durch das Küchenfenster seines Hauses aufgenommen, und zeigte uns in einer Umarmung und Brodys Kopf zu mir geneigt.
»Das war kurz bevor er Sie anrief«, flüsterte ich ihr entsetzt zu. »Ich war verzweifelt, und er tröstete mich, das war alles.« Ich schaute fassungslos zu Dennis hinüber. Fotografie war mal sein Hobby gewesen, und seine Bilder waren wunderschön. Objektiv gesehen war dieses Foto das auch, aber das konnte ich nicht würdigen, denn es bestürzte mich zutiefst, zu erkennen, wie weit Dennis zu gehen bereit war, um mich zu vernichten. Und das alles, während meine Mutter im Sterben lag.
»Euer Ehren«, sagte Carmen mit jetzt größerem Nachdruck, »wenn Sie dieses Foto als Beweismittel zulassen, möchte ich mit allem Respekt beantragen, daß meiner Mandantin gestat-

tet wird, auszusagen. Sie hatte bisher keine Gelegenheit, den Fall aus Ihrer Sicht zu schildern.«

»Die wird Sie bei Dean Jenovitz bekommen.«

»Bis er seinen Bericht einreicht, wird ein Monat vergehen oder mehr. Wir beantragen, daß Sie das Sorgerecht für die Dauer des Gutachtens meiner Mandantin übertragen.«

»Die Kinder bleiben beim Vater«, sagte er und brachte die Papiere zu seiner Cousine.

»Dann beantragen wir«, erhob Carmen die Stimme, um die Entfernung zu überbrücken, »daß der Räumungsbefehl aufgehoben wird. Es spricht nichts dagegen, daß beide Elternteile während des Gutachtens unter einem Dach wohnen.«

»Die Eltern kommen nicht miteinander aus«, sagte er, gemächlich zu seinem Platz zurückwandernd.

»Sie sind bisher bestens miteinander ausgekommen. Darum ist meine Mandantin ja auch so fassungslos über das Verhalten ihres Mannes. Es war kein Streit vorangegangen, keinerlei Unstimmigkeit. Außerdem ist der Vater sehr viel häufiger unterwegs als die Mutter. Wer soll sich dann um die Kinder kümmern?«

»Laut seiner eidesstattlichen Erklärung hat der Vater keine Reisepläne.«

»Für die Mutter gilt das gleiche. Die Kinder sind ein intaktes Elternhaus gewöhnt. Es wäre das beste für sie, dies wenigstens äußerlich aufrechtzuerhalten, bis die Sorgerechtsfrage endgültig geklärt ist.«

Ein Hoffnungsflämmchen glomm in mir auf, als der Richter sich an Heuber wandte. »Ist das akzeptabel?«

Doch die Miene des Anwalts war abweisend. »Nein. Sie haben Mrs. Raphael gehört – sie ist zornig. Wenn man diesen Umstand zu all dem anderen Druck zählt, unter dem sie steht, dann kann man nicht voraussagen, was sie ihren Kindern oder ihrem Mann vielleicht antun würde.«

»Ich würde nie ...« begann ich, doch Carmen legte mir warnend die Hand auf den Arm, und so beschränkte ich mich darauf, den Richter flehend anzusehen.
Doch er war mit etwas beschäftigt, das er aus der Tasche seiner Robe gezogen hatte. Es sah wie etwas aus, das Johnny einmal gehabt hatte – ein winziger Kopfhörer mit einem eingebauten Transistorradio. »Die Verfügung bleibt bis zur Vorlage des Gutachtens in Kraft«, sagte er, ohne den Blick zu heben. »Vater und Mutter können nicht im selben Haus wohnen. Der Vater lebt bereits mit den Kindern dort. Die Mutter ist ohnehin dauernd auf Reisen. Sie muß sich, wenn sie in der Stadt ist, eben eine andere Unterkunft suchen.«
»Dann kommen wir zum Besuchsrecht«, brachte Carmen eiligst ihr nächstes Anliegen vor. »Den Kindern ist gesagt worden, daß ihre Mutter auf Geschäftsreise sei, aber sie erwarten sie heute nachmittag zurück, und es wäre schlimm für sie, wenn sie sie nicht sehen könnten. Sie haben eine sehr enge Bindung zu ihr.«
Selwey spielte mit dem Miniaturradio. Dann warf er es auf den Tisch und holte sich die Unterlagen von Missy zurück. »Sie kann sie heute besuchen, aber nur in Anwesenheit des Vaters. Und ich beschränke das Besuchsrecht für die Dauer des Gutachtens auf Mittwoch und Samstag.«
Ich hatte das Gefühl, einen Schlag in die Magengrube bekommen zu haben. »Carmen?«
»Das ist nicht annähernd genug«, protestierte Carmen. »Die Kinder wären verzweifelt. Ihre Mutter war immer ihre Hauptbezugsperson, und außerdem gibt es eine Menge Dinge, die der Vater einfach nicht kann.«
»Dann wird er es lernen«, erklärte der Richter ungerührt. »Zwei Besuchstage in der Woche sind angesichts der engen

Beziehung zwischen diesen Kindern und ihrer Mutter viel zu wenig.«

»Ich kann es nicht mit meinem Gewissen vereinbaren, mehr zu gestatten, bevor der Vormund mir bestätigt hat, daß Verlaß auf sie ist. Was den vorläufigen Unterhalt angeht, so wird der Vater auch weiterhin uneingeschränkten Zugang zu dem vorhandenen Vermögen haben.« Er schaute über seine Brille hinweg zuerst Dennis an und dann mich. »Wer bezahlt die Rechnungen?«

»Meine Mandantin, Euer Ehren«, antwortete Carmen mit einer Beherrschung, um die ich mit aller Kraft ringen mußte. »Aber wir haben Bedenken, den Status quo aufrechtzuerhalten. Mr. Raphael pflegt einen aufwendigen Lebensstil. Autos, Kleidung, Reisen ... Es ist nicht vorauszusehen, was er jetzt, da die Tage des uneingeschränkten Zugangs zum Vermögens seiner Frau gezählt sind, tun wird.«

»Euer Ehren«, dehnte Dennis' Anwalt in herablassendem Ton, »das war nichts als eine billige Retourkutsche.«

Der Richter äußerte sich nicht dazu, sagte lediglich zu Carmen: »Halten Sie Ihre Mandantin dazu an, jede übertriebene Ausgabe zu notieren. Ich werde diese Angaben dann bei der Festsetzung des endgültigen Unterhalts berücksichtigen.« Er schob die Papiere weg. »Wer ist der nächste, Missy?«

Ich schaffte es bis auf die Treppe vor dem Gerichtsgebäude, bevor meine Knie weich wurden. Haltsuchend lehnte ich mich an die Wand, stützte mich an einem Mauervorsprung ab und atmete flach ein und aus. Es dauerte einen Moment, bis ich bemerkte, daß Carmen mich eingeholt hatte. Mühsam kämpfte ich gegen die aufsteigenden Tränen an. »Die Entscheidung ist falsch, Carmen. Unfair. Sie ist nicht zum Besten meiner Kinder.«

Sie legte den Arm um meine Taille, aber noch beruhigender

war ihre Stimme: Es schwang eine Härte darin mit, die ich bei ihr noch nicht kannte. »Sie haben verdammt recht – es ist nicht fair. Selwey lag völlig daneben. Ich werde sofort, wenn ich ins Büro zurückkomme, einen Antrag auf erneute Überprüfung formulieren und ihn noch heute vor Gerichtsschluß einreichen. Da er dem Richter vorgelegt werden muß, der die ursprüngliche Regelung verfügt hat, lege ich dafür nicht meine Hand ins Feuer, daß er sie umpolt, aber es ist ein erster Versuch. Wenn er stur bleibt, fordere ich, daß er den Fall wegen Befangenheit abgibt, und wenn er auch das verweigert, beantrage ich die Beurteilung des Falles durch einen zweiten Richter.«

»Und wenn das auch abgelehnt wird?«

»Dann haben wir noch andere Möglichkeiten. Eine ist, eine vorübergehende Aussetzungsverfügung gegen Selweys Beschlüsse zu erreichen, indem wir ihn wegen geschlechtlicher Diskriminierung vor ein Bundesgericht bringen. Seine Bemerkungen heute legten den Verdacht nahe, daß er hauptsächlich gegen Sie eingenommen war, weil Sie arbeiten, aber die Verfassung garantiert Ihnen das Recht, zu arbeiten. Eine andere Möglichkeit ist, Dennis zu verklagen.«

»Mit welcher Begründung?«

»Verleumdung und seelische Grausamkeit.«

Ich versuchte zu begreifen, was er tat, versuchte zu begreifen, wie er mir in dem Wissen darum, was er mir angesichts dessen, wie viel wir einander bedeutet hatten, antat, vorhin im Gerichtssaal so ruhig in die Augen hatte schauen können. »Warum haßt er mich nur so?«

Carmen schüttelte den Kopf. »Ich glaube nicht, daß es Haß ist, eher auf Neid gründende Ablehnung. Sie haben mehr Erfolg als er. Damit haben Männer immer Probleme.«

»Und was hat sein Anwalt für eine Entschuldigung? Wie kann

er zulassen, daß Dennis das macht? Sieht er nicht, wie mies das ist?«

»Es ist sein Job, die für seinen Mandanten optimale Regelung zu erwirken.«

»Aber es ist nicht fair.«

»Scheidungsprozesse haben immer sehr wenig mit Fairneß zu tun.«

Ich rieb mir mit der flachen Hand die Brust – der Schmerz, der darin wütete, nahm mir fast den Atem. Und er wurde noch stärker, als ich Dennis zwischen den imposanten Granitsäulen hervortreten und mit seinem Anwalt gemächlich die Treppe hinuntergehen sah. Er wirkte entspannt und zufrieden. Warum auch nicht? Immerhin hatte er gerade einen spektakulären Sieg errungen.

Allerdings nicht, was das Geld betraf. Er würde unsere Konten nicht abräumen können. Kümmerte mich das? Nicht sonderlich. Ich hatte mich nie wegen des Geldes in meine Arbeit hineingekniet.

Ich sah ihn lächeln – wahrscheinlich über etwas, das Art Heuber gesagt hatte. Das Lächeln wurde zum Strahlen, als die beiden stehenblieben. Erst in diesem Augenblick bemerkte ich die Frau, die sie am Fuß der Treppe erwartet hatte.

Sie war klein, blond, jung und ungeheuer attraktiv.

»Aaaaaahhhhh«, murmelte Carmen. »Das fehlende Puzzleteil.«

»Wer ist sie?«

»Phoebe Lowe. Sie arbeitet mit Art Heuber zusammen.«

»Inwiefern?«

»Sie ist seine Partnerin. Sie sieht viel zu jung dazu aus, nicht wahr? Man glaubt es kaum – sie ist zweiunddreißig. So jung und zerbrechlich zu wirken, verschafft ihr Vorteile. Ihre Gegner unterschätzen sie entweder, oder ihre Beschützer-

instinkte werden geweckt. Für Selwey wäre sie natürlich ein rotes Tuch, und ich nehme an, daß darum Art gekommen ist – als ihr Sprachrohr sozusagen.«
»Dann vertritt also in Wahrheit sie Dennis?«
»Offiziell werden sie als Team arbeiten.« Carmen nickte langsam, während sie das Grüppchen musterte. »Art ist zwar ein harter Bursche, aber für gewöhnlich nicht hinterhältig. Phoebe schon. Sie hat Ausstrahlung, aber keinerlei Moralempfinden. Sie manipuliert für ihr Leben gern. Es läge genau auf ihrer Linie, Dennis die besten Möglichkeiten aufzuzeigen, Sie in ein schlechtes Licht zu rücken. Sehen Sie, wie die sich unterhalten? Ich wittere Vertrautheit. Die beiden haben sich nicht jetzt erst kennengelernt. Ja, ich schätze, daß Dennis zuerst von ihr unter die Fittiche genommen wurde. Ich kann mir gut vorstellen, daß sie ihm erklärt hat, welche Art von Argumenten vor Gericht Erfolg versprächen, und ihm riet, in aller Ruhe Material zu sammeln, bis er genug für einen fundierten Antrag beieinander hätte. Und dann hat sie durch Gemauschel erreicht, daß der chauvinistische Selwey mit dem Fall betraut wurde, und Art als Frontmann vorgeschickt.«
Die drei da unten wirkten höchst selbstzufrieden, und ihre lächelnden Mienen trafen mich angesichts meiner Verzweiflung wie ein Schlag ins Gesicht. Es war eine echte Erlösung, als sie sich in Bewegung setzten und die Straße hinuntergingen.
Ich schaute Carmen an. »Kennen Sie Dean Jenovitz?«
»Flüchtig.«
»Ist er schlimm?«
»Nicht so schlimm wie Selwey. Auch nicht so schlimm wie Peter Hale. Ich hätte ihn nicht ausgesucht. Er ist zwar erst Anfang Sechzig, aber schon alt, wenn Sie wissen, was ich meine. Er ist verknöchert. Konservativ. Eher anstrengend als

bösartig, ein Erbsenzähler. Er hängt sich an Dingen auf, die kaum Bedeutung für den betreffenden Fall haben. Irgendwann läßt er sie dann auch wieder fallen, aber es dauert. Ich frühstücke einmal im Monat mit einer Gruppe Familienrechtlerinnen, und dazu gehört, daß wir jedesmal einen Mann des Monats küren, der uns am meisten auf den Geist geht. Deans Name kommt dabei auch des öfteren vor.«

»O nein!«

»Aber er hat den Titel noch nie bekommen. Ist nicht einmal in die engere Wahl gekommen. Peter Hale hingegen war Mister Februar und Mister Juli.«

Man soll natürlich auch für kleine Vergünstigungen dankbar sein, aber dafür ging es mir einfach zu elend. Ich fühlte mich, als würde ich aufs Rad geflochten und könnte nicht viel mehr tun, als es geschehen zu lassen. Ich fühlte mich vergewaltigt.

Carmen hakte sich bei mir unter und führte mich die Stufen hinab. »Es tut mir leid, Claire. Ich wollte die Sache eigentlich heute vom Tisch haben. Das schlimmste ist, wenn man weiß, daß man im Recht ist und nicht zu dem Richter durchdringt. Aber wir haben Möglichkeiten, und ich kenne sie alle. Ich schlage meine Zähne in Fälle wie den Ihren. Ich bin durch eine harte Schule gegangen, aber ich habe viel dabei gelernt.«

Der Tonfall, der bei dem letzten Satz in ihrer Stimme mitschwang, veranlaßte mich, sie anzusehen.

»Ich habe vier kleine Schwestern großgezogen«, erzählte sie im Weitergehen leise. »Auf der Highschool gerieten zwei von ihnen in schlechte Gesellschaft und als Folge davon in Schwierigkeiten. Wir waren arm und konnten uns keinen Anwalt leisten. Der uns zugeteilte Pflichtverteidiger war überarbeitet und wollte den Fall schnellstens abschließen – mittels einen Handels des Inhalts, daß meine Schwestern etwas gestanden, das sie nicht getan hatten, und für sechs Monate ins Gefängnis gingen. Ich zwang ihn, vor Gericht zu gehen, und erledigte die meisten Vorbereitungen dafür selbst, als er sagte, er habe keine Zeit dazu.«

Sie lächelte mich selbstironisch an. »Ich stand damals hinter dem Tresen einer Bar, in die viele Anwälte kamen. Sie gaben großzügige Trinkgelder. Ich mußte nur mit zweien schlafen, um die Informationen zu bekommen, die ich brauchte. Meine Schwestern wurden freigesprochen, und ich beschloß, Jura zu studieren.« Ihr Lächeln verrutschte. »Seitdem habe ich mit keinem Anwalt mehr geschlafen. Ich hatte es nicht mehr nötig. Heute kenne ich die Schliche alle selbst. Sobald ich den Antrag auf erneute Überprüfung eingereicht habe, rufe ich Jenovitz an und bringe ihn auf Trab. Je eher wir anfangen, um so schneller kommen wir zum Ende.«

Ich blieb unwillkürlich stehen, als Dennis' Wagen auf der anderen Straßenseite aus einer parkgebührpflichtigen Lücke bog. Es war ein weißer BMW, zu dessen Kauf sein spärliches Einkommen ihn nicht berechtigt hatte. Ich konnte nicht sehen, ob er mich beobachtete oder ob jemand bei ihm mitfuhr. Er hielt kurz an einem Stoppschild an und verschwand dann um die Ecke.

Mein Atem normalisierte sich wieder. Ihn zu sehen, löste jedesmal einen Tumult in mir aus, und ich kam zu dem Schluß, daß es vielleicht doch etwas für sich hätte, anderswo zu wohnen, denn es gäbe mir Gelegenheit, das Durcheinander meiner Gefühle ungestört zu entwirren.

Carmen gingen entgegen der Richtung, in die er gefahren war, die Straße hinunter. »Was habe ich von Jenovitz zu erwarten?« bat ich sie um Aufklärung, denn ich wollte nicht auch noch unvorbereitet mit dieser Situation konfrontiert werden.

»Eine Menge Fragen. Er wird mit Ihnen sprechen und mit den Kindern. Er wird Fragen zu Ihrer Ehe und Ihrem Familienleben stellen, sich die Namen der Leute von Ihnen geben lassen, die in irgendeiner Form mit den Kindern zu tun haben, und auch die befragen, aber in der Hauptsache wird er sich mit Ihnen beiden und den Kids befassen. Sie und Dennis wird er zu sich ins Büro bestellen, und zu den Gesprächen mit den Kindern wird er in Ihr Haus kommen.«

»In mein Haus.« Aus dem ich jetzt verbannt war. Übers Wochenende weg zu sein oder auf Geschäftsreise, war eine Sache – nicht mehr nach Hause zu dürfen, eine ganz andere. »Ich habe nichts zum Anziehen. Ich habe mein Scheckbuch nicht. Ich habe nicht einmal einen Platz zum Schlafen.«

»Was ist mit dem Hotel?«

Ich schüttelte entschieden den Kopf. Ich war nach zwei schlaflosen Nächten aus dem Royal Sonesta ausgezogen und würde um nichts in der Welt dorthin zurückkehren.

»Andere Angehörige haben Sie nicht?«

»Nein.« Nur in Cleveland, was ein ganz anderes Thema aufwarf. Ich hatte keine Ahnung, was ich meiner Mutter sagen sollte. Nach allem, was sie sich für mich gewünscht, nach allem, was ich ihrer Meinung nach erreicht hatte, würde diese Entwicklung ihre Welt aus den Angeln heben.

Daran hatte Dennis keinen Gedanken verschwendet.

Carmen dirigierte mich auf den Parkplatz. »Nehmen Sie sich eine Übergangswohnung.«

Ich wollte keine Übergangswohnung. Ich wollte nirgendwohin ziehen, wo mir die Gerüche und die Geräusche fremd waren. Ich brauchte Vergangenheit, brauchte Wurzeln. Beides hatten mir die letzten fünfzehn Jahre gegeben.

»Wissen Sie«, sagte ich, »ich habe damals Monate gebraucht, bis ich das Haus fand. Und dann Monate, um es einzurich-

ten. Als Dennis' Firma Pleite machte, nahmen wir eine zweite Hypothek auf. Ich habe sie abbezahlt, das Haus ist viel mehr meines als das von Dennis. Wieso werde dann ich hinausgeworfen?«
Mein bellendes Lachen klang gallebitter. Ich fing wieder zu zittern an.
Carmen umfaßte meinen Arm fester. »So groß die Versuchung auch sein mag, Claire, suchen Sie nicht bei Brody Unterschlupf. Darauf lauert Dennis nur.«
Ich dachte an das Foto, das er bei Gericht vorgelegt hatte, und Zorn kochte in mir hoch. »Er muß mir am Donnerstag zu Brody gefolgt sein. Wenn er als Geschäftsmann nur halb so clever gewesen wäre, hätte diese Situation sich nie ergeben. Es hat mit seinem Ego zu tun. Er ist eifersüchtig auf meinen Erfolg mit WickerWise, eifersüchtig auf meine Beziehung zu den Kindern, eifersüchtig auf meine Freundschaft mit Brody ...« ich schaute sie an, »aber ich schwöre Ihnen, es ist nichts zwischen Brody und mir. Auch nie gewesen. Die Umarmung auf dem Foto war so harmlos – er hätte auch mein Bruder sein können.«
»Ich glaube Ihnen. Der Richter hat es vielleicht auch getan, aber er hatte seine Entscheidung bereits gefällt. Er benutzte das Foto, um seine Position zu verteidigen. Aber das war juristisch unzulässig. Er war nicht berechtigt, diesen Beweis zuzulassen, ohne uns zu gestatten, andere vorzubringen. Das ist einer der Punkte, auf die ich mich in meinem Antrag auf Überprüfung stützen werde.«
»Wenn wir damit nicht durchkommen ... diese anderen Anträge, von denen Sie sprachen, brauchen doch ihre Zeit. Was soll aus den Kindern werden? Dennis kann nicht kochen.«
»Er wird etwas kommen lassen.«

»Er hat ihnen noch nie bei den Hausaufgaben geholfen.«
»Das wird er lernen.«
»Er haßt es, sie nachmittags zu ihren verschiedenen Aktivitäten zu fahren. Darum wollte er ja auch unbedingt ein Kindermädchen einstellen.«
Carmen lächelte listig. »Wenn er das jetzt tut, dann zitieren wir ihn wieder vor Gericht und bringen das Argument vor, daß die Kinder nicht von einer Fremden betreut werden sollen, wenn sie eine Mutter haben, die präsent und am besten dazu geeignet ist.«
»Und wenn Dennis' Eltern in die Bresche springen? O Carmen!« Mit einem müden Seufzer blieb ich stehen. Wir waren bei meinem Wagen angekommen. Die Ungerechtigkeit, die mir widerfuhr, war zu viel für mich.
»Ich werde in die Hände spucken«, sagte Carmen. »Und Sie tun das auch. Suchen Sie sich eine Bleibe. Gehen Sie wieder an Ihre Arbeit, und seien Sie verfügbar, falls Dennis Sie in Panik anruft, weil er irgendein Problemchen mit den Kindern nicht bewältigt. Und denken Sie über die Modalitäten einer Scheidung nach, so daß ich damit an Art herantreten kann.« Sie drückte beruhigend meinen Arm. »Wir werden gewinnen, Claire. Es wird vielleicht nicht so schnell gehen, wie wir es gern möchten, aber die Fakten sprechen für uns. Wir werden gewinnen.«
Ich hätte ihr so gern geglaubt. Aber die Fakten hatten auch heute für uns gesprochen, und wir hatten verloren. Mein Vertrauen in die Justiz hatte einen erheblichen Knacks bekommen.
Trotzdem konnte ich nicht tatenlos herumsitzen, das war nicht meine Art. Ich würde mir eine Bleibe suchen, und ich würde mir den Wagen kaufen, für den die Versicherung mir einen Scheck geschickt hatte, und ich würde wieder an meine

Arbeit gehen. Ich würde alles und jedes tun, um diesen Rechtsstreit voranzutreiben.

Aber es gab noch ein unmittelbareres Problem, ein dringenderes, das eine noch größere Herausforderung darstellte. Meine Hände tief in den Manteltaschen vergrabend, wappnete ich mich für dieses schwierige Kapitel. »Was sage ich den Kindern?«

Siebtes Kapitel

Ich hatte nicht erwartet, daß Carmen mir die Frage beantworten würde. Ohne meine Kinder zu kennen, konnte sie nicht mit Sicherheit sagen, welcher Weg der richtige wäre. Trotzdem dachte sie darüber nach und machte mir dann Vorschläge, die auf ihren Erfahrungen mit anderen Klientinnen basierten. Vielleicht sogar auch auf ihren Erfahrungen mit mir, denn in den Stunden, die wir am Samstag zusammensaßen, hatte ich ihr viele persönliche Dinge anvertraut, die sie wissen mußte, um mich wirkungsvoll vertreten zu können. Das war interessant, denn da ich in der Überzeugung aufgewachsen war, daß meine Familie sich grundlegend von anderen unterschied, war ich es gewöhnt, persönliche Dinge für mich zu behalten. Doch Carmen vertraute ich. Sie hatte mir gleich auf den ersten Blick einen vernünftigen und sensiblen Eindruck gemacht. Außerdem vertraute Brody ihr auch. Und so hörte ich ihr aufmerksam zu, als sie mir riet, wie ich mit den Kindern umgehen sollte.

»Seien Sie ehrlich«, sagte sie. »Lassen Sie sie ihre unvermeidliche Verwirrung und Angst äußern. Geben Sie zu, daß Sie traurig und enttäuscht sind, aber machen Sie eher die Situation dafür verantwortlich als Dennis. Ziehen Sie die Kinder nicht in Ihre Auseinandersetzung mit ihm hinein. Sie wollen sich doch Ihre Möglichkeiten nicht verbauen und die Brükken nicht hinter sich abbrechen.«

Als ich Dennis am Montag nachmittag, kurz bevor die Kinder aus der Schule kamen, dieselbe Frage stellte, schaute er mich verdutzt an.
»Irgend etwas müssen wir ihnen sagen.« Ich wartete auf einen Geistesblitz von ihm. Immerhin hatte er dieses Chaos verursacht und schuldete mir zumindest Hilfe bei den Aufräumungsarbeiten.
Aber er schwieg.
Ich wühlte mich durch den Garderobenschrank in der Halle. Hölzerne Bügel stießen klappernd aneinander, als ich sie beiseite schob, um meinen Trenchcoat herauszuholen, und dann noch einmal, als ich nach meinem wollenen Wintermantel griff. Noch immer auf seine Antwort wartend, nahm ich ein Halstuch und ein Paar Handschuhe von dem Ablagebrett über der Kleiderstange.
»Warum können wir nicht einfach sagen, daß du verreist?«
Ich starrte ihn entgeistert an. Offenbar war das einzige, was er bei seiner Aktion wirklich durchdacht hatte, die Methode, wie er mich als Bösewicht hinstellen konnte. »Daß ich verreise? Für einen Monat, nachdem ich gerade erst zurückgekommen bin? Und wie willst du ihnen dann plausibel machen, daß ich sie zweimal in der Woche besuche und nie mehr hier schlafe?«
Ich hob die Mäntel vom Boden auf und legte sie auf die Bank neben der Tür. »Sie sind keine Babys mehr, und sie werden sofort erkennen, daß wir ihnen etwas vormachen. Außerdem bin ich es leid, sie anzulügen. Es ging mir schon am letzten Wochenende gegen den Strich, und ich werde es nicht mehr tun.« Ich ging die Treppe hinauf.
Er kam mir nach. »Was willst du ihnen dann sagen?«
»Die Wahrheit. Irgendwann müßten sie sie ohnehin erfahren.«

»Du willst ihnen sagen, daß du des Hauses verwiesen wurdest?«

Ich bog um das Geländer und ging mit großen Schritten den Flur hinunter. »Ich werde ihnen sagen, daß wir uns entschlossen haben, uns zu trennen. Das ist zwar nicht die ganze Wahrheit, aber es trifft den Kern. Wenn ich ihnen von der gerichtlichen Verfügung erzählte, würden sie nach dem Grund fragen, und wenn ich ihnen den nennen würde ...«, ich warf ihm einen Blick zu, als ich ins Schlafzimmer abbog, »würden sie dich dafür hassen, und das täte ihnen nicht gut. Ich will nicht, daß sie dich hassen. Du bist ihr Vater, und sie müssen mit dir leben – für eine Weile zumindest.«

»Ahhh, Claire, du bist so edel.«

Ich fuhr herum. Der glühende Zorn, der in mir aufloderte, war etwas Neues für mich, ungewohnt und beängstigend. Mühsam schaffte ich es, meine Stimme im Zaum zu halten. »Ich habe mehr Grund, stolz zu sein, als du, Dennis. Was hier geschieht, spottet jeder Gerechtigkeit. Du hast mich überrumpelt, mir keine Chance gelassen. Aber letztendlich wirst du damit nicht durchkommen. Ich habe die Vernunft auf meiner Seite und Erfahrung im Umgang mit meinen Kindern. Dich erwartet ein herbes Erwachen. Das Leben eines Alleinerziehers ist kein Spaziergang. Das wird dir bald klar werden. Du hast dich bisher nie darum gerissen, dich um die Kinder zu kümmern.«

»Das ist nicht wahr. Du bist mir nur immer zuvorgekommen. Ich war überflüssig.«

»Niemals!« protestierte ich. Großer Gott, ich hatte mich so bemüht, ihm das Gefühl zu geben, wichtig zu sein. »Wann immer du da warst, habe ich mich zurückgenommen. Die Kinder freuten sich so, dich für sich zu haben, und ich freute mich, sie glücklich zu sehen. Das war alles, was ich mir je für sie gewünscht habe. Das ist alles, worauf ich hingearbeitet habe. Und jetzt willst du das alles kaputtmachen.« Ich wollte ruhig bleiben. Ich hatte mich seit dem Verlassen des Gerichtsgebäudes darauf trainiert, mich nicht davon aus der Fassung bringen zu lassen, daß ich ihm gegenübertreten und meine Sachen packen müßte. Zorn war ein wirksames Schmerzmittel, aber wenn er solche Formen annahm wie jetzt bei mir, dann wirkte er nicht mehr betäubend. Ich war kurz davor zu explodieren. »Was hat dich nur so weit gebracht? Etwas, das ich tat? Etwas, das mit deiner Arbeit zusammenhing? Etwas, das jemand zu dir gesagt hat?« Ich legte die Hand auf die Brust. »Ich verstehe das alles nicht. War unser Zusammenleben denn so grauenhaft für dich? Bin ich eine so schreckliche Ehefrau gewesen, daß du mich auf diese Weise bestrafen mußt? Daß du die Kinder auf diese Weise bestrafen mußt?«

Sein gutgeschnittenes Gesicht nahm einen gelangweilten Ausdruck an. »Werde nicht melodramatisch. Es gehen doch jeden Tag Ehen in die Brüche.«

»Meine nicht!« rief ich. Diese beiden Worte sagten so viel. O ja, ich hatte Ehen in die Brüche gehen sehen, überall um uns herum. Aber ich hatte mir gewünscht, daß es bei uns anders wäre. Ich hatte darauf gebaut. »Du willst sie einfach wegwerfen, unsere schönen Zeiten und alles, was uns verbunden hat?«

»Was für schöne Zeiten?«

»Unsere Weihnachtsfeste, zum Beispiel. Weihnachten war immer wunderschön bei uns. Und die Ferien. Weißt du noch, wie wir die Kinder mit nach Arizona nahmen, sie uns auf den Rücken schnallten und mit ihnen durch die Hügellandschaft radelten? Wage jetzt ja nicht, zu behaupten, daß dir das keinen Spaß gemacht hätte.«

»Vielleicht hat es das – doch das waren Familienerlebnisse. Aber was war mit uns beiden?«
Statt einer Antwort schaute ich zu der Schlafzimmerwand hinüber, die mit Fotos von mir förmlich tapeziert war. Dennis hatte sie gemacht, entwickelt, vergrößert, gerahmt und aufgehängt. Sie umfaßten die zehn Jahre von unserer Verlobung bis zum Erlöschen seines Interesses an der Fotografie. Es waren schöne Bilder; ich war mir schön darauf vorgekommen. Eines fing freudige Erregung ein, eines Nachdenklichkeit, ein anderes Zärtlichkeit, wieder ein anderes Liebe – auf meinem Gesicht, mit Dennis' Augen gesehen und festgehalten.
Dennoch sagte er: »Es ist vorbei, Claire. Ich habe mich entschieden. Es gibt kein Zurück mehr.«
»Hast du eine andere?«
Er schnitt eine Grimasse. »Warum mußt du das fragen?«
Ich ließ mich nicht beirren. »Weil ich versuche, deine Handlungsweise zu begreifen. Es gab schon mal eine andere.«
»Lange vor dir.«
»Du warst mit ihr zusammen, obwohl du wußtest, daß sie verheiratet war. Genausogut könntest du jetzt mich betrogen haben.«
»Wer im Glashaus sitzt, soll nicht mit Steinen werfen.«
»Brody und ich haben keine Beziehung dieser Art.«
»Natürlich nicht.«
»Es stimmt, und das weißt du auch, Dennis. Du weißt es.«
»Ja, ja.«
»Unsere Ehe war nicht vollkommen, aber sie war auch nicht schrecklich.«
Er lehnte sich an die Wand.
Ich starrte ihn eine Minute lang an, holte dann einen Koffer aus dem Schrank, legte ihn aufs Bett, klappte ihn auf und ging zur Kommode.

»Es ist aus«, sagte er. »Ich lasse mich nicht mehr umstimmen.«
Ich nahm einen Armvoll Unterwäsche, ließ sie in den Koffer fallen und holte Nachschub.
»Du hast es mir zu oft ausgeredet«, sagte er. »Ich will meine Freiheit.«
Ich blieb mitten im Zimmer wie angewurzelt stehen und würgte ein ungläubiges Lachen heraus. »Du willst deine Freiheit – mit dem alleinigen Sorgerecht für zwei kleine Kinder? Das zeigt, daß du nicht die leiseste Ahnung hast, was es bedeutet, sich wirklich um Kinder zu kümmern. Du kannst mir meinen Beruf vorwerfen, so lange du willst, aber ich habe trotz meiner Arbeit mehr Dinge für die Kinder getan, als du zählen, geschweige denn selbst tun könntest. Kikit zu sagen, was sie nicht essen darf, ist eine Sache – dafür zu sorgen, daß sie es auch wirklich nicht ißt, eine ganz andere. Ich weiß nicht, wie es dir geht, aber mir macht es angst, daß sie einen Anfall hatte, dessen Grund wir nicht kennen. Sie muß jetzt noch sorgfältiger beobachtet werden. Und Johnny ist hochsensibel. Er wird besondere Zuwendung brauchen, um die Scheidung zu verkraften. Freiheit? Großer Gott! Wenn es nicht so traurig wäre, wäre es komisch.«
Er hatte die Stirn, zu grinsen. »Sei doch froh, daß du dich nicht damit herumschlagen mußt. Ich verstehe nicht, warum du sauer bist.«
Sein Grinsen gab mir den Rest, ließ das Blut in meinen Ohren rauschen. Ich spürte den Drang, ihn zu schlagen, und obwohl ich die Vernunft aufbrachte, es nicht zu tun, haßte ich ihn dafür, daß er einen so primitiven Impuls in mir ausgelöst hatte.
Ich lockerte meine verkrampften Kiefermuskeln, setzte meinen Weg zur Kommode fort, diesmal, um Pullover herauszunehmen.

»Ich bin sauer«, antwortete ich, sein unpassendes Wort aufgreifend, langsam und akzentuiert, »weil weder der Richter noch du den Schimmer einer Ahnung haben, was elterliche Liebe ist.« Ich ließ die Pullover in den Koffer fallen und rückte sie mit heftigen Bewegungen zurecht. »Ich liebe meine Kinder, und ich habe gut für sie gesorgt. Ihr beide bestreitet das. Laß dir eines sagen«, ich richtete mich auf und wandte mich ihm zu, »wir stehen erst am Anfang. Du willst die Scheidung, und du kannst sie haben, aber wenn du glaubst, du könntest die Kinder als Druckmittel benutzen, um mehr Geld herauszuschlagen, dann bist du auf dem Holzweg. Wenn du auf das Sorgerecht verzichtest und den Kindern diese Tortur ersparst, werden wir zu einer für dich zufriedenstellenden Einigung kommen. Wenn du weiterhin darauf beharrst, gibt es Krieg. Meine Anwältin wird dich, wenn nötig, von Instanz zu Instanz schleifen. Du kannst nicht gewinnen, Dennis, nicht auf lange Sicht. Dazu bin ich eine zu gute Mutter gewesen, verdammt noch mal.«

»Du überschätzt dich«, sagte er und wandte sich zum Gehen. »Johnny hat um fünf Uhr Training. Um vier Uhr hast du zu gehen.«

»Wie bitte?«

»Ich will, daß er sich vor dem Training noch ausruht, damit er dann fit ist.«

»Unmittelbar nachdem wir ihm gesagt haben, daß seine Welt in Stücke bricht? Er wird nicht spielen können.«

»Seine Welt bricht nicht in Stücke, sie verändert sich nur etwas. Zum Training zu gehen, wird ihm guttun – es wird ihm zeigen, daß sein Leben normal weiterläuft.«

»Dann fahre ich ihn bin.«

»Nein, ich werde das tun.«

»Laß mich ein bißchen länger mit ihm reden.«

»Bis vier und nicht länger. Wenn du dann nicht gehst, rufe ich Mulroy.« Mit einem letzten, langen, warnenden Blick verließ er das Zimmer. Angesichts des Aufruhrs in meinem Innern war es ein Wunder, daß ich mich auf den Beinen halten konnte. Aber ich hatte in sehr kurzer Zeit viel zu tun, und so machte ich wie in Trance weiter.

Da ich nicht wollte, daß die Kinder Verdacht schöpften, bevor ich mit ihnen sprechen konnte, verstaute ich die Koffer, aus denen ich die letzten zwei Wochen gelebt hatte, auf dem Rücksitz des Wagens, denn an die würden sie sich erinnern. Alles, was ich ihnen verheimlichen wollte – ältere Koffer mit meinen restlichen Kleidern, Kleidersäcke und Mäntel – packte ich in den Kofferraum. Ich holte den CD-Player und eine Box mit CDs aus dem Schlafzimmer, weil ich ohne Musik nicht sein konnte, und nahm so viele Fotos der Kinder mit, wie ich es mir erlauben konnte, ohne gähnende Lücken auf Kommoden und in Bücherregalen zu hinterlassen. Zu guter Letzt sammelte ich unser Scheckbuch, die Bankauszüge und die finanziellen Informationen ein, an die ich mittels meines Computers nicht herangekommen war.

Fünfzehn Minuten, bevor der Schulbus käme, machte ich mich auf den Weg in die Küche. Innerhalb von Sekunden waren Kekszutaten bereitgestellt und der Backofen eingeschaltet. Die Kinder liebten ofenfrische Kekse, und ich machte sie gerne für sie. Es hatte etwas Mütterliches, war eine spezielle kleine Liebeserklärung in einer Zeit, da es an jeder Ecke Feinschmecker-Kekse zu kaufen gab. Abgesehen von der Zubereitung Kikit-gerechten Essens backte ich, wann immer ich konnte – vor allem vor und nach Reisen, wenn ich ein schlechtes Gewissen wegen meiner Abwesenheit hatte.

Ja, ein schlechtes Gewissen: Ich fuhr nie ohne Bedenken weg. Jetzt allerdings quälte mich nicht mein Gewissen, sondern

Verzweiflung. Ich hatte das erste Blech im Ofen und das zweite vorbereitet und spülte gerade die Rührschüssel ab, als ich die Kinder durch die Garage poltern hörte. Panik war angesagt. Den Handrücken fest auf meine Oberlippe pressend, fragte ich mich, wie ich es in Anbetracht der gerichtlichen Entscheidung schaffen sollte, bei ihrem Anblick nicht in Tränen auszubrechen.

Dann flog die Tür des Vorraums auf, und ich hatte keine Zeit mehr, über Tränen oder das Gericht oder die Zukunft nachzudenken. Ich hatte kaum genug Zeit, mir die Hände abzutrocknen und die Arme auszubreiten, als Kikit auf mich zustürzte. Überschwenglich hob ich sie hoch und drehte sie im Kreis herum. Sie roch nach warmem, kleinem Mädchen, Herbst und Kreide.

»Mommyyyyy! Ich wußte, daß du schon auf uns warten würdest.« Sie schlang die Arme so fest um meinen Hals, daß es schmerzte, doch das kümmerte mich nicht. Als Johnny hereinkam, streckte ich die Hand aus und zog ihn an mich.

»Hi, Mom«, begrüßte er mich mit erzwungen tiefer Stimme, zweifellos, um die kindlich-heftige Art und Weise zu kompensieren, mit der er mich seinerseits umarmte. »Wann bis du gelandet?«

»Vor einer Weile.« Notlügen waren erlaubt. Ich war noch nicht bereit, ihnen zu sagen, was ich ihnen sagen mußte, wollte sie noch ein wenig genießen, und es war ganz einfach, als sei ich wieder einmal von einer Geschäftsreise gekommen und aufgeregt.

Ich hielt sie beide von mir ab, Kikit, die ich auf die Arbeitsfläche gesetzt hatte und die mich mit den Beinen umschlungen hielt, und Johnny, der noch immer innerhalb meines Armes stand. »Ihr seht prima aus.« Ich musterte Kikit eingehend. Sie war ein Bild der Gesundheit. »Geht's euch gut?«

»Ja.« Sie riß den Mund auf. »Ock na ih a ein hahn aloa.«
»Schon wieder ein Zahn weniger?« Ich bewunderte die Stelle, die sie mit ihrer Zunge berührte. »Meine Güte, das ist aber eine schöne Lücke. Ich nehme an, du hast den Zahn.« Andernfalls hätte sie mir die Lücke nicht mit solcher Begeisterung präsentiert. Den letzten hatte sie irgendwo verloren und bittere Tränen darum geweint.
Doch sie nickte heftig, kramte in ihrer Tasche und brachte eine Handvoll Fusseln zum Vorschein, aus denen sie einen winzigen Emailklumpen herauspulte. Und dann erzählte sie mir, was sie der Zahnfee in ihrem Brief zu schreiben plante, der beim letzten Mal die Lösung gewesen war und ihr so gefallen hatte – »woher soll die Zahnfee sonst wissen, daß ich etwas Besonderes bin?«, daß sie geschworen hatte, die Sitte beizubehalten, auch wenn sie den Zahn hätte. Sie sprach immer noch über den Brief, als Johnny sagte: »Mikey Rubin hat sich heute auf dem Spielplatz den Arm gebrochen.«
»Ich bin noch nicht fertig!« protestierte Kikit, umfaßte mein Kinn und drehte mein Gesicht wieder in ihre Richtung.
»Was ich erzähle, ist aber wichtiger. Es war echt schlimm, Mom.«
»Mommy! Er läßt mich nicht ausreden!«
»Es ist wichtig! Der Knochen hatte sich durch die Haut gebohrt, und überall war Blut. Sie brachten ihn mit dem Krankenwagen weg.«
»Er hat geheult«, schloß sich Kikit seinem Bericht an, nachdem sie ihren eigenen nicht fortsetzen konnte. »Wir hörten es bis in die zweite Klasse rauf – aber ich habe nicht geheult, als mein Zahn rausfiel.« Sie zog die Nase kraus und prüfend die Luft ein. Ihre Augen leuchteten auf. »Es ist was im Oooofen«, singsangte sie.

»Schokosplitterkekse«, sagte Johnny zu ihr und dann zu mir: »Mickey hatte gar nichts Besonderes gemacht, als es passierte. Wir spielten Prellball gegen die Mauer, und er versuchte dem Ball auszuweichen, stolperte, drehte sich um sich selbst, und bumms lag er da, und dann schrie er entsetzlich. Kannst du dir das vorstellen: Der Knochen hat sich durch die Haut gebohrt ...«

Ich brachte ihn zum Schweigen, indem ich ihn wieder an mich drückte, und sagte in seine rabenschwarze Mähne: »Sag das noch einmal, und ich übergeb mich ins Spülbecken. Mir ist schon ganz übel.«

»So ging's mir auch, als ich das sah«, sagte er, als ich ihn freigab, damit er wieder atmen konnte.

»Ich wette, bei vielen deiner Freunde war es genauso – das ist ganz normal.«

»Ich will einen Keks, Mommy«, bettelte Kikit. »Sind sie gleich fertig?«

Sie würden noch zwei Minuten brauchen und dann zwei weitere zum Auskühlen.

Während wir warteten, berichtete Kikit mir von dem Truthahn, der ihrem Klassenzimmer einen Besuch abgestattet hatte, von der Barbie, die sie zu Weihnachten haben wollte, und der Mitteilung, die die Lehrerin ihr mit nach Hause gegeben hatte. Sie mußte sie entweder auf dem Spielplatz oder im Bus verloren haben, aber sie wußte noch, daß etwas von weißen Käfern in den Haaren irgendeines Kindes daringestanden hatte.

Läuse. Wie schön. Ich schaute mir ihren Kopf an, konnte nichts entdecken, nahm mir aber fest vor, sicherheitshalber auch Dennis nachsehen zu lassen. Ich war gespannt, wie ihm das gefallen würde.

Johnny war nicht so mitteilsam wie Kikit. Er hielt nicht

meine Hand oder streichelte meine Haare oder mein Gesicht, wie sie es tat, blieb jedoch dicht bei mir, bis ich das erlösende Wort »Fertig!« sprach, und dann schwang er selbst die Spachtel. Wir waren unbelehrbar, konnten es nie erwarten, nahmen die ersten Kekse vom Blech, wenn sie noch zu heiß waren, um die Form zu behalten, und sich statt dessen um unsere Finger wickelten, aber wir lachten. Wir leckten uns geschmolzene Schokolade von den Fingern und tranken Milch so, daß sie uns einen Schnurrbart malte wie den in den Anzeigen über zahnlückig-grinsenden Mündern.

Und dann sagte Kikit plötzlich in Richtung Tür: »Beeil dich, Daddy, sie sind schon fast alle!«

Ich hätte ihn am liebsten hinausgeworfen, um diese unbeschwerten Momente noch ein wenig länger zu genießen. Es tat so gut, war so normal, bei Keksen und Milch miteinander zu lachen.

Doch der Blick, den er mir zuwarf, war ernüchternd und ungeduldig.

Johnny sprang vom Tisch und holte seinen Rucksack aus dem Vorraum. Als er zurückkam, fragte er auf dem Weg in die Halle: »Was gibt's zum Abendessen?«

Ich würde das Abendessen nicht kochen. Meine Befehle lauteten: Sachen packen, Kinder besuchen, um vier das Haus verlassen. Wenn ich es nicht täte, würde Dennis mich von der Polizei abführen lassen – vor den Augen der Kinder.

Wenn er jetzt nicht erkannte, wie sehr die Kids mich vermißt hatten, und ihm Bedenken kämen. Wenn er sich jetzt nicht fragte, ob es nicht doch eine bessere Methode gäbe, diese Angelegenheit zu handhaben. Wenn er jetzt nicht dachte, daß er keine Ahnung hatte, was, zum Teufel, er als Abendessen auf den Tisch bringen sollte, und daß es einfacher wäre, mich noch ein bißchen bleiben zu lassen.

»Da mußt du deinen Vater fragen«, antwortete ich Johnny, woraufhin er mich von der Tür her stirnrunzelnd ansah.
»Du machst immer was Besonderes, wenn du von einer Reise kommst. Ich will Lasagne.«
»Brathähnchen«, zirpte Kikit. Sie vollführte auf dem Stuhl kniend und mit den Unterarmen auf dem Tisch einen kleinen Hip-hop.
»Brathähnchen gab es das letzte Mal, als Mom zurückkam. Heute bin ich dran. Lasagne.«
»Wie wär's mit Pizza?« fragte Dennis.
Kikit rümpfte die Nase. »Hatten wir gestern bei Grandma und Grandpa. Außerdem macht heute Mommy das Abendessen.«
»Nein«, widersprach Dennis. »Das tut sie nicht.«
Es dauerte einen Moment, bis diese Information registriert wurde. Kikit hörte auf zu tanzen, und ihre Augen wurden kugelrund. Sie schaute von Dennis zu mir und wieder zurück und dann fragte sie neugierig: »Feiern wir was?«
Ich wartete darauf, daß Dennis ihr antwortete, doch der jämmerliche Feigling deutete nur mit dem Kinn auf mich. Die Augen der Kinder folgten der Bewegung.
»Nein, wir feiern nichts. Wir müssen nur miteinander reden. Komm, setz dich, Johnny.«
Er rührte sich nicht. »Ist was mit Grandma?«
Ich lächelte ihn traurig an – er war so ein ernster, lieber, einfühlsamer kleiner Kerl – und schüttelte den Kopf. »Nein, nicht mir Grandma – mit uns.« Es gab keine schmerzlose Art, es ihnen beizubringen, ich hatte seit letzten Donnerstag Dutzende von Formulierungen getestet. Das einfachste erschien mir schließlich am besten. »Euer Dad und ich trennen uns.«
»Was bedeutet das?« wollte Kikit wissen.
Ich appellierte mit einem Blick an Dennis, es ihr zu erklären,

aber er stand mit den Händen auf den Hüften da und schien genauso neugierig darauf zu sein, was ich sagen würde, wie Kikit. Er war offensichtlich nicht hier, um mir zu helfen, sondern um mich zu überwachen. Er wollte die Dreckarbeit nicht selber machen, aber sichergehen, daß sie in seinem Sinne gemacht würde. Er mußte das Gefühl haben, daß das Gericht ihn dazu berechtigt hatte.
Aber das hatte es nicht. Wenn ich den Kindern sagen wollte, daß ihr Vater ein komplexbeladener Jammerlappen sei, dem es an Loyalität, Mitgefühl und gesundem Menschenverstand mangelte, dann würde ich das tun. Weder das Gericht noch Dennis diktierten wir meine Worte. Die Liebe tat es. Die Besorgnis tat es. Die Selbstachtung tat es.
»Sich trennen heißt, nicht mehr zusammen zu wohnen«, sagte ich.
Kikit nahm das ganz locker. »In verschiedenen Häusern.«
»Ja.«
»Aber das könnt ihr nicht«, konstatierte sie. »Ihr seid unsere Eltern. Ihr müßt mit uns zusammensein.«
»Das werden wir, nur an verschiedenen Orten.«
»Ich kann nicht gleichzeitig an zwei verschiedenen Orten sein.«
»Das brauchst du auch nicht. Du wirst einen Teil der Zeit mit Daddy verbringen, und die übrige mit mir.«
»Machen wir das nicht schon immer so?«
Doch, das taten wir. Sie hatte absolut recht. Aber nur bis zu einem gewissen Punkt. »Bisher haben unsere Leben überlappt. Manchmal sind wir alle vier da, und dann wieder nur drei. Von jetzt an werden wir immer nur drei sein – entweder du und Johnny und ich oder du und Johnny und Daddy. Daddy und ich werden nicht mehr gemeinsam mit euch hier sein.«

»Warum nicht?«
Wieder wandte ich mich Dennis zu, hoffte, daß er wenigstens diesmal die Stafette übernehmen würde, doch er erwiderte meinen Blick völlig ausdruckslos – als verstehe er gar nicht, was ich von ihm erwartete. Also keine Hilfe. Nicht, daß ich es ihm in diesem Fall verübelt hätte – es war ungeheuerlich wichtig, jetzt das Richtige zu sagen. Die falschen Worte könnten einen dauerhaften Schaden anrichten.
Nur wußte ich die richtigen Worte nicht. Also suchte ich Zuflucht bei einer uralten Floskel: »Weil wir glauben, daß es so am besten ist.«
»Ich glaube das nicht«, erklärte Kikit. »Wer wird wo wohnen, und wo werden wir wohnen?«
»Ihr bleibt hier – und ich suche mir etwas anderes.«
»Wo?«
»Das weiß ich noch nicht. Aber ihr könnt dann dort mit mir zusammensein oder hier.«
»Aber ich will dich immer hier haben! Warum kannst du nicht oben im Gästezimmer wohnen? Ich räume all meine Babys raus. Du magst das Bettsofa doch, das hast du mir gesagt.«
Johnny, der bisher schweigend neben der Küchentür an die Wand gepreßt gestanden hatte, sagte: »Sie wollen nicht mehr miteinander in einem Haus wohnen. Sie mögen sich nicht mehr.«
Ich stand vom Tisch auf und ging zu ihm. Sein Körper war stocksteif, und seine Augen lagen plötzlich tief in den Höhlen. Es war, als bemühe er sich verzweifelt, nicht innerlich zusammenzubrechen. Ich legte den Arm um seine verkrampften Schultern und sagte: »Ganz so einfach ist es nicht, aber ich verstehe es selbst nicht ganz – es ist ziemlich kompliziert.«

»Sag es mir!« rief Kikit. »Ich will es wissen!« Aber ich sprach weiter mit Johnny, wobei ich ihn leicht schüttelte, um seine Anspannung zu lösen.
»Eines darfst du nie vergessen – das einzig wirklich Wichtige – daß wir beide dich und Kikit lieben.«
»Aber ihr liebt euch nicht«, sagte er.
Vor vier Tagen hätte ich das noch bestritten. Und nun? »Ich weiß es nicht. Das ist jetzt so eine Art Prüfungszeit. Wir werden viel nachdenken und reden.« Dean Jenovitz oder – noch schlimmer – die gerichtliche Verfügung gegen mich wollte ich unerwähnt lassen. Von Jenovitz würden sie ohnehin erfahren, da er mit ihnen sprechen müßte. Ich hoffte, daß sie nie von der gerichtlichen Verfügung erfahren müßten.
»Ihr werdet gar keinen großen Unterschied merken«, bemühte ich mich ebenso um meinet- wie um ihretwillen um einen unbeschwerten Ton. Ich fühlte mich wie ausgehöhlt. »Es wird alles so ziemlich bleiben, wie es war.«
Er glaubte mir kein Wort – das las ich in seinen Augen. Aber er sagte es nicht.
»Wirst du kochen, Daddy?« fragte Kikit.
»Manchmal.«
»Und Kekse mit uns backen?«
»Das überlasse ich vielleicht doch lieber eurer Mutter.«
»Was ist mit meiner Medizin?«
»Was soll damit sein?« fragte er.
»Wer wird sich darum kümmern, daß welche da ist?«
Sie verzog ihr kleines Gesicht, Tränen schossen ihr in die Augen und rollten über ihre Wangen. Sie wiegte sich auf den Knien vor und zurück und drückte die Fäuste gegen die Augen. »Ich wollte nicht krank werden, wirklich, ich wollte nicht krank werden.«

»O Gott!« flüsterte ich und zog Johnny mit mir zum Tisch, um auch Kikit in den Arm nehmen zu können. »Du hast nichts Böses getan, Baby. Es ist nicht deine Schuld.«

»Ich wurde krank und hatte meine Medizin nicht, und darum wurde er wütend auf dich ...«

»Nein, Baby, nein. Das war es nicht, das darfst du nicht denken.« Ich hatte mich ihrem Rhythmus angepaßt, und Johnny wiegte sich zwar nicht richtig mit, aber er befreite sich auch nicht aus meiner Umarmung. »Diese Sache ist allein Daddys und meine. Sie hat sich schon seit langem entwickelt, vielleicht schon vor eurer Geburt. Daddy und ich passen nicht gut zusammen. Wir machen einander nicht glücklich. Ihr beide macht uns glücklich. Wir sollten mehr füreinander tun, Daddy und ich, aber wir tun es nicht.«

»Ich will, daß du hier wohnst«, sagte Kikit undeutlich.

»Das kann ich im Moment nicht. Aber du wirst sehen, ich werde einen schönen Platz zum Wohnen finden, der dir gut gefallen wird.«

»In Santa Fe?« fragte mein Sohn, der offenbar angestrengt versuchte, die Puzzleteile zu einem sinnvollen Bild zusammenzufügen.

»Nein, Schatz, nicht in Santa Fe. Das ist ja viel zu weit weg. Ich dachte an etwas, das höchstens zehn Minuten von hier entfernt ist. Wie hört sich das an?« Für mich hörte es sich gut an. »Und ich werde auch nicht mehr so viel reisen. Ihr werdet sehen, ich werde mehr Zeit mit euch verbringen als vorher.« Vor allem, wenn wir erst einmal Einspruch gegen Selweys Verfügung eingelegt hätten und sie außer Kraft gesetzt worden wäre.

»Was ist mit Thanksgiving?« fragte er.

»Hmmm. Darüber habe ich noch gar nicht nachgedacht.« Es klang, als stehe ein neues Abenteuer bevor, was gar nicht so schlecht war: Abenteuer begeisterten Kinder. »Wir könnten die Tage bei Grandma in Cleveland verbringen. Oder was schlagt ihr vor?«

»Hier zu feiern, wie immer.«

»Wir könnten doch zweimal feiern«, meinte Kikit, den Blick hoffnungsvoll hebend.

»Das könnten wir«, nickte ich. Wobei es für mich keine zwei Feiern geben würde. Für die eine würden die Kinder mit ihrem Vater zu seinen Eltern fahren, und zu der anderen würde ich sie zu mir holen, wo sie Brody und Joy und all die Freunde wiedersehen würden, die ich bisher auch immer dazu eingeladen hatte. Natürlich hatte ich noch keine Ahnung, wo unsere Feier stattfinden oder wie ich es empfinden würde, sie an einem fremdem Ort und ohne Dennis und meine Mutter zu begehen, und als ich daran dachte, daß ich all den besagten Freunden würde mitteilen müssen, daß wir uns getrennt hatten, drehte sich mir das Herz im Leib um. Und wie, um Himmels willen, sollte ich es Connie beibringen?

Thanksgiving, Weihnachten, Johnnys Geburtstag und dann Kikits – all das waren Familienfeste, aber das wurde mir in diesem Moment mit schmerzhafter Deutlichkeit klar, sie würden nie mehr so sein wie früher.

»Mommy!« Kikit hatten sich jetzt aufrecht hingesetzt. »Morgen ist Vortanzen im Ballett-Unterricht. Bringst du für danach Napfkuchen mit?«

Morgen war Dienstag. Der Richter hatte aber den Mittwoch zu einem der Besuchstage bestimmt. Wenn Dennis dazu bereit wäre, könnten er und ich uns ja für diese Woche darüber hinwegsetzen und uns intern auf den Dienstag einigen.

Aber Kikit war noch nicht fertig. »Und am Mittwoch ist

Elterntag in der Bücherei. Ich habe Lily versprochen, daß wir sie mitnehmen, weil ihre Mom arbeiten muß.«

Würde Dennis sich auf einen zusätzlichen Tag einlassen?

Die Antwort darauf bekam ich im nächsten Moment in Form eines kaum merklichen Kopfschüttelns, mit dem ein Blick einherging, der die Warnung enthielt, daß im Falle eines Protests von mir die gleiche Maßnahme eingeleitet würde, wie er sie mir angedroht hatte, falls ich nicht um vier das Haus verließe.

Nein, ich wollte nicht, daß er Jack Mulroy alarmierte. Nein, ich wollte nicht wegen Mißachtung einer gerichtlichen Verfügung belangt werden. Ich wollte, daß diese Verfügung aufgehoben wurde. Carmen arbeitete bereits daran, und ich konnte sie am besten unterstützen, indem ich mich als ein Muster an Gehorsamkeit zeigte.

Es war jetzt drei Uhr fünfunddreißig.

»Ich gehe am Mittwoch mit in die Bücherei«, erklärte ich. »Zum Vortanzen morgen geht Daddy mit.«

»Aber ich will, daß du mitkommst! Die Mütter richten doch im Nebenzimmer ein Büfett her!«

»Ich sag dir was: Ich kaufe die Napfkuchen, und Daddy nimmt sie dann mit.«

»Das ist nicht dasselbe!« jammerte sie, und dann wurden ihre Augen grob. »Und was ist mit Donnerstag? Donnerstag ist Halloween! Du kommst doch, oder? Du hast mich immer begleitet – ich will nicht allein gehen!«

»Johnny geht dieses Jahr allein«, sagte Dennis. »Er wird dich mitnehmen.«

»Da-ad!« protestierte Johnny, und ich konnte ihn verstehen. Kikit mußte mit Argusaugen überwacht werden, damit sie nicht etwas in den Mund steckte, das einen Anfall auslösen würde. Es war unfair, das von Johnny zu verlangen.

»Ich will nicht mit Johnny gehen«, erklärte Kikit. »Ich will mit Mommy gehen!«
»Ich werde mit dir gehen«, sagte Dennis.
Sie dachte nach, und schließlich fragte sie vorsichtig: »Wirklich?« und dann, noch immer vorsichtig: »Und Mommy bleibt zu Hause und teilt Süßigkeiten aus?«
»Entweder Mommy oder Grandma.«
»Ich will, daß Mommy es macht. Du machst es doch, oder, Mommy?«
Natürlich würde ich es tun. Ich hatte Halloween seit jeher geliebt, schon Wochen vorher Süßigkeiten besorgt und Kostüme genäht. Dieses Jahr würde Kikit als Maus gehen und Johnny als Pirat. Natürlich würde ich an dem Ritual teilnehmen.
»Vielleicht kann sie es nicht«, sagte Dennis.
Kikit wandte sich ihm zu. »Warum nicht?«
Wieder schob er mir mit einem Ruck seines Kinns den Schwarzen Peter zu. Kikit schaute zu mir auf. Ich versuchte zu entscheiden, ob ich mich auf eine Auseinandersetzung mit Dennis einlassen oder den Kindern die Wahrheit sagen oder lügen sollte, als sie von mir abrückte. »Ist es, weil du nicht mehr hier wohnen willst?«
»Ich will doch . . .«
»Du liebst uns nicht mehr!« klagte sie mich an.
Als ich nach ihr griff, wich sie mir aus. Ihre Mundwinkel hingen nach unten, und ihr Kinn bebte. Ich ließ Johnny los, stand auf, fing sie ein und zog sie in meine Arme. Sie drehte und wand sich, um mir zu entkommen, aber ich hielt sie fest.
Ich brauchte eine Weile, um den Kloß hinunterzuschlucken, der meine Kehle blockierte, und dann war meine Stimme heiser und beschwörend, als ich mich über ihren Kopf beugte.

»Ich liebe euch sehr. Ihr dürft niemals denken, daß es nicht so ist. Du und dein Bruder bedeuten mir mehr als irgend etwas anderes auf der Welt.«
»Warum kannst du dann nicht kommen?« jammerte sie mit sich überschlagender Stimme in Höhe meiner Taille.
»Weil der Richter es verbietet. Er sagt, daß ihr die meiste Zeit mit Daddy verbringen sollt, und mit mir nur die Mittwoche und Samstage, bis alles geklärt ist.«
»Aber warum?«
»Ich weiß es nicht, Baby«, gurrte ich in ihre warmen, weichen Haare. »Aber er hat es nun mal gesagt, und darum müssen wir es so machen.«
Es war kurz vor vier – die Zeit wurde knapp.
»Aber ich werde dich vermissen!«
»Ach wo«, neckte ich sie. »Du wirst viel zu beschäftigt dazu sein. Aber wenn du mich doch mal vermissen solltest, dann rufst du mich einfach an. Ihr könnt mich beide jederzeit anrufen – Tag und Nacht.« Ich schaute mich nach Johnny um, aber er war nicht mehr da.
Mein Blick flog zu Dennis. Er deutete mit dem Daumen in Richtung Halle. Wütend, weil er das Kind einfach hatte gehen lassen, hob ich Kikit hoch und drückte sie ihrem Vater in die Hand. »Halt dich gut fest«, sagte ich in einem Ton zu ihr, der sehr viel sanfter war als der Blick, den ich Dennis zuwarf.
Johnny saß, an das Kopfteil seines Bettes gelehnt, in seinem Zimmer. Der Ausdruck, mit dem er mich ansah, als ich auf ihn zuging, brach mir fast das Herz. Ich setzte mich zu ihm und nahm seine Hand. Er entzog sie mir und legte sie, zur Faust geballt, auf die Daunendecke. Ich mußte mich mit seinem Handgelenk begnügen.
»Ich habe das nicht gewollt, Johnny. Wenn es nach mir ginge,

wäre alles anders. Aber es geht nicht nach mir – ich muß mich fügen.«
»Die Kinder bleiben immer bei den Müttern.«
»Für gewöhnlich, aber nicht immer. Nicht mehr, seit so viele Mütter arbeiten.«
»Dann läßt du uns hier bei Dad, weil du dann ungestörter arbeiten kannst?«
»Nein. Ihr Kinder seid mir wichtiger als meine Arbeit. Das wart ihr immer. Ihr bleibt bei Dad, weil der Richter es so bestimmt hat.«
»Seit wann sagen Richter Eltern, was sie zu tun haben?«
Eine gute Frage. »Das ist eine lange Geschichte, Schatz. Eine komplizierte.«
Er verschränkte die Arme vor der Brust und schaute mich mit einem Ausdruck an, der, wie ich vermutetet, auch auf meinem Gesicht zu finden war, wenn ich eine Erklärung für etwas haben wollte, das mir unrecht erschien. Ich konnte ihm keinen weiteren Allgemeinplatz servieren.
»Der Richter meinte«, formulierte ich vorsichtig, »daß Daddy jetzt, da Grandma so krank ist, den Kopf freier für euch hätte als ich. Es ist ja nur vorübergehend.«
»Für wie lange?«
»Nicht lange.«
»Wie lange?«
»Ich weiß es nicht. Vielleicht ein paar Tage oder eine Woche oder einen Monat.«
»Und dann?«
»Und dann machen wir, was immer das Beste für dich und Kikit ist.«
Ich hörte ein Geräusch und drehte mich um. Dennis stand in der Tür. Er hatte Kikit noch immer auf dem Arm. »Ist hier alles okay?« fragte er.

»Es ist alles in Ordnung«, erwiderte ich. Aber das stimmte nicht. Kikits Gesicht war tränenverschmiert, Johnny sah aus, als weine er innerlich, und mir blutete das Herz.
Es war drei Uhr fünfzig.
Johnnys Arme waren nicht mehr verschränkt, aber er starrte mich noch immer an. Ich griff noch einmal nach seiner Hand. Zu meiner Erleichterung ließ er es geschehen, und ich umschloß sie mit der meinen. »Wir werden viel miteinander telefonieren, Schatz. Ich gehe am Mittwoch mit Kikit in die Bücherei und hole dich vom Training ab, und dann essen wir zusammen. Hey – am Samstag ist ein wichtiges Spiel, stimmt's?«
Zuerst reagierte er überhaupt nicht, und dann zuckte er nur mit den Schultern.
»Darf ich zuschauen kommen?«
Wieder Schweigen, wieder ein Schulterzucken. Seine Hand lag schlaff in meiner. Ich drückte sie aufmunternd.
»Wann können wir uns ansehen, wo du wohnst?« fragte Kikit.
»Sobald ich etwas gefunden habe.«
»Wir haben dann zwei Zuhause?«
»Zwei Zuhause.«
Ihre Augen leuchteten auf. »Können wir nicht eines auf dem Baum bauen, auf den ich immer klettere?«
»Nein, das können wir nicht.«
Plötzlich kam Leben in sie. »Ich hab's! Das ist die allerbeste Idee, Mommy: Du kannst doch zu Brody ziehen!«
Ich vermied es tunlichst, Dennis anzusehen. »Äh, tut mir leid, Baby, das geht nicht.«
»Warum nicht?«
»Weil Brodys Haus Brody gehört. Ich brauche etwas eigenes.«
»Er hatte bestimmt nichts dagegen, wenn du bei ihm wohnen würdest. Er freut sich immer, wenn wir ihn besuchen.« Sie

schnappte nach Luft, legte die Hand an Dennis' Wange und drehte sein Gesicht zu sich. »Ich weiß, was wir zu Abend essen. Wir bitten Brody, daß er Steaksuppe für uns macht!«
Wieder hütete ich mich, Dennis anzusehen und konzentrierte mich in den letzten paar Minuten, die mir mit meinen Kindern blieben, vollkommen auf sie. Kikit fand ein Dutzend verschiedene Arten, die immer gleichen Fragen zu stellen, bei denen es in der Hauptsache darum ging, wie sie mich erreichen könne, falls sie mich brauche. Ich versuchte beruhigend auf sie einzuwirken, richtete meine Antworten ebenso an Johnny wie an sie, aber ich fühlte mich, als würde mein Herz in Stücke gerissen, was noch schlimmer wurde, als Dennis anfing, auf die Uhr zu schauen. Als er Kikit auf den Boden stellte und auf mich zukam – ich glaube, er hätte mich am Arm gepackt, wenn ich nicht freiwillig aufgestanden wäre –, wurde mein Kummer für einen kurzen Moment von dem Wunsch verdrängt, ihm die Augen auszukratzen.
»Verabschiedet euch von eurer Mutter«, befahl er den Kindern.
Die aufsteigenden Tränen zurückdrängend, drückte ich wieder Johnnys Hand. Keine Reaktion.
»Bitte, John!« flüsterte ich. »Ich brauche deine Hilfe.«
Er ließ es zu, daß ich ihn umarmte. Ich schluckte und brachte ein zittriges: »Wir reden später, ja?« zustande.
»Ich bin auch noch da!« rief Kikit. »Ich will auch umarmt werden!«
Ich gab Johnny frei, küßte ihn auf die Stirn und wandte mich Kikit zu, die sich in meine Arme stürzte und mich so fest umklammerte, daß sie zitterte. Oder war ich es, die zitterte? Egal. Wir saßen auf Johnnys Bett und hielten einander umfaßt, ohne ein Wort zu sprechen.
»Claire!« mahnte Dennis.

Ich küßte sie und flüsterte: »Ich muß gehen, Baby.«
Sie verstärkte ihre Umklammerung. »Nein, Mommy! Geh nicht!«
Dennis packte von hinten zu, zog sie von mir weg. Zu sehen, wie sie in der Luft die Arme und Beine nach mir ausstreckte, während Dennis unerbittlich rückwärts ging, brach mir das Herz.
»Bis Mittwoch«, sagte ich mit erstickter Stimme. Und dann floh ich, ohne mich noch einmal umzuschauen, die Treppe hinunter, riß Handtasche und Schlüssel von dem Tischchen in der Halle und rannte wie von Furien gehetzt zum Auto.
Kikit war Dennis offenbar entkommen, denn ich fuhr gerade rückwärts aus der Einfahrt, als sie aus der Tür geschossen und auf mich zugerannt kam. Dennis holte sie auf halbem Weg durch den Vorgarten ein, hob sie hoch und trug sie zum Haus zurück.
Ich war versucht anzuhalten, doch dann tat ich es doch nicht. Einerseits hielt mich Dennis Drohung davon ab, zum anderen das Wissen, daß ein Hinauszögern des Abschieds alles nur noch schlimmer machen würde.
Es war schon so qualvoll genug. Meine Perlenkette war um die erste schwarze Perle länger geworden.
Das letzte, was ich an diesem Tag von meiner Familie sah, und was sich unauslöschlich in mein Gedächtnis einbrannte, war der abweisende Rücken von Dennis, auf dessen Arm Kikit wie eine Wilde zappelte, und abseits von ihnen mein Erstgeborener, John, der mir mit versteinertem Gesicht nachschaute, als ich davonfuhr.
Ich fuhr auf direktem Weg ins Büro, denn für etwas anderes hatte ich jetzt nicht die Nerven. Carmen hat gesagt, ich dürfe nicht bei Brody einziehen, und so würde ich das auch nicht tun, aber ich arbeitete nun einmal auf seinem Grundstück.

Nachdem ich in nächster Zeit meine Reisen drastisch einschränken müßte, würde ich mehr Zeit dort verbringen als je zuvor, und weder das Gericht noch Dennis noch Carmen könnten mir das untersagen.

Brody war allerdings unterwegs – im Vineyard, um mit der Baufirma die Reparaturen an unserem dortigen Laden zu besprechen. Im Oktober war ein Sturm durch den Ort gefegt, und nun brauchten wir ein neues Dach und eine neue Holzverkleidung. Brody hatte die Reise bis nach der Anhörung verschieben wollen, aber ich hatte darauf bestanden, daß er den geplanten Termin einhielt.

Jetzt bedauerte ich das. Ich durchlebte immer wieder jene letzten Momente, sah immer und immer wieder die letzte Szene vor mir, und seine Gesellschaft hätte mein Leid ein wenig gemildert.

Die Kutscherlampen rechts und links des Eingangs brannten, und aus dem Innern der Remise fiel warmes Licht. Ich schloß auf, warf meinen Mantel auf den Diwan neben dem Empfang und ließ den Blick umherwandern.

Wie oft hatte ich das schon getan und dabei Stolz auf die Entwicklung empfunden, die WickerWise genommen hatte. Heute jedoch konnte ich mich nicht daran freuen, denn mein Erfolg hatte Dennis in die Rebellion getrieben und den Richter veranlaßt, mir meine Kinder wegzunehmen.

Zu Büroarbeit fehlte mir die Konzentration, und so machte ich mich auf den Weg zur Werkstatt, die ich mit allen Finessen ausgestattet hatte, um meinem Hobby frönen zu können: Antiquitäten, die ich auf Flohmärkten und bei Haushaltsauflösungen fand, zu restaurieren. Doch als ich vor dem Schaukelstuhl stand, mit dem ich mich derzeit befaßte, erkannte ich, daß mir auch dazu die Motivation fehlte.

Also stieg ich die an der Wand entlang nach oben führende

Treppe zu dem riesigen Dachboden hinauf, den ich als Lagerraum für meine Schätze nutzte. Durch die untersten der Oberlichter, die ich in das Dach hatte einsetzen lassen, sah ich Lichter von Booten auf dem Wasser, Häusern an der Küste und sogar von dem Leuchtturm ein paar Meilen weiter nördlich flimmern. Ich tastete mich vorsichtig zwischen aufeinandergestapelten Möbelstücken hindurch zu einem langen Korbsofa, das ich vor Jahren auf einem privaten Flohmarkt entdeckt hatte, zu dem die Leiterin der Filiale in Kansas City mich mitgenommen hatte. Kissen waren keine dabei gewesen, wodurch das Beschützerische der schulterhohen Rückenlehne und der breiten Armlehnen noch ausgeprägter wirkte. Und genau dieser Aspekt zog mich jetzt dorthin.

Es knarzte leise, als ich mich hinsetzte, und dann noch einmal, als ich mich in eine Ecke kuschelte und meine flachen Schuhe wegkickte, und ein weiteres Mal, als ich mir eine eingestaubte Wolldecke von dem danebenstehenden, altmodischen Kinderwagen angelte. Ich breitete sie über mich, zog die Knie an und schloß die Augen.

Der Geruch vergangener Zeiten, der in der Luft hing, beflügelte meine Phantasie, und ich malte mir aus, wie in einem Südstaatensalon hübsche Mädchen in duftigen, weißen Rüschenkleidern auf meinem Sofa gesessen hatten oder auf einer breiten Veranda, von der aus man auf eine sanft hügelige, sorgfältig gepflegte Rasenfläche schaute. Ich versuchte, dezentes Geplauder zu hören, perlendes Lachen, süße Liebesschwüre, doch alles, was ich hörte, waren Kikits schrille Protestschreie, als Dennis sie ins Haus trug, und Johnnys Schweigen.

Ich mußte irgendwann eingeschlafen sein, denn als ich die Augen öffnete, hatten sich einige weitere Lichter entlang der Küste dazugesellt. Ich hörte das Rauschen des Meeres und noch etwas anderes: Ein Auto kam. Wahrscheinlich hatte

mich das geweckt. Da Brody erst morgen zurückkommen würde, nahm ich an, daß Dennis mir wieder einmal nachspionierte.
Jäh in mir auflodernder Zorn bewog mich, zu bleiben, wo ich war. Wenn er jetzt annahm, daß ich in Brodys Bett läge, sollte er es ruhig. Zumindest hätte er diesmal kein Motiv für ein Foto.
Ich hörte, wie die Eingangstür aufgeschlossen wurde, Schritte und dann in fragendem Ton: »Claire?«
Es war nicht Dennis – es war Brody.
Mein Zorn verlagerte sich auf ihn. Er sollte im Vineyard sein und sich um Dinge kümmern, um die ich mich momentan nicht selbst kümmern konnte.
»Claire?« fragte er noch einmal, inzwischen an der Tür zur Werkstatt. »Claire?«
»Ja-a«, antwortete ich gereizt und zog die alte Decke noch enger um mich. Ich hörte ihn die Werkstatt durchqueren und die Treppe heraufkommen. »Was machst du denn da oben?«
»Und was machst du schon wieder hier?«
Er erschien auf der obersten Stufe. In dem Halbschatten wirkte er noch größer. »Ich bin nur bis Woods Hole gekommen. Die Fähre hatte einen Motorschaden, und darum kehrte ich um. Ich wollte ja eigentlich sowieso nicht fahren.«
Soviel zur Zuverlässigkeit meiner rechten Hand. »Du hattest doch Besprechungen vereinbart.«
»Die laufen nicht weg.«
»Aber die Reparaturen müssen gemacht werden!«
»Das werden sie ja auch.« Er nahm den gleichen Weg wie ich zuvor. Je näher er kam, um so deutlicher konnte ich ihn im fahlen Licht des Mondes sehen. »Warum bist du hier oben?«
»Wo sollte ich sonst hin? Ich bin obdachlos.«
»Mein Haus ist doch auch noch da.«
»*Mi casa es su casa?* Genau das hat mich in diese Situation

gebracht! Nein«, korrigierte ich, »Männer haben mich in diese Situation gebracht. Dennis ... der Richter ... Was treibt die Männer dazu, Frauen niederzumachen? Machtstreben? Komplexe? Nein, setz dich nicht da hin!« rief ich, als er Anstalten machte, sich auf meinem Sofa niederzulassen. Erschrocken richtete er sich wieder auf. »Das ist mein Platz!« Er wich zurück und stieß gegen irgend etwas.

»Paß auf, Brody! Die Sachen sind Millionen wert!«

Er widersprach mir nicht, obwohl »Millionen« stark übertrieben war. Statt dessen fragte er behutsam: »Hat sich was Neues getan?«

»Nein. Es ist immer noch dieselbe Scheiße.« Ich hätte ihm den Abschied von den Kindern schildern können, und er hätte mit mir gelitten. Aber ich wollte zu diesem Zeitpunkt kein Mitleid – ich wollte Gerechtigkeit.

Ich schlang die Arme um meine Knie. Er zog sich einen Stuhl heran, dessen hohe, geflochtene Rückenlehne mehrere Brüche aufwies, verschränkte Arme und Beine und lehnte sich zurück.

»Weißt du, wie schädlich das für den Stuhl ist?« fragte ich.

Zuerst erfolgte gar keine Reaktion. Dann hörte ich ein glucksendes Lachen, zwar leise, aber immerhin.

»Lach nicht! Ich habe diese Dinge mit viel Liebe gesammelt, und das solltest du respektieren. Aber das ist auch so ein Punkt – Männer glauben, sich etwas zu vergeben, wenn sie Frauen respektieren. Warum? Weil sie uns fürchten. Darum machen sie es uns im Berufsleben auch so schwer.«

»Ich tue das nicht!«

Brody stand auf.

»Bleib, wo du bist!« sagte ich. »Ich will meine Ruhe.«

»Das glaube ich dir nicht. Ich glaube, du willst Dampf ablassen, und dabei würde ich lieber neben dir sitzen als dir gegenüber.«

»Du sollst dich nicht da hinsetzen!« protestierte ich, doch es nutzte nichts. Und so streckte ich die Beine aus und stemmte mich mit den Füßen gegen seinen Schenkel, um ihn mir wenigstens weit vom Leib zu halten. Aber er zog meine Füße einfach auf seinen Schoß. »Brody!«

»So habe ich dich noch nie erlebt.«

»Es ist mir auch noch nie so übel mitgespielt worden.«

Erst als er meine Füße zu massieren begann, merkte ich, wie kalt sie waren, und dann ließ seine Fürsorglichkeit mich absurderweise in Tränen ausbrechen.

Als er meine Beine umfaßte, um mich näher zu sich heranzuziehen, trat ich nach ihm, doch mein Zorn war verraucht, und als er mich diesmal zu sich heranzog – erst an den Beinen und dann an den Armen, wehrte ich mich nicht mehr, ließ zu, daß er mich herumdrehte und an seine Brust drückte.

Ich schluchzte und schluchzte, und er wiegte mich wie ein Kind in seinen Armen. Irgendwann versiegten meine Tränen, doch ich war zu erschöpft, um mich von ihm zu lösen, und außerdem war seine Nähe Balsam für meine geschundene Seele.

»O Brody«, flüsterte ich irgendwann schniefend, »ich weiß nicht, was ich tun soll. Ich habe mich in meinem ganzen Leben noch nie so hilflos gefühlt.«

Falls er etwas darauf erwiderte, so hörte ich es nicht, denn das Gefühl der Sicherheit, das er mir vermittelte, und die Wärme, die sein Körper ausstrahlte, ließen mich unvermittelt einschlafen.

Als ich aufwachte, lagen wir eng umschlungen ausgestreckt auf dem Sofa. Ich – oder er – hatte meinen Kopf auf seine Brust gebettet, und ich hörte sein Herz schlagen. Schnell. Und dann wurde mir plötzlich bewußt, worauf mein angewinkeltes Bein, das hoch oben quer über seinen Beinen lag, ruhte, und was ich da spürte, war ebenso erschreckend wie beeindruckend.

Ich zog mein Bein mit einem Ruck weg, stemmte mich hoch und schaute im schwindenden Mondlicht auf Brody hinunter. Seine Augen waren hellwach. Er sagte nichts, und ich sagte nichts, und keiner von uns rührte sich. Vor Schreck, sagte ich mir, vor Verlegenheit, aber es gab noch einen dritten Grund: Es gefiel mir, wie er sich anfühlte, und ich wollte es noch ein wenig länger genießen.

Als mir das klar wurde, wußte ich, daß ich in Schwierigkeiten war.

Achtes Kapitel

Am Dienstag morgen rief ich im Haus an. Dennis nahm schon nach dem ersten Klingeln den Hörer ab, sagte, daß er gerade Frühstück mache, ob ich keinen Ahornsirup da hätte, und ich müsse die Kinder später anrufen. Als ich fragte, ob sie noch verstört seien, speiste er mich mit einem knappen »Nein« ab und legte auf. Mein erster Impuls war, ihn gleich noch einmal anzurufen, doch dann überlegte ich es mir doch anders: Ich war wütend, weil er das Gespräch so abrupt abgebrochen hatte, und fürchtete, daß ich etwas sagen würde, das ich später bereute. Es war besser, Carmen das Thema Telefonate mit Art Heuber erörtern zu lassen.

Als nächstes rief ich meine Mutter an. Ihre Stimme klang schwach und mutlos. Nein, sie habe keinen Appetit auf Frühstück. Nein, sie wolle nicht die Nachrichten sehen. Nein, sie habe keine Lust, sich im Rollstuhl in den Wintergarten schieben zu lassen. Als ich schließlich vorschlug, ein anderes Mal ausführlich zu telefonieren, wenn sie sich besser fühle, kam plötzlich Leben in sie, und sie erkundigte sich nach meiner Arbeit, worauf ich ihr von der Verkaufsbesprechung erzählte, die ich heute vormittag in unserem Laden in Essex führen würde, von der neuen Kollektion, mit der ich unser Personal vertraut machen würde, und von dem Firmenrepräsentanten, den ich um einen ausführlichen Einführungsvortrag dazu gebeten hatte. Während der ganzen Zeit behielt ich die Uhr im Auge – nicht wegen der Besprechung, sondern wegen, des dritten Anrufs, den ich mir vorgenommen hatte.

Das Timing war genau richtig: Ich erwischte die Lehrer beider Kinder noch im Lehrerzimmer. Diese Frauen sahen meine Kinder täglich, und ich vertraute ihnen. Ich fand, daß sie von den veränderten häuslichen Bedingungen wissen sollten, wobei ich nicht ins Detail ging, sondern nur sagte, was nötig war, um zu gewährleisten, daß sie ein Auge auf meine Kinder hätten.

Zu guter Letzt rief ich in Carmens Kanzlei an und hinterließ in groben Zügen, wo ich tagsüber wann zu erreichen wäre. Sie hatte den Antrag auf erneute Überprüfung am vorangegangenen Nachmittag eingereicht und wartete nun darauf, daß Selweys Schriftführerin ihr den Termin für die Anhörung mitteilte. Vor Freitag würde es nicht dazu kommen, denn Dennis und sein Anwalt müßten ja über die neue Entwicklung informiert werden und sich vorbereiten.

Nach der Verkaufsbesprechung fuhr ich quer durch die Stadt zu Cynthia Harris, der Immobilienmaklerin, die uns damals unser Haus vermittelt hatte. Sie begriff schnell, was ihrem jeweiligen Kunden vorschwebte, und zeigte ihm nur Objekte, die seiner Brieftasche entsprachen. Vor zehn Jahren war ich mit Johnny schwanger gewesen, hatte sechs Stunden am Tag in meinem ersten Laden gestanden und auch noch Dennis' Bedürfnissen gerecht werden müssen, was mir keine Zeit für eine ausgedehnte Suche nach einem Haus ließ.

Auch jetzt war meine Zeit knapp bemessen, wenn auch aus einem anderen Grund, und die Bedingungen, die das Haus erfüllen müßte, waren zahlreich: Es mußte kurzfristig zu mieten sein und gleich weit von den Kindern, dem Büro und dem Laden entfernt. Es mußte nicht groß sein, aber Charme

haben. Es mußte zu Korbmöbeln passen und in einer ansprechenden Umgebung liegen.
Cynthia durchforstete ihren Fundus, verwarf ein Objekt nach dem anderen mit einer Grimasse oder einem Kopfschütteln. »Zu weit weg«, sagte sie, oder »Keine schöne Lage.« Und dazwischen blätterte sie immer wieder zu einem zurück, und schließlich fragte ich sie, worum es sich dabei handelte.
»Das ist nicht zu vermieten«, sagte sie, ließ die Seite jedoch aufgeschlagen und dachte angestrengt nach. Nach einer Weile wirbelte sie plötzlich mit ihrem Drehstuhl herum, beugte sich zu ihrem Aktenschrank vor, überlegte kurz und wandte sich mir wieder zu.
»Nur zu verkaufen?« fragte ich.
»Hm.«
»Wohnen die Eigentümer darin?«
Cynthia schüttelte den Kopf. »Sie sind in den Süden gezogen. Das Objekt steht schon eine ganze Weile zum Verkauf. Es ist etwas Besonderes und dementsprechend schwierig an den Mann zu bringen.«
Aber es faszinierte sie, das sah ich. »Erzählen Sie mir davon – nur zum Spaß.«
Diesmal öffnete sie den Aktenschrank. Als sie Sekunden später einen Ordner aufschlug und ich das Farbfoto darin sah, wußte ich, warum sie immer wieder darauf zurückgekommen war.

Reaper Head war eine kleine, eiförmige Insel, die mit dem Festland durch eine Dammstraße verbunden war. An ihrem stumpfen Ende ragte ein kürzlich automatisierter Leuchtturm auf, und in der Mitte standen zwischen Kiefern verstreut einige Privathäuser. An ihrem spitzen Ende stand ein zweiter

Leuchtturm. Dieser stammte aus der Mitte des neunzehnten Jahrhunderts, war ein Jahrhundert später stillgelegt und kurz darauf von dem damals jungen, abenteuerlustigen Paar gekauft worden, das jetzt in den Süden gezogen war.
Aus Naturstein gebaut, war er zwei Stockwerke hoch und breiter als die meisten Leuchttürme – eher ein Fingerhut als eine Nadel. In sein Inneres gelangte man durch das Wärterhäuschen, einen einstöckigen Natursteinbau, in dem es eine Wohnküche, einen offenen Wohnraum und ein Bad gab. Durch einen Bogengang kam man in das Erdgeschoß des Turmes, das aus einem einzigen, riesigen Raum bestand, in dessen Mitte eine Wendeltreppe nach oben führte. Der erste Stock war in drei halbrunde Zimmer und ein zweites Bad unterteilt. Das zweite Stockwerk, ursprünglich die Leuchtkammer, war kleiner als die beiden unteren, aber mit umlaufenden und, wie aus der gedämpft hörbaren Brandung zu schließen, gut isolierten Fenstern und einer ebensolchen Tür versehen, die auf einen eisernen, durch ein Geländer gesicherten Laufgang hinausführte.
Es stand kein einziges Möbelstück in dem ganzen Turm. Die stuckverzierten Wände müßten frisch gestrichen werden, die Holzböden abgeschliffen, die Fenster geputzt. Der Franklin-Ofen im Wärterhäuschen müßte vielleicht ersetzt werden, aber Küche und Bäder waren auf dem neuesten Stand. Es roch nicht nach Schimmel, nur nach Stein und von draußen schwach nach Kiefern und Meer. Es war warm, und ich spürte keine Spur von Zug, als ich die Hand an eines der Fenster legte. Und die Leuchtkammer ... was sollte ich sagen?
»Bingo.« Ein hilfloses Lächeln, ein Aufflackern von Hoffnung.
Cynthia erwiderte mein Lächeln mit einem Nicken.

»Es ist wirklich nicht zu vermieten?«
»Eigentlich nicht. Ich könnte die Eigentümer anrufen und ihnen für eine einmonatige Nutzung eine Märchensumme anbieten, aber ich glaube nicht, daß sie anbeißen würden. Abgesehen von ein paar Oberflächlichkeiten ist der Turm in gutem Zustand, und sie hätten bestimmt Angst, daß ein Mieter alles kaputtmachte.«
»Ich bin doch kein x-beliebiger Mieter!«
»Das mag ja sein, aber sie lieben den Turm nun mal. Wenn der Mann nicht solche Arthritis hätte, wären sie gar nicht weggezogen. Sie wollen ihn an jemanden verkaufen, der sich auf den ersten Blick in ihn verliebt, wie sie es damals getan haben, und sie sind bereit, zu warten. Geld ist in dem Fall kein Thema – sie leiden keine Not.«
Das war mir schon klargewesen. Der geforderte Preis war vernünftig – ich könnte ihn bezahlen.
Ich wanderte noch einmal durch die Räume, wobei ich sie diesmal bereits im Geiste einrichtete, mit Korb, Holz und Rattan, ein paar neuen Stücken und ein paar antiken, die ich mir aus dem großen Haus holen würde, Gemälden an den Wänden und Stoff über den Fenstern. Johnny und Kikit würde sicher die Leuchtkammer am besten gefallen, aber die würde ich für mich reservieren. Die Kinder würde ich im ersten Stock unterbringen und ihre Zimmer wie alte Schiffskabinen einrichten.
Wenn ich Glück hätte, würde die Verfügung gegen mich Ende der Woche aufgehoben, aber mein Entschluß stand fest: Die Leuchtkammer hatte mich im Sturm erobert.
»Ich muß verrückt sein«, sagte ich, als ich in der Küche zu Cynthia stieß, aber gleichzeitig erschien es mir das Normalste, was mir seit meiner Rückkehr aus Cleveland vor fünf Tagen passiert war. Der Leuchtturm war in jeder Hinsicht ideal –

angefangen damit, daß ich in zehn Minuten bei den Kindern, im Büro oder im Laden sein könnte, über die Tatsache, daß er die optimale Größe hatte, sofort beziehbar war, unmöbliert und, abgesehen von ein paar kosmetischen Korrekturen, keinerlei Renovierung bedurfte, bis hin zu seinem Charme. Aber es sprach noch etwas für ihn: In einer Zeit, da ich dringend Ablenkung brauchte, war er eine Aufgabe, in die ich mich vertiefen könnte.

Doch Cynthia hatte Bedenken. »Und was ist Ende des Monats? Werden Sie ihn dann wieder abstoßen? Ich fühle mich den Eigentümern gegenüber verpflichtet. Was wollen Sie mit dem Turm machen, wenn Ihre häuslichen Querelen beigelegt sind?«

»Ich werde ihn behalten«, erwiderte ich. Das war vielleicht unvernünftig, aber das kümmerte mich nicht. Ich war mein ganzes Leben lang vernünftig und verantwortungsbewußt gewesen – und was hatte es mir gebracht? Sollte ich zum Wochenende wieder in das große Haus zurück dürfen, dann könnte ich den Turm zu meinem ganz persönlichen Reich machen. Ich könnte ihn als Büro oder als Werkstatt nutzen oder als Strandhaus. In jedem Fall wäre er eine Geldanlage, und falls es irgendwann zum Schlimmsten käme, könnte ich ihn jederzeit vermieten.

Mein Gefühl sagte mir, daß ich den Kauf nicht bereuen würde – und das genügte mir.

Die einzige Bedingung, die ich daran knüpfte, war der sofortige Zugang. Ich wollte schnellstens mit dem Malen, dem Abschleifen und dem Putzen beginnen, heute abend bereits dort übernachten. Wie das Schicksal es wollte, stammte der Anwalt der Eigentümer aus meiner Gegend und kannte meine Firma, weshalb er sich bereitwillig für meine Seriosität verbürgte – nach den Gemeinheiten, die ich mir hatte anhören müssen, Balsam für meine Seele, eine weitere Bestätigung, daß der Kauf des Leuchtturms kein Fehler war. Und die Eigentümer akzeptierten mich, als sie angerufen wurden, sofort als Nachbesitzerin. Ich brachte den Kauf unter Dach und Fach, schoß zwischen Cynthias Büro, meinem eigenen und der Bank hin und her und führte eine Unzahl von Telefongesprächen.

Mehr als einer dieser Anrufe galt Carmen, denn wie ablenkend der Kauf des Leuchtturms auch war – ich konnte nicht vergessen, warum ich ihn kaufte. Wie beschäftigt ich auch sein mochte – im Hinterkopf hatte ich immer die Frage, was die Kinder wohl in diesem Augenblick machten. Um zwölf hatte Carmen noch nichts von der Schriftführerin gehört, und auch um zwei noch nicht. Sie versprach, mit Art wegen eines uneingeschränkten Telefonkontakts mit den Kindern zu verhandeln. Mit Dean Jenovitz hatte sie bereits gesprochen und wies mich an, mich bei ihm zu melden. Auf die Aufforderung seines Anrufbeantworters hin gab ich meinen Namen und meine Handy-Nummer an und bat ihn um die Festsetzung eines Gesprächstermins.

Ich rief die Telefongesellschaft an und beantragte einen Anschluß für den Leuchtturm. Ich rief einen Bodenleger an, einen Maler und einen Fensterputzer.

Ich rief Dennis an, um ihn daran zu erinnern, Napfkuchen zu Kikits Vortanzen mitzunehmen, und beschränkte mich auf das Wesentliche. Ich war immer noch zornig und hatte eigentlich keine Lust, überhaupt mit ihm zu sprechen. Über mein neues Zuhause verlor ich kein Wort, und ich erbot mich auch nicht, die Napfkuchen zu besorgen. Wenn er so erpicht darauf war, alles allein zu machen, dann sollte er das auch tun. Brody hätte ich meine Neuigkeit gerne erzählt, aber der war wieder zum Vineyard unterwegs. Am Morgen hatte eine leicht gespannte Atmosphäre zwischen uns bestanden, und so hatten wir uns beim Frühstück ausschließlich über geschäftliche Dinge unterhalten. Ich spürte, daß er genauso geschockt von seiner körperlichen Reaktion in der vergangenen Nacht war wie ich und ebensowenig in der Lage, sich im Moment damit auseinanderzusetzen. Darum wollte ich heute im Leuchtturm schlafen.

Um kurz nach vier rief Carmen an, um mir zu sagen, daß Selwey den Antrag auf erneute Überprüfung ohne Anhörung abgelehnt habe.

»Darf er das denn?« fragte ich bestürzt. Einen Kampf zu verlieren, war eine Sache, überhaupt nicht zum Kampf zugelassen zu werden, eine ganz andere.

»Er darf. Ich bin nicht überrascht – es entspricht seinem Charakter. Jetzt bereite ich also einen Antrag auf Ablösung wegen Befangenheit vor. Wir werden darum ersuchen, daß er den Fall von sich aus aufgrund von Vorurteilen abgibt. Diesen Antrag zu fundieren, wird mehr Zeit in Anspruch nehmen – ich muß dazu seine sämtlichen Äußerungen in der gestrigen Anhörung durchgehen und vielleicht auch auf frühere Fälle zurückgreifen, bei denen er den Vorsitz führte. Aber ich habe mir zum Ziel gesetzt, ihn am Donnerstag einzureichen.«

»Kann ich Ihnen irgendwie helfen?«

»Ja – halten Sie die Ohren steif.«

Dazu befähigte mich der Leuchtturm. Alles, was für eine erste Übernachtung nötig war, brachte ich hin, und dies beschäftigte mich bis weit nach Sonnenuntergang. Und nachdem ich in aller Eile das Essen hinuntergeschlungen hatte, das ich mir in der unvermeidlichen Pappschachtel im Straßenverkauf eines thailändischen Restaurants mitgenommen hatte, um meinen knurrenden Magen zu beruhigen, rief ich im großen Haus an. Kikit nahm den Hörer ab.

»Ich habe schon neben dem Telefon gesessen, Mommy! Wo bist du?«

Ihr liebevoller Tonfall verscheuchte die schrillen Schreie, die mich seit dem vergangenen Nachmittag verfolgt hatten. Jetzt weinte sie nicht, und sie war auch nicht quengelig oder zornig. Die Anpassungsfähigkeit kleiner Kinder erstaunte mich immer wieder. Und sie nahm mir in diesem Fall eine Zentnerlast von den Schultern.

»Ich bin in meinem neuen Haus«, sagte ich.

»So schnell? Wo ist es? In unserer Nähe? Komm mich holen, Mommy, ich will es sehen!«

»Heute nicht mehr, es ist schon zu spät. Du siehst es morgen.«

»Wo ist es? Wie ist es? Kriege ich ein eigenes Zimmer?«

»Ja, und alles andere erzähle ich, wenn Johnny auch zuhört. Wo ist er denn?«

»Oben. Willst du was Obercooles hören? Weißt du, was für Napfkuchen Daddy für das Vortanzen besorgt hat? Welche von *Hostess!*«

»Igitt.«

»Das dachte ich zuerst auch, als ich sie aus der Tüte nahm. Aber sie zerbröselten nicht, und alle waren begeistert. Ich bin froh für Daddy. Ich glaube, er kam sich komisch vor, weil doch außer ihm nur Mütter bei dem Vortanzen waren. Du sollst was von deinem neuen Haus erzählen, Mommy!«

»Sag deinem Bruder, er soll oben den Hörer abnehmen, damit ich euch beiden davon erzählen kann.«

»Johnny!« kreischte Kikit in einem solchen Diskant, daß mir fast das Trommelfell platzte, und ich hielt vorsichtshalber den Hörer ein Stück vom Ohr weg, während sie schrie: »Nimm ab! Mommy ist dran!« und gleich darauf: »Du mußt aber! Sie will mit dir reden!« Und dann berichtete sie mir in normaler Lautstärke: »Er sagt, er hat keine Zeit. Er ist total zickig. Mit

Daddy wollte er auch nicht reden. Also, dann erzähl es mir, Mommy, ich will reden.«

Ich sah Johnny wieder auf seinem Bett sitzen und mir mit versteinertem Gesicht nachschauen, als ich wegfuhr. Die Bilder schnitten mir ins Herz.

Aber wenn ich es Kikit jetzt abschlüge, würde alles nur noch schlimmer. Also erzählte ich ihr von dem Leuchtturm, von dem Zimmer, das ich für sie ausgesucht, und von der Aussicht, die man von der Leuchtkammer aus hatte. Ihre Begeisterung tat mir unendlich gut. Ich war sicher, daß Johnny ebenso reagieren würde, aber als ich sie bat, ihn noch mal zu rufen, weigerte er sich noch immer, den Hörer abzunehmen.

Was sollte ich tun? Abgesehen davon, Dennis ins Gebet zu nehmen, was ihn wahrscheinlich noch unerbittlicher machen würde, waren mir die Hände gebunden. Diese Erkenntnis brachte mir wieder die Tragik meiner Lage ins Bewußtsein, die die Beschäftigung mit dem Leuchtturm vorübergehend in den Hintergrund gedrängt hatte. Der Zorn, der Kummer, die Angst – alles war wieder da.

Ein paar Minuten später rief Dennis an und fragte, ohne sich mit »Hallo« aufzuhalten: »Du hast einen Leuchtturm? In Leuchttürmen ist es kalt und feucht! Soll das ein Versuch sein, die Kinder auf deine Seite zu ziehen? Indem du sie in Gefahr bringst? Wenn das Ding nicht gänzlich im Wasser steht, dann zumindest direkt an der Küste – und der Winter steht vor der Tür!« ereiferte er sich. »Wirklich eine tolle Idee, Claire. Ich bin gespannt, was der Richter dazu sagen wird!«

Ich saß immer noch in der hübschen Küche meines neuen Heims, und er vergiftete mit seiner Gehässigkeit die ganze Atmosphäre. Trotzdem bemühte ich mich, freundlich zu bleiben. Carmen hatte mir eingeschärft, Feindseligkeiten zu

unterlassen. »Sie dürfen den Mann nicht verärgern – er hat das Sorgerecht.«
»Ich werde ihm Fotos davon mitbringen«, erklärte ich scheinbar gelassen. »Er steht weiter vom Wasser entfernt als mein Büro, und du hattest nie etwas dagegen, daß die Kinder sich dort aufhielten.«
»Wie ich höre, hast du das Ding gekauft«, wechselte er das Thema. »Und ich soll mich einschränken!«
Meine Gelassenheit war dahin. »Das ist ja wohl die Höhe! Du hast mich per Gerichtsverfügung aus dem Haus werfen lassen, das ich immerhin bezahlt habe, und ich brauche wohl oder übel eine neue Bleibe. Glücklicherweise habe ich etwas gefunden, das mir gefällt und das, ja, auch den Kindern gefallen wird. Natürlich habe ich mich bei meiner Entscheidung auch von diesem Gesichtspunkt leiten lassen, denn dank deines Verhaltens steht ihre Welt auf dem Kopf, und ich werde alles tun, um ihnen das Leben leichter zu machen. Und wenn der Leuchtturm sie ein bißchen ablenkt, dann ist mir das sehr recht.«
»Kikit hat gesagt, du würdest sie ihr Zimmer selbst einrichten lassen. Ich sehe es schon vor mir: Alles, was ihr kleines Herz begehrt, und alles vom Feinsten. Du willst ihre Liebe kaufen – das ist üblich, wenn Eltern sich trennen.«
Diese Anschuldigung war so absurd, daß ich beinahe gelacht hätte. »Ich brauche ihre Liebe nicht zu kaufen!«
»Du meinst, daß ich den Kindern schade! An deiner Stelle wäre ich vorsichtig, Claire; wenn du ihnen die Chance dazu gibst, werden sie die Sterne vom Himmel verlangen, und ehe du dich versiehst, sind sie so verwöhnt, daß sie keiner mehr erträgt. Du hast ihnen einen Leuchtturm gekauft! Ich fasse es nicht.«
»Ich habe mir einen Leuchtturm gekauft!« fuhr ich auf.

»Nicht auch Brody?«

Ich atmete tief durch. »Brody ist unterwegs. Er weiß nicht, daß ich ihn mir angesehen habe, weiß nicht, daß ich ihn gekauft habe. Brody ist kein Thema, war es nie.« Ich versuchte mich zurückzuhalten, aber ich hatte seit letzten Donnerstag zu viele Stunden damit verbracht, mir Fragen zu stellen, die ich nicht beantworten konnte. Ich hob einen Fuß auf meinen Hocker, zog das Knie an die Brust und fragte: »Nur aus reiner Neugier: Seit wann, meinst du, geht diese angebliche Affäre denn schon?«

»Meinem Dafürhalten nach seit Jahren. Wie ich die Sache sehe, fing es an, als ihr euch für die Firma zusammentatet. Ich denke, er hat mich sitzenlassen, weil er was mit dir anfing.«

»Mach dir nichts vor, Dennis: Ihr habt euch getrennt, weil du ständig auf falsche Pferde setztest. Brody war der Marketingmann und riß sich alle Beine aus, um die Klienten bei der Stange zu halten, aber Wunder konnte er auch nicht vollbringen. Er ist ohnehin länger geblieben, als jeder andere Partner es getan hätte.«

»Weil er ein schlechtes Gewissen hatte! Weil er genau wußte, mit wem er sich zusammentun würde, nachdem er gegangen war.«

»Natürlich wußte er das. Er arbeitete ja schon für mich, um seinen Lebensunterhalt zu verdienen, hatte also praktisch zwei Jobs.«

»Und fieberte schon Monate zuvor dem letzten Tag bei mir entgegen.«

»Er hatte erkannt, daß nichts mehr zu retten war.« Ich war zum Fenster hinübergegangen und schaute auf das Meer hinaus. Es herrschte ziemlicher Seegang – wie in mir –, doch das Tosen der Brandung drang nur gedämpft zu mir herein. »Er hat diese Monate mit dem Versuch zugebracht, dich davon zu überzeugen, doch du wolltest und wolltest es nicht einsehen.«

»Weil die Firma mein Baby war, mein Werk ganz allein!«

»Ich bitte dich, Dennis!« rief ich. Carmen konnte leicht Zurückhaltung predigen, sie mußte sich ja nicht solchen Unsinn anhören, und sie kochte auch nicht vor Zorn. »Es war Brody, der sie ins Leben rief. Er besorgte die Büroräume und ließ sich den Namen und das Logo einfallen. Er trieb das Kapital für deine Spekulationen auf, aber was sollte er denn machen, als du dich immer wieder vergaloppiertest? Wenn er egoistisch gewesen wäre, hätte er sich von dir auszahlen lassen, und wenn er das getan hätte, wärst du nie in der Lage gewesen, allein von vorn anzufangen.«

»Und so fing ich allein von vorn an, und er stahl mir meine Frau.«

»Warum beharrst du bloß darauf? Wenn du das wirklich glaubst, wie hast du dann so lange mit mir zusammenbleiben können?«

»Ich wußte es ja nicht.«

»Und wie bist du darauf gekommen?«

Nach einer kleinen Pause stieß er hervor: »Es wurde offensichtlich.«

»Durch Lippenstift an seinem Kragen? Liebesbriefe in meiner Handtasche? Romantische Texte auf unserem Anrufbeantworter? Oder hat dir die gute Phoebe diesen Floh ins Ohr gesetzt, Dennis?«

»Sie hat Erfahrung mit Fällen wie unserem«, gab er patzig zurück, aber auch eine Spur defensiv. »Sie kennt sich aus.«

Na also – ich hatte den Nagel auf den Kopf getroffen. Die Befriedigung darüber und die Tatsache, daß ich mich in meinen eigenen vier Wänden befand, beflügelten mich. »Nach sieben Jahren Praxis ist sie auch wirklich schon ein alter Hase.

Aber du hast meine Frage nicht beantwortet. Hat sie sich die Lovestory zwischen Brody und mir ausgedacht? Wie hast du sie überhaupt kennengelernt? Und wann? Letzten Sommer? Letztes Frühjahr? Oder kennt ihr euch vielleicht schon seit einem Jahr oder zwei? Und ist eure Beziehung rein beruflicher Natur, oder verbindet euch mehr?«
»Das geht dich nichts an. Wir leben getrennt, ich kann tun, was ich will.«
»Sie ist attraktiv, Dennis. Ihr beide seid ein schönes Paar. Geht es vielleicht nur darum, daß du eine Midlife-crisis hast, die Phoebe Lowe therapieren will?«
»Du bist eine Giftspritze«, sagte er und knallte den Hörer auf.
Als das Telefon fünf Minuten später erneut klingelte, dachte ich zunächst, es sei wieder Dennis, der mir noch etwas an den Kopf werfen wollte, und beschloß, mich nicht zu melden. Doch dann kam mir der Gedanke, es könne eines der Kinder sein.
»Hallo?«
»Hey.«
Brody. Die Gewohnheit signalisierte mir »Entspannung«, doch die jüngste Entwicklung ließ sie nicht zu. Irgendwo tief in mir wurde eine Saite angeschlagen. Ich fragte mich, ob es ihm ebenso erging. Aus seinem »Hey« ließ sich nicht viel entnehmen. »Wo bist du?«
»Zu Hause. Im Vineyard ist alles geklärt. Und wo steckst du?« Er klang locker und entspannt.
Entweder vibrierte in ihm keine Saite, oder er hatte beschlossen, es zu ignorieren.
Ich entschloß mich meinerseits zu letzterem und antwortete: »In dem alten Leuchtturm am Reaper Head.«
Es folgte eine tiefe Stille und dann ein herzerwärmendes,

glucksendes Lachen. »Willst du mir das nicht vielleicht näher erklären?«
Und ob ich das wollte. Ich verwendete gut zehn Minuten darauf, ihm mein neues Reich zu schildern, nahm ihn sozusagen an der Hand und führte ihn herum, denn ich hatte mich schon den ganzen Tag darauf gefreut, ihm davon zu erzählen – noch mehr als den Kindern.
Ich wußte, er würde verstehen, warum ich den Leuchtturm gekauft hatte, würde die Herausforderung erkennen, die er in sich barg, die künstlerischen Möglichkeiten. Ich wußte, er würde mein Bedürfnis begreifen, der konservativen Welt eine lange Nase zu drehen. Vielleicht würde er sogar verstehen, warum es mich ans Meer gezogen hatte.
Als ich meine Beschreibung schließlich beendet hatte, war ich in der Leuchtkammer angekommen und schaute aus der Dunkelheit in die Nacht hinaus. Jetzt war die Aussicht ein wenig furchterregend, ein wenig ehrfurchterregend, ein wenig einsamkeiterregend. Ich war froh, Brody am Telefon zu haben.
Vielleicht fühlte ich mich auch nur einsam, weil er am Telefon war.
Ich hoffte nicht.
Aber als ich ihn mir vorstellte, spürte ich wieder, wie die Saite angeschlagen wurde.
Brody? Brody und ich?
Es war ein reizvoller Gedanke. Ein wenig seltsam nach all den Jahren, ein wenig komisch, ein wenig peinlich – aber dennoch reizvoll.
»Okay«, faßte ich meine Beweggründe für den Kauf des Leuchtturms zusammen, »es könnte sein, daß ich irgendwann nächste Woche wieder in das Haus zurückdarf, aber vielleicht, nur vielleicht, will ich gar nicht mehr zurück. In dem

Haus habe ich mit Dennis gelebt, es gehört zu einem Leben, das er beendet hat. Soll er dort leben und die Unterhaltskosten bezahlen.«

»Höre ich da etwa noch immer Zorn?«

O ja, das tat er, was mich allerdings selbst überraschte, denn ich war eigentlich kein nachtragender Mensch. Ich entdeckte eine neue Seite an mir, und ich wußte nicht recht, ob sie mir gefiel, obwohl sie angesichts der Umstände wahrscheinlich meine psychische Gesundheit bewies. »Es ist, als hätte sich jahrelang Zorn aufgestaut und bräche sich jetzt Bahn. Was die Frage aufwirft, ob ich ihn überhaupt je geliebt habe.«

»Das hast du, sonst wärst du nicht so lange bei ihm geblieben.«

Aber ich war nicht sicher. Wenn ich mir die schönen Momente ins Gedächtnis rief, wurde deutlich, daß sie in den letzten Jahren immer spärlicher geworden waren. In unserem ersten gemeinsamen Jahr, als unsere A-cappella-Gruppe auf die Bermudas geflogen war und wir uns damit Geld verdienten, daß wir dort in Luxushotels auftraten, hatten Dennis und ich, vom Rest der Gruppe unterstützt, ein Duett gesungen, »For All We Know«, ein Lied über Hoffnung und Erwartung, und wir waren die idealen Interpreten dafür – ein attraktives Paar, das sich zueinander hingezogen fühlte.

Es war lange her, daß wir miteinander gesungen hatten, nur wir beide.

Ich war in dem Glauben erzogen worden, daß die Ehe Stabilität, Erfolg und Glück gewährleistete. Hatte ich also Dennis geliebt oder nur die Ehe als Institution, und ihn als Opfer gesehen, das ich bringen mußte, um sie aufrechtzuerhalten? Ich neige dazu, das Beste aus Situationen zu machen, die nicht ideal waren. Der Kauf des Leuchtturms war ein gutes Beispiel dafür: Er war mein Licht in finsterer Zeit.

»Ich glaube, mit mir stimmt was nicht, Brody. Mein Leben ist ein Alptraum, ich bin aus meinem Haus geworfen und verleumdet worden, meine Mutter liegt im Sterben, und ich traue mich nicht, sie anzurufen, weil sie die Wahrheit nicht verkraften würde und ich es nicht über mich brächte, sie anzulügen, meine Schwester würde mit Begeisterung die Chance ergreifen, mich niederzumachen, mein Sohn ist nicht bereit, mit mir zu sprechen, mein Mann lauert darauf, daß ich einen Fehler mache – und trotz allem hatte ich heute nachmittag Spaß. Ich bin die Gänge unseres Lagerhauses entlangspaziert, habe auf die Dinge gedeutet, die ich haben wollte, und Bill und Tommy luden alles in den Lastwagen und brachten es hierher. Natürlich erst mal die Grundausstattung – das Nötigste fürs Schlafzimmer und die Küche, ein Sofa und ein paar Stühle – und selbst das war unvernünftig, denn morgen wird der Holzboden abgeschliffen, und danach kommen die Maler, aber ich konnte nicht widerstehen.«
»Du bist völlig normal«, sagte Brody. »Du hattest das Bedürfnis, dir nach all dem Mist, den du erlebt hast, etwas Gutes zu tun – und du wolltest wieder ein Zuhause haben. Ist viel daran zu machen?«
»Nein. Es ist trocken und warm. Und die Aussicht ... wie soll ich sie beschreiben? Ich stehe ganz oben in einem Raum von etwa siebeneinhalb Metern Durchmesser, der rundum verglast ist. Ich schaue in deine Richtung. Glaube ich. Wink doch mal. Nein. Kommst du mich besuchen?«
Eigentlich war das eine ganz normale Frage, aber ich hatte sie kaum gestellt, als die Saite wieder zu vibrieren begann. Und so deutlich, als lägen wir wieder auf dem Dachboden auf dem Sofa, spürte ich seine Brust unter meiner Hand und seine Erektion unter meinem Schenkel. Ich spürte seine Wärme

und roch seinen Geruch, und ich wünschte mir beides zurück.
Es war unrecht.
Nein – nicht unrecht, verboten.
»Claire? Wegen letzter Nacht ...«
»Vergiß es – es ist nichts passiert.«
»Etwas schon.«
O ja, dachte ich, und die Erinnerung ließ meine Wangen glühen. »Aber ich finde, wir sollten es auf sich beruhen lassen. Es könnte unsere Freundschaft zerstören – ganz zu schweigen von meiner Glaubwürdigkeit gegenüber Dennis.«
Brody schwieg so lange, daß ich schließlich dachte, er hätte aufgelegt.
»Brody?«
»Ich will es aber nicht auf sich beruhen lassen.«
Ich schlang, so fest ich konnte, den freien Arm um meine Taille.
»Und es muß auch nicht unsere Freundschaft zerstören«, fuhr er fort. »Nicht, wenn wir es beide wollen.«
Die Frage war gestellt und verlangte nach einer ablehnenden Antwort. Aber wie konnte ich die Saite in mir verleugnen? Sie ließ inzwischen meinen ganzen Körper vibrieren. Eine solche Empfindung hatte Dennis bei mir nie ausgelöst. Zumindest nicht in dieser Intensität.
»Was ist mit Ellen McKenzie?«
»Was soll mit ihr sein?«
»Was ist zwischen euch?«
»Wir sind nur Freunde.«
»Es fällt mir schwer, das zu glauben.«
»Sie liebt eine Frau in Paris.«
Ich brauchte eine ganze Minute, um diese Information zu verdauen. Dann fluchte ich leise. »Unser Timing ist lausig!«

»Kann man sagen, aber es ist nicht zu ändern.«
»Warum ausgerechnet jetzt?«
Wieder schwieg Brody lange. Dann sagte er: »Weil du es jetzt brauchst.«
»Ich brauche keinen Sex!«
»Du brauchst Nähe, und Nähe ist die Vorstufe, wenn die Chemie stimmt.«
Ein wohliger Schmerz durchfuhr mich. »Sag so was nicht.«
»Aber es ist wahr. Und wenn es nicht letzte Nacht passiert wäre, dann wäre es heute nacht passiert oder morgen nacht. Es war einfach fällig. Schon seit einer ganzen Weile.«
»Das stimmt nicht!«
»O doch.«
»Ich habe noch nie so empfunden wie letzte Nacht.«
Er lachte auf. »Da magst du recht haben, du hast aber auch noch nie mit mir geschlafen.«
»Ich habe letzte Nacht nicht mit dir geschlafen«, protestierte ich – und dann kam mir ein schrecklicher Gedanke. »Was ist, wenn diese Leitung abgehört wird?«
»Sie wird nicht abgehört.«
»Bei Handys hören manchmal Leute mit. Wir müssen vorsichtig sein, alles, was wir sagen, kann gegen mich verwendet werden.«
»Die Vorsicht können wir uns sparen«, meinte er grimmig. »Du bist doch bereits verurteilt worden – was gibt es also noch zu verlieren?«
»Meine Kinder!«
»Du wirst deine Kinder nicht verlieren, nicht, wenn du erst mal zu Wort gekommen bist. Nicht, wenn die Kinder befragt worden sind.«
Die Realität schlug über mir zusammen wie die Wellen über den Klippen, und die Euphorie des Tages schwand. Ich ließ den

Blick durch mein Goldfischglas wandern, über das große Korbbett, die zwei riesigen, tiefen Korbsessel, den Frisiertisch, die zwei Kommoden, allesamt in dem Karamelton der Zedernholzrahmen der dicken Glasscheiben. Meine Koffer standen auf dem nackten Boden, der morgen früh unter einem pflaumenblauen Teppich verschwinden würde, den ich passend zu der in Dunkelgrün und Pflaumenblau gehaltenen Daunendecke ausgesucht hatte. Alles hier gehörte mir. Alles war hübsch und neu und hatte Charme – und doch fragte ich mich, ob Kikit wohl schon im Bett wäre, und welche Babys heute bei ihr schlafen dürften und ob sie mit ihrem kindlich-lieblichen Sopran »Guten Abend, gute Nacht« für sie singen würde, meine süße kleine Annie, und dabei so tun, als hörte ich zu, und vor Stolz strahlen. Ich fragte mich, ob Johnny in seinem Bett lag, zu den in der Dunkelheit leuchtenden Sternen hinaufstarrte, die wir an seiner Zimmerdecke angebracht hatten, und sie entweder herunterreißen oder auf einem davon zu mir reiten und sich in meine Arme stürzen wollte. Eine gähnende Leere tat sich in mir auf.
In dem Bedürfnis, mir meine Sorgen von der Seele zu reden, erzählte ich Brody: »Der Richter hat unseren Antrag auf erneute Überprüfung abgeschmettert, und jetzt beantragt Carmen seine Ablösung wegen Befangenheit, aber es kann natürlich sein, daß er auch da nicht mitspielt. Und jeder zusätzliche Schritt, zu dem wir gezwungen werden, verlängert die Tortur. Wenn sich doch nur endlich etwas täte! Ich wollte einen Termin mit dem Psychologen vereinbaren, der das Gutachten macht, aber ich habe ihn nicht selbst erreicht, und er hat noch nicht zurückgerufen.«
»Wird er schon noch tun«, meinte Brody.
»Wann? Je eher wir anfangen, um so eher sind wir fertig.«
»Wahrscheinlich ist er noch bei Klienten. Er wird dich entweder nachher anrufen oder morgen.«

»Was ist, wenn er mich nicht ausstehen kann?«
»Wie sollte er?«
»Bei Selwey war es so.«
»Selwey ist ein Ekel.«
»Und woher weißt du, daß Jenovitz das nicht auch ist?«
Darauf wußte Brody keine Antwort und versuchte auch nicht, eine zu konstruieren, was ein weiterer Zug war, den ich an ihm liebte. Er machte das, was er sagte, glaubwürdiger.
»O Brody«, flüsterte ich und hätte ihn beinahe noch einmal eingeladen, herüberzukommen. Ich hätte gerne gehört, daß ich mir wegen der Kinder keine Sorgen zu machen brauchte, und mir gewünscht, daß er mich dabei im Arm hielt. Ich konnte die Saite in mir unter Kontrolle halten, ich müßte meiner Sehnsucht nicht nachgeben. Brody war mein bester Freund, und ich brauchte seine Unterstützung. Es war nicht fair, daß mir die auch genommen werden sollte.
In einem sanften, verständnisvollen Ton, der mir die Tränen in die Augen trieb, sagte er: »Ich komme morgen – bei Tageslicht. Okay?«

Da wir gerade vorher von Dean Jenovitz gesprochen hatten, war ich sicher, daß er anrief, als das Telefon erneut klingelte – aber es war Rona. Beim Klang ihrer Stimme wappnete ich mich unwillkürlich.
»Warum hast du nicht angerufen, Claire? Mom hat mich unentwegt gelöchert. Du weißt, daß du ihr Liebling bist, und ich muß mir ständig irgendwelche Entschuldigungen für dich ausdenken. Es würde dir sicher keine Perle aus der Krone fallen, wenn du mal zum Hörer greifen würdest.«
»Ich habe doch erst heute morgen mit ihr telefoniert!«
»Davon hat sie nichts gesagt. Sie hat sich die schrecklichsten

Dinge ausgemalt, die dir zugestoßen sein könnten. Es geht ihr nicht gut, Claire. Ich weiß nicht, wie lange sie uns noch erhalten bleiben wird.«

Den Blick auf das nächtliche Meer gerichtet, fühlte ich, wie sich auch in mir Dunkelheit ausbreitete. »Was sagen die Ärzte?«

Rona schnaubte. »Ich verbringe den halben Tag damit, sie aufzutreiben. Ich glaube, sie gehen mir aus dem Weg, und weißt du, warum? Weil sie keine Antworten auf meine Fragen wissen. Wenn es mir endlich gelingt, einen von ihnen zu stellen, dann tippt er mit seinem Kugelschreiber auf ihr Krankenblatt und macht ein nachdenkliches Gesicht, als erwäge er eine neue Behandlungsmethode. Nur gibt es keine. Mom weiß das, und sie ist inzwischen so morbide, daß jeder Besuch bei ihr zur Tortur wird. Sie hat mir erklärt, was in ihrem Nachruf stehen soll. Stell dir das vor: Sie will als treusorgende Hausfrau geschildert werden!«

Ich mußte lächeln. »Das kann ich verstehen.«

»Aber sie war nie eine Hausfrau. Sie war Buchhalterin! Sie hat kaum jemals geputzt, und gekocht hat sie gar nicht. Wenn jemand in unserer Jugend die Hausfrau war, dann warst du das.«

»Aber sie wollte es gern sein – ist es nicht das, was zählt?«

»Siehst du? Ihr habt die gleichen Ansichten, und darum solltest du bei ihr sein und nicht ich.«

»Das wäre ich ja gern«, erwiderte ich. »Glaube mir – ich wäre lieber bei ihr als hier.«

»Ich habe die Hölle hier! Wenn ich an ihrem Bett sitze, bezichtigt sie mich, auf ihren Tod zu warten, und wenn ich mal nicht da bin, kann ich mir anschließend anhören, daß ich mich nicht um sie kümmere. Dir macht sie deswegen nie Vorhaltungen, dabei kümmerst du dich viel weniger. Warum hast du nicht angerufen?«

»Ich habe angerufen, aber hier gibt es momentan auch Probleme.«

»Inwiefern?«

Ich wandte dem Meer den Rücken zu und ließ mich am Fenster hinunter zu Boden gleiten, mit dem Gesicht zu all den neuen Dingen, die angesichts des Todes keinerlei Bedeutung hatten. Ich wußte nicht, was mir schwerer auf der Seele lag – mein Kummer oder mein schlechtes Gewissen. Ich hätte Rona gern alles erzählt, aber ich konnte es nicht.

»Ich war beschäftigt«, antwortete ich ausweichend. O Gott! Das forderte weitere Fragen ja geradezu heraus!

Vielleicht bei einem weniger egozentrischen Menschen. Alles, was Rona sagte, war: »Ich brauche dich hier! Wann kannst du kommen?«

»Das weiß ich nicht.«

»Ich weiß nicht, wie lange ich das noch aushalte. Ich bin für so etwas nicht geschaffen, Claire, das weißt du.«

»Du machst deine Sache doch großartig.«

»Das tue ich nicht. Ich kann sie nicht trösten. Ich versuche es, aber es hilft nichts. Sie will dich bei sich haben. Ich brauche dich hier!«

»Ich weiß, Rona, ich weiß, aber ich habe alle Hände voll zu tun. Ich muß dir sagen ...«

»Oh-oh – da kommt mein Anruf! Hör zu, wir telefonieren morgen wieder. Sieh zu, daß du am Wochenende kommen kannst. Ich hole dich sogar vom Flughafen ab. Und ruf Mom an, ja? Bitte!«

»Hi, Mom«, begrüßte ich sie betont heiter. »Was machst du denn so?«

»Sterben«, antwortete sie mit schwacher Stimme.

Die Antwort traf mich bis ins Mark – und machte mich wütend. Sie hatte kein Recht, sich aufzugeben, nicht nach all dieser Zeit. »Wir sterben alle vom Tage unserer Geburt an. Und wie geht es dir ansonsten?«

»Warum hast du nicht angerufen? Ich habe starke Schmerzen, und deine Schwester ist keine Hilfe.«

»Hast du die Ärzte auf die Schmerzen angesprochen?«

»Was sollen sie schon sagen? Sie haben aufgegeben.«

»Ärzte geben nicht auf.«

»Warum sollten sie sich anstrengen? Ich bin arm, und sie haben nach meinem Tod nichts von mir zu erwarten.«

»Damit gehörst du der Mehrheit an. Es gibt nur wenige Patienten, die es sich leisten können, ihre Ärzte im Testament großzügig zu bedenken.«

»Du könntest ihnen etwas in Aussicht stellen. Vielleicht würde das helfen. Wirst du es tun, Claire?«

»Natürlich. Das ist eine gute Idee.«

»Ist alles in Ordnung?«

»Ja. Warum fragst du?«

»Du klingst so merkwürdig.«

Connie kannte fast alle Höhen und Tiefen meines Lebens. Ich hätte ihr so gern erzählt, was ich momentan durchmachte. Ich hätte so gern von ihr gehört, daß es richtig war, das Gerichtsurteil zu respektieren, auch wenn es unrecht war. Ich hätte so gern von ihr gehört, daß ich die beste Mutter der Welt war.

Aber die Enttäuschung hätte sie nicht verkraftet. Ich durfte nicht riskieren, daß sie den Kummer darüber mit ins Grab nähme oder – noch schlimmer – daß er sie vor der Zeit dorthin brächte.

»Es gibt ein paar geschäftliche Probleme«, sagte ich also. »Aber nichts Ernstes.«

»Wann sehe ich dich wieder?«
»Bald, Mom. Ich komme, so schnell ich kann.«
»Die Ärzte haben Respekt vor dir, und es geht mir besser, wenn du hier bist.«
»Ich komme, sobald es sich irgendwie einrichten läßt – aber es kann ein paar Wochen dauern.«
»Ich vermisse dich.«
»Ich tue, was ich kann, und ich rufe dich auf jeden Fall bald an. Ruh dich bis dahin aus – zu Thanksgiving mußt du bei Kräften sein. Okay?«
Als das Telefon das nächste Mal klingelte, war ich versucht, es zu ignorieren, denn ich fühlte mich wie gerädert und mußte außerdem noch meine letzte Tasche auspacken, wenn ich die Sachen anziehen wollte, ohne sie vorher bügeln zu müssen. Aber es konnte natürlich sein, daß Johnny anrief. Oder Kikit. Oder Dean Jenovitz.
Es war letzterer, und ich war sofort wieder hellwach.
»Wie ich hier sehe«, ich hörte Papiere rascheln, »müssen wir uns unterhalten, Mrs. Raphael. Ist nächsten Montag um zwei machbar für Sie?«
»Das schon, aber ich hatte auf einen früheren Termin gehofft.« Ich klang ein wenig verzweifelt, aber das war vielleicht gar nicht schlecht. Wahrscheinlich war er es gewohnt, verzweifelte Leute irgendwie dazwischenzuschieben.
Wieder raschelte Papier, und dann schnalzte er ein paarmal langsam mit der Zunge. »Es ginge am Freitag um zehn, aber damit hätten Sie nicht viel gewonnen.«
»Wenn ich am Freitag zu Ihnen käme, könnte mein Mann den Montag übernehmen. Hat er sich schon bei Ihnen gemeldet?«
»Nein.«
»Und sein Anwalt?«

»Nein. Da ich den Montag für Sie vorgesehen hatte, werde ich Sie auch dafür eintragen. Mit Ihrem Mann vereinbare ich dann etwas, wenn er anruft.«
»Wann wollen Sie mit den Kindern sprechen?«
»Nachdem ich mir ein Bild von ihren Eltern gemacht habe.«
»Und wie lange wird das dauern?«
»Das kann man vorher nie sagen.«
»Aha.«
»Sorgerechtsgutachten brauchen ihre Zeit, Mrs. Raphael.«
»Ich verstehe. Es geht nur darum ... von meinen Kindern getrennt zu sein, ist für sie ein ebenso unnatürlicher Zustand wie für mich.«
»Sie sind bei ihrem Vater. Es geht ihnen bestimmt gut.«
Woher wollte er das wissen? Woher wollte er wissen, daß Dennis seine Kinder nicht mißhandelte? Wie konnte er behaupten, daß es meinen Kindern gutgehe, nachdem ihre Eltern sich aus heiterem Himmel getrennt hatten? Auch wenn der Mann zehn Doktortitel hatte – von meinen Kindern hatte er keine Ahnung!
»Also Montag um zwei?« fragte er.
»Ja, Dr. Jenovitz, ich bin wirklich besorgt um meine Kinder.«
»Das war das Gericht auch, und darum hat es dem Vater das vorläufige Sorgerecht zugesprochen. Lassen Sie uns das doch am Montag weiter bereden. Wissen Sie, wo Sie mich finden?«
»Ja.«
»Gut. Bis dann.«

Ich hatte früher nie über das nachgedacht, was ich tat, einfach getan, was getan werden mußte, und mich der nächsten Aufgabe zugewandt. Wäre ich zu Hause bei meinen Kinder gewesen, hätte ich es jetzt vielleicht genauso gemacht. Die

Kinder hielten mich auf Trab, ließen mir keine Zeit zum Grübeln.

Aber ich hatte sie nicht um mich, hatte nichts für sie zu tun und auch für Dennis nicht. Für WickerWise hatte ich genug zu tun – aber nicht hier und nicht jetzt. Hier und jetzt saß ich in meinem neuen Heim, um mich herum nur Dunkelheit und Stille, und dachte über mein Gespräch mit Jenovitz nach. War ich zu energisch gewesen? Hätte ich kleinlauter sein müssen? Der erste Eindruck war ungeheuer wichtig. Was für einen hatte ich gemacht?

Ich dachte darüber nach, wie ich mit den Kinder umgegangen war. Hatte ich Kikit zuviel oder zuwenig gesagt, Johnnys Ablehnung zu leicht akzeptiert? Ich nahm an, daß sie inzwischen beide schliefen. Was sie wohl träumten? Würden sie nachts hochschrecken? Bisher war immer ich aus dem Bett gesprungen, wenn ich Weinen hörte, hatte sie in den Arm genommen, war zu ihnen ins Bett gekrochen und hatte sie wieder in den Schlaf gesungen. Würde Dennis das auch tun?

Ich dachte auch darüber nach, wie ich mit ihm umging. Ich hatte natürlich recht, gegen ihn vorzugehen, aber wenn er es an den Kindern ausließe, dann erwiese sich das als Bumerang.

Während ich meine letzten Sachen auspackte, versuchte ich mich moralisch aufzurichten, indem ich den Abend Revue passieren ließ, doch das Telefonat mit Connie war mir kein Trost. Ebensowenig das mit Rona. Sie sahen in mir den Fels in ihrer Brandung. Das war schon immer so gewesen, und früher hatte es mich nicht gestört – aber jetzt brauchte ich selbst einen Felsen.

Es gab nur einen Menschen, der das verstand, und mit dem durfte ich nicht zusammensein.

In der verzweifelten Sehnsucht nach ein bißchen Hilfe nahm ich in der Wanne meines neuen Heims ein heißes Bad, trocknete mich mit einem riesigen Badetuch ab, wickelte mich in ein zweites und machte mir die Flasche Chardonnay auf, die Cynthia für mich in die Küche gestellt hatte. Ich hatte keine Weingläser, doch so eng sah ich das heute nicht – ein Plastikbecher war mir genauso recht.

Mit dem Wein in der Hand stieg ich in mein Wolkenkuckucksheim hinauf, lehnte meine Kissen an das nagelneue Kopfteil meines nagelneuen Korbbetts und schlüpfte unter die Decke.

Dann begann ich zu summen, keine bestimmte Melodie, einfach, was mir in den Sinn kann. Aber was mir in den Sinn kam, waren Songs, die Dennis und ich niemals miteinander gesungen hatten, traurige Songs, gefühlvolle Songs. Ich wechselte von einem zum nächsten, nippte mit geschlossenen Augen an meinem Wein, kuschelte mich immer tiefer in die Kissen. Aus Summen wurde Singen, leise und zart, aber dennoch rhythmisch, und die Texte sprachen mir aus der Seele.

Ich sang ein bißchen Carly Simon, »You've Got a Friend«, »So Far Away«, und James Taylors »Fire and Rain«. Ich sang, um mich zu trösten, um mich aufzubauen, denn bisher hatte Musik das immer bei mir bewirkt.

Ich trank den Wein nicht aus, ich sang nicht einmal das letzte Lied zu Ende, weil die Emotionen, die mich überwältigten, und meine Einsamkeit mir die Kehle zuschnürten. Zuerst weinte ich, dann schniefte ich, und schließlich, in den frühen Morgenstunden, tat das Donnern der Brandung, was die Erschöpfung nicht vermochte hatte, und wiegte mich in den Schlaf.

Neuntes Kapitel

Ich glaube nicht, daß jemand, dem noch nie »Besuchsrechte« eingeräumt worden sind, deren Bedeutung ermessen kann. Das Recht auf Besuch ist darin enthalten, aber ansonsten herzlich wenig. Ich mußte Dennis sagen, wann ich die Kinder abholen würde, was ich mit ihnen plante und wann ich sie zurückbrächte. Schlimmer war, jede Sekunde unseres Zusammenseins zwar intensivst auszukosten, aber keine davon wirklich entspannt zu sein, denn sosehr ich mich auch den Anschein zu erwecken bemühte, daß alles wie immer sei – wir wußten alle, daß es nicht so war. Schlimmer war, mich als zweitklassige Mutter zu fühlen, weil das Gericht mich dazu erklärt hatte, und mich zu fragen, ob die Kinder diese Ansicht teilten. Schlimmer war, ihr tägliches Wohlergehen in die Hände eines anderen legen zu müssen. Aber am schlimmsten war, sie wieder bei Dennis abliefern und in mein neues Heim zurückkehren zu müssen, das mir nach dem Besuch der Kinder quälend leer erschien.

Wie vorausgesehen gefiel ihnen der Leuchtturm. Sogar Johnny war davon fasziniert, obwohl er gegen Ende unserer gemeinsamen Stunden anfing, immer wieder nervös auf seine Uhr zu schauen. Als ich herauszufinden versuchte, was in ihm vorging, beschränkte er sich auf einsilbige Antworten und Schulterzucken, und dann belegte Kikit mich wieder mit Beschlag. Ich hätte unbedingt mit ihm allein sprechen müssen, aber sie wich mir nicht von der Seite, und angesichts der spärlichen Zeit, die uns zur Verfügung stand, brachte ich es nicht über mich, sie darum zu bitten.

Als ich die Kinder bei Dennis ablieferte, bat ich ihn inständig, Johnny am nächsten Tag von der Schule abholen zu dürfen, um eine Stunde ungestört mit ihm reden zu können. Er sagte, wir müßten uns an die Vereinbarung halten.

Carmen reichte den Antrag auf Ablösung wegen Befangenheit am späten Donnerstag ein, und wieder begann das Warten auf eine Nachricht von Selweys Schriftführerin.

Der Leuchtturm nahm allmählich Form an. Die Böden waren bereits abgeschliffen, und bis zum Wochenende waren die Wände gestrichen und die Fenster geputzt. Die Kinder hatten sich in meinem Lagerhaus ihre Einrichtung ausgesucht – Kikit in Weide, und Johnny hatte sich für eine der Holzkombinationen entschieden –, aber die Wahl der Teppiche, Lampen, Vorhänge und gerahmten Poster übernahm ich. Das Endergebnis war in beiden Fällen traumhaft.

»Und wann kann ich da schlafen?« fragte Kikit, als ich ihr am Telefon ihr Reich beschrieb.

»Bald«, sagte ich in der Hoffnung, daß die Aufhebung der gerichtlichen Verfügung bis Ende der kommenden Woche oder spätestens in der Woche darauf erfolgen würde. Der schlechteste Termin – wenn wir bis zum Abschluß des Gutachtens warten müßten – wäre Thanksgiving.

Wie auch immer – ich wollte, daß die Kinder den Leuchtturm als ihr Zuhause ansähen, und im Hinblick hierauf hielt ich es für gerechtfertigt, andere Dinge zu vernachlässigen, um die Einrichtung zu vervollkommnen.

WickerWise war gesund genug, um die Vernachlässigung unbeschadet zu überstehen. Ich führte nur die dringendsten

Telefongespräche, befaßte mich nur mit den dringendsten Problemen. Die übrige Arbeit überließ ich Brody.

Ich sah ihn jeden Tag, wenn ich im Büro vorbeischaute, besprach mit ihm, was anstand, und verschwand wieder. Er würde nächsten Montag an die Westküste fliegen, und dann käme ich ins Büro zurück. Es war besser so, sagte ich mir. Weniger verführerisch.

Aber ich vermißte ihn. Ich machte die schlimmste Zeit meines Lebens durch, und er war der einzige Mensch, der mir hätte helfen können. Er hatte Erfahrung mit Besuchsrechten. Er hatte Erfahrung mit Einsamkeit. Und er kannte mich, kannte mich genau.

Das Gericht ging davon aus, daß wir ein Verhältnis hätten. Das stimmte zwar nicht, aber unsere Beziehung hatte sich verändert. Ob die Verdächtigung es ausgelöst hatte oder die Tatsache, daß ich jetzt getrennt lebte und theoretisch frei war, oder ob die Anziehung zwischen uns schon die ganze Zeit unterschwellig bestanden hatte, wußte ich nicht. Ich wußte nur, daß unsere Freundschaft nicht mehr so harmlos war wie früher. Ich merkte es – an kurzen Blicken, kurzen Gedanken, kurzen, unabsichtlichen Berührungen, die es mir bewußt machten.

Er hatte recht, es war etwas da. Aber ich verdrängte es.

Was nicht hieß, daß ich ihn verdrängte. Ich dachte oft an ihn. Ich hätte ihn am Donnerstag abend gern angerufen, um ihm zu erzählen, wie trostlos Halloween für mich gewesen war. Dennis hatte seine Mutter gebeten, im Haus die Stellung zu halten und die Süßigkeiten zu verteilen, während er mit Kikit die Runde durch die Nachbarschaft machte. Ich vertraute zwar darauf, daß er alles, was sie bekam, sorgfältig überprüfen und alles, was Nüsse enthielt, aussortieren würde, aber ich wäre trotzdem lieber dabeigewesen, als mit einer Tüte Süßig-

keiten allein in meinem Leuchtturm zu sitzen und vergeblich darauf zu warten, daß ein Kind an meiner Tür klingelte.
Ich hätte Brody gern am Freitag abend nach deprimierenden Telefonaten mit meiner Mutter und Schwester angerufen. Sie wollten, daß ich nach Cleveland käme, und ich konnte sie nur vertrösten, ihnen aber den wahren Grund nicht sagen. Ich wurde ärgerlich, als sie insistierten, dann zornig, und dann war ich – wie jedesmal – von Schuldgefühlen gepeinigt.
Ich hätte ihn gern am Samstag abend angerufen, als ich mich nach einem Tag mit den Kindern wieder unsäglich einsam fühlte. Nach Johnnys Spiel waren wir essen und dann ins Kino gegangen und anschließend zum Leuchtturm hinausgefahren und hatten oben in meinem Zimmer über den Wellen gesessen. Kikit hatte meinen Schoß mit Beschlag belegt. Nicht, daß ich etwas dagegen gehabt hätte, aber ich wollte auch Johnny ein wenig Wärme geben. Doch als ich die Hand nach ihm ausstreckte, wich er aus. »Rede mit mir«, bat ich, und er redete – aber nicht über das, worauf es ankam. Als ich die Trennung direkt ansprach, erschöpften seine Antworten sich in Kopfschütteln und Schulterzucken. Das einzige, was man als Aussage werten konnte, war sein Vorschlag, als Kikit mich bat, etwas zu singen: »No Man Is an Island.« Das war der Erkennungssong der Gruppe gewesen, bei der Dennis und ich gesungen hatten. Es war der Schluß-Song unseres Auftritts gewesen, und das Publikum hatte sich in dem für die damalige Zeit charakteristischen Gemeinschaftsgefühl untergehakt, sich im Takt dazu gewiegt und mitgesungen. Dennis und ich hatten ihn immer mit einem Gefühl der Wehmut gesungen und ihn bei unsere Hochzeit spielen lassen, und so war er gewissermaßen zum Erkennungssong unserer Ehe geworden.
Aber er stand noch für viel mehr, wurde mir klar, als ich am

Samstag abend darüber nachdachte. Ich war in einem freudlosen Zuhause aufgewachsen. Singen war meine einzige Fluchtmöglichkeit gewesen. Wenn ich sang und dazu mit der Fußspitze den Takt auf den Boden klopfte, tauchte ich in eine Weit ohne Kummer und Sorgen ein – und als ich Dennis beim Singen kennenlernte, verlagerte ich diese Empfindung auf ihn. Es kam mir in den Sinn, daß Dennis ebenso das Interesse am Singen verloren hatte wie am Fotografieren. Zwei Quellen gemeinsamer Freude waren versiegt. Es hätte mir früher auffallen müssen.

Das alles und mehr hätte ich Brody gern erzählt – aber ich wagte es nicht. Ich traute mir nicht zu, stark zu bleiben.

Am Sonntag morgen übernahm er die Regie. Ich war bei Tagesanbruch mit einem Gefühl der Verlorenheit aufgewacht und ins Büro gefahren, um mich mit der Restauration des Schaukelstuhls, die ich in der Woche zuvor in Angriff genommen hatte, abzulenken. Ich hatte gerade mal eine Stunde gearbeitet, als Brody mit Frühstück auftauchte.

Ich begrüßte ihn mit einem knappen »Hi« und versuchte, mir einzureden, daß er nicht meinetwegen gekommen sei, bemühte mich sogar, Zorn oder Gleichgültigkeit zu mobilisieren, doch es gelang mir nicht. Und als er seine mitgebrachten Schätze – warme Bagels, angemachten Quark und Lachs – am Ende der Werkbank auf Papiertellern arrangierte, brach mein Widerstand zusammen.

Wie hätte ich zu warmen Bagels nein sagen können – Brody war sogar so fürsorglich gewesen, die Vollkornsorte zu besorgen, die ich am liebsten aß – und zu heißem, schwarzem Kaffee, ebenfalls meine Lieblingsmischung? Und wie hätte ich meinem besten Freund einen Korb geben können, als er sagte: »Es war eine beschissene Woche für dich, und du hast mir nichts davon erzählt, also hol das endlich nach!«

Ich sprudelte meine Frustration heraus und den Kummer und, ja, auch die Freude darüber, die Kinder wiedergesehen zu haben. Aber das alles verstand sich von selbst. Neu waren die Besuchsrechte, und ich interessierte mich brennend für Brodys diesbezügliche Erfahrungen. »Wie bist du bei Joy damit zurechtgekommen?« wollte ich wissen.

Wir saßen, mit einem symbolischen Abstand zwischen uns, an der Werkbank auf Hockern, ich mit übereinandergeschlagenen Beinen und Brody mit gespreizten. Er war bereits bei seinem dritten Bagel.

»Es war hart«, antwortete er. »Aber sicher nicht so wie für dich. Ich war damals erst seit vier Jahren verheiratet und seit zwei Jahren Vater. Du bist schon so lange Ehefrau und Mutter, daß es dir in Fleisch und Blut übergegangen ist, und darum ist die jetzige Veränderung viel schmerzlicher für dich.« Nach einem kurzen Stirnrunzeln fuhr er fort: »Ich habe mich da nie so engagiert. Meine Ehe war von Anfang an eine wackelige Angelegenheit. Joy sollte das beheben.« Er schnaubte. »Genial, was? Mann, waren wir blöd!«

»Jung.«

»Das auch. Ich nahm all die auswärtigen Termine wahr, weil Mary Anne und ich am besten miteinander auskamen, wenn wir uns nicht auf der Pelle hockten, und als es dann zur Trennung kam, war sie nicht so gravierend für mich, weil ich Joy ja nicht täglich gesehen hatte wie du deine Kinder.«

Ich hatte Mary Anne kennengelernt, als die beiden miteinander auszugehen begannen, während sie Jura und er Betriebswirtschaft studierten. Dennis und ich waren auf ihrer Hochzeit gewesen und hatten sie danach jedes Jahr ein paarmal gesehen. Wir gewannen schon früh den Eindruck, daß die Ehe nicht war, wie sie sein sollte, und waren weder überrascht noch sonderlich bestürzt, als sie zerbrach. Mary Anne brüstete sich damit, eine Intellektuelle zu sein. Sie hatte ein Faible für Esoterik und wollte sich mit Gleichgesinnten umgeben, die alle verächtlich auf uns herabschauten, die wir nicht so begnadet waren. Ich wiederum fand sie allesamt langweilig. Mary Anne trat kurz nach Joys Geburt ins Lehramt ein, wo sie noch immer tätig war. Ich hatte seit Jahren nicht mit ihr gesprochen.

Und auch nicht über sie. In den frühen Jahren wäre es mir als ein Eindringen in Brodys Intimsphäre erschienen, und später war es irrelevant. Ich hatte immer angenommen, daß Brody entweder ebenso dachte oder daß seine Loyalität gegenüber Mary Anne ihn schweigen ließ.

»Erzähl weiter«, drängte ich ihn.

Er trank einen großen Schluck seines Kaffees, der wie gewohnt hauptsächlich aus Sahne und Zucker bestand – ich fragte mich immer wieder, wo die vielen Kalorien bei ihm blieben –, und sagte: »Ich war ein lausiger Vater.«

»Du bist ein großartiger Vater.«

»Heute vielleicht – damals nicht. Laut Scheidungsvereinbarung durfte ich Joy zu gewissen Zeiten sehen, und die nahm ich wahr. Aber nur mit Grauen – sie machte mir höllische Angst.«

Ich lächelte ungläubig. »Joy?«

»Sie war zwei Jahre alt«, erklärte er verlegen. »Wickeln, Füttern, Zöpfeflechten – ich war völlig überfordert, denn bis zu unserer Trennung hatte all das immer Mary Anne gemacht. Es war, als sei ich erst jetzt – und völlig unverhofft – Vater geworden. Sie spürte meine Unsicherheit, und so klammerte sie sich an Mary Anne, wenn ich sie abholen kam, und stürzte sich in Mary Annes Arme, wenn ich sie zurückbrachte, was mir das Gefühl gab, etwa so willkommen zu sein wie Masern. Und schließlich sagte ich mir, okay, erspare ich ihr

den Streß, und ließ hier einen Besuch ausfallen und da einen Besuch ausfallen, häufiger, als ich mich erinnern möchte.«
Ich versuchte, den Brody, den er mir da beschrieb, mit dem unter einen Hut zu bringen, den ich kannte. »Und wann änderte sich das?«
Er biß von der zweiten Hälfte seines dritten Bagels ab und kaute schweigend.
»Brody?«
»Als Johnny geboren wurde.«
»Wieso denn das?« wunderte ich mich.
Er aß seinen Bagel auf, wischte sich die Finger an seiner Jeans ab und schaute mir in die Augen. »Ich war eifersüchtig. Ihr beide wart so glücklich mit dem kleinen Kerl. Ich schmollte eine ganze Weile ...«
»Das stimmt doch gar nicht.«
»Doch. Wenn ich nach Hause kam, nachdem ich Johnny bei euch auf dem Arm gehabt hatte, versank ich in Selbstmitleid – bis mir einfiel, daß ich das ja auch haben könnte.«
»Da muß Joy sieben gewesen sein.«
»Richtig. Über Windeln und Babynahrung hinaus. Sie konnte allein auf die Toilette gehen und sich ihre Zöpfe selber flechten, und ich fürchtete mich nicht mehr so vor ihr.«
Ich erinnerte mich. »Das war, als du mit ihr Disney World besuchtest.«
»Ich mußte ihr doch etwas Tolles bieten, um sie für mich einzunehmen – sie kannte mich ja kaum. Nach Disney World kam Hershey Park, dann der Grand Canyon und zu guter Letzt Yellowstone. Unser Zusammensein war für uns beide einfacher, wenn wir abgelenkt waren. Sie war neun – so alt wie Johnny jetzt –, als ich das erste Mal den Mut hatte, sie für mehr als zwei Tage zu mir zu holen.«
»Darauf wäre ich nie gekommen«, sagte ich. »Mit meinen

Kindern konntest du von Anfang an wunderbar umgehen. Ich erinnere mich, daß du sie sogar ein paarmal gewickelt und gebadet hast.«
»Mit deinen Kinder war das anders – da wurde nichts von mir erwartet, geschweige denn verlangt. Es fand kein Machtkampf statt wie zwischen Mary Anne und mir. Und außerdem«, er senkte die Stimme, und seine Augen blitzten, »gab mir der Umgang mit deinen Kindern Gelegenheit, in deiner Nähe zu sein.«
Ich verschluckte mich an meinem Kaffee, und es dauerte eine Weile, bis ich wieder zu Atem kam. »Du sollst nicht solche Sachen sagen!« tadelte ich ihn mit noch immer erstickter Stimme.
Er zuckte die Schultern, aber das Licht in seinen Augen erlosch nicht.
Ich senkte den Blick auf meinen Kaffee, trank einen Schluck und dann noch einen, schob mit der Seite meines kleinen Fingers Bagelkrümel zusammen, schaute den Quarkbehälter an, das Plastikmesser – alles, nur nicht Brody.
»Glaubst du, Dennis wußte es?«
»Du hast dich immer korrekt verhalten.«
»Ich werde den Gedanken nicht los, daß ich für diesen Schlamassel verantwortlich bin.«
Meine Lider flogen auf. »Das bist du nicht. Dennis war schon seit einer ganzen Weile unzufrieden mit unserer Ehe.«
»Und du?«
Ich antwortete nicht sofort, ich hatte erst angefangen, zu diesem Thema in mich hineinzuhorchen. »Nicht bewußt«, dachte ich laut. »Ich wollte, daß unsere Ehe funktionierte, und so klammerte ich mich an die positiven Seiten und beschönigte die negativen. Ich hätte wahrscheinlich ehrlicher sein müssen. Realistischer. Aber keine Ehe ist vollkommen.

An welchem Punkt sollte man die Segel streichen? Dennis hat ihn offensichtlich eher erreicht als ich.«

»Offensichtlich«, nickte Brody. Er setzte sich aufrecht hin, zog einen Zeitungsausschnitt aus der Gesäßtasche und gab ihn mir. Er war zweimal gefaltet.

Ich strich ihn glatt und las den Text unter dem Bild: »Dennis Raphael und Phoebe Lowe beim Tanz auf der Bar Association Gala am Freitag abend.« Nach ihren lächelnden Gesichtern zu urteilen, hatten sie ihn genossen.

Dennis hatte eine umwerfende Art zu lächeln – sie vermittelte einer Frau das Gefühl, das Licht seines Lebens zu sein. Es hatte eine Zeit gegeben, da hatte er mich genauso angelächelt wie jetzt Phoebe.

Ich schaute nachdenklich auf das Foto hinunter. »Warum bin ich nicht überrascht?« Überrascht war ich nicht, aber verletzt. Sehr verletzt.

»Es stammt aus Hillarys Kolumne. Du weißt, daß sie gern Unruhe stiftet.«

Ich faltete das Papier wieder zusammen. Dadurch wurde der Schmerz gedämpft. »Ich glaube, sie haben eine Beziehung. Eine ernsthafte Beziehung, meine ich. Als ich es ihm auf den Kopf zusagte, leugnete er es nicht.«

»Und dich nagelt er ans Kreuz?«

»Er sagt, sobald man getrennt lebe, gelten andere Regeln.«

»Damit hat er allerdings recht«, meinte Brody mit einem vielsagenden Unterton.

Ich schaute ihn an und durchforstete mein Gewissen nach Anzeichen für Untreue. Seine Züge waren mir so vertraut, die warmherzigen, braunen Augen hinter der randlosen Brille, die blassen Sommersprossen quer über seiner Nase, das bartschattige, energische Kinn, die volle Unterlippe – aber ich hatte sie niemals wie eine Liebende berührt, weder mit den

Fingern noch mit dem Mund. Doch man konnte auf verschiedene Arten lieben.

Ich hatte Dennis geliebt, weil er mein Mann war. Brody hatte ich als Freund geliebt. Ich hatte Dennis für das geliebt, was er war, Brody dafür, wer er war.

Ich achtete Brody, genoß seine Gesellschaft, vertraute auf seine Meinung. War meine Liebe zu ihm tiefer als die zu Dennis? Fühlte ich mich mehr zu ihm hingezogen als zu Dennis? Warum hatte ich das früher nicht bemerkt?

»Ich brauche Zeit, Brody. Wenn ich auch nur den winzigsten Grund zur Beanstandung gebe, verliere ich meine Kinder.«

»Hier wird mit zweierlei Maß gemessen!« erregte er sich.

»Das ist nichts Neues«, erwiderte ich mit einer ungeduldigen Handbewegung. »Davon können die Frauen seit jeher ein Lied singen.« Ich stand auf und ging ans andere Ende der Werkbank zu meinem Schaukelstuhl. Ich hielt das zusammengefaltete Foto meines Mannes und seiner Geliebten immer noch in der Hand. Seiner angeblichen Geliebten. Ich war noch nicht bereit, es zur Tatsache zu erklären, mich dem Gedanken zu stellen, daß Dennis mich wegen einer Jüngeren, einer Blondine, so eiskalt abserviert hatte. Es war nur ein Schnappschuß, wie der, auf dem Brody und ich in inniger Umarmung zu sehen waren.

Zweierlei Maß. Nicht fair.

»Wenn eine Frau in einer Domäne der Männer etwas werden will, muß sie doppelt so gescheit sein wie sie und doppelt so hart arbeiten. Oh, natürlich wird ihr der Form halber zunächst der Zugang gewährt, aber kaum ist sie durch die Tür getreten, stellt sie fest, daß ihr Weg mit Klebstoff bestrichen ist. Ich zum Beispiel ziehe weibliche Filialleiter vor, aber du weißt selbst, wie problematisch es für manche ist, den notwendigen Kredit zu bekommen. Sie kriegen ihn nicht, weil sie

keine Berufserfahrung nachweisen können, und sie können keine Berufserfahrung sammeln, wenn sie keinen Kredit kriegen. Es könnte doch sein, daß sie schwanger werden und ihren Zahlungsverpflichtungen nicht mehr nachkommen, argumentiert die Bank. Oder mit dem Ehemann die Stadt verlassen und ihren Zahlungsverpflichtungen nicht mehr nachkommen. Oder nach sechs Monaten feststellen, daß die Leitung einer Filiale doch nicht das richtige für sie ist, und ihren Zahlungsverpflichtungen nicht mehr nachkommen. Männern werden solche Texte nicht zugemutet.«
Ich schob das Foto von Dennis und Phoebe tief in meine Tasche – so tat es weniger weh. »Was also sollen wir tun? Wenn wir innerhalb des Systems zum Erfolg kommen wollen, müssen wir uns damit arrangieren. Ich bemühe mich darum, Brody. Ich bemühe mich wirklich darum.«
Brody stand auf und kam auf mich zu. »Vielleicht mehr als du müßtest.«
Ich wußte nicht, was er damit meinte, ich wußte nur, daß die Saite in mir mit jedem Schritt, den er näher kam, stärker vibrierte.
Er blieb auf Armeslänge von mir entfernt stehen und hakte seine Daumen hinten in den Bund seiner Jeans. »Opfere nicht unsere Freundschaft. Bereite Dennis nicht diese Genugtuung. Okay, wir dürfen nicht im Sinne des Wortes zusammensein, aber wir können doch trotzdem Zeit miteinander verbringen, oder? Ich sehe nicht ein, warum ich ein schlechtes Gewissen haben soll, wenn ich dich anschaue oder anrufe. Und ich sehe nicht ein, warum ich dich nicht in den Arm nehmen soll. Und ich sehe nicht ein, warum ich jedes Wort, das ich sage, auf die Goldwaage legen soll.«
»Du legst jedes Wort auf die Goldwaage?« Ich wollte lachen, aber es wurde nur ein ersticktes Krächzen daraus.

Er berührte meine Wange mit seiner warmen Hand, zeichnete mit dem Daumen mein Kinn nach, folgte der Linie meines Wangenknochens, und dann glitten seine Finger in meine Haare hinauf, all das federleicht und erregend. Als ich es nicht mehr aushielt, neigte ich den Kopf seiner Hand entgegen. Ob ich ihn damit zum Aufhören bewegen oder der Liebkosung Nachdruck verleihen wollte, wußte ich nicht.

»Hast du dich je gefragt, wie es sein würde, wenn wir uns küßten?« Seine Stimme war heiser geworden.

»Nein.«

»Oder miteinander schliefen?«

»Nein. Und ich kann es auch nicht, Brody, nicht jetzt.«

»Später?«

»Vielleicht. Ich weiß es nicht. Bis vor zwei Wochen dachte ich, daß Dennis der einzige Mann wäre, mit dem ich jemals schlafen würde.«

»Davor warst du zwei Wochen verreist, womit wir bei einem Monat sind. Wieviel länger ist es her, daß ihr miteinander im Bett wart?«

Ich preßte die Lippen aufeinander und schüttelte ablehnend den Kopf. Ich war nicht bereit, ihm darauf zu antworten.

»Okay«, sagte er, als hätte er es gehört, »aber wirst du anfangen, in dieser Weise an mich zu denken?«

Ich versuchte noch einmal, zu lachen. Diesmal schwang ein Anflug von Hysterie darin mit. »Wie sollte ich nicht?«

Mit einem breiten Grinsen nahm er mich in die Arme und zog mich an sich, bevor ich protestieren konnte, und als ich an seiner Brust ruhte, wollte ich nicht mehr weg. Brodys Umarmung war der sicherste Ort auf der Welt für mich. Wenn er mich nicht nach einem Kuß auf die Stirn von sich aus losgelassen hätte, wäre ich noch eine Ewigkeit so stehen geblieben.

Lächelnd ging er Schritt für Schritt rückwärts, wobei er eine Hand erhoben hielt, als sei ich die Ungeduldige. Und dann war er, so leise er gekommen war, plötzlich wieder verschwunden.
Ich verwünschte ihn, während ich die Reste unseres Frühstücks wegräumte – aber nur halbherzig. Es war lange her, daß ich mich sexy gefühlt hatte, aber Brody bewirkte das. Und als Ablenkung von der Realität war dieses Gefühl nicht zu verachten.

Carmen hatte recht – Dean Jenovitz war wirklich verknöchert. Ich vermutete, daß er seit dreißig Jahren in immer demselben Büro hinter immer demselben Schreibtisch saß. Als er sich dort in seinem Sessel niedergelassen hatte, verschmolz er mit seiner Umgebung – ein wenig alt, ein wenig muffig, ein wenig abweisend.
Er griff nach einer Pfeife, klopfte sie in einem Aschenbecher aus und stopfte sie neu. Die Flamme des Streichholzes hatte den Tabak schon fast entzündet, als er plötzlich innehielt. »Es stört Sie doch nicht, oder?«
»Nein, nein, rauchen Sie ruhig.« Pfeifenrauch – jede Art von Rauch – störte mich zwar, aber ich konnte leichter damit leben als ohne meine Kinder, und ich wollte angesichts dessen, was auf dem Spiel stand, nicht riskieren, mich bei ihm unbeliebt zu machen.
Er zündete die Pfeife an, zog genüßlich daran, blies eine weiße Rauchwolke ins Zimmer und lehnte sich bequem zurück. »Nun, wie geht es Ihnen?«
Unschlüssig, was oder wieviel ich sagen sollte, beschränkte ich mich vorsichtshalber auf: »Ganz okay. Ein bißchen zittrig vielleicht. Das Ganze hat mich völlig unvorbereitet getroffen.«
»Tja – gerichtliche Verfügungen können einen schocken.

Aber Sie müssen doch schon vorher gemerkt haben, daß etwas im argen lag.«
»Nein. Mein Mann ließ mich ohne den geringsten Hinweis auf Reisen gehen.«
»Es war eine Geschäftsreise, nicht wahr?«
»Ja. Er küßte die Kinder zum Abschied, er küßte mich zum Abschied und winkte uns von der Veranda aus nach. Ich hatte keine Ahnung, was er plante.«
»Soweit ich informiert bin, plante er überhaupt nichts. Nicht zu dem Zeitpunkt jedenfalls. Er ließ die Zügel locker, weil Ihre Mutter so krank ist. Dann kam es wegen des Rückflugs der Kinder und der Medizin Ihrer Tochter Ihrerseits zu Irrtümern, und in Anbetracht früherer Vorkommnisse erschien ihm dies bedenklich, und er fühlte sich gezwungen, etwas zu unternehmen.«
Er hatte also Dennis' eidesstattliche Erklärung gelesen. Ich fragte mich, ob er meine auch gelesen hatte.
»Ich glaube, er hat es von langer Hand geplant«, widersprach ich in ruhigem Ton.
»Haben Sie einen Beweis dafür?«
»Telefonrechnungen. Dennis hat seit Januar immer wieder mit seinem Anwalt telefoniert.«
Jenovitz runzelte die Stirn, klemmte sich die Pfeife zwischen die Zähne und blätterte in Unterlagen. »Davon steht aber nichts in Ihrer Erklärung.«
»Nein, ich habe die Rechnungen erst gestern abend durchgesehen. Es hatte mich irritiert, wie ruhig Dennis die Sache durchzog und wie gelassen er die Trennung nahm. Das war meiner Ansicht nach nur möglich, weil er – im Gegensatz zu mir – Zeit hatte, sich an den Gedanken zu gewöhnen.«
»Soviel ich weiß, hatte er über Monate hinweg immer wieder von Scheidung gesprochen.«

»Nicht von Scheidung – von Trennung. Und wir haben uns jedesmal dagegen entschieden.«
»Ihr Mann sagt, Sie hätten dagegen entschieden. Er brachte das Thema zur Sprache, Sie argumentierten dagegen, und er gab klein bei.«
So konnte man es wahrscheinlich auch sehen, dachte ich.
»Wenn Sie merkten, daß er unglücklich war – weshalb haben Sie dann nicht eingewilligt?«
»Er wirkte nicht unglücklich. Zumindest nicht wegen unserer Ehe. Er war unglücklich wegen seiner Arbeit, und das übertrug sich auf andere Dinge. Plötzlich behauptete er, ich verstünde ihn nicht, oder er hätte zu wenig Freiraum. Er sagte niemals, daß er mich nicht mehr liebe oder eine andere liebe oder daß er die Scheidung einreichen würde, ob es mir nun passe oder nicht.«
»Sie wurden davon also überrascht. Haben Sie sich inzwischen an die Vorstellung gewöhnt, geschieden zu werden?«
»Ich denke schon. Ja.«
Er musterte mich scharf und sagte dann: »Das ist aber schnell gegangen. Wie lange ist es her, daß die gerichtliche Verfügung gegen Sie erlassen wurde?«
Das Gespräch nahm nicht den von mir gewünschten Verlauf. In dem Bemühen, ihn für mich einzunehmen, antwortete ich in nun unterwürfigem Ton leise: »Zehn Tage – und ich wollte sie nicht akzeptieren. Ich setzte alle Hebel in Bewegung, um sie aufheben zu lassen, doch der Richter blieb unerbittlich. Ich schlug eine außergerichtliche Einigung vor, aber Dennis lehnte ab. Ich schlug vor, gemeinsam in dem Haus wohnen zu bleiben und zu versuchen, eine Lösung zu finden. Dennis wollte nichts davon hören, und das Gericht schloß sich ihm an. Der Richter lehnte sogar unseren Antrag auf erneute Überprüfung ab. Und nun kommen Sie ins Spiel.« Ich

runzelte die Stirn. »Ich bin ein wenig verwirrt. Sind Sie der Meinung, wir sollten uns versöhnen?«
»Nein. Mein Job ist es, bezüglich des Sorgerechts eine Empfehlung auszusprechen. Es wird in diesem Fall angenommen, daß das Verfahren mit einer Scheidung endet.«
»Und wer nimmt das an?«
»Das Gericht – und natürlich Ihr Mann, denn der hat sie ja eingereicht.«
»So ist es!« bestätigte ich nachdrücklich. »Er hat es getan, nicht ich, und das Gericht steht hinter ihm. Ich wollte die Scheidung nicht, aber jede andere Tür wurde mir vor der Nase zugeknallt. Ich sehe keine andere Möglichkeit. Mein Mann will mich loswerden – das hat er unmißverständlich zu erkennen gegeben. Was soll ich also tun?«
»Die meisten Frauen würden trauern.«
»Das tue ich auch. Wenn ich abends im Bett liege, fühle ich mich leer. Wenn ich morgens aufwache, fühle ich mich verletzt. Ich rufe mir in Erinnerung, was an unserer Ehe schön war. Sie hatte Potential. Aber jetzt scheint das nicht mehr zu stimmen. Ich empfinde Trauer und Bedauern.« Ich wußte nicht, was ich noch sagen sollte, und so verfiel ich in Schweigen. Auch er sagte nichts, musterte mich nur eingehend, und nach einer Weile ertrug ich das nicht mehr. Also fuhr ich mir mit einem gezwungenen Lachen durch die Haare und sagte: »Es tut mir leid, Dr. Jenovitz, ich glaube, ich falle bei dieser Prüfung durch. Ich spreche offen und ehrlich mit Ihnen, aber das scheint Sie nicht zu beeindrucken. Ich weiß nicht, was Sie von mir hören wollen.«
Er schwieg noch immer, und so fuhr ich fort: »Vielleicht sollte ich zusammenbrechen. Manche Frauen tun das, glaube ich. Nein – ich weiß es.«
Seine Brauen schnellten in die Höhe. Er fragte mich nicht,

woher ich das wußte, aber die Frage hing trotzdem in der Luft, ebenso wie die quälende Stille.
Ich machte ihr ein Ende, indem ich erklärte: »Meine Mutter brach zusammen, als mein Vater, ein bis dahin kerngesunder Mann, an einem Herzschlag starb. Ich war damals acht, meine Schwester sechs. Mom geriet in Panik, wußte nicht, was sie tun sollte. Also tat sie gar nichts. Wochenlang.«
»Das muß schwer für Sie gewesen sein.«
»Ich tat, was ich konnte.«
»Sie waren doch erst acht – was konnten Sie schon tun?«
»Mit meiner Schwester spielen, bei der Hausarbeit helfen.«
»Was bewahrte Sie davor, Ihrerseits in Panik zu geraten?«
»Unwissenheit, wahrscheinlich. Ich begriff nicht, was sein Tod für uns bedeutete. Oh, natürlich vermißte ich ihn, aber ich war noch zu klein, um die Folgen in ihrer Gesamtheit zu erfassen.«
»Erfassen Sie die Folgen jetzt in ihrer Gesamtheit?«
»Seines Todes?«
»Einer Scheidung. Geht es hier nicht darum?«
Er mochte mich nicht. Ich hatte es geahnt, und es hatte sich bewahrheitet. Erfaßte ich die Folgen in ihrer Gesamtheit? O ja, von Sekunde zu Sekunde mehr, und sie ängstigten mich zu Tode. »Ja, darum geht es hier. Und ja, ich erfasse die Folgen einer Scheidung in ihrer Gesamtheit.«
»Schildern Sie sie mir.«
Ich schlug erschrocken die Hand vor den Mund, wollte protestieren. Er verlangte von mir, Gedanken und Ängste in Worte zu fassen, die so schlimm für mich waren, daß ich sie nicht einmal mit mir selbst erörtern wollte. Entweder zielte sein Ansinnen darauf ab, festzustellen, wie weitblickend ich war, oder er war schlicht und einfach ein Sadist. Ich haßte ihn in diesem Moment, wagte jedoch nicht, mich zu weigern.

»Die Folgen einer Scheidung?« Ich legte meine Hände auf den Schoß. »Sie bedeutet, daß es die intakte Familie, deren Bestand ich mir immer gewünscht habe, nicht mehr gibt. Daß einer von uns wichtige Augenblicke im Leben der Kinder verpaßt. Ferien und Familienfeste, Geburtstage und Schulabschlußfeiern – alles wird aufgeteilt. Wie sollen die Kinder das verkraften?«

»Vielleicht besser, als Sie glauben.«

»Ich hoffe es.«

»Wirklich?«

Im ersten Moment war ich sprachlos. Dann fragte ich in scharfem Ton: »Warum sollte ich es nicht hoffen?«

»Nun, Sie sind gegen diese Scheidung. Andere Mütter in Ihrer Situation würden sich wünschen, daß alle anderen Beteiligten ebenso leiden wie sie selbst.«

»Ich liebe meine Kinder!« fuhr ich auf. »Das kann niemand bestreiten – nicht einmal mein Mann. Vom Beginn dieses Fiaskos an galt meine größte Sorge dem Schaden, den die beiden nehmen können. Ich hätte alles getan, um ihnen die Verwirrung, die Aufregung und den Schmerz zu ersparen, die eine Scheidung für sie mit sich bringt, aber jetzt, da sie unausweichlich zu sein scheint, werde ich alles tun, um ihnen die Umstellung zu erleichtern.«

»Die Frage ist«, sagte Jenovitz, als ich gerade Atem schöpfte, um weiterzusprechen, »ob Sie dazu in der Lage sind. Das versuche ich herauszufinden, Mrs. Raphael. Meine Fragen werden Ihnen vielleicht nicht gefallen, aber das Gericht erwartet von mir, daß ich sie stelle. Ich tue nur meine Arbeit.«

Ich biß mir auf die Zunge, ließ diesmal ihn in Schweigen warten.

Aber es schien ihm nicht soviel auszumachen wie mir. Nach kaum einer Minute sagte ich ruhig, ja, sogar freundlich:

»Fragen Sie, was immer Sie wollen. Ich verspreche, ehrlich zu antworten.«
Er zog an seiner Pfeife, stieß eine weiße Rauchwolke aus. »Sie verlieren leicht die Beherrschung.«
»Für gewöhnlich nicht. Wirklich. Zu Hause war ich immer der ruhende Pol. Das mußte ich sein – zum Ausgleich für Dennis' Launen.«
Ich hoffte, daß er bei diesem Punkt einhaken würde, aber er tat es nicht. »Ihr Mann hat erklärt, daß Sie unter starkem Streß stehen.«
»Nur wegen der Scheidung. Vorher nicht. Zumindest nicht übermäßig.«
»Aber der Zustand Ihrer Mutter muß doch eine große Belastung für Sie sein.«
»Selbstverständlich mache ich mir Sorgen um sie, aber der Streß, von dem Sie sprechen, rührt daher, daß ich sie gern besuchen würde, aber fürchte, daß mir meine Abwesenheit als Vernachlässigung meiner Kinder ausgelegt werden könnte. Dabei ist es das Normalste der Welt, daß in einem Fall wie diesem der betroffene Elternteil die Kinder für die fragliche Zeit in der Obhut des anderen läßt.«
Jenovitz zuckte die Schultern. »Es steht Ihnen frei, hinzufliegen.«
»Als ich das letzte Mal von dieser Erlaubnis Gebrauch machte, kam ich in ein Chaos zurück.«
»Aber hatten Sie dieses Chaos nicht selbst geschaffen? Sie haben sich eine Menge aufgehalst, Mrs. Raphael. Die Frage ist, ob Sie das alles bewältigen können. Ihr Mann verneint es.«
»Das Chaos wurde nicht durch meinen Besuch bei meiner Mutter ausgelöst.« Ich deutete auf die Akte. »Die Dinge, die mein Mann als Beweise dafür anführt, daß ich überfordert sei,

sind lachhaft. Mein Gott, ich hätte genausogut zum Gericht gehen können und angeben, daß mein Mann die Ankunftszeit der Kinder durcheinandergebracht und die Medizin meiner Tochter verschludert oder – noch schlimmer – sie etwas hatte essen lassen, das sie nicht hätte essen dürfen. Hätte das Gericht ihm die Kinder auch deshalb weggenommen?«
Jenovitz stieß einen von Rauch begleiteten Seufzer aus. »Sie wissen, daß Sie die Situation damit vereinfachen – die Klage enthielt noch andere Punkte. Außerdem ist das Leben Ihres Mannes einfacher. Sie sind diejenige, die sich zerreißt, um allem und jedem gerecht zu werden.«
Mein Magen begann sich zu verkrampfen. Das Büro war nicht besonders groß und die Luft stickig. Ich wurde von Minute zu Minute mutloser.
Er musterte mich nachdenklich.
»Ich zerreiße mich nicht«, widersprach ich in ruhigem Ton. »Bei der Betreuung meiner Mutter hilft mir meine Schwester, bei der Betreuung meiner Kinder mein Mann, und in der Firma mein Geschäftsführer.«
Er nickte, senkte dem Blick auf die aufgeschlagen vor ihm liegende Akte, glitt die Zeilen entlang und hielt inne. »Erzählen Sie mir von dem Geschäftsführer«, forderte er mich, die Pfeife mit einem Zungenschnalzen in seinem Mund zurechtrückend, auf.
»Sein Name ist Brody Parth«, sagte ich. »Bevor er mein Geschäftspartner wurde, war er der meines Mannes. Er ist der Taufpate unserer beiden Kinder.«
»Haben Sie ein Verhältnis mit ihm?«
»Nein.«
Er nahm die Pfeife aus dem Mund. »Ist das ein definitives Nein?«
»Ein definitives Nein.«

Er schob die Pfeife wieder hinein. »Wie kommt Ihr Mann dann darauf, es zu behaupten?«
»Das müssen Sie schon ihn fragen.«
»Das habe ich getan. Er hat mir Fotos gezeigt.«
»Das Foto wurde von draußen durch Brodys Küchenfenster aufgenommen – kurz nachdem Dennis mich des Hauses hatte verweisen lassen. Ich war verstört, und Brody nahm mich in den Arm. Es war eine Geste freundschaftlichen Trostes, das ist alles.«
»Die Einzelgesprächsnachweise der Telefonrechnungen geben aber doch zu denken.«
»Nicht mehr all die, die Dennis' Anrufe in seiner Anwaltskanzlei betreffen. Er arbeitet sehr viel mehr mit Phoebe Lowe zusammen als mit Art Heuber.«
»Wechseln Sie das Thema?«
»Nein, ich will nur etwas deutlich machen.«
»Wollen Sie etwas deutlich machen oder versuchen, Ihre Beziehung zu Brody Parth zu rechtfertigen?«
»Etwas deutlich machen. Für eine Affäre zwischen Brody und mir gibt es ebensowenig Beweise wie für eine Affäre zwischen Dennis und Phoebe. Ich begreife nicht, warum ich beschuldigt werde und er nicht.«
Jenovitz saß regungslos da und starrte mich an.
»Brody ist mein Geschäftsführer«, fuhr ich genervt fort. »Das erklärt die vielen Telefonate, wenn ich auf Reisen bin. Und er ist ein langjähriger Freund, was die Umarmung erklärt und die häufigen Besuche bei uns zu Hause. Er war wie ein Familienmitglied. Eine Affäre mit ihm wäre Inzest gleichgekommen.« Aber Jenovitz hatte von Bildern gesprochen – in der Mehrzahl. Meines Wissens war dem Gericht aber nur eines vorgelegt worden. »Haben Sie Dennis schon kennengelernt?«

»Am Freitag.«
Aha – er hatte ihm also den Termin gegeben, den er zuerst mir angeboten, dann jedoch wieder verworfen hatte. Ich fragte mich, wann zur Abwechslung einmal ich den ersten Wurf haben würde.
»Stört Sie das?« fragte der Psychologe.
»Nein.« Es hatte auch einen Vorteil. »Ich bin froh, daß er gekommen ist – ich hatte die Befürchtung, daß er versuchen würde, den Lauf der Dinge zu behindern. Es ist nur noch knapp ein Monat bis Thanksgiving. Ich hoffe, daß die Angelegenheit bis dahin geklärt ist.«
Jenovitz lehnte sich zurück, saugte geräuschvoll an seiner Pfeife und betrachtete interessiert die Decke.
»Wird sie das?« fragte ich nervös. Die Folter, der das Gericht mich unterzog, mußte doch irgendwann ein Ende finden. Unabhängig von den Schritten, die Carmen einzuleiten versprach, bis einer irgendwann zum Sieg führte, sagte sie, der Gutachter habe dreißig Tage Zeit – und ich zählte.
»Kann ich etwas tun, um den Prozeß zu beschleunigen?« fragte ich in sein hartnäckiges Schweigen hinein, und dann fügte ich hinzu: »Das ist alles sehr schmerzlich für mich.«
»Verständlich – Sie sind diesmal nicht Herr der Lage.«
Diese Bemerkung sprach Bände. Ich wußte nicht, ob sie auf seiner eigenen Beurteilung beruhte oder auf Dennis'. Wie auch immer – ich konnte sie so nicht durchgehen lassen.
»Darum geht es mir überhaupt nicht. Es geht mir darum, daß mir meine Kinder weggenommen worden sind. Daß ich überwacht werde. Daß ich nicht weiß, was die Zukunft bringt.«
»Es geht um Kontrolle«, widersprach er.
»Vielleicht auch«, gestand ich ihm zu, »aber nicht in negativer Form. Es geht mir nicht darum, Kontrolle über andere

Menschen zu haben. Es geht mir darum, mich selbst unter Kontrolle zu haben, mein Leben wieder in den Griff zu bekommen und – so gesehen haben Sie recht – wieder Herr der Lage zu werden. Das war ich seit meinem neunten Lebensjahr, aber nicht aus Herrschsucht, sondern damals wie auch in meiner Ehe, weil niemand sonst es war. Ist dagegen etwas zu sagen?«

»Nur, wenn Sie andere Menschen damit unterdrücken.«

»Das habe ich nie getan. Zumindest glaube ich das nicht. Nein, auf keinen Fall! Ich bin ein Mensch, der andere aufbaut. Ich habe Dennis aufgebaut und die Kinder ebenso. Ich habe sie gelehrt, daß sie alles erreichen können, wenn sie nur wollen. Wie könnte ich sie damit demoralisieren?«

»Der Schuß könnte nach hinten losgehen. Wenn Sie den Kindern sagen, daß sie alles erreichen können, was sie wollen, und Ihr Sohn dann nicht in seine Wunschmannschaft aufgenommen wird oder Ihre Tochter ihre Wunschrolle in einer Schulaufführung nicht bekommt, dann kann das dazu führen, daß sie sich von Ihnen betrogen fühlen.«

Ich schüttelte, schon bevor er zu Ende gesprochen hatte, den Kopf. »Das würde nie passieren. Ich würde es nicht zulassen. Wir reden miteinander, meine Kinder und ich. Wir sprechen über Gefühle.« Darauf bestand ich nachdrücklich. Ich hatte das als Kind vermißt und mir geschworen, meinen Kindern diese Möglichkeit zu geben, immer ein offenes Ohr für sie zu haben und sie vorbehaltlos zu unterstützen. Ich wollte nicht, daß eines von ihnen litt, so wie Rona gelitten hatte.

»Ihr Sohn spricht nicht darüber.«

»Noch nicht. Hauptsächlich, weil ich nicht da bin. Er hat früher immer mit mir darüber gesprochen, aber es ist schwierig, ein tiefgründiges Gespräch zu führen, wenn das Gericht einem nur zwei Besuchstage pro Woche zugesteht. Dennis verbringt viel mehr Zeit mit ihm. Er hätte Gelegenheit, mit Johnny zu sprechen, aber ich weiß nicht, ob er es tut. Gefühlsbetonte Unterhaltungen liegen ihm nicht.«

»Er sagt, der Junge habe sich völlig abgekapselt.«

»Der Junge ist zornig.« Ich selbst war zornig. »Er glaubt, ich hätte ihn im Stich gelassen. Das hat das Gericht uns angetan!«

Jenovitz legte seine Pfeife in den Aschenbecher. »Ich muß Sie zur Vorsicht mahnen, Mrs. Raphael, lassen Sie diese Einstellung nicht bei den Kindern durchblicken.«

»Natürlich nicht! Ich habe kein Wort gegen das Gericht oder meinen Mann gesagt! Da bin ich sehr vorsichtig.«

»Aber Sie sind mit dem Gerichtsurteil nicht einverstanden?«

»Wie könnte ich das? Was wäre ich dann für eine Mutter?«

»Laut Aussage Ihres Mannes sind Sie ganz glücklich in Ihrem neuen Heim.«

»Glücklich? Es gibt Momente, in denen ich mich dort wohl fühle – aber glücklich? Nein. Ich machte nur das Beste aus einer schlimmen Situation. Das habe ich immer getan, und das habe ich Ihnen zu erklären versucht.«

Er nickte. »Auch das ist eine Art der Kontrolle.«

Na schön, ich hatte die Lage gern im Griff. »Ist das so verwerflich? Entschuldigen Sie, Dr. Jenovitz, ich verstehe hier etwas nicht. Ist es nicht mein angeblicher Mangel an Kontrolle, der mich überhaupt in diese Lage gebracht hat?«

Es klingelte. Der nächste Klient kündigte seine Ankunft an wie ich die meine eine Stunde zuvor. Ich hatte auf mehr Zeit gehofft – je länger wir uns unterhielten, um so eher würde das Gutachten fertig.

Aber Jenovitz klopfte mit einer Hand seine Pfeife aus und blätterte mit der anderen bereits in seinem Terminkalender. »Wann ginge es bei Ihnen wieder?«

»Jederzeit.«

»Nächste Woche um die gleiche Zeit?«
»Ich kann auch diese Woche noch einmal kommen, wenn Sie möchten.«
»Nein, so ist mir das sehr recht.« Er machte sich einen Vermerk.
Ich rutschte auf meinem Stuhl nach vorn, stand jedoch nicht auf. »Wie viele Gespräche werden wir führen müssen?«
»Drei, vier – kommt darauf an, wie sich die Dinge entwickeln. Das nächste Mal bringen Sie bitte eine Liste der Lehrer, Trainer, Ärzte und anderer Erwachsener mit, die die Kinder gut kennen. Mit den jeweiligen Telefonnummern.«
»Wollen Sie die auch alle herbestellen?«
»Für gewöhnlich genügt ein Telefonat.« Er steuerte auf die Tür zu. »Vielleicht fordere ich auch noch einen schriftlichen Bericht der Schule an. Mal sehen.«
»Wann werden Sie mit Kikit und Johnny sprechen?«
»Sobald ich mehr über Sie und Ihren Mann weiß.« Er öffnete die Tür und blieb daneben stehen.
Ich war notgedrungen aufgestanden und folgte seiner stummen Aufforderung. Die Tür war nicht die, durch die ich hereingekommen war. Diese führte direkt zur Treppe, offenbar um den Klienten die Peinlichkeit einer Begegnung zu ersparen. Es konnte also niemand mithören, was ich sagte, aber ich senkte trotzdem die Stimme.
»Sie wissen nichts von Ihnen. Was soll ich ihnen sagen?«
»Vorläufig noch gar nichts.«
»Sie wissen nicht, daß hier ein Konkurrenzkampf stattfindet.«
»Um so besser.«
»Ich möchte nicht, daß sie fürchten, Partei ergreifen zu müssen.«
»Sie glauben, daß ich sie zwingen würde, sich für einen Elternteil zu entscheiden? Nein, Mrs. Raphael, das werde ich

nicht tun. Es wäre nett, wenn Sie mir ein wenig Sensibilität zutrauten.«

Das hätte ich gerne getan, wirklich, aber auf der Heimfahrt von Boston hatte ich damit zu kämpfen. Wenn Dean Jenovitz sensibel war, so hatte er das meisterhaft verborgen. Er war mir weder freundlich noch verständnisvoll begegnet, weder ermutigend noch fürsorglich. Er mußte gewußt haben, daß ich nervös war, doch er hatte nicht versucht, mir die Nervosität zu nehmen. Und er hatte seine Meinung über mich in keiner Weise korrigiert.

»Nur Mut«, sagte Carmen, als ich sie vom Auto aus anrief. »Mag Dennis gegen Sie gewettert haben – von den Leuten, die Jenovitz anruft, wird er nur das Beste hören. Sie kennen Sie viel besser, als sie Dennis kennen, und sie mögen Sie. Von jetzt an geht's bergauf.«

»Es schien ihn nicht sonderlich zu stören, was mir angetan worden ist. Sein Gerechtigkeitssinn kann nicht besonders ausgeprägt sein.«

»Sein Hauptaugenmerk wird den Kindern gelten.«

»Glauben Sie, er wird rücksichtsvoll mit ihnen umgehen?«

»Ja. Er kann es mit Kindern besser als mit Erwachsenen – da kommt der Großvater in ihm zum Tragen. Es war eine gute Idee, ihn zu fragen, wie Sie Kikit und Johnny auf ihn vorbereiten sollen. Er wird Ihnen raten und Ihnen Punkte für Ihre Frage geben.«

Ich hatte es nicht getan, um Punkte zu bekommen. Eine leichte Übelkeit stieg in mir auf, aber das konnte auch noch die Nachwirkung von Jenovitz' Pfeife sein. »Ich kann Ihnen gar nicht sagen, wie zuwider mir das alles ist, Carmen. Es kommt mir wie eines dieser strategischen Gesellschaftsspiele vor – nur geht es dabei um mein Leben.«

»Ich weiß, und ich entschuldige mich, falls ich es an der

nötigen Ernsthaftigkeit habe fehlen lassen. Es ist kein Spaß.« Nach einer kleinen Pause fragte sie: »Jenovitz ist also nicht auf die Beziehung zwischen Dennis und Phoebe angesprungen?«
»Nein. Er verdächtigte mich lediglich, Dennis anschwärzen zu wollen, um mein Verhältnis mit Brody zu rechtfertigen. Ich brauche einen Beweis. Wo kriege ich den her?«
»Wir werden Morgan Houser anheuern. Er ist Privatdetektiv, und er versteht sein Handwerk. Wenn die beiden derzeit etwas miteinander haben, findet er es heraus. Das ist einfach. Schwieriger zu beweisen wäre wahrscheinlich, daß schon vor der Trennung was lief, obwohl uns das natürlich am meisten helfen würde.«
Damit hätten wir gewonnen – wenn auch nicht mit Anstand. Dennis mit einer anderen Frau im Bett – die Vorstellung drehte mir den Magen um. Ob jetzt oder schon früher, spielte dabei keine Rolle für mich.
Carmen hatte mein Schweigen offenbar richtig gedeutet, denn sie sagte etwas weniger euphorisch: »Wenn es einen Beweis gibt, dann müssen wir ihn haben. Selwey hat zwar zugestimmt, sich dem Antrag auf Ablehnung wegen Befangenheit zu stellen, aber seine Schriftführerin sagt, glücklich sei er darüber nicht. Es gefällt keinem Richter, der Voreingenommenheit bezichtigt zu werden. Ich schätze, die Anhörung wird nur eine Pro-forma-Veranstaltung werden.«
Trotzdem wäre es eine Anhörung. Meine Stimmung besserte sich. »Wann findet sie statt?«
»Donnerstag um zehn.«
»Ich werde da sein.«
»Ich habe später am selben Tag eine Besprechung mit Art Heuber, in der wir über Dennis' Vorstellungen von einer Scheidungsvereinbarung reden wollen. Wir könnten eine

Trumpfkarte brauchen. Ein Beweis für Dennis' Untreue wäre genau das richtige.«

Das schmeckte verdammt nach Erpressung. Dennis hatte sich mir gegenüber zwar himmelschreiend unfair benommen, aber es widerstrebte mir, mich auf seine Ebene hinabbegeben zu müssen. Damit würde ich ein weiteres Mal gezwungen, mich als ein Menschen zu präsentieren, der mir absolut mißfiel.

»Okay, rufen Sie Morgen an«, sagte ich zu Carmen. »Mal sehen, was er herausfindet.«

Um meiner Kinder willen würde ich alles tun, ohne mit der Wimper zu zucken.

Das war ein wahrhaft prophetischer Gedanke. Ich hatte mich nach einem ausgedehnten, heißen Bad, in dem ich mich von anstrengenden Telefonaten mit Rona und Connie erholt hatte, die wieder einmal im Clinch miteinander lagen, gerade in mein Bett gekuschelt, als das Telefon klingelte. Es war Dennis, der mir mitteilte, daß Johnny übel sei, er aber Elizabeth so spät nicht mehr stören wolle, jedoch nicht wisse, was er tun solle.

Dieses Problem hatte ich nicht. Ich schlüpfte in einen Trainingsanzug und fuhr los.

Zehntes Kapitel

Mein Schlüssel paßte noch. Ich ließ meinen Mantel auf das Durcheinander aus Schulbüchern, Turnschuhen und Wäsche fallen, das sich auf der Treppe türmte, und hastete hinauf. Dennis trat gerade aus Johnnys Zimmer, als ich dort ankam.

»Er hat sich nach dem Abendessen übergeben, und seitdem kann er nichts mehr bei sich behalten.«

Das roch ich sofort, als ich das Zimmer betrat. Johnny lag zusammengekrümmt unter einer Decke auf der blanken Matratze. Matratzenauflage, Laken und Daunendecke lagen in einem Knäuel auf dem Boden.

»Hi, Schatz«, begrüßte ich ihn. Als ich mich zu ihm auf die Bettkante setzte, bildete sich ein dicker Kloß in meinem Hals. Er war mein Erstgeborener, das unproblematischste Kind, das man sich vorstellen konnte, und zwei Jahre lang mein ein und alles. Gegenseitige Bewunderung und eine symbiotische Abhängigkeit hatten unsere Beziehung charakterisiert. Die Zeit und die Umstände hatten die Abhängigkeit gemindert – Dennis' Bedürfnisse, Kikits Geburt, Johnnys Drang nach Eigenständigkeit –, doch jetzt war sie wieder da.

Inständig hoffend, daß er sich nicht von mir abwenden würde, wie er es getan hatte, als ich das letzte Mal hier gewesen war, streichelte ich seine hochrote, fieberheiße Wange. »Geht's dir nicht gut?«

Er schüttelte den Kopf und krümmte sich noch mehr zusammen. »Ich hab's nicht mehr ins Bad geschafft.«
»Das macht doch nichts, Schatz, das macht doch nichts.« Ich holte eine seiner Hände unter der Decke hervor und sah bei der Gelegenheit, daß er nur Boxershorts trug. Sein Pyjama befand sich wahrscheinlich in dem Knäuel auf dem Boden.
»Ich wußte nicht, daß es passieren würde«, jammerte er. »Als ich aufwachte, war mir schlecht, und dann kam's mir hoch. Ich habe wirklich versucht, es zurückzuhalten.«
Ich strich ihm die feuchten Haare aus der Stirn. »Es ist okay, Schatz. Ich bin dir nicht böse.«
»Aber du mußtest den weiten Weg herkommen.« Diesmal versuchte er nicht mit Gewalt, mit tiefer Stimme zu sprechen. Heute war er ein kranker kleiner Junge.
Der Gedanke, daß mein neunjähriger Sohn annahm, ich betrachte es als Zumutung, mich um ihn zu kümmern, machte auch mich krank, denn ich wußte, wie es war, sich als Last zu fühlen. In meiner Kindheit hatte meine Mutter, wenn sie von der Arbeit kam, ihre Ruhe haben wollen. Ich hatte mir geschworen, daß meine Kinder das niemals erleben würden, hatte alles getan, um ihnen zu beweisen, daß sie für mich immer an erster Stelle standen. Und das taten sie noch und würden es immer tun.
Ich drückte Johnnys Hand und meinen Daumen auf seinen Mund. »Ich mußte nicht herkommen – ich wollte es, Johnny. Hörst du? Ich wollte es. Ich habe mich sofort nach Daddys Anruf ins Auto gesetzt.« Ich nahm meinen Daumen weg, damit er sprechen könnte. »Tut dir was weh?«
»Alles.«
»Nichts Bestimmtes? Alle Knochen?«
»Hm.«
»Geht die Grippe in der Schule um?«

»Hm.«
»Ist dir noch immer übel?«
»Hm.«
Dennis stand in der Tür. Mit den zerzausten Haaren und dem aus der Hose hängenden Hemd hätte man ihn für einen besorgten Vater halten können, wenn er nicht mit in die Seiten gestemmten Händen und verdrießlichem Gesicht dagestanden hätte. Ich wußte nicht, was ihn mehr nervte – Johnnys Grippe oder meine Anwesenheit –, aber ich ging der Frage nicht nach. Sie war in diesem Augenblick meine kleinste Sorge.
»Hast du ihm etwas gegeben – Aspirin, Wasser?« erkundigte ich mich.
»Nein. Ich habe ihm zwar Aspirin gebracht, aber er wollte es nicht nehmen.«
»Hat er noch etwas im Magen?«
»Das halte ich für unwahrscheinlich nach allem, was da rauskam.«
»Es war keine Absicht!« verteidigte Johnny sich.
Ich massierte ihm den Nacken. »Das weiß Daddy doch. Er ist nicht böse auf dich, nur beunruhigt, weil du krank bist. Vielleicht hat er sogar Angst. Er ist noch neu in dem Job – wir müssen Geduld mit ihm haben. Weißt du, was ich glaube? Daß dir ein heißes Bad guttun wird. Und während du in der Wanne sitzt, kann ich das Bett frisch beziehen.«
»Okay.«
Während Dennis das Wasser einließ, wischte ich Johnnys Gesicht mit einem feuchten Waschlappen ab und summte eine beruhigende Melodie. Als die Wanne voll war, führte ich ihn ins Bad und ließ ihn dann in Dennis' Obhut, um das Chaos in seinem Zimmer zu beseitigen. Vorher allerdings schaute ich, weil ich keine Sekunde länger hätte warten

können, bei Kikit hinein. Sie im schwachen Schein ihres Pocahontas-Nachtlämpchens inmitten ihrer Babys schlafen zu sehen, schnürte mir die Brust zusammen. Der Anblick war eine Perle in meiner Lebenskette. So lange hatte ich ihn für selbstverständlich gehalten, aber jetzt tat ich das nicht mehr. Ich wäre gern zu ihr gegangen und hätte sie gestreichelt, aber ich wollte sie nicht wecken, denn sie hätte sich nur aufgeregt. Und ich hätte mich aufgeregt. Noch mehr, als ich es bereits war, weil es so schön war, wieder in dem Haus zu sein, in dem ich so viele Jahre gelebt hatte, daß ich fast vergaß, daß ich nur notgedrungen zu Hilfe gerufen worden war und bald wieder hinauskomplimentiert würde. Alles war wie immer, aufgeräumt, wie ich es aufgeräumt hatte. Im Schrank lagen ordentlich aufeinandergestapelt frische Laken, und im Keller stand das Waschpulver griffbereit neben der Waschmaschine. Zugegeben, sie enthielt Kleidungsstücke, die ich nicht gewaschen hatte, und im Trockner warteten andere darauf, zusammengelegt zu werden, und an der Weichspülerflasche klebten blaue Tropfen. Zugegeben, der Kühlschrank in der Küche war voller Dinge, die ich nicht gekauft hatte – die Mengen von Orangensaft, Milch, Brot und Käse könnten die Kinder in einem Monat nicht vertilgen! –, aber an der Pinnwand hingen noch immer meine Notizen, auf dem Tisch stand noch immer die Schale mit den Äpfeln zwischen den weinroten Kerzen, und der Anrufbeantworter blinkte zum Zeichen dafür, daß eine Nachricht eingegangen war.

Dennis löschte seine Nachrichten nie, überließ es immer mir. Ich drückte auf die Wiedergabetaste.

»Hi«, sagte eine forsche weibliche Stimme. »Selwey hat sich bereit erklärt, sich in einer Anhörung einem Antrag auf Ablösung zu stellen, doch das ist nur Show. Er wird den Fall niemals abgeben. Aber wir müssen zu dem Hearing. Donnerstag um zehn. Komm früh ins Büro, dann können wir noch gemütlich frühstücken. Was das Gespräch über die Scheidungsvereinbarung am Nachmittag betrifft, habe ich unsere Forderungen revidiert. Wir können ohne weiteres noch mehr verlangen, denn wir sitzen am längeren Hebel. Ich werde meine Aufstellung Art geben – er wird das Gespräch führen. Noch was? Nein. Ciao.«

Ich stach mit dem Finger nach der Löschtaste und machte meiner Wut dann Luft, indem ich Eis in einer Schüssel in kleine Stücke zertrümmerte. Dann ging ich in Johnnys Zimmer zurück und schloß das Fenster, das ich vorhin geöffnet hatte. Ich hatte das Bett gerade fertig bezogen, als Johnny mit wäßrigen Augen in dem Pyjama aus dem Bad kam, den ich Dennis zuvor hineingereicht hatte.

Ich half ihm ins Bett und gab ihm die Eisstückchen zum Lutschen. Er war noch immer geisterhaft blaß, aber nicht mehr so verstört. Ich massierte ihm den Rücken und sang dabei leise. Er liebte »Let it Be«, und so begann ich damit und fuhr mit anderen Songs fort, die er mochte. Er döste ein, riß die Augen auf, döste wieder ein, riß wieder die Augen auf.

Er wehrte sich so offensichtlich dagegen, einzuschlafen, daß ich mich schließlich veranlaßt sah zu sagen: »Du kannst doch ruhig schlafen.«

»Und wenn mir wieder schlecht wird?«

»Hast du denn das Gefühl?«

»Nein, aber was ist, wenn es doch passiert?«

»Dort steht ein Eimer«, ich deutete darauf, »und ich bin auch da. Ich helfe dir, wenn es notwendig sein sollte.«

»Du bleibst hier?« fragte er, und plötzlich – und es fuhr mir wie ein Messer ins Herz – wurde mir klar, warum er sich in Wahrheit so gegen das Einschlafen wehrte: Er wollte nicht beim Aufwachen feststellen müssen, daß ich weg war.

»Ein Weilchen noch«, nickte ich. »Ich schaue dich so gerne an.« Das beruhigte ihn so weit, daß er sich entspannte. Als er tief und fest eingeschlafen war, stahl ich mich hinaus.

Ich belud gerade den Wäschetrockner, als Dennis in der Tür erschien. »Das war ja eine schöne Schweinerei.«

Mein erster Impuls war – aus reiner Gewohnheit –, ihn zu bemitleiden. Mein armer Dennis, es tut mir so leid, daß du in Erbrochenem wühlen mußtest, aber gleich darauf meldete sich wieder Zorn zu Wort. »Es war doch keine Absicht.«

»Das weiß ich, aber ich konnte meine Mutter nicht bitten, zu kommen. Sie ist fünfundsiebzig.«

Ich brauchte ein paar Sekunden, um meiner Fassungslosigkeit Herr zu werden, bevor ich das nächste Laken aus der Waschmaschine ziehen konnte. »Du hättest es selbst machen können. Man muß keinen Doktortitel besitzen, um sauberzumachen, nachdem ein Kind sich übergeben hat.«

»So hat es doch wunderbar funktioniert.«

Dazu sagte ich nichts, denn es fiel mir keine Erwiderung ein, die nicht bissig gewesen wäre. Es war traurig, aber vor noch gar nicht langer Zeit hätte ich niemals von Dennis erwartet, hinter Johnny herzuputzen, denn erstens gehörte es zu meinen Aufgaben als Mutter, und zweitens hatte ich Übung darin.

Jetzt aber hatte Dennis meinen Aufgabenbereich übernommen. Warum kümmerte ich mich dann um seine Wäsche?

Mit Bedacht stellte ich die Schachtel mit den Weichspültüchern weg. »Was hattest du getan, wenn ich nicht zu Hause gewesen wäre?«

»Bei Brody angerufen.«

Ich würdigte diese Bemerkung keines Protests. »Und wenn ich auch dort nicht gewesen wäre?«

»Dann hätte ich es selbst gemacht. Ich bin nicht hilflos. Es wird dir vielleicht schwerfallen, es zu glauben, aber wir kommen gut ohne dich zurecht.«

Ich warf einen vielsagenden Blick auf die Laken, die ich zusammengelegt und aufeinandergestapelt hatte.

»Niemand hat dich darum gebeten«, sagte Dennis. »Und ich habe dich auch nur hergeholt, weil du damals so ein Theater gemacht hast, weil ich dich wegen Kikits Anfall nicht anrief – ich dachte, es wäre ein netter Zug von mir, wegen Johnny anzurufen.«

Ich starrte ihn mit offenem Mund an. »Ein netter Zug? Daß ich nicht lache! Du wußtest nicht, was du tun solltest! Du warst in Panik!«

»Das zu beweisen, dürfte dir schwerfallen. Und falls du es versuchen solltest, wird der Eindruck entstehen, du hättest meinen nächtlichen Hilferuf als Belästigung empfunden, was deinem so hartnäckig verteidigten Image der perfekten Mutter nicht gerade zuträglich wäre. Du kannst nicht gewinnen.«

»Ich werde gewinnen«, sagte ich, aber ich fühlte mich plötzlich kraftlos. Ich lehnte mich mit dem Rücken an die Waschmaschine, stützte mich mit den Fingern auf den Rand und betrachtete Dennis nachdenklich. Er war noch derselbe Mann, den ich geheiratet hatte, und trotzdem war er ein Fremder für mich geworden. Das hatte ich schon einmal gedacht, und jetzt fragte ich mich, wann das passiert war. Ich konnte es nicht rekonstruieren. »Wann haben wir es verloren, Dennis?«

»Was verloren?«

»Was immer wir hatten. Was immer bewirkte, daß unsere Ehe funktionierte.«

»Unsere Ehe hat nie wirklich funktioniert.«

»O doch, am Anfang schon.«

»Da war sie etwas Neues, und wir waren jung.«

»Wir waren fünfundzwanzig und achtundzwanzig«, widersprach ich. »Das ist nicht besonders jung. Und wir waren davor schon drei Jahre zusammengewesen, um sicherzugehen, daß es mit uns klappen würde. Du warst glücklich. Es sei denn, du hast es mir so überzeugend vorgespielt, daß ich nicht auf die Idee kommen konnte, daran zu zweifeln.« Was ich aufgrund der jüngsten Ereignisse durchaus für möglich hielt. »Aber wenn du schon nicht glücklich mit mir warst, warum wolltest du mich dann unbedingt heiraten? Waren deine romantischen Einfälle faustdicke Lügen?«
»Nein.«
»Was hast du dann damals in mir gesehen, was du heute nicht mehr siehst?« Ich war noch immer schlank und attraktiv und, nach Brodys Reaktion zu urteilen, körperlich anziehend.
»Bescheidenheit«, sagte Dennis. »Damals warst du noch ansprechbar.«
»Ich bin auch heute ansprechbar.«
»Heute sitzt du auf dem hohen Roß. Das war damals nicht so.«
Ich sollte arrogant sein? Ich war nicht arrogant. »Ich bin heute selbstbewußter, aber das hat nichts mit Arroganz zu tun. Was hast du damals noch an mir geschätzt?«
»Du warst für mich da, bereit, zu tun, was getan werden mußte. Das änderte sich, als die Kinder kamen, und dann noch mehr, als du die Firma aufmachtest. Du warst mehr für andere Leute da als für mich. Deine Loyalitäten verlagerten sich.«
»Das stimmt nicht, es gab nur plötzlich mehr Menschen, denen ich Loyalität schuldete.«
»Sie verschoben sich.«
»Du bist derjenige, dessen Loyalitäten sich verlagert haben«, widersprach ich. Ich war es müde, so müde, ungerechtfertigt

beschuldigt zu werden. »Du bist mir in den Rücken gefallen, Dennis. Du warst bei einem Anwalt und dann bei einem Richter, und hast ihnen lauter Lügenmärchen erzählt. Mein Gott, wenn ich daran denke, was ich über dich hätte erzählen können! Was Charakter angeht, sagt deine Affäre mit der Frau deines Chefs einiges über deinen aus, meinst du nicht auch? Aber mir bedeutet Loyalität etwas. Ich habe nie auch nur ein Sterbenswörtchen darüber verloren.«

»Brody weiß es.«

»Ja, von dir! Und er hat ebenso geschwiegen wie ich.«

»Zwei verwandte Seelen«, spöttelte Dennis.

»Verdammt richtig«, fuhr ich auf. »Zwei verwandte Seelen. Wir haben nicht einmal miteinander über die Geschichte gesprochen. Wenn er glaubte, daß mehr dahintersteckte, als du zugabst, so hat er es nie gesagt. Vielleicht wollte er es nicht wissen. Vielleicht wollte ich es nicht wissen. Also erzähl du mir nichts von Loyalität, Dennis!« Angewidert knallte ich die Tür des Trockners zu und stach mit der Fingerspitze auf die Starttaste.

»Hast du deiner Anwältin davon erzählt?«

»Von Adrienne? Nein.« Ich steuerte auf die Tür zu. »Ich ging davon aus, daß du dich geändert hattest, und somit war es irrelevant. Es sei denn, es steckt mehr dahinter. Ist es so?«

»Ich kann nicht fassen, daß du mich das fragst – nach allem, was wir miteinander erlebt haben.«

Ich starrte ihn ungläubig an. Mit einem heiseren Laut der Verärgerung stieg ich die Kellertreppe hinauf, drehte mich in einer Anwandlung von Kühnheit nach ein paar Stufen zu ihm um und fragte: »Ist Phoebe der Grund?«

Er schaute von der Waschküchentür zu mir herauf. »Der Grund wofür?«

»Daß unsere Ehe schiefging.«

»Wovon redest du?«
»Sie ist jung und attraktiv.«
»Schön. Sie ist schön.«
So viel zum Thema Arroganz. Sein Ton enthielt mehr als nur eine Spur davon und bohrte sich genau in die bereits schmerzende Stelle. Nun ja, ich war ohnehin verletzt – was konnte ein bißchen mehr da noch schaden? »Bist du in sie verliebt?«
»Sie ist meine Anwältin.«
»Das könnte jeder hören, der hier hereinmarschiert und deinen Anrufbeantworter abhören würde. Tust du mir einen Gefallen? Lösch die Nachrichten, nachdem du sie abgehört hast. Und sag ihr, sie soll aufpassen, was sie redet. Die Kinder hören den Anrufbeantworter aus Spaß schließlich auch ab.«
»Ihre Nachrichten sind harmlos.«
»Sie sind verräterisch. Es klingt, als hätte sie die Regie in diesem Stück. Schreibt sie dir vor, was du zu tun hast und wie du es zu tun hast?«
»Um Himmels willen – trau mir doch auch mal was zu. Ich brauche niemanden, der mir sagt, was ich tun soll. Ich habe seit Jahren eine eigene Firma.«
Ich hätte ihn auf den bejammernswerten Zustand dieser Firma hinweisen können, doch ich hatte plötzlich genug von dem Hickhack, drehte mich um und ging weiter die Treppe hinauf.
»Was ist mit dem Rest der Wäsche?« rief er mir nach.
»Da du ja ein so tüchtiger Hausmann bist, überlasse ich ihn dir«, rief ich zurück.
»Wo willst du hin?«
»Nach meinem Sohn sehen.«
»Dem geht's jetzt gut. Du kannst gehen.«
Ich würde erst gehen, wenn ich sicher wäre, daß Johnny wirklich wieder in Ordnung war, und es scherte mich nicht,

ob Dennis die Polizei holen würde, Jack Mulroy in Johnnys noch immer leicht säuerlich riechendes Zimmer käme und mich zwänge, das Haus zu verlassen. Sollten Phoebe Lowe oder Art Heuber oder wer immer, zum Teufel, in Wahrheit sein Rechtsvertreter war, dem Richter doch erklären, warum Dennis mich gebeten hatte zu kommen.

Trotz trieb mich zu Johnnys Zimmer zurück, wurde jedoch, als ich eintrat, von Zärtlichkeit verdrängt. Er hatte wieder Farbe bekommen, sich aber nicht gerührt, seit ich ihn alleingelassen hatte. Er atmete regelmäßig. Meiner Erfahrung nach würde er jetzt durchschlafen.

Ich setzte mich zu ihm und wartete, bis er so fest schlief, daß ich sicher sein konnte, daß er wieder okay war, und das Grauen vor dem Weggehen die Freude am Bleiben zerstörte. Ich schrieb ihm ein paar Zeilen, lehnte das Blatt Papier neben seinem Kissen an das Kopfteil des Bettes und machte mich auf die Suche nach Dennis. Es war schon kurz vor zwei, und da ich nichts von ihm gehört hatte, nahm ich an, daß er eingeschlafen war. Das tat er immer, wenn eine Situation ihm zu schwierig wurde.

Ich machte mich auf den Weg zum Schlafzimmer, blieb auf halbem Weg aber plötzlich stehen. Die Tür stand einen Spalt breit offen, und ich starrte sie bewegungsunfähig, wie hypnotisiert an. Ich wollte nicht dort hineingehen. Ich wollte das Bett nicht sehen und Dennis nicht darin liegen, ich wollte mich nicht daran erinnern, wie wir zusammen darin gelegen hatten, geschweige denn, mit den Kindern gespielt, gesungen und gelacht. Ich wollte mir keine andere Frau darin vorstellen.

Gnädigerweise wurde mir dieser Schmerz erspart. Nach einer kurzen Suche fand ich Dennis zwar tatsächlich schlafend vor, aber auf dem Sofa im Arbeitszimmer ausgestreckt. Ich rief von

der Tür her seinen Namen und dann noch einmal in schärferem Ton. Als er den Kopf hob, teilte ich ihm mit, daß ich jetzt aufbrechen würde. Dann ging ich in die kalte Novembernacht hinaus.
Seltsam. Ich hätte viel bedrückter sein müssen. Oh, natürlich ließ ich die Kinder mit wehem Herzen zurück, aber das Haus selbst zu verlassen, machte mir nichts aus. Dennis war dort, und die Anspannung, unter der er stand und die sich auf mich übertragen hatte. Als ich den Schlüssel im Zündschloß umdrehte, spürte ich sie von mir abfallen.
Mein Leuchtturm hingegen war spannungsfrei. Niemand konnte dort Forderungen an mich stellen – Dennis nicht, die Kinder nicht und auch meine Mutter oder Rona nicht. Es war etwas Neues für mich, nicht um andere rotieren zu müssen, sondern entscheiden zu können, was ich wollte, nur ich, wann und wo und wie.
In diesem Fall entschied ich mich dafür, Brody anzurufen. In Seattle war jetzt Mitternacht, und ich riß ihn aus dem Schlaf, aber sein brummiges »Hallo?« wärmte mich, und als er meine Stimme hörte und ein Lächeln in seine Begrüßung legte, war ich froh, daß ich ihn angerufen hatte. Wir hatten früher am Abend schon einmal telefoniert, wobei er mir von seinem Gespräch mit der dortigen Filialleiterin erzählt hatte und ich ihm von meinem Gespräch mit Jenovitz. Jetzt erzählte ich ihm von Johnny, ließ meine Auseinandersetzung mit Dennis in der Waschküche jedoch unerwähnt. Ich wollte nicht, daß Dennis sich in unsere Unterhaltung einschlich, ich wollte ganz allein mit Brody sein.
Nachdem ich aufgelegt hatte, stellte ich ihn mir bäuchlings im Bett liegend vor, nur minimal bekleidet, unter einem Laken, das knapp, nur ganz knapp, seine Hüften bedeckte. Im Einschlafen fragte ich mich, ob ich ihn jemals so ge-

sehen hatte oder mir das alles einfach nur zusammenphantasierte.

Knapp vier Stunden später riß mich das Klingeln des Telefons aus dem Schlaf. »Du warst hier, Mommy, und ich wußte es nicht!« Kikit war außer sich. »Warum hast du mich nicht geweckt?«

Ich ließ mich in die Kissen zurückfallen und zog die Steppdecke bis ans Kinn. »Du hast tief und fest geschlafen, Süße.«

»Aber ich hätte dir meine Buchstabierhausaufgabe zeigen können, die ich vor dem Abendessen mit Daddy gemacht habe. Johnny sagt, Daddy sagt, daß er heute nicht in die Schule muß. Darf er wirklich zu Hause bleiben?«

»Das sollte er, denn es ging ihm letzte Nacht ziemlich schlecht. Was macht er denn jetzt?«

»Er hat sich die Fernbedienung geschnappt und gibt sie mir nicht! Dabei muß ich gleich weg! Er darf immer alles! Das ist nicht fair.« Nach einer kleinen Pause jammerte sie: »Ich hätte dich so gerne gesehen, Mommy!«

»Hast du das nicht getan?« fragte ich. Not machte bekanntlich erfinderisch. »Ich habe lange an deiner Tür gestanden und mich in Gedanken mit dir unterhalten. Denk mal nach – hast du mich nicht im Traum mit dir sprechen hören?«

Sie überlegte einen Moment und meinte dann: »Hast du mir was vom Skifahren erzählt? Ich glaube, das habe ich gehört. Du sagtest, ich dürfte dieses Jahr mit Daddy und dir mit dem Lift hochfahren. Ich will nicht noch mal in die Skischule, Mommy.«

»Davon habe ich nicht gesprochen«, erwiderte ich, ließ jedoch unerwähnt, daß es in diesem Jahr vielleicht überhaupt keinen Skiurlaub für sie gäbe, und wenn doch, dann auf keinen Fall einen mit Dennis und mir gemeinsam. »Ich habe

gesagt«, dachte ich mir in aller Eile etwas aus, das ihr gefallen würde, »daß du wie ein kleiner Engel aussahst, aber daß etwas fehlte.«
»Ein Heiligenschein?«
»Nagellack.« Wenn ich ihr eine neue Jacke, eine Puppe oder einen Walkman versprochen hätte, wäre Dennis wieder mit der Anschuldigung gekommen, daß ich ihre Liebe erkaufen wolle. Das war natürlich Unsinn – ich wollte sie nur glücklich machen.
»Engel tragen keinen Nagellack«, lautete ihre bedächtige Antwort.
»Schöne schon. Solle ich dir für morgen einen besorgen?«
»Au ja!« Ich lackierte ihr die Nägel nur sehr selten, und darum war das etwas ganz Besonderes für sie. »Ich will Mellow Mellow.«
Ich wußte sofort, welche Farbe sie meinte – in Wirklichkeit hieß sie allerdings »Mellow Melon«. »Das läßt sich machen – aber nur, wenn du Johnny ein bißchen verwöhnst. Er ist krank.«
»Er kann die Fernbedienung behalten. Ich muß sowieso in die Schule. Ich ruf dich nachher wieder an. Tschüs, Mommy.«

Ich rief Johnny an diesem Tag mehrmals an, um mich zu erkundigen, wie es ihm ging. Bei einem meiner Anrufe war er allein zu Hause, was ihm jedoch nichts auszumachen schien. Ich hingegen war damit ganz und gar nicht einverstanden. Dennis sei beim Einkaufen, sagte er. Als Mutter kannte ich natürlich das Gefühl des Eingesperrtseins, wenn man mit einem kranken Kind daheim festsaß, aber wenn Dennis schon eine Atempause brauchte, dann hätte er jemanden finden müssen, der für die Dauer seiner Abwesen-

heit bei Johnny blieb. Seine Eltern hätten das getan. Ich hätte es auch getan.
Und überhaupt – wie lange hatte er denn zu Hause festgesessen? Lächerliche fünfzehn Stunden, schätzte ich.

Meine Liste für Dean Jenovitz umfaßte sechs Namen und Telefonnummern. Ich hatte je Kind einen Lehrer darin aufgeführt, die Kinderärztin, Johnnys zweimaligen Basketball-Trainer, Kikits Allergologen und unseren Gemeindepfarrer. Da ich häufiger mit den Kindern zusammen war als Dennis, kannten diese Leute mich besser als ihn, und ich war ziemlich sicher, daß sie mich mochten, aber es konnte nicht schaden, sie vorzuwarnen.
Zum Teil erledigte ich das telefonisch, aber bei der Kinderärztin, dem Allergologen und dem Pfarrer fuhr ich vorbei, um ihnen die Situation zu schildern und sie zu fragen, oh ich den Gutachter an sie verweisen dürfe. Natürlich waren sie damit einverstanden. Sie zu fragen, war eine reine Formsache, aber es gab mir Gelegenheit, mich schon im voraus bei ihnen zu bedanken, ihnen meine Sorge zu vermitteln und sie um Hilfe zu bitten. Es gab mir auch Gelegenheit, an frühere Gespräche anzuknüpfen, und ich hatte dabei keine Skrupel, meine Beziehung zu jedem von ihnen auszuschlachten und die Sprache, wenn auch subtil, auf die Gefallen zu bringen, die ich jedem von ihnen in der Vergangenheit getan hatte.
Für gewöhnlich war es nicht meine Art, eine Gegenleistung zu verlangen, wenn ich etwas für jemanden tat, aber in diesem Fall konnte ich mir Edelmut nicht leisten. So schwer es mir auch fiel, um Hilfe zu bitten – es war eine Erleichterung, endlich etwas für mich tun zu können.

Um die Abendessenszeit rief Kikit an, um mir zu sagen, daß sie Bauchweh habe. Angesichts ihrer Allergie-Anfälligkeit war ich im ersten Moment erschrocken, denn der Grund für den letzten Anfall war noch immer nicht geklärt – aber die Symptome, die sie mir beschrieb, waren anders. Sie hatte keine Atemschwierigkeiten und schwoll auch nicht an. Vielleicht hatte sie sich bei Johnny angesteckt, dachte ich, bis sie plötzlich von der Beschreibung ihrer Übelkeit abkam und sich statt dessen beschwerte, daß Johnny mehr Schlagsahne auf seinen Pudding gesprüht habe als auf ihren.

Ich bat sie, mir Dennis an den Apparat zu holen.

»Der telefoniert im Arbeitszimmer. Geschäftlich. Kommst du her, Mommy?«

Wie hätte ich das ablehnen können? Kikit hörte sich zwar nicht krank an, aber ich wollte mich vergewissern, und außerdem wollte ich mich davon überzeugen, daß es Johnny tatsächlich besserging.

Zehn Minuten später war ich beruhigt. Johnny war zwar noch ein bißchen blaß um die Nase, aber er hatte keine erhöhte Temperatur mehr und schon wieder Appetit. Und Kikit stürzte sich in eine so angeregte Nacherzählung der Geschichte, die der Lehrer ihnen an diesem Tag vorgelesen hatte, daß sie ihre angebliche Krankheit völlig vergaß.

Dennis telefonierte noch, als ich eintraf. Unfaßbarerweise bemerkte er erst, daß ich gekommen war, als er fünfzehn Minuten später die Küche betrat. Nicht auszudenken, wenn statt meiner ein Fremder mit bösen Absichten hereingekommen wäre!

Wenigstens bewies er Taktgefühl. Er wies die Kinder an, sich von mir zu verabschieden und hinaufzugehen, um ihre Hausaufgaben zu machen, bevor er mich fragte, was mich zu meinem Besuch veranlaßt habe, wobei er offensichtlich annahm, daß er von mir ausgegangen war.

»Kikit hat mich angerufen«, klärte ich ihn auf, während ich meinen Mantel anzog. »Sie dachte sich wohl, nachdem die Krankheit bei Johnny funktioniert hatte, würde sie bei ihr auch funktionieren.«

»Funktionieren?« fragte er. »Was wollte sie denn?«

»Mich«, antwortete ich auf dem Weg zur Tür.

»Aber sie sieht dich doch morgen.«

Seufzend drehte ich mich zu ihm um. »Du kapierst es nicht, oder? Sie sind daran gewöhnt, mit mir zusammenzuleben. Sie sind daran gewöhnt, mich täglich zu sehen, nicht nur mittwochs und samstags. Du magst einen Richter davon überzeugt haben, daß ich mich nicht zur Mutter eigne – die Kinder davon zu überzeugen, würde dir schwerfallen. Ich bin ihre Hauptbezugsperson, daran kann kein Gericht der Welt etwas ändern. Sie vermissen mich.«

»Versuch mir jetzt bloß nicht einzureden, daß Johnny nur krank spielte, damit du kommst.«

»Natürlich nicht, wir wissen beide, daß er wirklich krank war. Was nicht heißt, daß er nicht erleichtert darüber war, als ich kam, daß er nicht erleichtert war, sicher sein zu können, daß ich auch in Zukunft kommen werde, wenn er mich braucht.« Mit einem neuerlichen Seufzer hob ich abwiegelnd die Hand. »Laß uns nicht streiten. Wir müssen uns nur einfach klar darüber sein, was Kinder in einer Situation wie dieser tun.«

»Sie werden sich daran gewöhnen, daß du woanders wohnst.«

»Darum geht es nicht. Es geht darum, daß sie noch zu klein sind, um einiges von dem, was sie empfinden oder tun, verstehen zu können.«

»Ich habe alles unter Kontrolle.«

Ich hütete mich, etwas dazu zu sagen. »Mit wem hast du denn telefoniert?« Ich fragte mich, ob es wirklich ein geschäftliches Gespräch gewesen war.

»Kennst du nicht.«
Kennst du nicht. Die gerichtliche Verfügung hatte unsere Bindung gekappt und mir damit die Zunge gelöst. »Das habe ich schon tausendmal gehört! Kennst du nicht. Du hast mich ausgeschlossen, Dennis. Jahrelang! Und du sagst, ich sei unkommunikativ gewesen. Du wußtest viel mehr über meine Firma als ich je über deine.«
Er schaute mich gelangweilt an. Auch das war nichts Neues – so reagierte er mit Vorliebe, wenn er wußte, daß ich recht hatte.
Doch dann, als erschiene ihm der gelangweilte Ausdruck diesmal nicht ausreichend, sagte er: »Der Richter wird den Fall niemals abgeben, das tut keiner. Mein Anwalt trifft sich am Donnerstag mit deiner Anwältin. Wir brauchen die Umsatzzahlen des dritten Quartals von WickerWise.«
»Wir brauchen die Umsatzzahlen des dritten Quartals von DGR.« Das waren Dennis' Initialen, das Kürzel für DGR GROUP, den Namen seiner Firma. Es handelte sich dabei zwar um gar keine Gruppe, sondern um ein Ein-Mann-Unternehmen, aber »Gruppe« klang besser. Schick und erfolgreich.
»Du glaubst doch nicht, daß du damit um die Unterhaltszahlungen herumkommst«, giftete er. »Ich geh dir an die Substanz, Claire.«
Wenn er in Wahrheit nur Geld wollte, dann konnte er es haben – das hatte ich Carmen gleich zu Anfang gesagt. Mir waren andere Dinge im Leben wichtig. »Das hast du bereits getan«, sagte ich leise und ging.

Was den Antrag auf Selweys Ablösung betraf, hatte Dennis recht. Der Richter hörte sich Carmens Argumente pro forma an und lehnte es dann ab, den Fall aus der Hand zu geben. Vorgewarnt zu sein, bedeutete nicht zwangsläufig auch gewappnet zu sein. Ich war unglaublich enttäuscht. »Da haben wir einen weiteren Grund dafür, daß er den Fall abgeben müßte!« rief ich. »Er hat es nicht abgelehnt, weil Ihre Begründungen ihn nicht überzeugt hätten, sondern aus Prinzip!«

»Das ist meistens so, aber es ist nun mal Teil des Prozederes«, erklärte Carmen mir, während sie mich zwischen den auf der Treppe des Gerichtsgebäudes stehenden Anwaltsgrüppchen hindurchschleuste. »Unser nächster Schritt ist jetzt der Antrag auf eine Überprüfung durch einen Richter am Berufungsgericht.«

»Und wie lange dauert es, bis wir von dort etwas hören?«

»Ich reiche den Antrag am Montag ein und schicke Heuber eine Kopie. Bis Ende der Woche müßte die Entscheidung dann gefallen sein.«

»Darüber, ob ich meine Kinder zurückbekomme?«

»Nein. Darüber, ob sich ein Richter mit dem Fall befassen wird.«

So viele Etappen: Und alles dauerte so lange! »Und wenn – wann wird das dann sein?«

»Ein paar Tage später. Es sei denn, er räumt Heuber Zeit für eine Gegendarstellung ein, in welchem Fall die Anhörung dann ein paar Tage nach deren Eingang bei ihm stattfindet.«

Wir waren am Fuß der Treppe angekommen. Fröstelnd knöpfte ich meinen Mantelkragen zu und vergrub die Hände in den Taschen. »Werde ich die Kinder dann wiederbekommen?«

»Ich hoffe es. Zumindest haben wir es dann mit einem anderen Richter zu tun – und gegenüber Selwey ist jeder eine Verbesserung.«

Ich drückte die Arme an den Körper und schaute zur Straße hinüber. Der Wind riß Blätter aus dem Rinnstein und wirbelte sie durch die Luft.
»Aber jetzt treffe ich mich erst einmal um drei Uhr mit Heuber.«
»Und wenn seine Forderungen akzeptabel sind und wir noch diese Woche zu einer Einigung kommen?«
»Dann teilen wir das Selwey mit, aber er ist stur genug, um sich dann auf den Standpunkt zu stellen, daß die Scheidungsvereinbarung nichts mit der Sorgerechtsbestimmung zu tun habe und er hierzu erst Jenovitz' Gutachten abwarten wolle.«
»Wie die Dinge liegen, wird das wohl am schnellsten gehen«, meinte ich mit einem entmutigten Seufzer.

Nach ein paar Stunden in unserem Laden in Essex und ein paar weiteren im Büro war ich wie verabredet pünktlich um sechs in Carmens Kanzlei, wo ich gerade mal in der Wartezone das Inhaltsverzeichnis des dort ausliegenden FORBES überflogen hatte, als Carmen mit großen Schritten über den Flur kam. Ich suchte in ihrem Gesicht nach einem Hinweis auf den Verlauf des Gesprächs mit Heuber, konnte aber keinen entdecken.
»Was ist herausgekommen?« fragte ich.
Sie deutete mit dem Kinn in die Richtung ihres Büros und antwortete mir erst, als wir dort waren. Aufseufzend setzte sie sich auf die Schreibtischkante. »Er macht es uns nicht leicht.«
»Erzählen Sie!«
»Er will die Hälfte von allem.«
»Kann er haben.«
»Auch von Ihrer Firma.«

»Die Hälfte von meiner Firma? Sie meinen, die Hälfte ihres Wertes?«
»Nein. Er will Teilhaber von WickerWise werden.«
»Sie machen Witze!« Aber ich sah ihr an, daß ihr nicht danach war. »Was soll das?« Ich schüttelte den Kopf. »Nein. Kommt nicht in Frage!«
»Das habe ich Art auch gesagt.«
»Erst meine Kinder und jetzt meine Firma.« Wieder schüttelte ich den Kopf. »WickerWise ist mein Werk. Er hat nicht das geringste dazu beigetragen, weder anfangs noch später. Er hat keinerlei Anspruch darauf.« Aber es waren in letzter Zeit schon so viele Dinge passiert, die ich nicht für möglich gehalten hätte, daß ich verunsichert nachfragte: »Oder doch?«
»Das kommt darauf an, wie überzeugend die Argumente sind, die er dafür vorbringt.«
»Er kann überhaupt keine Argumente dafür vorbringen!«
»Doch, das kann er«, versetzte Carmen mir einen Dämpfer. »Die gleichen, die für gewöhnlich die Frauen in einem Scheidungsverfahren vorbringen. Er hat es Ihnen als anfänglicher Hauptverdiener in Ihrer Ehe ermöglicht, sich dem Aufbau Ihrer Firma zu widmen, da Sie nicht gezwungen waren, für den Lebensunterhalt zu sorgen. Hat er Geld in WickerWise gesteckt?«
»Nein. Keines. Null. Ich habe mir das Geld dafür mit meiner Arbeit als Innenausstatterin und Einkäuferin verdient und den Rest mit einem Kredit finanziert. Er hat mir nicht einmal Hilfe angeboten – weder finanziell noch zeitmäßig. Er hielt WickerWise für eine Marotte, aus der nicht viel werden würde. Und jetzt will er die Hälfte davon haben? Das kann er vergessen!« Ich kochte vor Wut. »Er hat doch keine Ahnung von WickerWise! Er hat sich nie dafür interessiert, hielt Korbmöbel für eine Mode-Erscheinung und machte sich

über mich lustig, weil ich auf einen Dauererfolg setzte. Glauben Sie mir – wenn er jetzt in die Firma einsteigen will, dann nur, weil sie mir gehört. Genau, wie er mir die Kinder wegnehmen will, weil sie viel mehr meine sind als seine. Er ist wie ein kleiner Junge, der das Saure-Trauben-Spiel spielt. Was, zum Teufel, würde er als Teilhaber an WickerWise tun wollen? Etwa mit Brody und mir zusammenarbeiten? Nach allem, dessen er uns beschuldigt hat? Nein, Carmen, es muß ihm um das Geld gehen.«
»Er behauptet, nein. Er behauptet, er wolle den Job. Offenbar macht er seine eigene Firma zu. Sie scheint nicht gut zu laufen.«
»Das überrascht mich nicht«, höhnte ich, aber wenn es mir nicht gelänge, mich gegen ihn zu behaupten, dann könnte mir seine Erfolglosigkeit zum Verhängnis werden. »Löst er seine Firma im Hinblick auf diesen neuen Plan auf? Was ist mit dem Geld, das ihm übrigbleibt?«
Carmens Gesichtsausdruck hätte mich vorwarnen sollen. Sie drehte sich um, nahm ein Platt Papier aus ihrer Akte und gab es es mit herüber.
Ich studierte die Zahlen – und nun war ich doch überrascht. »Sie ist nichts wert? Was ist mit seinen anderen Vermögenswerten? Wenn er Investment-Pakete für Kunden zusammenstellte, schnürte er oft auch ein kleines für sich. Die müssen doch noch da sein.«
Carmen reichte mir ein zweites Blatt.
»Das ist alles?« Ich war entsetzt. »Keine Lebensversicherung? Keine Altersvorsorge? Keine Aktien? Er besitzt doch Aktien!«
»Die hat er verkauft – und alles andere hat er beliehen.«
Ich war fassungslos. »Und er hat ständig von einem Polster geredet. Jedesmal, wenn er eine seiner kleinen Investitionen tätigte, sagte er, es sei für unsere Zukunft. All die Jahre habe

ich ihm geglaubt!« Meine Wut kochte erneut hoch. »Nicht einmal für seine Kinder ist etwas da!« Ich wedelte mit dem Papier in meiner Hand. »Mit einem Teil seiner Anlagen sollte die Ausbildung der Kinder finanziert werden, und jetzt ist alles weg! Und dieser Mann will in meiner Firma mitmischen? Nur über meine Leiche! Da müßte ich ihm ja unentwegt auf die Finger schauen, weil er uns sonst innerhalb kürzester Zeit ruinieren würde!« Ich lehnte mich auf meinem Stuhl zurück – doch die Erkenntnis des nächsten Augenblicks veranlaßte mich jäh, mich wieder vorzubeugen. »Ich weiß, was er vorhat! Er will nur Teilhaber werden, um einen Käufer finden und mich zum Verkauf zwingen zu können. Dieser Mistkerl! Kann er das durchsetzen? Muß ich ihn reinnehmen?«

Carmen überlegte eine Weile und antwortete dann: »Wenn das Gericht befindet, daß alles, was im Laufe Ihrer Ehe aufgebaut worden ist, als gemeinsamer Besitz betrachtet und aufgeteilt wird, ist Dennis fein raus. Wenn wir überzeugend belegen können, daß er es, was die Finanzen betraf, in der Ehe an Verantwortungsgefühl hat fehlen lassen, sich um seine diesbezüglichen Verpflichtungen herumgedrückt hat, dann sind wir im Vorteil. Unglücklicherweise bedingt beides einen Prozeß, und dann könnte sich die Scheidung noch um ein halbes Jahr oder sogar mehr verzögern.«

»Das ist mir egal. Ich kann warten. Er hat es eilig. Hauptsache, das Sorgerecht wird früher geklärt.« Darauf zählte ich. Ich wollte meine Kinder wiederhaben. »Das wird doch getrennt davon geregelt, oder?«

»Theoretisch, ja. Heuber hat es heute mit keinem Wort erwähnt. Ich nehme an, er wird es als Druckmittel einsetzen wollen, wenn wir sein heutiges Ansinnen abschmettern. Was die gerichtlichen Vorgänge betrifft, so geht es dabei im

Augenblick ausschließlich um das Sorgerecht. Übrigens – wenn wir mit Jenovitz' Gutachten nicht einverstanden sind, haben wir das Recht, in Berufung zu gehen. In dem Fall würden das Sorgerechts- und das Scheidungsverfahren getrennt voneinander laufen.«

»In einem halben Jahr?« Ich machte Anstalten aufzustehen, ließ mich jedoch wieder zurücksinken. Panik kündigte sich an. »Jenovitz kann nicht gegen mich stimmen! Ich würde es nicht aushalten, ein halbes Jahr von meinen Kindern getrennt zu leben. Es muß sich eine andere Lösung ergeben! Also, was machen wir als nächstes? Wie reagieren wir auf Dennis' Forderungen?«

»Zunächst überhaupt nicht. Wir lassen ihn in dem Glauben, daß wir darüber nachdenken. Wenn er Sie danach fragt, antworten Sie ausweichend – daß Sie sich noch nicht sicher sind oder nicht wissen, zu welchem Schluß Ihre Anwältin gekommen ist. Wenn Sie ihn in Sicherheit wiegen, wird er sich in seinen Gesprächen mit dem Gutachter nicht so kraß über Sie äußern. Morgan arbeitet daran, eine Liebesbeziehung zwischen Dennis und Phoebe nachzuweisen. Damit hätten wir dann ebenfalls ein Druckmittel in der Hand.«

»Ich hätte nie gedacht, daß ich so tief sinken könnte.«

»Er hat damit angefangen, Sie wehren sich nur.«

In diesem Moment haßte ich Dennis dafür, daß er mich gezwungen hatte, mich auf eine solche Ebene zu begeben.

Manche sagten, daß Liebe und Haß die gleiche Gefühlsintensität besäßen. In meinem Fall konnte ich das nicht bestätigen. Mein Zorn auf Dennis war stärker als alles, was ich je für ihn empfunden hatte. Wenn das bedeutete, was es meiner Meinung nach bedeutete, dann war meine Ehe eine traurige Angelegenheit gewesen, und wenn das stimmte,

dann war es noch trauriger, daß ich mich so daran geklammert hatte.
Ich hätte vielleicht noch Stunden darüber nachgegrübelt, wenn nicht kurz nach meiner Rückkehr in den Leuchtturm Rona angerufen hätte, um mir zu sagen, daß Connie einen Herzinfarkt erlitten habe.

Elftes Kapitel

Rona war in Panik – das hörte ich laut und deutlich. Connie liege auf der Intensivstation, berichtete sie mit zittriger Stimme, die nächsten Stunden würden die Entscheidung bringen. Ich rief Carmen an, rief Dennis an, rief Brody an. Dann nahm ich die nächste Maschine nach Cleveland.

Das Flugzeug schien am Himmel entlangzukriechen. Ich hatte mich von Ronas Angst anstecken lassen und sah Connie, bewußtlos und nur noch von Maschinen am Leben erhalten, im Bett liegen. Ich sah die Ärzte verzagt die Köpfe schütteln und uns vor eine unmögliche Entscheidung gestellt. Ich malte mir die schreckliche Stille in dem Krankenzimmer aus, malte mir die schreckliche Stille in Moms Wohnung aus – und den Abschied auf dem Friedhof.

Wie sich zeigte, hatte ich ein zu schwarzes Bild gemalt. Der Herzinfarkt war nur leicht und, da sie sich vor Ort befand, sofort wirkungsvoll zu behandeln gewesen. Ja, die nächsten Tage seien noch kritisch, sagte der Arzt, und ja, sie sei so schwach, daß sie gefährdeter sei als ein vitaler Infarktpatient, aber sie war bei Bewußtsein und schlief ganz ruhig, während wir uns unterhielten.

»Tu mir das nie, nie wieder an!« flüsterte ich heftig, als ich ein paar Meter von Connies Bett entfernt mit Rona auf dem Korridor der Intensivstation stand. »Ich dachte, es sei alles aus.«

»Ich doch auch!« verteidigte Rona sich mit kummervoller Stimme. »Es war beängstigend, sie an all die Monitore angeschlossen zu sehen, und die Ärzte schossen so hektisch durch die Gegend, daß man denken konnte, sie rechneten jeden Moment mit dem nächsten Infarkt. Du brauchst wirklich nicht sauer auf mich zu sein, schließlich habe ich hier die Stellung gehalten.«

Ich atmete zum ersten Mal seit Stunden wieder tief durch. »Ich weiß. Es ist nur ... Ich habe auf dem Flug so gelitten.«

»Und ich habe hier gelitten! Jetzt, da sie stabilisiert ist, bin ich mir darüber klar, daß ihr Zustand gar nicht so dramatisch war – aber als es gerade passiert war, konnte ich das nicht erkennen. Es tut mir leid, daß ich dich so erschreckt habe, aber sie ist ja auch deine Mutter, und ich dachte, du würdest gerne darüber informiert werden, was hier vorgeht. Lag ich da falsch?«

»Nein.« Ich seufzte. »Da lagst du nicht falsch.« Ich fuhr mir mit einer müden Handbewegung durch die Haare und lehnte mich mit der Schulter an die Wand. »Natürlich will ich immer wissen, was hier vorgeht. Und auch wenn du gleich gesagt hättest, daß es nicht so schlimm sei – ich wäre trotzdem gekommen. Auch ein leichter Herzinfarkt ist ein Herzinfarkt, und sie ist ohnehin schwer krank. Glaub mir, Rona, ich wünschte, ich könnte öfter kommen, aber zur Zeit kriselt es zu Hause.«

»Inwiefern?« fragte sie, aber ihrer zweifelnden Miene nach zu urteilen lautete ihre Frage eigentlich: »Was für eine Ausrede ist dir denn diesmal eingefallen?«

Es war an der Zeit, dachte ich. Angesichts dessen, was sie mir hier alles abnahm, hatte sie ein Recht darauf, aufgeklärt zu werden. »Dennis und ich haben uns getrennt.«

Eine Minute lang herrschte tiefe Stille, und dann kam ein

gedehntes »Nein«. In ihrer Stimme schwangen Unglauben, ja sogar Bestürzung mit, doch ihr Gesicht drückte etwas völlig anderes aus: Eine Mischung aus Neugier und Faszination. »Wann?«

»Unmittelbar nach meinen letzten Besuch hier.«

»Du und Dennis? Du und Dennis?«

Ich bedachte sie mit einem genervten Blick. »Ja, Rona – ich und Dennis.«

»Was ist passiert?« fragte sie gespannt.

»Das ist eine lange Geschichte. Die Quintessenz ist, daß ich mir eine kleinere Bleibe gekauft habe.«

»Du bist ausgezogen? Ah, daher die neue Telefonnummer. Aber warum bist du ausgezogen? Du bist die Frau, du hast die Kinder – eigentlich hätte doch er ausziehen müssen.«

Ich rieb mir den Nacken. »Tja, für gewöhnlich läuft es so – aber in unserem Fall nicht.«

»Und warum nicht?« Jetzt klang sie indigniert.

»Weil ich das Geld habe und er die Kinder hat.«

»Dennis hat die Kinder? Claire!« Sie machte meinen Namen zu einer Anklage.

»Ich wollte es nicht, aber ich hatte keine Chance. Ich bin geschäftlich viel auf Reisen, mein Beruf fordert mich mehr als seiner ihn – und dann ist da noch Mom«, betete ich Dennis' Argumente her und schlußfolgerte dann logisch aus ihnen: »Ich hätte heute abend nicht so einfach weggekonnt, wenn ich die Kinder bei mir hätte. Ich weiß, daß du findest, daß ich öfter herkommen sollte, aber ich will auch Zeit mit den Kids verbringen, und dafür eignen sich die Wochenenden nun mal am besten. Wo also soll ich sein – hier oder dort? Sag du's mir.«

Das war zwar nicht die ganze Geschichte, und ich hatte auch ein schlechtes Gewissen deswegen, aber ich war im Moment nicht bereit, ihr die ganze Geschichte zu erzählen – ich war zu angeschlagen, um mich Ronas Häme auszusetzen.

»Weiß Mom darüber Bescheid?« fragte sie.

»Nein, und ich kann es ihr jetzt unmöglich erzählen.« Ich malte mir aus, wie Rona auf den geeigneten Augenblick wartete, um meine Trennung so ganz nebenbei ins Gespräch einfließen zu lassen. »Tu du es bitte auch nicht! Es würde sie zu sehr aufregen.«

»Desillusionieren, meinst du. Sie hält dich für vollkommen.«

»Sie weiß sehr gut, daß ich nicht vollkommen bin, und auch von meiner Ehe wußte sie immer, daß sie nicht vollkommen war.«

»Komisch, das hat sie mir gegenüber nie verlauten lassen. Sie hielt mir nur immer vor, daß ich zwei Ehen in den Sand gesetzt hätte, während Dennis' und deine Ehe auf Fels gebaut sei. Als hätte ich was für Harolds Tod gekonnt! Bei ihm hatte sie ein Problem mit seinem Alter. ›Er ist alt genug, um mein Mann zu sein!‹ durfte ich mir bis zum Erbrechen anhören. Ein Glück für ihn, daß er es nicht war. Sonst hätte er noch früher den Löffel abgegeben, um ihr zu entkommen.«

»Rona!«

»Sie ist ein harter Brocken. Du siehst das nicht, weil ihr beide eine ganz besondere Beziehung zueinander habt. Du bist die einzige, die Billigung in ihren Augen findet. Meinst du, sie hat Daddy auch unter die Erde gebracht?«

»Also wirklich, das ist doch verrückt, Rona! Mom war überhaupt nicht hart, als Daddy noch lebte, ganz im Gegenteil. Sie nahm ihre gesicherte Existenz als selbstverständlich hin, und als er dann starb, mußte sie ums nackte Überleben kämpfen. Vielleicht wurde sie dadurch hart, aber nur, weil sie uns ermöglichen wollte, alles haben und sein und tun zu können, was sie nicht haben und sein und tun konnte. Sie wollte, daß wir es einmal leichter hätten als sie.«

»Na ja, in gewisser Hinsicht haben wir das ja. Zumindest finanziell gesehen.« Sie betrachtete mich mit einem merkwürdig nachdenklichen Blick. »Du siehst die Kinder also an den Wochenenden. Unfaßbar. Das hätte ich nie von dir gedacht, Claire. Wenn man Mom hört, dann sind die Kinder dein Leben. Bloß gut, daß ich keine Kinder habe, ich hätte niemals eine so gute Mutter sein können wie du. Nur an den Wochenenden, ja?«

»Ganz so ist es nicht«, wiegelte ich ab. Ich wollte ihr nicht von der gerichtlichen Verfügung erzählen oder davon, daß ein Richter mich für ungeeignet erklärt hatte. Okay – ich hatte auch meinen Stolz. »Ich sehe die Kinder, wann immer sich ein Anlaß ergibt. Ich war am Montag bei ihnen und gestern wieder.«

»Aber Dennis hat das Sorgerecht? Wow! Das ist ein harter Schlag gegen das alte Bild.«

»Das alte Bild –« ich bedachte sie mit einem sachlichen Blick – »war eine Ausgeburt deiner Phantasie.«

»Eine Ausgeburt von Moms Phantasie.«

»Vielleicht. Okay. Wahrscheinlich. Und es war nicht richtig von ihr, dich an einem fiktiven Maßstab zu messen. Aber vielleicht hat sie mich auch daran gemessen.« Es war mir früher nie in den Sinn gekommen, aber es war einleuchtend. »Vielleicht stand ich ebenfalls unter Druck.«

Rona sagte nichts dazu, stand nur auf Armeslänge von mir entfernt an der Wand und sah toll aus – toller, als ich es je könnte, obwohl Mom auch wegen ihres Aussehens an ihr herumgemäkelt hatte. Traurig, daß wir uns nicht umarmten. Selbst jetzt, da Körperkontakt uns vielleicht hätte Trost spenden können, waren wir nicht dazu imstande. Die Art unserer Beziehung ließ es nicht zu. Warum, wußte ich nicht. Aber ich bedauerte es unendlich. Mein Bedürfnis nach Nähe

war in diesem Moment besonders groß, denn wenn Connies Zustand auch nicht so dramatisch war, wie ich gefürchtet hatte, war die Prognose nicht ermutigend.
Und wer fiel mir zum Thema Nähe ein? Brody. Es hätte mich nicht gestört, wenn er mich jetzt und hier auf dem Krankenhausflur in den Arm genommen hätte.
»Ist es eine Trennung auf Probe?« fragte Rona.
Ich zügelte meine Phantasie.
Eine Trennung auf Probe? Ich versuchte mir vorzustellen, mich mit Dennis zu versöhnen, doch es gelang mir nicht.
Wieder kam mir Brody in den Sinn.
Und dann schoß mir der Gedanke durch den Kopf, daß das Ende meiner Ehe vorprogrammiert gewesen war. Wie sonst wären die Gefühle zu erklären, die sich in zwei kurzen Wochen in mir entwickeln hatten, nein, mir bewußt geworden waren? Negative Gefühle für Dennis. Positive Gefühle für Brody. War auch die Liebesbeziehung zu ihm vorprogrammiert gewesen?
»Nein«, beantwortete ich Ronas Frage. »Keine Trennung auf Probe – eine endgültige.«
»So schlimm ist es?« Sie lächelte. »Ich bin verblüfft.«
Ich stieß mich von der Wand ab. »Es ist eine schmerzhafte Erfahrung. Da du das alles selbst erlebt hast, hätte ich mit mehr Verständnis von deiner Seite gerechnet.« Wären Rona und ich in der Lage gewesen, zu kommunizieren, hätte ich ihr vielleicht die Gedanken und Ängste anvertraut, die mich quälten, aber wir konnten es nicht. Ich hatte es immer auf Ronas Konkurrenzdenken geschoben. Vielleicht beherrschte mich das ja auch, dachte ich. Es war mir peinlich, einzugestehen, daß meine Ehe gescheitert war – ich hatte es besser machen wollen.
Und nun fühlte ich mich gedemütigt, wie Rona sich so oft

gedemütigt gefühlt hatte. Wieder war ich versucht, die Hand nach ihr auszustrecken, und wieder hielt mich etwas zurück. Da ich mich nicht streiten wollte und nicht fähig war, etwas anderes zu tun, sagte ich: »Ich werde mich eine Weile an Moms Bett setzen.«

Sie sah alt aus, eher wie achtzig als wie dreiundsechzig. Als habe ihre Krankheit den Zeitablauf beschleunigt und die zwanzig Jahre, die ihr noch hätten bleiben sollen, mit jeder Woche, die verging, auf zehn, fünf, zwei geschrumpft. Ich versuchte, mir das Gesicht mit dem warmherzigen Lächeln, der glatten, rosig-gesunden Haut zu vergegenwärtigen, doch dieses neue ließ es nicht zu. Aber ich konnte auch nicht wegsehen – das wäre einem Verlassen gleichgekommen. Sie war noch immer meine Mutter, die in den letzten Tagen ihres Lebens mehr als alles andere Liebe brauchte.
Obwohl sie den größten Teil des Wochenendes verschlief, wußte sie, daß ich da war. Von Zeit zu Zeit öffnete sie die Augen, schaute mich an, drückte meine Hand und flüsterte meinen Namen. Im Gegensatz zum letzten Mal war ich diesmal schweigsam. Zum einen war meine Kehle wie zugeschnürt, und zum anderen wußte ich nicht, worüber ich hätte sprechen können. Über die Situation zu Hause ganz sicher nicht. Über mein Verhältnis zu Rona ebensowenig. Vielleicht über Brody. Aber was hätte ich ihr da erzählen sollen?
Also schwiegen wir miteinander, Mom und ich, und meine Gegenwart schien sie so zu trösten, daß ich gar keine Notwendigkeit sah, etwas Besonderes zu tun. Ihr Herz benahm sich manierlich, und am Samstag nachmittag durfte sie in ihr Zimmer zurück.
Rona brachte ihr Blumen, ihr Lieblingsparfüm, einen Kasset-

tenrecorder und mehr Audio-Bücher, als Mom sich in einem ganzen Monat würde anhören können. Sie brachte ihr ein Nachthemd mit passendem Morgenmantel, die ebenso schön waren wie das Nachthemd mit passendem Morgenmantel, die sie ihr gebracht hatte, als ich das letzte Mal hier gewesen war. Und sie brachte Creme caramel aus Moms Lieblingsrestaurant.

War Mom ihr dankbar? Schwer zu sagen. Sie lächelte und nickte zwar freundlich, aber in ihren Augen stand der mir so vertraute traurige Ausdruck. Selbst jetzt, da ihr Scharfblick merklich nachließ, hielt sie Rona noch immer für einen hoffnungslosen Fall.

Tat ich das auch? Nein. Aber ich wußte nicht, wie ich Rona das sagen sollte, ohne zu bestätigen, daß Mom es tat, was noch mehr Schaden angerichtet hätte. Also lobte ich sie für die Geschenke und dankte ihr dafür, daß sie sich um Mom kümmerte, und dem Teil von mir, der Konkurrenzdenken verabscheute und meine Beschämung als gerechte Strafe ansah, machte es nicht das geringste aus, daß sie jetzt vom Scheitern meiner Ehe wußte. Ich nahm an, daß es ansonsten herzlich wenig gab, das ihr Befriedigung bereitete.

Ich hatte seit jeher Schwierigkeiten mit Abschieden. Der völlig unerwartete, frühe Tod meines Vaters hatte mich als Kind sowohl mit der Sterblichkeit als auch mit der Unberechenbarkeit des Lebens konfrontiert. Und von da an hatte ich – so gesund Connie auch sein mochte – jedesmal, wenn ich das Haus verließ, Angst, daß ich sie nicht mehr vorfände, wenn ich zurückkam.

Als ich dann mit Dennis verheiratet war, bekam ich diese Gefühle in den Griff, wahrscheinlich, weil die Abschiede so turbulent verliefen, daß ich gar keine Zeit für morbide Gedanken hatte. Eine kranke Mutter verlassen zu müssen, ließ sie wieder erwachen, und je kränker sie wurde, um so schlimmer wurden sie. Diesmal waren sie so schlimm wie nie. Ich versprach, sie noch am selben Abend anzurufen und in ein, zwei Wochen wiederzukommen, aber ich sah wieder den traurigen, wissenden, zärtlich-tadelnden Ausdruck in ihren Augen. Wir wußten beide, daß ich dann vielleicht zu spät kommen würde.

Das Krankenzimmer am Sonntag morgen zu verlassen, fiel mir so schwer, daß ich unter anderen Umständen gesagt hätte, die Kinder werden es verstehen, und geblieben wäre. Aber Dennis würde es nicht verstehen, ebensowenig wie sein Anwalt und der Richter und der Gutachter, bei dem ich am Montag wieder zu erscheinen hätte. Wenn ich meine Mutter über meine Kinder gestellt hätte, wäre ich als schlechte Mutter abgestempelt worden. Also war ich statt dessen eine schlechte Tochter.

Das Leben bestand aus einer endlosen Folge von Kompromissen, hatte Connie einmal geklagt. Ich wünschte, ich hätte ihr erklären können, warum ich dieses spezielle Zugeständnis machte. Ihre Zustimmung hätte mir geholfen.

Als ich im Flugzeug saß, wandte ich mich all dem zu, was ich für die Dauer meines Besuchs in den Hintergrund gedrängt hatte. Das erste waren die Kinder. Nachdem ich den Samstag mit ihnen versäumt hatte, rief ich Dennis an und fragte ihn, ob ich die Kinder vielleicht auf dem Heimweg vom Flughafen abholen könnte. Zuerst war er nicht sehr entgegenkommend, doch dann gab er plötzlich überraschenderweise nach.

Ich hätte gerne geglaubt, daß er Mitleid mit meiner Mutter empfand und dementsprechend Verständnis für meine Bitte habe, aber die Zynikerin in mir – gerade erst knapp zwei Wochen alt – fragte sich, ob ihm vielleicht eine gute Alternative für seine Sonntagsgestaltung eingefallen war. Das wäre nichts Neues, dachte ich. Er hatte seine Wochenenden jahrelang nach seinen eigenen Vorstellungen gestaltet und uns nur einbezogen, wo und wann wir hineinpaßten. In dieser Form wäre es aufrichtiger – und wesentlich einfacher für mich, als seine Abwesenheit den Kindern gegenüber mit irgendwelchen Notlügen rechtfertigen zu müssen.
Außerdem hätte es mich im Moment auch nicht gekümmert, wenn er vorgehabt hätte, sich vor aller Welt mit Phoebe Lowe auf dem Balkon des City Hall Plaza zu vergnügen – ich wollte nur Johnny und Kikit bei mir haben, mich überzeugen, daß es ihnen gutging, und nach dem schlimmen Wochenende mit meiner schwerkranken Mutter und meiner Schwester ihre Liebe und Lebendigkeit spüren.
Ich hätte auch gerne die Liebe und Lebendigkeit von jemand anderem gespürt, aber der hatte auf dem Rückweg von der Westküste in New York Station gemacht, um seine Tochter zu besuchen, und würde erst an diesem Abend zurückkommen – und außerdem war er ohnehin nur ein Floh, den ironischerweise ausgerechnet mein Mann mir ins Ohr gesetzt hatte. Stoff für Träume, weiter nichts.
Das Flugzeug landete auf die Minute pünktlich. Ich holte mir mein Gepäck, ging auf den Ausgang zu, wo ich für gewöhnlich von meinem Fahrer erwartet wurde – und blieb wie angewurzelt stehen. Brody lehnte, die Hände in den Taschen seiner Jeans, in T-Shirt, offenem Flanellhemd und Wollweste an der Wand. Bei seinem Anblick durchströmte mich eine wohlige Wärme, und als er ein wenig schief, ein wenig hilflos,

ja, fast schüchtern lächelte, spürte ich es bis in die entlegensten Winkel meiner Seele.
Ich hatte das Gefühl, daß er angesichts der Warnungen von Carmen eigentlich nicht hatte kommen wollen, schließlich jedoch nicht widerstehen konnte. Doch vielleicht war da der Wunsch Vater des Gedankens.
Aber ob richtig oder falsch – er war da. Und ob richtig oder falsch – ich war glücklich, ihn zu sehen.
Wie in Trance ging ich, von seinem innigen Blick gehalten, auf ihn zu. Als ich bei ihm ankam, war meine Kehle plötzlich wie zugeschnürt, und ich preßte die Lippen aufeinander, um nicht in Tränen auszubrechen. Brody nahm mir meine Reisetaschen ab, stellte sie auf den Boden und umarmte mich, ehe ich dazu kam, mir Gedanken über einen eventuellen Spitzel von Dennis zu machen. Ich seufzte tief und erleichtert, und dann forderte die Anspannung des Wochenendes ihren Tribut, meine Knie begannen zu zittern, und ich schob meine Hände unter sein Flanellhemd und klammerte mich haltsuchend an ihn. Und er gab ihn mir. Es war erschreckend, wie sehr ich ihn brauchte.
Er streichelte mit den Händen meinen Rücken und mit den Lippen meine Haare und meine Stirn, und ich protestierte nicht, als er mich küßte – schließlich küßte sich alle Welt auf Flughäfen, teils freudig, weil man sich wiedersah, teils kummervoll, weil man Abschied nehmen mußte. Ich protestierte nicht? Nein – ich hob den Kopf, weil ich seinen Kuß kommen spürte. Als er sich schließlich atemlos von meinem Mund losriß und meinen Kopf mit seiner großen Hand an seinen Hals drückte, zitterte ich am ganzen Leib.
Wie gut er duftete, frisch gewaschen und männlich.
»Laß uns gehen«, sagte er heiser, und ich registrierte mit Genugtuung, daß er, als wir zum Auto gingen, eine meiner

Taschen vor sich hielt. Es gab mir ein Gefühl der Macht, das beinahe ebenso berauschend war wie sein Duft.
Benahmen wir uns unklug? Allerdings. Carmen wäre außer sich gewesen, aber was sollte jetzt noch passieren? Dennis hatte seinen Verdacht ja bereits bei Gericht geäußert, und man hatte ihm geglaubt, und außerdem galten seiner eigenen Aussage zufolge seit unserer Trennung andere Regeln.
»Trau dich was, Claire«, spornte ich mich an. Daß ich es ausgesprochen hatte, wurde mir erst klar, als ich Brody neben mir leise lachen hörte.
Er warf mir einen Blick zu, der mir sagte, daß er diese Maxime guthieß, und als wir bei seinem Range Rover ankamen, warf er die Taschen auf den Rücksitz und zeigte es mir, indem er mein Gesicht in die Hände nahm und mich wieder küßte. Diesmal war es wie ein Wirbelsturm, der meine Sorgen um Connie, meine Sehnsucht nach den Kindern, meinen Zorn auf Dennis und jeden Gedanken an WickerWise aus meinem Kopf fegte.
Ich hatte nicht gewußt, daß ich so hungrig war. Ich hatte nicht einmal gewußt, daß ich so hungrig sein konnte.
Ich weiß nicht, wie es geendet hätte, wenn es nach mir gegangen wäre, denn ich hatte mich nicht mehr unter Kontrolle – aber Brody brachte die Vernunft auf, sich zurückzuziehen, wenn auch widerstrebend und in Etappen.
Als er es endlich geschafft hatte, holte er tief Luft und legte für einen Moment den Kopf in den Nacken. Als er ihn wieder hob, sah ich ein Blitzen in seinen Augen.
»Na«, sagte er, »war das so schlimm?«
Jetzt lachte ich aus vollem Hals. Dann lehnte ich die Stirn an seine Brust. Sein Herz schlug schnell und laut.
»Denk dir nur mal, wie es wäre, wenn wir schmusen würden«, grinste er.

»Was war denn das gerade?«
»Nur ein Kuß.«
»Mir erschien es mehr.«
»Gedulde dich noch ein Weilchen, Baby.«
Ich spielte mit dem Gedanken, ihm zu sagen, er solle nicht so selbstgefällig sein und eine Frau der Neunziger nicht »Baby« nennen, aber er hatte sich seine Selbstgefälligkeit mit diesem Kuß weiß Gott verdient, und was das »Baby« betraf, so hatte ich es, obwohl eine Frau der Neunziger, gern gehört.
Dennis hatte mich nie »Baby« genannt. Er hatte für mich gesungen und mich fotografiert, und ich war mir jedesmal wie etwas Besonderes vorgekommen, aber er hatte mich nie verwöhnt oder mich behandelt, als brauche ich Schutz, und vielleicht brauchte ich den ja auch nicht. Aber es war herrlich, sich zur Abwechslung einmal anlehnen zu können, Fürsorge zu erfahren. Auch tüchtige Frauen brauchten das hin und wieder.

Diesmal forderte Dean Jenovitz mich zu einem Spiel auf, das zu spielen ich mich nicht gut weigern konnte.
»Zuverlässig«, lautete sein erstes Stichwort.
Ich überlegte. Wenn ich mich aus Bescheidenheit niedrig einstufte, wird er diese Wertung vielleicht ernst nehmen. Bescheidenheit war nur in Maßen angebracht, wenn man sich gut verkaufen wollte – und darum ging es hier. Nicht um Gerechtigkeit.
Ich gab mir neun Punkte.
»Findig.«
»Neun.«
»Tüchtig.«
»Acht.«

»Warum nicht wieder neun?«
»Weil Tüchtigkeit relativ ist. Es gibt Dinge, die ich gut kann, und es gibt Dinge, die ich nicht gut kann. Die delegiere ich. Darin liegt ein Teil meines Erfolges.«
Jenovitz fixierte mich schweigend. Sollte ich noch mehr sagen? Nein – ich wollte nicht mehr sagen. Also fixierte ich ihn meinerseits schweigend.
Schließlich fragte er: »Sind Sie wütend?«
Ich blinzelte verblüfft. »Nein. Warum fragen Sie?«
»Bei Ihrem letzten Besuch waren Sie nervös. Heute sind Sie anders.«
Bei meinem letzten Besuch war ich nervös? Natürlich! Immerhin stand und fiel meine Zukunft mit dem Urteil dieses Mannes. Heute war ich anders? Nach den letzten vierundzwanzig Stunden? Nach den letzten sechsundneunzig Stunden?
»Vielleicht«, sagte ich.
»Vielleicht was?«
»Vielleicht bin ich anders.« Ich schaute stirnrunzelnd auf die schwarzen Holzperlen am Ende meines Gürtels hinunter. »Wütend.«
»Verraten Sie mir, weshalb?«
Ich hob den Kopf. »Weil ich mich in einer Situation befinde, die ich nicht wollte und die mir nicht gefällt. Gestern habe ich den Nachmittag mit meinen Kindern verbracht. Die Kleine fragt mich unentwegt, wann ich wieder nach Hause komme, und der Große ist bedrückt, und wenn unsere gemeinsame Zeit ihrem Ende zugeht, werden beide zunehmend gereizt. Und mir geht es ebenso. Ich weiß nicht, wie ihnen zumute ist, wenn ich sie bei ihrem Vater abgeliefert habe, aber ich fühle mich einsam, ich habe Angst, ich sorge mich, und ich denke immer wieder, daß es eine kinderfreundlichere Lösung hätte

geben müssen, aber dank meinem Mann und dem Gericht nicht gibt. Es ist hart für mich, Dr. Jenovitz, sehr, sehr hart. Ich bin eine Mutter. Ich liebe meine Kinder. Und ich weiß, daß sie leiden. Natürlich bin ich wütend. Das ist doch mein gutes Recht, oder?«

»Nicht, wenn die Anschuldigungen gegen Sie zutreffend sind.«

»Das sind sie nicht!« Ich sank in mich zusammen. Wie sollte ich meine Unschuld beweisen? Okay, ich war erst einmal eine Stunde bei Jenovitz gewesen, aber ich hatte das Gefühl, mich schon viel länger zu verteidigen.

»Darüber versuche ich mir klarzuwerden«, sagte er. »Aber Wut ist hinderlich dabei.«

»Das letzte Mal sagten Sie, ich müsse trauern. Ist Wut nicht auch ein Bestandteil von Trauer?«

»Ja, aber kein produktiver.«

»Sie ist ein Ventil für Gefühle, und davon habe ich eine Menge, wenn mich der Richter auch für eine kaltblütige Geschäftsfrau hält.«

»Apropos«, sagte er, beugte sich zur Seite, zog eine Schublade auf und kramte darin herum. Ich hörte Zellophan knistern, und gleich darauf kam seine Hand mit einem sauren Drops zum Vorschein. Er wickelte ihn aus und schob ihn in den Mund. »Apropos«, wiederholte er, »wir sprachen doch vorhin von Tüchtigkeit und vom Delegieren. Würden Sie sagen, daß Delegieren notwendig für eine berufstätige Mutter ist?«

»Nein«, erwiderte ich ruhiger – das Ventil hatte gewirkt. »Ich würde sagen, daß es für jeden erfolgreichen Menschen notwendig ist.«

»Aber für eine berufstätige Mutter zwingend?«

Ich hatte über dieses Thema schon oft mit meinen Mitarbeiterinnen diskutiert – meiner Sekretärin, der Leiterin unserer örtlichen Filiale, den Filialleiterinnen im ganzen Land. Die meisten waren Mütter, und wir tauschten »Kriegsberichte« aus. »Eine berufstätige Mutter braucht Hilfe. Wir haben zu viele Aufgaben, um sie alle allein bewältigen zu können.«

»Sich diese Hilfe zu organisieren, kann selbst zur Aufgabe werden. Dazu muß man Umsicht besitzen. Wie bewerten Sie sich in dieser Hinsicht?«

Da brauchte ich nicht lange zu überlegen. »Mit neun Punkten.«

Er schob den Drops von einer Wange in die andere. »Phantasievoll?«

Was sollte es – wenn er mich als eingebildet abstempeln wollte, würde er es ohnehin tun. »Neun.«

»Zwanghaft?«

»Drei.«

Seine buschigen Brauen schossen in die Höhe, und der Drops wanderte wieder auf die andere Seite. »Sie sehen sich nicht als zwanghaft?«

»Nein. Tut mein Mann es?«

Er zermalmte den Drops, und ich mußte auf seine Antwort warten, bis er zu Ende gegessen hatte – aber dann sprudelten seine Worte heraus, als wolle er die Verzögerung wiedergutmachen. »Was Leistung betrifft. Er ist der Meinung, daß Sie zuviel von den Kindern verlangen.«

»Ich würde sagen, das trifft eher auf ihn zu. Er ist es nämlich, der sich aufregt, wenn Johnnys Noten nicht gut genug ausfallen oder wenn Kikit zwischendurch wieder einmal lispelt. Ich zwinge sie dazu, in die Schule zu gehen, weil das Pflicht ist, aber was ihre Freizeitaktivitäten betrifft, so gingen die diesbezüglichen Wünsche ausschließlich von ihnen selbst aus. Sie sind musikalisch begabt, aber keiner der beiden wollte Gesangsunterricht nehmen oder ein Instrument erlernen, und

ich habe sie nicht gedrängt. Und so geht Kikit ins Ballett, macht Gymnastik und hilft in der Bücherei, und Johnny macht Sport. Ich bitte sie lediglich, immer ihr Bestes zu geben.«
»Ihr Mann sagt, sie seien fast jeden Tag nach der Schule beschäftigt. Sollten sie nicht irgendwann auch mal Zeit zur Entspannung haben?«
»Die haben sie doch – an den Abenden und freien Nachmittagen und an den Wochenenden. Ich teile mir meine Arbeit immer so ein, daß ich dann für sie dasein kann.«
»Das ist sicher schwierig.«
»Im Grunde nicht, ich bin schließlich der Boß. Das bringt mich wieder auf das Thema Hilfe. Ich habe einen äußerst hilfsbereiten Mitarbeiterstab, den ich mir aufgebaut habe, als WickerWise größer zu werden begann. Meine Kinder stehen bei mir an erster Stelle, und meine Mitarbeiter wissen das.«
»Klingt vernünftig«, meinte er, doch sein Tonfall drückte Zweifel an meiner Aufrichtigkeit aus.
»Fragen Sie die Leute, mit denen ich zusammenarbeite«, schlug ich vor. »Sie stehen auf meiner Liste.« Außer den sechs Personen, die Kikit und Johnny am besten kannten, hatte ich noch die Leiterinnen der Filialen in Essex und dem Vineyard aufgeführt, und natürlich Brody.
»Wollten Sie je etwas anderes sein?«
»Was den Beruf betrifft, meinen Sie?« Als er nickte, dachte ich zurück. »Als Kind träumte ich davon, als Ärztin Leben zu retten. Dann fing ich mit Biologie an, aber ich war mit meinen Leistungen nicht zufrieden.«
»Haben Sie das Studium deshalb abgebrochen?«
»Zum Teil. Der andere Grund war Geld. Ich hatte keines. Dann lernte ich Dennis kennen, der ein bißchen was hatte, aber zu der Zeit war ich schon auf Innenarchitektur umgestie-

gen, und der Traum von der Ärztin war vergessen. Und das war gut so, denn Dennis wollte eine Vollzeit-Ehefrau.«
»Und wie paßte die Innenarchitektur dazu?« fragte Jenovitz und zog die Bonbonschublade wieder auf.
»Ich hatte als Einkäuferin für eine landesweite Kette von Möbelhäusern gearbeitet. Den Job gab ich auf und machte mich statt dessen als Innenausstatterin selbständig.«
Er kramte, mit einem Ohr in der Schublade, nach einem weiteren Drops, ohne mich jedoch aus den Augen zu lassen.
»Und wie nahm Dennis das auf?«
»Völlig problemlos. Er merkte kaum, daß ich arbeitete, war völlig fassungslos, als die Einkommensteuererklärung fällig wurde und er sah, wie viel ich verdiente. Es war zwar kein Vermögen, aber mehr, als er erwartet hatte. Meine Arbeit wirkte sich lange Zeit überhaupt nicht auf unser Familienleben aus.«
»Das hat sich inzwischen aber gründlich geändert.« Er hatte den gesuchten Drops gefunden, wickelte ihn aus und steckte ihn in den Mund.
»Heutzutage bin ich der Hauptverdiener.«
»Das steht außer Frage.« Er lutschte schmatzend an seinem Bonbon, während er sich vorbeugte und in seinen Unterlagen blätterte. »Der Wert Ihres Hauses ist« – seine Brauen schossen in die Höhe, als er die Summe sah – »ziemlich beträchtlich.«
»Dennis hatte sich damals in das Haus verliebt.«
»Sie nicht?«
»Nein, ich hätte ein anderes vorgezogen. Es war älter und nicht so konservativ im Stil, preiswerter, aber dafür renovierungsbedürftig.«
»Und Dennis sah nicht, was sich daraus hätte machen lassen?«
»Es interessierte ihn gar nicht, nachdem er das jetzige gesehen hatte. Also kauften wir es.«

»Aber Sie mögen schöne Dinge.«
»Tun wir das nicht alle?«
»Wir sprechen hier über Sie, Mrs. Raphael. Materialistisch. Ihre Wertung, bitte.«
»Fünf«, antwortete ich, ohne zu zögern. »Ich kaufe mir zwar Dinge, die ich mir leisten kann, und freue mich darüber, aber ich könnte auch gut ohne sie leben. Das habe ich lange genug getan.«
»Ah, ja – in Ihrer Kindheit. Sie besaßen weniger als Ihre Kinder jetzt. Halten Sie sie für verwöhnt?«
»Nun ja, vielleicht ein bißchen. Eltern schenken ihren Kindern nun mal gern Dinge, die sie selbst nicht hatten. Ich bin da keine Ausnahme.«
Seine Zunge beförderte den Drops mit Schwung in eine Backentasche. »Würden Sie sagen, daß Ihre Kinder glücklich sind?«
»Im Moment natürlich nicht – sie verstehen nicht, was zwischen mir und Dennis abläuft –, aber im Grunde sind sie glücklich.«
»Woraus schließen Sie das?«
»Sie sind fröhlich. Sie sind kontaktfreudig. Sie sind nicht aggressiv. Sie sind gut in der Schule.«
»Bislang haben sie in einem intakten Elternhaus gelebt«, bemerkte er. »Für wie wichtig halten Sie diesen Faktor?«
Das war die erste für die Zukunft meiner Kinder relevante Frage. Unbehaglich antwortete ich: »Ich hatte mir das für meine Kinder immer gewünscht und für selbstverständlich gehalten, daß es ihnen erhalten bliebe. Das war einer der Gründe dafür, daß ich Dennis nicht von Trennung sprechen hören wollte.«
»Sie haben meine Frage nicht beantwortet.«
»Nein, das habe ich nicht – weil sie mir unangenehm war.

Der Trubel meines täglichen Lebens lenkte mich immer wieder von der übergeordneten Realität ab – daß meine beiden Kinder nie wieder mit ihren beiden Elternteilen unter einem Dach leben würden. Unter den gegebenen Umständen wäre das allerdings gar nicht zumutbar für sie gewesen. Dennis verabscheute mich, und meine Gefühle für ihn entwickelten sich zusehends in die gleiche Richtung. Für Erwachsene keine erfreuliche Atmosphäre, und für Kinder erst recht nicht.«

»Mrs. Raphael?«

»Ein intaktes Elternhaus ist zwar etwas Schönes«, meinte ich, »aber es ist keine Garantie für eine glückliche Kindheit. Viele glückliche, angepaßte Kinder haben nur einen Elternteil.«

»Wie Sie zum Beispiel.«

Angepaßt war ich gewesen – aber glücklich?

Der Einfachheit halber sagte ich: »Ja. Wie ich. Es kommt darauf an, wie dieser eine Elternteil die Situation meistert. Es kommt auch auf das Kind an und auf die Chemie zwischen Eltern und Kind. Meine Mutter und ich waren uns sehr ähnlich. Wir halfen einander.«

Er lehnte sich zurück, lutschte an seinem Bonbon und schaute mich abwartend an.

Ich brach das Schweigen, indem ich sagte: »Meine Schwester Rona hatte Probleme – das Verhältnis zwischen ihr und meiner Mutter war anders.«

»Inwiefern?«

»Ich wünschte, ich wüßte es.« Ich lachte verlegen. »Das stimmt nicht. Ich weiß, inwiefern – ich weiß nur nicht, warum.«

Er runzelte die Stirn, stützte den Ellbogen auf seine Sessellehne und das Kinn auf seine Faust.

»Sie bürsteten einander gegen den Strich«, fing ich mit dem

Inwiefern an. »Was die eine wollte, konnte die andere nicht geben, was die eine hatte, wurde von der anderen heruntergemacht.«
»Welche von Ihnen ist die Ältere?«
»Ich.«
»Sie müssen ein strapaziöses Vorbild gewesen sein.«
»Darum ging es gar nicht. Mom und ich standen einander so nahe, daß Rona sich ausgeschlossen fühlte. Und so ließ sie nichts unversucht, ebenfalls von meiner Mutter anerkannt zu werden – aber je mehr sie sich bemühte, um so schlimmeren Schiffbruch erlitt sie.«
Jenovitz war sichtlich fasziniert von meiner Schilderung, und mir kam der Gedanke, daß er als erfahrener Psychologe mir raten könnte, wie ich besser mit Rona zurechtkäme.
»Meine Mutter hatte einen Sicherheitswahn. Sie wollte nicht, daß wir uns je so hilflos fühlten, wie sie es getan hatte. Ich nahm die Botschaft als allgemeine Direktive auf und entwickelte mich zu einem selbständigen Menschen. Rona legte sie für sich anders aus – sie heiratete den reichsten Mann, den sie finden konnte. Die Ehe scheiterte, und so heiratete sie ein zweites Mal, doch dieser Mann starb. Sie hat jetzt eine Menge Geld und versteht nicht, daß Mom nicht begeistert von ihr ist.«
»Und warum ist Mom nicht begeistert von ihr?«
»Weil Rona keine Bindungen hat – keine Kinder, keine echten Freunde. Sie hat nichts gelernt und nicht den Ehrgeiz, etwas aus sich zu machen, flippt einfach nur herum. Mom hält sie für oberflächlich.«
»Tun Sie das auch?«
»Nein. Ich glaube ...«, ich versuchte, mir darüber klarzuwerden, »ich glaube, sie ist blockiert. Sie hat so lange versucht, Moms Wünschen zu entsprechen, daß sie gar nicht weiß, was

sie eigentlich will – und darum hat sie keine Richtung in ihrem Leben, tritt auf der Stelle. Und ich glaube auch, daß sie Angst hat. Da sie in Moms Augen nichts richtig machen kann, denkt sie, daß sie generell nichts richtig machen kann.«

»Das arme Mädchen ist also völlig demoralisiert – und sie denkt, daß Mom sie nicht liebt. Macht Mom sich darüber Gedanken?«

»Ich bin sicher, daß sie das tut.« Ich runzelte die Stirn. »Zumindest nehme ich es an. Die Menschen ihrer Generation sprechen im allgemeinen nicht über das, was sie bewegt.«

»Ich gehöre ebenfalls dieser Generation an, und ich habe keinerlei Hemmungen in der Hinsicht.«

»Nun, meine Mutter schon. Aber wenn sie auch keine großen Worte macht oder meine Hand hält oder mich umarmt, ich weiß trotzdem, daß sie mich liebt. Es steht ihr ins Gesicht geschrieben.«

»Müssen Ihre Kinder sich bei Ihnen auch damit begnügen, es Ihnen vom Gesicht abzulesen?«

»Ganz und gar nicht. Ich spare nicht mit Worten und Umarmungen. Es war mir immer wichtig, daß sie sich meiner Liebe sicher waren, und sie sind es. Fragen Sie sie – sie werden es Ihnen bestätigen.« War das zu vehement gewesen? Nein – ein solches Thema konnte gar nicht vehement genug behandelt werden.

»Na schön. Ihre Mutter arbeitete abends immer lange. Haben Sie ihr das verübelt?«

»Ich begriff, daß es notwendig war. Ich wußte, daß sie keine Wahl hatte.«

»Aber haben Sie es Ihr verübelt?«

Ich wollte es ihr nicht verübeln. Connie hatte sich so bemüht, uns über die Runden zu bringen, daß Kritik an ihr mir undankbar erschien. Dennoch gab es Tage, an denen mich

Streit mit einer Freundin, Geldsorgen oder die Menstruation so mitnahmen, daß ich mich gerne am Abend an sie gekuschelt hätte. »Manchmal. Ich war einsam.«
»Befürchten Sie nicht, daß Ihre Kinder ebenso empfinden?«
»Nein. Ihre Situation ist damit nicht zu vergleichen. Erstens war sie der einzige Elternteil, den ich hatte – wenn sie zur Arbeit ging, blieben meine Schwester und ich uns selbst überlassen. Zweitens hatten wir nach der Schule kein Freizeitprogramm. Drittens konnten wir sie nicht anrufen.«
»Warum nicht?«
»Ihr Boß ließ keine Privatgespräche zu. Meine Kinder rufen mich dagegen alle fünf Minuten an. Ich ermutige sie sogar dazu. Und in den Schulferien begleiten sie mich mit Begeisterung in die Arbeit.«
»Stören sie da nicht?«
»Nein.«
Sein Blick war skeptisch. Mit einem angedeuteten, fast neckenden Lächeln fragte er: »Es gab nie – nicht einmal, als sie noch klein waren – Momente, in denen Sie sie gerne zurückgegeben hätten?«
»Zurückgegeben?«
Das Lächeln blieb. »Das ist so eine Redensart. Sie wissen, was ich meine – daß Sie das Gequengel und Geklecker satt hatten.«
»Natürlich gab es solche Momente, aber ...«
»Geduld. Wie viele Punkte würden Sie sich da zugestehen?«
»Im Hinblick auf meine Kinder? Neun Komma fünf.«
»Angesichts eines solchen Geduldpotentials ist es verwunderlich, daß Sie nie erwogen haben, Lehrerin zu werden.«
Ich erwiderte das neckende Lächeln. »Daß ich mit meinen Kinder Geduld habe, heißt nicht, daß ich auch mit anderer Leute Kindern Geduld habe.«

»Stand für Sie immer fest, daß Sie nur zwei Kinder haben wollten?«
»Ja.«
»Warum?«
»Zwei erschienen mir ideal. So ist keines von ihnen allein, und trotzdem ist die Anzahl überschaubar genug, um jedem individuell Aufmerksamkeit zu widmen. Außerdem kosten Kinder Geld, und damals ahnten wir noch nicht, daß wir eines Tages haben würden, was wir heute haben.«
»Haben Sie Ihr erstes Kind darum erst so spät bekommen?«
»Ich war einunddreißig, das ist nicht spät.«
»Aber Sie hatten bereits mit fünfundzwanzig geheiratet. Wie Sie mir erzählten, gaben Sie damals Ihren Job auf und machten sich selbständig. Da hätten Sie doch schalten und walten können, wie Sie wollten – warum also haben Sie die Kinder aufgeschoben?«
Ich wußte nicht, worauf er hinauswollte, aber es beschlich mich ein ungutes Gefühl. »Ich dachte, Dennis und ich bräuchten erst einmal Zeit für uns«, sagte ich vorsichtig.
»Sah er das ebenso?«
»Widersprochen hat er nicht – er war damit beschäftigt, seine Firma aufzubauen.«
»Wenn er damit beschäftigt war, dann hatten sie doch gar nicht die Zeit für einander, die Sie sich wünschten.«
»Wir hatten, was wir brauchten. Verfolgen Sie einen bestimmten Zweck mit diesen Fragen, Dr. Jenovitz? Ich sehe da keinen Zusammenhang mit meiner Befähigung als Mutter.«
»Der Zusammenhang besteht in Ihrer Einstellung zu Ihrer Mutterschaft.«
»Inwiefern?« fragte ich.
»Manche Frauen wollen Kinder – und dann doch wieder nicht.«

»Ich bin keine dieser Frauen.«
»Dann erklären Sie mir die Abtreibung.«
Abtreibung echote ich im stillen. Welche Abtreibung? hätte ich gerne gefragt – aber ich wußte, welche Abtreibung er meinte. Sie mochte unter der Familie begraben sein, die wir danach aufgebaut hatten, aber eine Frau vergaß eine Abtreibung nie. Sie mochte sich vormachen, daß es nie geschehen war, mochte es vor ihrer Mutter, ihrer Schwester und ihren engsten Freunden geheimhalten – aber das machte es nicht ungeschehen.
Das war mir klar. Nicht klar war mir, warum mein Mann nach all den Jahren des Schweigens jetzt darüber gesprochen hatte.

Zwölftes Kapitel

Mein Schweigen hatte nichts mit Verstocktheit zu tun. Im ersten Moment war ich zu erschrocken, um zu antworten, und dann, als meine Gedanken wild in meinem Kopf herumzuschießen begannen, zu verwirrt. Schließlich fragte Dean Jenovitz: »Habe ich einen wunden Punkt berührt?«

»Einen wunden Punkt? O ja, so könnte man es nennen. Wer hat Ihnen davon erzählt?«

»Von der Abtreibung?« Er schien das Wort in die Länge zu ziehen, aber vielleicht bildete ich mir das auch nur ein. Ja, es war ein wunder Punkt – das Wort allein schon, und die Erinnerung erst recht. »Das spielt keine Rolle«, wich er aus. »Ich möchte, daß Sie mir davon erzählen.«

»Wie sind Sie darauf gekommen?« insistierte ich.

»Das spielt keine Rolle«, wiederholte er und lehnte sich in Erwartung meiner Erklärung zurück.

Aber ich hatte nicht vor, ihm irgend etwas zu erklären, solange er seinerseits nicht dazu bereit war, denn aus meiner Verwirrung wurde Zorn und Mißtrauen. »Die Abtreibung liegt lange zurück. Dennis weiß, wie qualvoll sie für mich war. Wir haben in stillschweigender Übereinkunft seit Jahren nicht darüber gesprochen, und es überrascht mich sehr, daß er sie jetzt zur Sprache gebracht hat.«

»Das hat er nicht – sie war Bestandteil der Akte, die ich erhielt, als ich diesen Fall zugeteilt bekam.«

»Dann wußte der Richter davon?« Unwahrscheinlich. Hätte der Richter es gewußt, hätte er es mit Freuden gegen mich verwendet.
»Ich weiß nicht, was der Richter wußte«, erwiderte Jenovitz. »Das geht mich nichts an. Ich weiß nur, daß diese medizinischen Unterlagen bei der Akte waren.«
Medizinische Unterlagen. »Medizinische Unterlagen?«
»Sie müssen doch wissen, daß sie existieren.«
»Nein, das habe ich nicht gewußt. Ich nahm an, daß irgendein Vermerk darüber in einer alten Akte stünde, aber sind diese Berichte nicht vertraulich? Ich hatte keine Ahnung, daß jemand danach gesucht und Kopien davon an den Richter oder Sie weitergegeben hat.«
»Ich nehme an, es wäre Ihnen lieber, wenn dieser Jemand das nicht getan hätte.«
Die Frage war so absurd, daß ich unwillkürlich auflachte. »Natürlich wäre mir das lieber. Ich habe diese Abtreibung nicht genossen – weder körperlich noch seelisch. Ich hätte sie niemals aus freien Stücken machen lassen.«
»Entschuldigen Sie, Mrs. Raphael, Sie haben Sie aus freien Stücken machen lassen.« Er legte die Hand auf die Akte. »Laut diesem Bericht bestand keine medizinische Notwendigkeit. Sie beschlossen einfach, Ihre Schwangerschaft abzubrechen.«
»Einfach?« Meine Stimme war lauter geworden. Sollte sie. »Es war nichts einfach daran. Die Entscheidung bereitete mir Höllenqualen.«
»Aber Sie trafen sie nichtsdestoweniger.«
»Mein Mann und ich trafen Sie nichtsdestoweniger.«
»Seine Version lautet anders.«
»Wie bitte?«
»Er sagt, er habe das Kind gewollt, doch Sie hätten darauf bestanden, Ihre Mutterschaft aufzuschieben.«

Ich war fassungslos, verletzt, außer mir. Ich richtete mich kerzengerade auf und sagte: »Lassen Sie mich etwas klarstellen: Ich habe die Abtreibung nicht vornehmen lassen, weil ich das Kind nicht wollte – das ist kaum je der Grund, aus dem eine Frau sich zu diesem Schritt entschließt. Sie möchte das Kind, doch ihre Lebensumstände würden es zu einer Belastung machen.«

»Was für eine Belastung war das in Ihrem Fall? Ihr Mann verdiente doch ordentlich.«

»Es ging nicht um Geld. Wir hatten gravierende Differenzen, und ich wußte nicht, ob die Ehe halten würde, und sah mich das Kind allein aufziehen.«

»Und darin hätte die Belastung bestanden?«

»Emotional gesehen, ja. Ich wünschte mir inständig, daß meine Kinder anders aufwachsen sollten als ich.«

»In einem intakten Elternhaus.«

»In Sicherheit.«

»Und Ihre Ehe war damals wirklich so wackelig?«

»Es schien damals so. Wir waren noch nicht lange verheiratet, und es gab Probleme. All meine Kräfte flossen in die Rettung unserer Beziehung. Es war nicht der richtige Zeitpunkt für ein Kind, und Dennis teilte meine Meinung.«

»Dann war die Abtreibung Ihre Idee?«

»Ursprünglich war sie Dennis' Idee.«

»Seine Version lautet anders.«

»Das kann ich mir vorstellen. Er hat diese alten Unterlagen ausgegraben, um zu beweisen, was für eine schlechte Mutter ich bin, und sich als Unschuldslamm hingestellt. Aber so war es nicht. Dennis ist kein Unschuldslamm. Unsere Probleme entstanden aus einem schweren Unrecht, das er begangen hatte. Hat er Ihnen davon erzählt?«

»Nein.«

Ich zögerte nur eine Sekunde. Dennis hatte die Abtreibung aus der Versenkung geholt, dann konnte ich auch diesen Vorfall aus der Versenkung holen. Auge um Auge. Ich wollte meine Kinder wiederhaben.

»Einige Jahre vor unserer Heirat hatte Dennis eine Affäre mit der Frau seines Chefs. Als sie endete, drohte sie ihm, ihrem Mann alles zu sagen, ihn aus der Firma werfen und in der Branche unmöglich machen zu lassen, wenn er nicht bezahlte. Also schickte er ihr jeden Monat einen Scheck. Wir waren ein Jahr verheiratet, als ich dahinterkam. Es wäre nicht so schlimm gewesen, wenn er es mir von sich aus gestanden hätte, aber er tischte mir sogar dann noch, als ich die entwerteten Schecks in der Hand hielt, ein, zwei Lügengeschichten auf, ehe er mit der Wahrheit herausrückte. Ehebruch und Erpressung – ich hatte schwer daran zu schlucken.«

Jenovitz wartete geduldig darauf, daß ich fortführe. »Bis zu jenem Tag hatte ich ihn für nahezu vollkommen gehalten.«

Jenovitz nickte.

»Und nun war ich von einer Sekunde auf die andere desillusioniert, was dazu führte, daß mich der Gedanke verfolgte, daß es vielleicht noch andere Dinge gäbe, die ich nicht von ihm wüßte. Dennis bestritt es, aber ich hatte auf eindrucksvolle Weise demonstriert bekommen, daß er bei Bedarf ein begnadeter Schauspieler war.«

Jenovitz zuckte mit einer Braue.

»Die Atmosphäre war angespannt. Ich hatte eine Seite von ihm kennengelernt, die mich erschreckte. Wir stritten uns oft, und so auch an dem Abend, als er von der Arbeit nach Hause kam und ich ihm sagte, daß ich schwanger war.« Jetzt, da ich die Tür weit aufgestoßen hatte, sah ich alles wieder deutlich vor mir. »Zuerst gab er mir die Schuld an der Schwangerschaft, als hätte ich sie allein bewerkstelligt. Dann sagte er, daß unsere Beziehung nur in einer Krise stecke, weil ich einen Fehler aus seiner Vergangenheit jenseits jeglicher Proportion aufbausche. Und dann schlug er vor, ich solle das Kind abtreiben lassen, wenn ich es nicht haben wolle. Es war also er, der diese Lösung zuerst ansprach, nicht ich.«

»Aber Sie haben sie in die Wege geleitet.«

»Ja. Nachdem wir uns einen Monat damit herumgequält hatten und nach durchdiskutierten Nächten übereingekommen waren, daß es das vernünftigste war. Ich leitete den Abbruch in die Wege, denn schließlich mußte ich zum Frauenarzt, aber Dennis begleitete mich zu der Prozedur.« In wilder Hast ordnete ich meine Gedanken. »Wenn Sie also meinen, daß eine mehr als dreizehn Jahre zurückliegende Abtreibung auf meine heutigen Mutterqualitäten schließen läßt, dann möchte ich Sie darauf hinweisen, daß Dennis ebenso daran beteiligt war wie ich. Wenn Sie mich verurteilen, müssen Sie auch Dennis verurteilen. Sogar noch mehr. Nach Kikits Geburt ließ er eine Vasektomie vornehmen. Würde ein Vater aus Leidenschaft sich dazu entschließen?«

»Eine Vasektomie und eine Abtreibung sind grundverschiedene Dinge. Eine Vasektomie verhütet die Empfängnis, eine Abtreibung tötet, was bereits empfangen wurde.«

Ich bedauerte, daß ich es erwähnt hatte, und hob die Hand. »Lassen Sie uns nicht darüber streiten – es geht hier um unsere Qualität als Eltern, und damit hat weder die Abtreibung noch die Vasektomie etwas zu tun.«

»Warum haben Sie sie dann zur Sprache gebracht?«

»Weil Sie die Abtreibung zur Sprache gebracht haben! Und«, fügte ich hinzu, »weil sie etwas war, das Dennis ganz allein für sich beschlossen hatte. Ich erfuhr erst zwei Tage vor dem Eingriff davon, nachdem er beim Arzt gewesen war, den Termin vereinbart und sich emotional darauf eingestellt hatte. Was sagt das über Dennis aus? Und was sagt seine Affäre mit einer verheirateten Frau über ihn aus?«

»Meine Güte, Sie sind aber wirklich auf dem Kriegspfad!«

»Dort haben Sie alle mich hingebracht. Ich hätte die Affäre von mir aus nie erwähnt. Sie liegt viele Jahre zurück – ebenso wie die Abtreibung. Ich hätte nie gedacht, daß sie für die gegenwärtigen Geschehnisse relevant sein könnte, aber Sie sind offenbar dieser Meinung, sonst hätten Sie dieses Thema nicht angeschnitten. Doch da Sie es getan haben, können Sie nicht im Ernst erwarten, daß ich mich nicht dazu äußere. Jede Geschichte hat zwei Seiten. Soll ich meine vielleicht für mich behalten? Soll ich schweigend zusehen, wie Sie falsche Schlüsse ziehen? Soll ich mir gefallen lassen, daß mein Mann hierherkommt und Ihnen dreist ins Gesicht lügt? Ich habe mit all dem nicht angefangen, aber, ja, jetzt bin ich auf dem Kriegspfad. Ich kämpfe um meine Kinder, Dr. Jenovitz. Wie könnte es da anders sein?«

Dennis war nicht zu Hause und auch nicht im Büro, aber in seinem Auto erreichte ich ihn dann endlich. Ich war zu aufgebracht für eine höfliche Begrüßung und wetterte los: »Ich komme gerade von Dr. Jenovitz. Was, um Himmels willen, hat dich geritten, diese medizinischen Berichte auszugraben?«

»Welche medizinischen Berichte?« Er hatte die Frage kaum gestellt, als Kikit vom Rücksitz schrie: »Mommy? Bist du das? Hi, Mommy! Stell dir vor, ich singe ein Solo bei der Thanksgiving-Messe. Du kommst doch hin, oder? Sie ist am Dienstag vor Thanksgiving oder vielleicht auch am Montag, ich weiß nicht genau, aber du mußt unbedingt kommen!«

Ich hörte ein Klicken und dann Dennis' Stimme deutlicher,

als er das Telefon in die Hand nahm. »Welche medizinischen Berichte?« wiederholte er.

»Die über die Abtreibung ...«

»Sei jetzt still, Clara Kate!« schimpfte Dennis nach hinten. »Du kannst mir ihr reden, wenn ich fertig bin.«

»Die Abtreibung liegt viele Jahre zurück«, sagte ich. Ich saß auf dem Parkplatz neben dem Gebäude, in dem Jenovitz' Büro untergebracht war, in meinem Wagen. »Sie hat nichts damit zu tun, was für eine Mutter ich heute bin oder was für ein Vater du bist. Wir hatten uns damals gemeinsam zu diesem Schritt entschlossen. Okay, du wolltest sie am Anfang nicht, aber ich ja auch nicht.«

»Sei still, Kikit!« brüllte Dennis. »Ich kann kein Wort verstehen!«

»Ich wollte sie überhaupt nicht, aber unsere Ehe stand auf der Kippe, und wenn wir uns hätten scheiden lassen, hätte das Kind gelitten. Das war dir genauso klar wie mir. Und du hattest noch dazu die Stirn, dieses Thema bei Jenovitz anzuschneiden, ohne auf den Grund für unsere Probleme einzugehen. Es war wirklich nett von dir, mich als Bösewicht hinzustellen und dich als Engel. Aber ich habe den Mann aufgeklärt, Dennis, ich habe ihm die Geschichte mit Adrienne erzählt.«

»Du sagtest doch, sie sei irrelevant.«

»Das ist die Abtreibung ebenfalls. Aber wenn du meinst, mich damit schlechtmachen zu müssen, dann mache ich dich eben damit schlecht. Du scheinst es noch immer nicht kapiert zu haben, Dennis: Ich will meine Kinder wiederhaben, und dafür setze ich Mittel ein, zu denen ich unter anderen Umständen niemals greifen würde.«

»Nur der Vollständigkeit halber«, sagte Dennis mit erstaunlich ruhiger Stimme, »ich habe diese Berichte nicht beschafft.«

»Wer war es dann? Art Heuber? Phoebe? Aber wie hätten sie davon wissen sollen, wenn du es ihnen nicht erzählt hättest? Hast du ihnen auch von Adrienne erzählt?«

»Das ist doch ewig her.«

»Wie die Abtreibung!«

»Kikit! Hier, Claire, ich habe das Theater jetzt satt! Sprich mit deiner Tochter.«

»Mommy! Gehen wir am Samstag in den Zirkus? Du wolltest Daddy doch noch fragen, ob es ihm recht ist.« Nach einer kurzen Pause quengelte sie: »Warum nicht, Daddy? Nein, ich esse bestimmt nichts, was ich nicht soll. Nein, es war mir diese Woche nicht jede Nacht schlecht – ich sage das bloß manchmal. Alle aus meiner Klasse gehen hin, und aus Johnnys auch. Dürfen wir? Aber wir müssen das jetzt entscheiden – nicht später.« Trotzig sagte sie zu mir: »Ich komme auf jeden Fall mit, egal, was Daddy sagt«, und nach einem schnellen Atemzug: »Wann sehe ich dich endlich wieder, Mommy? Ich muß dir so viel zeigen!«

Wir hatten uns am Nachmittag zuvor gesehen, doch auch mir schien es endlos her zu sein. Die Zeit der Trennung mußte dringend ein Ende finden, aber es stand zu befürchten, daß ich sie durch meinen Auftritt bei Jenovitz noch verlängert hatte.

Ich hatte keinen Termin bei Carmen, aber ich war so aufgeregt, daß ich einfach auf gut Glück hinfuhr. Ich wurde in einen Konferenzraum geführt, und als sie schließlich kam, war ich inzwischen ebenso wütend auf mich wie auf Dennis.

»Ich habe Mist gebaut«, sagte ich, nachdem ich ihr berichtet hatte, was passiert war. »Ich hätte mich demütig zeigen müssen, zerknirscht. Aber ich war so empört darüber – und bin es noch –, daß Jenovitz mich anhand einer so lange zurückliegenden Geschichte heute als Mutter beurteilen will, und daß Dennis so unverschämt gelogen hat. Es tut mir leid, Carmen, ich habe alles noch schlimmer gemacht. Aber ich konnte einfach nicht dasitzen, ohne mich zu verteidigen. Und nun«, ich schlang die Arme um mich, »ist jetzt alles aus? Verliere ich die Kinder?«

»Nein«, beruhigte Carmen mich. »Wir haben ja noch andere Eisen im Feuer. Ich habe heute früh den Antrag beim Berufungsgericht eingereicht. Bis Ende der Woche müßten wir Bescheid bekommen.« Aber sie sah besorgt aus.

»Ich weiß, es sieht nicht gut aus. Aber dann können wir es noch beim Bundesgericht versuchen, nicht wahr?«

»Ja, aber das wäre eine langwierige Sache. Mit Jenovitz könnte es immer noch am schnellsten gehen.« Sie runzelte die Stirn. »Sie haben recht – eine so lange zurückliegende Abtreibung hat nichts mit Ihren heutigen Qualitäten als Mutter zu tun. Ich weiß nicht, warum Jenovitz davon angefangen hat.«

»Er mag mich nicht. Wir hatten einen schlechten Start, und es wurde noch schlechter.« Meine Angst brach sich Bahn. »Er wird gegen mich stimmen, das spüre ich, wenn er irgendwann mal eine Empfehlung ausspricht. Jedesmal, wenn ich ihn frage, wann er mit den Kindern sprechen will, antwortet er, er sei noch nicht soweit. Ich dachte, daß er nach dem heutigen Gespräch mit mir fertig sei, doch er will mich noch mal sehen – aber erst heute in zwei Wochen, weil er die ganze nächste Woche verreist ist! Heute in zwei Wochen sind es nur noch drei Tage bis Thanksgiving. Wenn er noch nicht einmal einen Termin für sein Gespräch mit den Kindern festgelegt hat und noch weitere Gespräche mit Dennis und mir führen will, wie kann er dann bis Monatsende sein Gutachten beim Gericht einreichen? Ich hatte so darauf gebaut, daß bis dahin

alles erledigt wäre.« Ich fühlte Hysterie in mir aufsteigen, und was Carmen als nächstes sagte, war nicht dazu angetan, mich zu beruhigen.
»Es kann sich länger hinziehen. Das Gericht wird Jenovitz mehr Zeit zugestehen, wenn er sie braucht.«
»Wieviel mehr Zeit?«

»Noch zwei Monate?« echote Brody, als ich ihm erzählte, was Carmen gesagt hatte. Er war ebenso fassungslos wie ich und ebenso aufgebracht. »Neunzig Tage will der brauchen, um festzustellen, ob du dich zur Mutter eignest oder nicht? Das ist das Verrückteste, das ich je gehört habe! Jeder, der über einen gesunden Menschenverstand verfügt, würde dazu nicht einmal neun Tage brauchen. Was, zum Teufel, macht dieser Mann?«
Wir waren in meiner Werkstatt. Ich war nach meiner Rückkehr aus Boston hierhergekommen. Da Brody beim Joggen gewesen war, hatte ich mir die Zeit mit Arbeit an dem Schaukelstuhl vertreiben wollen, war jedoch zu aufgeregt gewesen.
Ich ging zum Fenster und starrte in die Nacht hinaus. »Ich verstehe das nicht«, sagte ich mit kleiner Stimme. »Die gerichtliche Verfügung ist ein Aberwitz, aber wir schaffen es einfach nicht, eine Aufhebung zu erwirken. Carmen tut, was sie kann, ich tue, was ich kann, aber nichts greift. Noch zwei Monate! Ich weiß nicht, wie ich das aushalten soll! Abgesehen davon, daß ich von meinen Kindern getrennt bin und Mom nicht besuchen kann, macht mich diese Ungerechtigkeit wahnsinnig!«
Brody trat zu mir. Er berührte mich nicht, aber ich spürte ihn. Seine Wärme war eine Rettungsleine.
»Es ist eine Ironie, wie sich der Kreis schließt«, sagte ich. »Zu

der Zeit der Abtreibung hatte ich panische Angst davor, ein Kind zu bekommen, denn ich dachte, daß Dennis und ich uns scheiden lassen würden und ich dann, wie meine Mutter, mittellos und allein mit einem Baby dasäße. Die Scheidung findet jetzt statt – wäre es nicht irre, wenn ich heute meine Kinder verliere, weil ich damals keine Kinder wollte?«

Mit einer federleichten Berührung strich er mir eine Haarsträhne aus dem Gesicht. »Du wirst die Kinder nicht verlieren, letztendlich nicht.«

»Das möchte ich zu gern glauben, aber es geschehen ständig Dinge, die mich entmutigen – und mir sind die Hände gebunden. Es macht mich völlig fertig, daß ich nichts tun kann.« Ein früheres Gespräch mit Jenovitz fiel mir ein. »Vielleicht bin ich ja wirklich herrschsüchtig.« Ich schaute zu Brody auf. »Bin ich herrschsüchtig?«

»Mich hast du nie beherrscht, nicht in negativer Weise jedenfalls.«

»Du bist stark, du würdest es nicht zulassen. Aber Dennis ist nicht stark. Vielleicht habe ich ihn beherrscht. Ich muß immer wieder an unsere Diskussionen denken, wenn er vorschlug, daß wir uns trennen sollten. Ich hielt dagegen, daß wir es doch eigentlich schön miteinander hätten, daß ich ihn liebte und wir schließlich auch an die Kinder denken müßten. Er meinte dann, wir hätten es nicht mehr schön miteinander, woraufhin ich sagte, es könne doch wieder schön werden, was es dann nach jedem dieser Gespräche für kurze Zeit auch wurde. Wir bemühten uns beide – ich vielleicht noch mehr als er, weil ich die Scheidung wirklich nicht wollte. Was sagst du also – bin ich ein herrschsüchtiger Mensch?«

»Nein. Dennis hätte seinen Standpunkt energischer vertreten können. Er hätte ausziehen können. Schließlich hattest du ihn nicht ans Haus gekettet.«

»Nun ja«, seufzte ich in die stille Nacht hinein, »als er dann in die Gänge kam, machte er Nägel mit Köpfen.«
»Und das nicht nur in einer Beziehung«, sagte Brody.
Mein Blick flog zu ihm.
Er sprach leise, vielleicht um den Schlag zu mildern, vielleicht auch vor Zorn. »Du hattest recht, Dennis will wirklich nur bei WickerWise einsteigen, um die Firma zu verkaufen. Er verhandelt bereits darüber, sich in eine andere einzukaufen.«
Ich starrte ihn fassungslos an.
»Pittney Communications, eine Telekommunikationsgesellschaft in Springfield, klein, aber im Wachsen. Einer der größeren Teilhaber starb im letzten Juli, und seine Witwe will seine Anteile verkaufen. Wenn wir argumentieren wollen, daß Dennis die Scheidung gerade jetzt eingereicht hat, weil er Geld braucht, dann stimmt das Timing: Er hat sich mit den verbliebenen Partnern das erste Mal Ende August getroffen.«
»Da haben wir Mom besucht, und er reiste früher ab, weil er zum Angeln wollte.«
»Das wollte er tatsächlich, aber er war nicht auf Forellen aus.«
Ich hatte geglaubt, daß mich nichts mehr erschüttern könnte, aber ich hatte mich geirrt.
Brody mußte es mir angemerkt haben, denn er wiegelte ab: »Vielleicht wollte er sich ja auch gar nicht dort einkaufen, sondern hatte vor, eine Gruppe von Finanziers dafür zu finden. Telekommunikationsgesellschaften versprechen Erfolg. Der Markt boomt.«
Aber wir kannten beide die Wahrheit, und ich wollte mir nichts mehr vormachen, wie ich es früher oft getan hatte, auch wenn es schmerzte. Ich mußte die Scheuklappen endlich abnehmen, Dennis' Machenschaften endlich ins Gesicht sehen.
»Nein, nein, er hat sich bestimmt in eigener Sache mit den

Pittney-Leuten getroffen. Zu dem Zeitpunkt führte er schon monatelang Gespräche mit seinen Anwälten. Wahrscheinlich hat er nur auf die richtige Gelegenheit gewartet. Wenn es nicht im August geklappt hätte, dann eben später, und wenn nicht in Springfield, dann eben woanders.« Dennis hatte Pläne geschmiedet, und ich hatte nichts davon gemerkt. Wo war ich gewesen?

Aber mich über meine Unzulänglichkeit zu grämen, brachte mich jetzt nicht weiter. »Er bellt unter dem falschen Baum«, schwor ich. »Ich werde ihn niemals an meiner Firma beteiligen.«

»Und wenn er es zur Bedingung dafür macht, dir das Sorgerecht zu übertragen?«

Kikit und Johnny waren meine Welt. WickerWise bedeutete mir viel, aber so viel nicht. Ohne WickerWise könnte ich leben – ohne meine Kinder nicht.

»Wenn er nur Geld will, dann gebe ich es ihm.«

»Den halben Nettowert von WickerWise? Soviel braucht er, um sich bei Pittney einzukaufen. Du müßtest immense Kredite aufnehmen, um ihn auszahlen zu können.«

»Dann mache ich das eben.«

»Außerdem«, sagte Brody, und nun schwang tatsächlich Zorn in seiner Stimme mit, »könnte es sein, daß es ihm gar nicht nur um Geld geht, sondern auch um die Befriedigung, dich zum Verkauf von WickerWise zu zwingen.«

»Ich verkaufe nicht.« Besorgnis stieg in mir auf. »Carmen wird verhandeln. Heubers Forderung war ja nur ein Ausgangspunkt.« Aber wenn es um die Kinder ging, hatte ich nicht viel Spielraum. Dennis hatte mich am Wickel.

Ich mußte etwas tun.

Brody strich mir noch einmal leicht über die Haare und entfernte sich. Ich drehte mich um und sah ihn zu der Treppe gehen, die zum Dachboden hinaufführte. Er setzte sich auf eine Stufe und streckte die Beine aus.

»Sprich mit mir, Brody«, bat ich.

»Du hattest damals deine Zweifel, ob es bei Adriennes Erpressung wirklich nur um die Affäre ging. Du hast immer vermutet, daß mehr dahintersteckte.«

»Du auch?«

Er zuckte die Schultern. »Ich hörte einiges, nicht häufig und nie aus erster Hand und nie etwas Definitives. Die Leute stellten Überlegungen an, das war alles. Dennis kam schnell nach oben, aber seitdem hat er nur noch Mittelmäßiges zustande gebracht, nichts, was diesen brillanten Start gerechtfertigt hätte.«

Alte Gedanken. Längst begrabene Ängste. Um der Ehe willen beiseite geschobenes Mißtrauen.

Ich atmete tief und zittrig ein.

»Vielleicht ist es nicht richtig, das jetzt zur Sprache zu bringen«, meinte Brody, »aber er zieht dich über den Tisch, Claire, und das werde ich ihm nie verzeihen.«

»Und wenn diese Taktik Phoebes Idee ist?« Trotz allem wünschte sich ein Teil von mir noch immer, jemand anderem als Dennis die Schuld an diesem Desaster geben zu können. »Wenn er nicht allein verantwortlich ist?«

»Er ist doch schon ein großer Junge. Wenn er sich von Phoebe dirigieren ließe, hätte er doppelt Grund, sich zu schämen. Du warst fünfzehn Jahre lang seine Frau. Er schuldet dir Respekt und Loyalität. Wenn Phoebe ihm diese Dinge vorgeschlagen hat, dann hätte er sie ablehnen müssen. Da er das nicht getan hat, ist er verantwortlich.«

Ich wußte natürlich tief im Innern, daß Brody recht hatte. Und ich wußte auch, daß Dennis, wenn er sich mit Phoebes Einfällen einverstanden erklärte, dies nicht unbedingt aus

Überzeugung tat. Er war auch mit meinen Einfällen jahrelang einverstanden gewesen, hatte nie widersprochen, nie die Führung übernommen. Er war ein Gefolgsmann.
Komisch – genau das hatte ich damals schon gesagt. Adrienne hatte die Führung übernommen, und er war ihr willig gefolgt. Sie war die Spinne, er die Fliege. Ich hatte geglaubt, er hätte seitdem mehr Rückgrat entwickelt. Entweder irrte ich mich und er war noch immer ein Gefolgsmann, oder seine Aktionen fußten ausschließlich auf seiner eigenen Bösartigkeit mir gegenüber.
Das Problem war, daß die Dinge heute anders lagen als damals. Heute mußte ich an die Kinder denken. Ich war nicht erpicht darauf, schmutzige Wäsche zu waschen – aber welche anderen Druckmittel hatte ich?
Ich ging zu Brody hinüber, trat, Auge in Auge mit ihm, zwischen seine Beine und schlang die Arme um seinen Hals.
Er sagte nichts, schaute mich nur an. Ich sah keine Frage in seinem Blick. Wenn er wissen wollte, was ich beschlossen hatte, so war es nicht darin zu lesen. Nur Besorgnis stand darin.
Ich drängte mich näher an ihn heran.
»Umarme mich«, flüsterte ich. »Ich brauche moralische Unterstützung.« Als er mich in die Arme nahm, küßte ich ihn. Einmal, zweimal. Beim dritten Kuß schloß ich die Augen und konzentrierte mich ganz darauf, wie sein Mund sich anfühlte und schmeckte.
Dennis sagte, ich sei erotisch gesehen unbegabt. Brody sagte, ich sei die beste. Er drückte es nicht mit Worten aus, sondern mit seiner Reaktion, der Art, wie er atmete, der Art, wie er mich berührte, der Art, wie jede Faser von ihm um mehr bettelte. Doch im Moment hatte er keine Eile, woraus ich schloß, daß er den Augenblick ebenso genoß wie ich.
Aber sosehr ich mir auch wünschte, er würde nie enden –

irgendwann zuckte die wohlbekannte Flamme in meinem Unterleib auf und entwickelte sich innerhalb kürzester Zeit zu einer wahren Feuersbrunst, die mir angst machte.
Was daraus erwachsen könnte, tat es auch.
Ich atmete ein paarmal tief durch und wartete darauf, daß der Aufruhr in meinem Innern sich legte. Dann stützte ich mein Kinn auf seine Schulter und genoß einfach nur seine Nähe und das Wissen, daß er mich liebte.
Es erstaunte mich immer wieder, wie ich ihm all die Jahre so nahe hatte sein können, ohne ihm so nah wie jetzt zu sein.
»Ich muß blind gewesen sein«, flüsterte ich.
»Nein«, flüsterte er, wie immer auf der gleichen Wellenlänge wie ich, zurück. »Nur verheiratet.«
Und das war ich noch, was mich wieder auf das Dilemma brachte, in dem ich mich befand. Ich gestattete mir noch eine Minute, Brody zu genießen, und löste mich dann von ihm.
»Ich muß los. Ich muß nachdenken.«
»Du mußt auch essen. Wie steht's mit Dinner?«
Ich lächelte, ging jedoch weiter rückwärts. »Ich werde mir zu Hause eine Kleinigkeit machen.«
»Und was?«
»Frosties mit Milch.«
»Komm mit rüber ins Haus – ich koche dir was Richtiges.«
»Was für ein Text!«
»Ich meine es ernst.«
»Ich weiß, das ist ja das Problem.« Dennis hatte mir in all der Zeit, die ich ihn kannte, niemals etwas zu essen gemacht. Verwöhnen war in seinem Plan nicht enthalten.
Es klang verführerisch.
Aber ich lief zu Brody zurück, hauchte ihm einen Kuß auf die Lippen und floh, bevor ich vergessen konnte, was ich tun mußte.

Im Schneidersitz und dem Meer zugewandt auf dem Teppichboden meines dunklen Schlafzimmers sitzend, dachte ich über das erste große Trauma in unserer Ehe nach. Wie ich gelitten hatte!

Ich hatte Dennis nie wieder vertrauen wollen, ständig gefürchtet, es könne mehr hinter der Geschichte stecken, aber er hatte um unsere Ehe gekämpft. Damals hatte er sich dafür eingesetzt, wie ich mich in den späteren Jahren. Er hatte geschworen, daß er mich liebe. Er hatte geschworen, daß ich alles wisse.

Vielleicht tat ich das.

Vielleicht auch nicht.

Ich ging nach unten, holte eine Schachtel aus dem kleinen Vorratsraum neben dem Wohnzimmer, öffnete sie und blätterte die Unterlagen durch. Obenauf lagen die, die ich an dem Tag zusammengestellt hatte, als das Gericht den Räumungsbefehl für weiterhin gültig erklärt hatte. Es war hauptsächlich Material aus den Anfängen von WickerWise.

Aber der Ordner, den ich suchte, hatte nichts mit WickerWise zu tun. Er enthielt entwertete Schecks, einen Brief und eine Todesanzeige. Ich fand ihn und zog ihn unter den anderen hervor. Sobald er freikam, wußte ich, daß etwas nicht stimmte. Er war viel zu dünn. Ihn zu öffnen war eine reine Formsache, denn ich wußte bereits, daß er leer war.

Wenn ich irgendwelche Skrupel hatte, nach Schmutz Ausschau zu halten, um Dennis damit zu bewerfen, wurden sie am nächsten Morgen ausgelöscht. Carmen kam mir mit ihrem Anruf zuvor. Sie berichtete, daß Morgan auf Öl gestoßen sei.

»Laut Dennis' Terminkalender war er letzten Juli auf einem Seminar für Anlageberater in Vermont. Morgan hat die Tage im Hinblick auf Hotelrechnungen und Kreditkartenquittungen überprüft. Dennis war im letzten Juli zwar in Vermont, aber dort fand in einem Umkreis von hundert Meilen von seinem Aufenthaltsort kein derartiges Seminar statt, und selbst wenn es so gewesen wäre, hätte er es nicht mitbekommen, denn er verließ sein Zimmer in der ganzen Zeit nur mal hier eine Stunde und da eine Stunde. Es war kein Hotel, in dem er abgestiegen war, sondern ein Motel, ein kleines Motel. Der Inhaber und der Mann an der Anmeldung haben Dennis und Phoebe übereinstimmend identifiziert. Sie haben sich auch gleich an die beiden erinnert – an Phoebe wegen Phoebe und an Dennis wegen seines Wagens.«

Das war natürlich einerseits erfreulich, aber andererseits schmerzte es. Im Juli! Der Gedanke machte mich krank – und zornig.

Ich hatte Carmen bereits von Adrienne erzählt. Nun vertraute ich ihr auch meine diesbezüglichen Zweifel an.

Zwei Tage später trafen sie und ich uns mit Morgan Houser in Charleston in einem schlichten, kleinen Café, das ihm offenbar gleichzeitig als Büro diente. Wir hatten eine Ecke für uns und wurden ständig mit frischem Kaffee und Rosinenbrötchen versorgt. Morgan, ein hochgewachsener, blonder, hellhäutiger Schwede, war eine gepflegte Erscheinung.

»Als Dennis sein Studium abgeschlossen hatte«, begann ich zu erzählen, »nahm er eine Stellung bei einer Investmentfirma in Greenwich an. Es war keine gehobene Position, aber sie bot Aufstiegschancen, und er war entschlossen, sie zu nutzen. Er hatte sich vorgenommen, mit Vierzig Millionär zu sein. Kurz nach seinem Eintritt in die Firma lernte er die Frau eines der Seniorpartner kennen. Sie war viel älter als er, aber sexy und gescheit.«

»Stand ihre Ehe auf der Kippe?« fragte Carmen.
»Das erzählte sie Dennis zwar, aber er fand heraus, daß es nicht stimmte. Sie spielte nur gern mit dem Feuer. Dennis konnte gar nicht fassen, daß diese tolle Frau – diese tolle, welterfahrene Frau – ausgerechnet ihm ihre Gunst schenkte.«
»Hatten Sie und Dennis damals bereits eine Beziehung?« Wieder war es Carmen, die die Frage stellte. Morgan beschränkte sich darauf, zuzuhören und sich Notizen zu machen.
»Eine fernmündliche. Es war mein letztes College-Jahr. Wir telefonierten häufig, sahen uns aber nicht öfter als einmal im Monat. Wir hatten noch kein Verhältnis.« Ich schob meinen Kaffeebecher auf der gelben Resopalplatte im Kreis herum. »Was war ich für ein Schaf! Ich hatte keine Ahnung, was er in den Wochen zwischen den Besuchen trieb.«
»Wann fanden Sie es heraus?«
»Ein Jahr nach meiner Hochzeit.«
»Er hat Sie geheiratet, während er eine Affäre mit ihr hatte?«
»O nein, die war zu Ende, ehe wir vor den Altar traten. Komisch – wir warteten. Wir hätten schon früher heiraten können, aber irgend etwas hielt uns davon ab. Ich dachte, es liege daran, daß Dennis Zeit brauchte, um beruflich Fuß zu fassen, und ich, um mir ganz sicher zu werden, daß wir das Richtige täten. Rückblickend erkannte ich, daß Adrienne der Grund war.«
»Adrienne wer?« fragte Morgan.
»Hadley.« Ich sah zu, wie er sich den Namen aufschrieb.
»Ich erfuhr ganz zufällig von ihr – zumindest glaubte ich das seinerzeit. Später wurde mir dann klar, daß es kein Zufall gewesen war. Dennis wollte, daß ich von ihr erführe, sonst hätte er keinen Brief von ihr zwischen seine Rechnungen gesteckt. Bisher hatte er ihr offenbar monatlich tausend Dol-

lar Schweigegeld gezahlt. Jetzt wollte sie mehr. Wahrscheinlich wollte er mich deshalb einbeziehen – er fühlte sich der Sache allein nicht mehr gewachsen.«

»Schweigegeld wofür?« hakte Carmen nach.

»Er sagte, damit die Affäre geheim bliebe. Offenbar ließ ihr Mann ihr ihre Freiheit, solange sie sich nicht mit einem Mitarbeiter aus der Firma einließ. Ihr Mann hieß Lee«, sagte ich zu Morgan. »Sie wohnten in Greenwich. Wenn Lee von Dennis erfahren hätte, wäre er geflogen. Adrienne drohte, ihm alles zu sagen, wenn er nicht zahlte.«

»Tausend im Monat«, dachte Morgan laut. »Die müssen ihn empfindlich getroffen haben, den er kann am Anfang ja noch nicht soviel verdient haben. Warum hat er nicht einfach gekündigt und sich einen anderen Job gesucht?«

»Das habe ich ihn auch gefragt. Mehr als einmal. Für mich war das das Nächstliegende, aber er sagte, sie könne ihn in der ganzen Branche unmöglich machen, und daß er zu Beginn der Zahlungen bei Hadley and Gray – so hieß die Firma – zu erfolgreich gewesen sei, um das zu riskieren. Und er hatte wirklich Erfolg, wußte genau, welche Anlagen für seine Klienten optimal waren. Sie verdienten gutes Geld, und er verdiente gutes Geld. Er stieg rasch auf. Die Firmenleitung hielt ihn für brillant. Dann normalisierte sich die Lage, und als ich nach der Heirat von den Zahlungen erfuhr, dümpelte seine Karriere vor sich hin. Oh, er verdiente noch immer gut, aber er war nicht mehr das Wunderkind. Ich sagte ihm, daß ich nicht verstünde, warum er Adrienne weiterhin Geld gebe – wenn Hadley and Gray nicht mehr seine Traumfirma sei, könne er Adrienne doch zum Teufel jagen und seine eigene aufmachen.«

»Hätte er das gekonnt?« fragte Carmen.

Ich wartete, bis die Bedienung uns Kaffee nachgeschenkt

hatte, und sagte dann: »Ich glaubte es. Ein paar Jahre später hat er es ja auch getan. Aber damals erklärte er mir, daß Adrienne ihm drohe, das Gerücht zu verbreiten, er mache illegale Geschäfte. Ich hab' den Brief selbst gelesen, den sie ihm schickte. Da stand – und ich habe ihn so oft gelesen, daß ich ihn fast wörtlich zitieren kann –, daß es ihm schwerfallen dürfte, Kunden zu finden, wenn die Leute dächten, daß er kurz vor einer Verhaftung stehe. Sie schrieb, sie brauche mehr Geld, sie sei verzweifelt. Sie habe ihren Mann seit einem Jahr nicht mehr gesehen und sei an multipler Sklerose erkrankt. Vier Monate später starb sie – aber an Lungenkrebs. Das las ich in der Todesanzeige, die eigentlich zusammen mit dem Brief und einer Handvoll entwerteter Schecks in dem Ordner liegen sollte.«

Morgan fragte nach Daten – wann Dennis bei Hadley and Gray angefangen, von wann bis wann seine Affäre mit Adrienne gedauert habe, wann sie gestorben sei. »Warum haben Sie die Sachen überhaupt aufgehoben?« wollte er wissen.

»Das habe ich mich auch schon oft gefragt. Ich weiß es nicht genau. Wahrscheinlich dachte ich, sie seien so eine Art Versicherung – daß Dennis, solange ich den Beweis für das hatte, was er getan hatte, es nicht wieder tun würde. Diese Affäre war ein echter Schock für mich. Ich war jung und naiv, hielt ihn für nahezu vollkommen, und dann stellte sich heraus, daß er ein Verhältnis mit der Frau seines Chefs gehabt hatte, während er verliebte Telefongespräche mit mir führte. Mein Vertrauen«, ich machte eine wegwerfende Geste, »war dahin. Ich dachte ernsthaft an Scheidung. Dennis redete sie mir aus, und es gelang ihm sogar, mein Vertrauen zurückzugewinnen, aber es dauerte eine Weile.«

Ich wandte mich an Carmen. »Was meine erste Schwangerschaft angeht – die begann, kurz bevor ich Adriennes Brief fand. Als sie schließlich diagnostiziert wurde, stand meine Welt bereits kopf. Wäre das nicht so gewesen, hätte ich eine Abtreibung niemals auch nur erwogen.«

Carmen wandte sich an Morgan. »Die Abtreibungsunterlagen sind irgendwie in Jenovitz' Hände gelangt. Claires Mann behauptet, nicht dafür verantwortlich zu sein. Können wir herauskriegen, wer es ist?«

Morgans listiges Lächeln besagte, daß er das könnte.

Als er mich danach fragte, war es kein Problem für mich, ihm die entsprechenden Namen und Daten zu nennen – sie waren unauslöschlich in mein Gedächtnis eingebrannt.

Carmen lenkte mich zu der Hadley-Akte zurück. »Hat Dennis Zugang zu Ihrem Leuchtturm?«

»Nein, nur ich habe einen Schlüssel dafür. Der Ordner muß schon leer gewesen sein, als ich ihn aus dem Haus holte. Ich habe seinerzeit nicht extra nachgeschaut, sondern einfach den ganzen Stapel Papiere in eine Schachtel gepackt.«

»Wußte er, daß die Akte existierte?«

»Ich dachte, nein, aber es muß wohl so gewesen sein, denn es hatte sonst niemand die Gelegenheit oder einen Grund, die Dinge an sich zu nehmen.«

»Haben Sie eine Vorstellung, wann des passiert sein kann?«

»Nein. Ich habe den Ordner seit Jahren nicht aufgeschlagen. Es ist gut möglich, daß er schon lange leer ist. Vielleicht ist Dennis irgendwann zufällig darauf gestoßen, hat sich geärgert und alles sofort weggeworfen. Oder erst letzten Monat – zur Vorsicht.«

»Zur Vorsicht? Weshalb?« fragte Carmen.

»Genau diese Frage beschäftigt mich auch«, erwiderte ich, schaute dabei jedoch Morgan an. »Ich muß wissen, ob mehr dahintersteckt.«

Ich verließ das Café in dem Wissen, daß meine Maßnahmen gerechtfertigt waren, hatte aber trotzdem ein schlechtes Gewissen. Alte Gewohnheiten waren nun einmal schwer abzulegen. Ein Teil von mir betrachtete Dennis noch immer als meinen Ehemann, und dieser Teil hatte das Gefühl, ihn zu hintergehen.

Als ich ins Büro kam, wurden meine Schuldgefühle noch vermehrt.

Zuerst rief Kikit an und jammerte, sie habe Bauchweh. Ich hatte mich kaum danach erkundigt, was sie gegessen hatte, als Dennis ihr den Hörer wegnahm und mir erklärte, sie sei völlig in Ordnung. Als er sie wieder an den Apparat ließ, beschuldigte sie mich schluchzend, sie nicht mehr zu lieben, und legte auf. Als ich zurückrief, war sie am Telefon. Sie hörte sich meine Liebesbeteuerungen an, weinte jedoch immer noch, und ihre Schluchzer zerrissen mir das Herz, als Dennis ihr den Hörer erneut wegnahm. Ich hörte zwar, daß er sie tröstete – sogar erstaunlich liebevoll –, aber ich fühlte mich dennoch entsetzlich.

Dann rief Rona an und malte mir Connies Zustand in den düstersten Farben aus, wonach sie mich anflehte zu kommen. Nachdem ich erst am Morgen mit Mom telefoniert hatte, hielt ich ihre Schilderung für äußerst dramatisiert. Da ich ihr meine Situation ja nur in groben Zügen beschrieben hatte, verstand sie es natürlich nicht, als ich sagte, ich könne nicht weg.

Und so quälte mich mein Gewissen, weil ich Dennis hinterging, weil ich Kikit im Stich gelassen, weil ich Rona mit Halbwahrheiten abgespeist hatte und mich nicht um Mom kümmerte.

Und dann war da noch Brody. Was hatte ich mir bei ihm vorzuwerfen?

Ihn anzustarren.
Die gespreizt auf der Bildschirmtabelle liegenden Finger, den Arm, dessen Muskeln sich anspannten, wenn er nach dem Telefonhörer griff, den Brustkorb, der noch breiter wurde, wenn er sich streckte, die Beine, die in Jeans steckten, die ich jedoch oft genug ohne gesehen hatte, um die Farbe der Haare darauf zu kennen.
Als ich aufschaute, stellte ich fest, daß sein Blick auf mir ruhte und die Andeutung eines wissenden Lächeln um seine Mundwinkel spielte, und ich schaute schnell weg.

Am Freitag nachmittag wurde Carmen vom Berufungsgericht telefonisch mitgeteilt, daß Arthur Heuber bis zum folgenden Mittwoch Zeit eingeräumt werde, um einen schriftlichen Widerspruch gegen unseren Antrag einzureichen.
Ich wußte, daß das gewissermaßen als Sieg zu werten war, denn der Richter hätte sich ja weigern können, Selweys Entscheidung zu überprüfen, aber andererseits bedeutete seine Maßnahme, daß wieder fünf Tage vergehen würden, ohne daß etwas passierte.
Eine Verzögerung nach der anderen – wann würde es enden?

Dreizehntes Kapitel

»Wie geht's dir, Mom?«

»Ich bin okay.«

»Wie war die Nacht?«

»Ganz gut.«

»Hast du geschlafen?«

»Wichtiger ist, daß ich aufgewacht bin – wobei ich mich manchmal frage ...«

»Was fragst du dich?«

»Warum ich noch da bin. Gibt es einen bestimmten Grund dafür?«

»Ja. Uns. Du bist unser Angelpunkt. Dich da zu wissen, bedeutet uns eine Menge.«

»Bist du glücklich, Claire?« Aus heiterem Himmel.

»Glücklich?« Meine Gedanken rasten.

»Generell, meine ich. Ich muß es wissen, ich vermisse dein Lächeln.«

»Im Moment lächle ich. In einer Stunde fahren wir in den Zirkus. Die Kinder sind schon ganz aus dem Häuschen.«

»Das ist gut, wegen der Erinnerungen, weißt du. Was mich betrifft – ich konnte den Tiergestank nicht ertragen.«

Ich lachte – das war ihre Standardausrede gewesen.

»Ich hätte mit euch hingehen sollen«, sagte sie traurig. »Ich habe das Geld vorgeschoben, aber ich hatte genug – nur Angst, etwas davon auszugeben. Und so habe ich noch etwas zu bedauern.«

»Das brauchst du nicht. Rona und ich sind auch ohne Zirkus ausgekommen.«
»Mich beschäftigt es aber. Vielleicht hätte mir der Tiergeruch gar nichts ausgemacht – aber man weiß nie.«
»Ich werde dir Souvenirs von dort mitbringen«, versprach ich.
»Wann? Ich vermisse dich.«
»Dito, Mom. Ich hoffe, daß ich nächste Woche wegkann.«
»Montag? Dienstag?«
»Donnerstag. Mit der ersten Maschine. Soll ich Frühstück besorgen?«
»Oh, das wäre schön.« Zum ersten Mal lächelte ihre Stimme. »Und den neuesten Wäschekatalog – wenn es ihn schon gibt.«
Daß sie sich noch für Spitzendessous interessierte, gab mir einen ungeheuren Auftrieb. »Ich werde mich erkundigen. Mom, heute abend, wenn wir zurückkommen, ist es vielleicht schon zu spät zum Anrufen. Können wir morgen früh telefonieren?«
»Wenn ich dann noch da bin.«
»Du wirst noch da sein. Wem sollte ich sonst mein Leid über den strengen Elefantengeruch klagen?«

Ich bog um zehn in die Zufahrt ein und ließ den Motor laufen, da Kikit und Johnny für gewöhnlich sofort aus dem Haus gestürmt kamen, wenn sie mich kommen sahen. Nach fünf Minuten stellte ich ihn ab und stieg besorgt aus.
»Ach, Sie sind es, Claire!« rief Malcolm Addis aus seinem Vorgarten herüber, der an unseren grenzte. »Ich hatte den Wagen nicht erkannt. Ist er neu?«
»Ja«, rief ich und winkte, ohne jedoch stehenzubleiben.
»Diesmal kein roter?«
»Nein.«

Ich fragte mich wie schon mehr als einmal, wenn ich die Kinder abgeholt hatte, was die Nachbarn wohl denken mochten. Trotz aller Überstunden und Reisen hatten sie mich früher häufiger gesehen. Sie mußten begriffen haben, daß etwas nicht stimmte.
Entschlossen, nicht den Eindruck zu erwecken, Grund zur Beschämung zu haben, hob ich den Kopf noch ein bißchen höher. Als ich die Eingangstür erreichte, tat ich so, als suche ich den richtigen Schlüssel an meinem Bund heraus, während ich verstohlen anklopfte.
Dennis öffnete mir mit gestreßter Miene, und die Gereiztheit, mit der er mich hereinbat, zeigte mir, daß mein Erscheinen nicht das erste Ärgernis dieses Tages für ihn war.
»Was für ein Scheißmorgen!« stieß er hervor, drehte sich um und brüllte nach oben: »Kommt in die Gänge, Leute!« Er bedachte mich mit einem finsteren Blick, fuhr sich mit einer heftigen Bewegung durch die Haare und ging zur Treppe. »Clara Kate! John! Eure Mutter ist hier!«
Kikit erschien als erste. Sie schaute fast ebenso grimmig drein wie ihr Vater, und als sie heruntergerannt kam, zitterte ihre Unterlippe. »Ich wollte meinen grünen Overall anziehen! Daddy hatte versprochen, ihn zu waschen, aber das hat er nicht!«
»Du hast ihn doch erst am Donnerstag angehabt«, hielt Dennis ihr vor.
»Das stimmt nicht! Ich hab ihn am Dienstag angehabt! Und das ist nicht alles, was nicht sauber ist«, wandte sie sich an mich. »Meine besten T-Shirts sind in der Wäsche!«
»Was ist gegen das zu sagen, das du anhast?« fragte Dennis.
Sie schaute mit einer Grimasse darauf hinunter. »Das ist total zerknittert!«
»Soll ich T-Shirts etwa bügeln?« wollte Dennis von mir wissen.

»Nein. Man streicht sie glatt und legt sie zusammen, wenn sie noch warm vom Trockner sind.«
»Okay«, stimmte er zu, »das kann ich machen.« Und dann fragte er Kikit: »Wo ist dein Bruder? John! Komm endlich runter!«
»Ich sehe scheußlich aus, Mommy!«
»Du siehst wunderhübsch aus.«
»Ich wollte mich für Joy extra schön machen. Sitzt sie im Auto?«
»Sie ist bei Brody. Wir fahren auf dem Weg dort vorbei.« Ich holte ihre Jacke aus dem Garderobenschrank. »Geh schon mal raus, Süße, ich komme gleich mit Johnny nach.«
»Daraus wird nichts.« Sie zog sich im Hinausgehen die Jacke an. »Er will nicht mit.«
Dennis ging die Treppe hinauf. »John! Wo zum Teu... da bist du ja.« Er blieb auf halbem Wege stehen, als Johnny oben erschien.
Ich gesellte mich zu Dennis. »Was ist los?«
Johnny zuckte die Schultern. »Nichts, ich habe bloß keine Lust.«
»Aber du liebst den Zirkus doch.«
»Ich war schon so oft dort, und heute bleibe ich lieber bei Dad.«
Die Zurückweisung bohrte sich wie ein Stachel in mein Herz. Ich versuchte, sie nicht persönlich zu nehmen, mir klarzumachen, daß Johnny einfach zwischen zwei Stühlen saß, als Dennis seufzte. »Aber ich bleibe gar nicht hier, John. Ich muß nach Boston.«
»Kann ich mitkommen?«
»Nein.«
Johnnys Schultern sackten ab. »Kann ich hier warten, bis du zurückkommst?«

»Nein«, lehnte Dennis auch das ab, jedoch in sanfterem Ton. »Ich habe geschäftlich dort zu tun, und das dauert bis in den Abend hinein. Du würdest dich zu Tode langweilen. Geh du heute mit Mommy und Kikit in der Zirkus, und an einem anderen Tag fahren wir beide dann mal zusammen nach Boston.«

Johnnys Miene drückte Zweifel aus.

Dennis stieg noch ein paar Stufen hinauf, bis er sich auf Augenhöhe mit Johnny befand, nahm seinen Sohn bei den Schultern und sagte leise: »Ich verspreche es. Nur wir beide. Und jetzt hol deine Schuhe.«

Entweder war er ein einfühlsamerer Vater, als ich ihm zugetraut hatte, oder die Angelegenheit in Boston war ihm so wichtig, daß er Johnny alles versprochen hätte. Der Grund kümmerte mich nicht, ich hoffte nur inständig, er würde sich an diese Zusage halten.

Johnny lief zu seinem Zimmer.

Einen Moment lang standen Dennis und ich schweigend nebeneinander.

Dann fragte ich: »Wußtest du, daß das kommen würde?«

»Ich habe ihn nicht dazu angestiftet, wenn du das meinst.«

»Wußtest du, daß er nicht mitgehen wollte?«

»Nein, er hat es mir nicht gesagt. Er sagt überhaupt nicht viel.«

»Stellst du ihm denn keine Fragen? Generell, meine ich. Wenn du ihn grübeln siehst, fragst du ihn dann nicht, was los ist?«

»Doch, aber das heißt nicht, daß er antwortet.«

»Meinst du, er ist gestört?«

»Guter Gott – nein!«

»Auf jeden Fall ist er durcheinander. Vielleicht sollten wir beide uns mit ihm hinsetzen und ihn zum Reden bringen.«

»Er ist ganz okay, Claire, und Kikit ebenfalls. Ich mag ja auf manchen Gebieten hier noch ein Neuling sein, aber den Kindern geht es gut.«
Ich mußte zugeben, daß das Haus nicht in einem schlimmen Zustand war. Wahrscheinlich hatte er den allwöchentlichen Reinigungsdienst beibehalten. »Ich hatte gedacht, du würdest jemanden einstellen, der das Kochen und das Waschen erledigt – und die Fahrerei. Das Kindermädchen, von dem du immer sprachst.«
»Ich bewältige die Fahrerei und die Wäsche auch allein – es kann nicht schaden, wenn die Kinder das sehen, oder?«
»Nein«, antwortete ich und meinte es auch. »Hat Jenovitz mit dir schon wegen eines Gesprächstermins für die beiden gesprochen?«
»Er will sie sehen, sobald er zurück ist.«
»In der Thanksgiving-Woche?« Ich wollte nicht, daß ihnen der Feiertag verdorben würde, wußte aber noch nicht, was wir an diesem Feiertag tun würden. Ich hatte noch immer die Hoffnung, daß mir bis dahin das Sorgerecht zuerkannt würde, aber da ich weder davon ausgehen noch es ertragen konnte, es auszuschließen, schob ich die ganze Angelegenheit beiseite.
»Entweder das oder in der darauffolgenden«, sagte Dennis, was mich nicht beruhigte, denn die wäre noch schlimmer. Natürlich betete ich darum, daß die Überprüfung des Berufungsgerichts zu meinen Gunsten ausfiele, aber wenn nicht, müßten wir Jenovitz' Gutachten abwarten. »Ich wünschte, es würde endlich eine Entscheidung fallen«, sagte ich. »Geht er dir nicht auch an die Nieren?«
»Wer?«
»Dieser Schwebezustand.«
»Es dauert doch erst drei Wochen.«

»Mir kommen die wie eine Ewigkeit vor.« Ich wechselte listenreich das Thema: »Hast du keine Angst, daß dir der Anteil an Pittney vor der Nase weggekauft wird, wenn sich diese Sache noch lange hinzieht?«
Er horchte auf. »Woher weißt du von Pittney?«
Eine Bewegung in meinem Augenwinkel veranlaßte mich, den Blick zu heben. Johnny kam den Flur herunter. »Abmarschbereit?« Lächelnd hielt ich ihm seine Jacke hin. Er nahm sie und lief an uns vorbei und zur Tür hinaus.
Ich folgte ihm. »Johnny?«
Er blieb stehen. Ich holte ihn ein und legte den Arm um ihn. »Bist du okay?«
Er zuckte die Schultern.
»Willst du aus einem bestimmten Grund hierbleiben?«
Er schüttelte den Kopf, riß sich los und rannte zum Auto. Als ich dort ankam, saß er bereits hinten bei Kikit, und ich hatte wieder nicht mit ihm allein reden können.

Joy Parth war etwas Besonderes. Ich erinnerte mich an eine Zeit, da sie uns gegenüber schüchtern gewesen war, aber ich hatte das mehr ihrem Alter zugeschrieben als Unbehaglichkeit im Umgang mit ihrem Vater. Wie auch immer – mit zehn Jahren hatte sie diese Phase überwunden und verbrachte ihre Besuche entweder damit, Brody auf Schritt und Tritt zu folgen oder meine Kinder zu knuddeln, als seien es ihre Puppen. In ihrer Teenagerzeit kamen sie und ich einander dann wirklich nahe. Sie schüttete mir ihr Herz aus, wenn sie Groll gegen ihre Eltern oder Freundinnen oder die Welt im allgemeinen erfüllte. Wir fanden es herrlich, allein zu zweit essen zu gehen. Ich erlebte sie als nachdenklichen Menschen mit einer leisen Stimme und bemerkenswert erwachsenen Ansichten.

Viele Dinge, die ich an Brody liebte, liebte ich auch an Joy, und das bestätigte sich an jenem Samstag wie nie zuvor. Ich wußte nicht, was Brody ihr über die Situation zwischen Dennis und mir erzählt hatte, aber sie verhielt sich absolut professionell. Als Scheidungskind mit einem hohen Maß an Intelligenz und ebenso hochentwickelter Sensibilität beantwortete sie Kikits Fragen souverän.

Wobei ich die Fragen eigentlich nicht hören sollte. Kikit flüsterte sie Joy ins Ohr, hielt sogar manchmal noch die Hand davor, aber ihre Augen wanderten dabei immer wieder zu mir, und ihre Stimme war laut genug, um bis zu mir zu dringen.

»Was ist der Unterschied zwischen getrennt leben und geschieden sein?« fragte sie zum Beispiel, oder: »Wer entscheidet, wann du Brody sehen darfst und wann nicht?« Viele Fragen stellte sie mit ängstlichem Unterton: »Wenn die Eltern sich nicht mehr liebhaben, haben sie dann auch ihre Kinder irgendwann nicht mehr lieb?« oder: »Wenn Mommy und Daddy sich trennen, werden dann auch Johnny und ich getrennt?« oder: »Was ist, wenn einer von beiden wieder heiratet?«

Johnny, der auf der anderen Seite neben Joy saß, hörte aufmerksam zu. In der Pause blieb er dicht bei ihr. Ich machte mehrere Anläufe, ihn in ein – unverfängliches – Gespräch zu verwickeln, aber sogar meine Fragen nach seinem heißgeliebten Football wurden nur einsilbig und mit sichtlichem Unbehagen beantwortet, und gleich darauf floh er wieder zu Joy.

Jedesmal hatte ich das Gefühl, ein bißchen zu sterben, und jedesmal warf mir Brody einen Blick zu, der besagte: »Er segelt in unbekannten Gewässern – gib ihm Zeit.«

Es blieb mir gar nichts anderes übrig. Nichts, was ich getan oder gesagt hätte, hätte bewirken können, daß die Kinder sich plötzlich mit der Trennung ihrer Eltern abfänden, aber ich wollte auch nicht, daß dieser Umstand unseren gemeinsamen Tag verdarb. Dennis war nur sehr selten mit in den Zirkus gegangen, und ich tat einfach so, als sei es ganz normal, daß wir nur zu fünft hier waren.

Später entspannte sich die Lage ein wenig. Nach dem Zirkus schien sogar Johnny vergessen zu haben, daß etwas nicht stimmte. Allerdings wurde er wieder daran erinnert, als wir unbedachterweise fürs Abendessen ein Steakhaus auswählten, in dem Dennis kurz nach unserer Trennung mit den Kindern gewesen war. Kikit wies darauf hin, aber erst, nachdem wir bereits bestellt hatten, und zu diesem Zeitpunkt hatte Johnny sich längst wieder in sich zurückgezogen.

Wir bemühten uns um Unbeschwertheit, aber ich begann den Streß zu spüren.

Später, im Leuchtturm, wurde es dann wieder leichter. Da Joy ihn noch nicht gesehen hatte, führten die Kinder sie herum. Als ihre Schritte im ersten Stock verklungen waren, was hieß, daß sie zur Leuchtkammer hinaufstiegen, schaute Brody mich an.

»Hängst du in den Seilen?« fragte er.

Ich würgte ein Lachen heraus. »Das kann man wohl sagen. Alles, was mein Leben ausmacht – die Kinder, Dennis, meine Mutter und WickerWise –, ist unberechenbar geworden.«

Er trat zu mir. »Was ist mit mir?«

»Du auch.«

Er gab mir einen kurzen, zärtlichen Kuß. Es war noch neu, noch eine Spur erschreckend, aber animierend. Bevor ich dahinschmelzen konnte, nahm er mich in die Arme und wiegte sich langsam mit mir hin und her wie im Tanz.

»Was ist das für ein Lied?« fragte ich, den leichten Moschusgeruch einatmend, den die warme Haut seines Halses ver-

strömte. Er roch bedeutend besser als die Elefanten es getan hatten. Das hätte ich Connie gern erzählt.
»Gar keines.«
»Das kann nicht sein – du bewegst dich doch im Takt dazu.«
»Nein – ich bin total unmusikalisch.«
Ich rückte von ihm ab und starrte ihn an. »Nein. Nein. Wirklich?«
»Ist dir das neu?«
»Ja, völlig. Wenn es nicht so wäre, hätte ich dich nie geküßt. Ich lasse mich grundsätzlich nicht mit unmusikalischen Männern ein.« Ich lachte freudlos. »Wenn man sich allerdings ansieht, wohin mich meine Beziehung zu einem musikalischen Mann gebracht hat, sollte ich diese Maxime wohl noch mal überdenken.«
Er begann sich wieder hin und her zu wiegen, diesmal mit auf meinem Steißbein verschränkten Händen, wodurch die unteren Hälften unserer Körper aneinander gepreßt wurden, und schaute mit einer provozierenden Mischung aus Amüsement und Trotz auf mich herunter, die ich ihm nicht vorwerfen konnte, da mein Gesicht das gleiche ausdrücken mußte. Ich flocht meine Finger in seinem Nacken ineinander, streichelte hin und wieder mit dem Daumen seine Haut oder seine Haare, und während der ganzen Zeit ließen unsere Augen einander keine Sekunde los.
Und dann begann ich eine Melodie zu summen, die zu dem Takt paßte, den er vorgab. Nach einem wortlosen Durchlauf fing ich leise an zu singen.
Brody zeigte sich der Herausforderung gewachsen. Er erkannte »Anticipation« und lachte. Ich spürte die Vibration tief unten, wo unsere Körper aneinandergedrückt waren, und diesmal rückte ich nicht von ihm ab. Das einzige, was mich

an seiner Erektion erschreckte, war die Erregung, mit der ich darauf reagierte. Wieder zum Summen zurückkehrend, bewegte ich kaum merklich meinen Unterleib. Seine Erektion wuchs.

»Willst du mich reizen?« fragte er.

»Hm.«

»Fühlst du dich sicher, ja?«

»Hm.« Mit den Kindern im Haus könnte auf keinen Fall etwas passieren. Ich fühlte mich sogar so sicher, daß ich fragte: »Wenn mit Ellen McKenzie nichts lief – wie bist du denn dann sexuell zurechtgekommen?«

Seine Wangen röteten sich anbetungswürdig. »Ich wußte mir schon zu helfen.«

»Mit wem?«

Er verdrehte die Augen. »Du willst eine Geschichte hören?«

»Meine kennst du doch auch.« Während wir uns immer noch hin und her wiegten, verstärkte er den Druck seiner Hände, und ich seufzte genießerisch und sagte dann: »Ich bin neugierig, das ist alles. Ich dachte, du hättest tollen Sex mit Ellen, aber da sich mit ihr da nichts tat, wie du sagst, mußt du mit einer anderen tollen Frau Sex gehabt haben.«

Nach einer langen Pause stieß er hervor: »Gail Jensen.«

»Das war vor drei Jahren, und du warst nur zwei Wochen mit Gail zusammen.«

»Nein. Hillary Howard dachte, ich sei nur zwei Wochen mit Gail zusammen gewesen. Es waren eher zwei Jahre.«

»Im Ernst?«

»Im Ernst.«

Gail war eine Nachrichtensprecherin des örtlichen Senders gewesen, bevor sie nach New York ging. Sie entsprach nicht nur dem gängigen Schönheitsideal, sondern war auch noch zehn Jahre jünger als ich. Ich bedauerte, das Thema ange-

schnitten zu haben, aber die Reue kam zu spät. »Wie war sie?« zwang ich mich zu fragen, um mir nicht für den Rest meiner Tage den Kopf darüber zerbrechen zu müssen.
Belustigung blitzte in Brodys Augen auf. »Phantasievoll.«
»Was heißt das?«
»Sie übernahm gerne die Initiative.«
Ich hörte abrupt auf, mich hin und her zu wiegen. »Ich weiß nicht, ob ich das kann, ich bin schon vierzig.«
Er lachte. »Das hat doch nichts mit dem Alter zu tun!«
»Aber Dennis war mein einziger Mann, ich bin nur einen Schritt von der Jungfernschaft entfernt.«
»Fühlst du dich denn im Moment wie eine Jungfrau?«
»In gewisser Weise.« Ich hatte es kaum ausgesprochen, als er meinen Po umfaßte und mich an sich preßte. »Nein«, korrigierte ich, plötzlich ein wenig atemlos. »Nicht wie eine Jungfrau.«
»Wie dann?«
»Ich weiß es nicht.« Ich senkte den Kopf und lehnte meine Stirn an seine Brust. »Anders. Vielleicht bin ich neugierig.«
»Sehnst du dich vielleicht auch nach mir?«
»Hm.«
»Und wie äußert sich das?«
»Das weißt du doch.«
»Sag es.«
»Das kann ich nicht.«
»Du wirst es lernen«, flüsterte er mir ins Ohr und lockerte langsam seinen Griff. Als ich den Blick hob, sah ich Verheißung in seinen Augen – und Schalk und Verlangen.
Dann schaute er nach oben, und ich hörte, was er gehört hatte. Wir hatten uns kaum voneinander gelöst, als Joy sich über das Geländer der Wendeltreppe beugte.
»Ich brauche Hilfe, Dad. Wir sitzen hier im Dunkeln, und

ich wollte eine Piratengeschichte erzählen, aber es wird nichts draus. Du kannst das viel besser. Kommst du rauf?«

»Eine Piratengeschichte?« fragte ich Brody. Der Gedanke gefiel mir.

»Ich habe Joy oft welche erzählt, als sie noch klein war.«

»Wir haben uns dazu immer auf das Kliff beim Haus gesetzt«, ergänzte Joy. »Im Stockfinstern, und manchmal zog währenddessen ein Unwetter herauf. Aber dein Zimmer hier ist noch besser. Man kommt sich vor, als sitze man mitten im Meer.«

Als Brody endete, waren wir weit über die verabredete Zeit hinaus. Ich hatte Dennis gesagt, wir würden um neun zurücksein, und jetzt war es schon nach zehn. Eigentlich hätte ich Dennis gerne angerufen und gefragt, ob die Kinder über Nacht bleiben dürften, aber dann sah ich, wie nervös Johnny plötzlich war, und beschloß, sie so schnell wie möglich nach Hause zu bringen.

Dennis empfing uns mit unheilvoller Miene. Ich hob besänftigend die Hand und schob die Kinder an ihm vorbei, aber als ich sie nach oben bringen wollte, verstellte er mir den Weg.

»Geht schon mal vor«, sagte ich zu ihnen. »Ich komme euch gleich gute Nacht sagen.«

Als sie außer Sicht waren, sagte Dennis: »Ihr solltet um neun hier sein – das hatten wir ausgemacht. Du hast dich nicht daran gehalten.«

»Es tut mir leid – wir hatten die Zeit vergessen.«

Er schnaubte verärgert. »Genau darum ist das alles passiert. Du hast die Zeit vergessen, hast die Kinder vergessen. Du hast Kikits Medizin vergessen. Ich hatte Pläne, verdammt noch mal.«

»Was für Pläne?«
»Mit den Kindern.«
»Um neun Uhr abends?«
»Ich wollte zu Hause etwas mit ihnen machen.«
»Was denn?« fragte ich, und dann stieg mir plötzlich der Geruch in die Nase. Nach einem neugierigen Blick zu Dennis ging ich über den Flur zur Küche. Dort herrschte Chaos. Dennis hatte gebacken! Die Kekse auf dem Blech waren zwar an den Rändern verkohlt, aber eindeutig als Schokoladensplitter-Plätzchen zu erkennen. Weiter unten auf der Arbeitsfläche lag die Kassette eines Films, den im Kino anzusehen Dennis den Kindern schon vor so langer Zeit versprochen hatte, daß es ihn inzwischen auf Video gab.
Ich war bestürzt und widerwillig beeindruckt. »Es tut mir leid. Wenn ich gewußt hätte, was du vorhattest, hätte ich besser auf die Zeit geachtet. Du hättest es mir sagen sollen.«
»Ich muß dir überhaupt nichts sagen, ich habe das Sorgerecht. Und du bewegst dich auf dünnem Eis. Anderthalb Stunden zu spät hier anzukommen, das ist ein Paradebeispiel für Unzuverlässigkeit.« Jegliches positive Gefühl für ihn erstarb. Ich ging in die Halle zurück. »Heute ist Samstag, da können die Kinder länger aufbleiben. Du kannst doch jetzt noch mit ihnen machen, was du dir vorgenommen hast.«
Er war dicht hinter mir. »Du verstehst nicht, worum es geht.«
»Nein, du verstehst nicht, worum es geht«, schoß ich zurück. »Die Kinder waren bei mir, wohlbehalten und vergnügt. Wenn du in Sorge warst, hättest du anrufen können.« Ich legte eine Hand auf den Pfosten des Treppengeländers und wandte mich ihm zu. »Ich habe mich verspätet, und ich habe mich dafür entschuldigt. Aber die Situation ist sehr schwierig für mich. Ich möchte unbedingt mehr Zeit mit ihnen verbrin-

gen. Diese Kurzbesuche sind nicht fair, und das weißt du auch. Glaubst du wirklich und wahrhaftig, daß ich eine unzuverlässige Mutter bin? Glaubst du wirklich und wahrhaftig, daß ich den Kindern jemals Schaden zugefügt habe?«
»Woher wußtest du von Pittney?«
»Wechsle nicht das Thema.«
»Das tue ich nicht. Die Information ist vertraulich. Wenn du dahintergekommen bist, dann kann das nur mit unlauteren Mitteln gelungen sein. Das spricht Bände.«
Ich starrte ihn mit offenem Mund an. »Du sprichst von Unlauterkeit? Wie nennst du die Lügen, die du über mich in die Welt setzt? Was ist mit den vertraulichen, medizinischen Unterlagen, die Jenovitz in die Hände gespielt wurden? Und mit Adrienne, um Gottes willen?«
Er packte mich am Arm und versuchte mich zur Tür zu dirigieren.
Ich riß mich los und blieb stehen. »Wenn mehr hinter der Geschichte steckt, wird es ans Licht kommen. Vor Gericht, wenn du mich dazu zwingst. Ich werde Adrienne zur Sprache bringen, und noch einiges mehr. Begreife es endlich: Ich werde alles tun, um meine Kinder wiederzubekommen.«
»Du bist ein heimtückisches Luder!«
Der Haß in seiner Stimme raubte mir den Atem, aber nur für einen Moment. »Reine Selbstverteidigung. Ich habe diesen Krieg nicht angezettelt. Ich habe nicht die Vergangenheit ausgegraben. Du hast das getan, und ich kann noch immer nicht begreifen, warum. Was war denn so grauenhaft an unserer Ehe, daß du sie auf diese Weise beenden mußtest?«
Plötzlich hörte ich oben ein Geräusch, hob den Blick und sah Johnny gerade noch über den Flur verschwinden.
Ich lief die Treppe hinauf. Dennis rief mich zurück, aber ich

ignorierte es. Als ich seine Schritte hinter mir hörte, begann ich zu rennen. Als ich in Johnnys Zimmer stürmte, schaute er sich eben hektisch nach einem Versteck um.
Ich nahm ihn in die Arme, preßte ihn an mich und drängte ihn mit erstickter Stimme: »Sprich mit mir, John! Sag mir, was dich am meisten bedrückt.«
Er versuchte verzweifelt, sich loszureißen, aber ich hielt ihn fest, drückte meine Wange auf seinen Scheitel und sagte eindringlich: »Ich weiß, daß es hart für dich ist. Für mich ist es auch hart.«
»Laß mich los!« forderte er mit einer durch meinen Pullover gedämpften Stimme.
»Erst wenn wir miteinander geredet haben. Dazu hatten wir bisher keine Gelegenheit. Entweder waren wir nicht allein, oder du mußtest Hausaufgaben machen, aber ich will mit dir reden, Johnny. Ich muß mit dir reden. Früher haben wir das immer getan.«
»Da hast du auch noch hier gewohnt«, lautete die wiederum gedämpfte, aber jetzt zornige Antwort.
»Früher war vieles anders. Ich würde alles dafür geben, wenn ich die Zeit zurückdrehen könnte.«
»Warum tust du es nicht?«
»Weil ich es nicht kann.«
»Warum kannst du es nicht?«
»Weil gerichtliche Verfügungen im Wege stehen – und die machen uns das Leben so schwer.«
Instinktiv verstärkte ich meine Umarmung, als er schrie: »Und warum?«
Eine gute Frage, hätte eine beinahe gesagt, aber ich beherrschte mich. Ich konnte mit meinem Schicksal hadern, soviel ich wollte – Tatsache war, daß ich einige grundlegende Fehler gemacht hatte. Ich hatte entschieden, was das Beste

für meine Familie war, ohne Dennis ein gleichberechtigtes Mitspracherecht einzuräumen. Das war falsch von mir gewesen.
»Weil Daddy einige Dinge braucht, die ich ihm nicht geben kann.«
»Er braucht uns. Du nicht?«
»O doch!« hauchte ich in seine Haare. »O doch, weiß Gott! Das ist das allerschlimmste für mich. Es bekümmert mich, daß ich nicht hier bin, wenn ihr aus der Schule kommt. Es bekümmert mich, daß ich nicht mit euch zu Abend essen und frühstücken kann. Ich möchte immer mit euch zusammensein, wie Daddy es ist.«
Seine Gegenwehr war soweit erlahmt, daß ich es wagen konnte, meine Umarmung zu lockern.
»Du hast mir immer gesagt, wenn ich etwas will, soll ich darum kämpfen.« Sein Zorn war Verwirrung gewichen. »Warum tust du das nicht?«
»Ich tue es – du bekommst es nur nicht mit. Ich verwende einen großen Teil der Zeit, die ich nicht mit euch verbringe, darauf, nach Möglichkeiten für eine Lösung zu suchen.«
»Warum will der Richter nicht, daß du bei uns bist? Hast du etwas Schlimmes getan?«
Meine Hände erstarrten für einen Moment, bevor sie seinen Rücken weiterstreichelten. »Nein. Nichts Ungesetzliches oder Unmoralisches.«
»Und Dad?«
Ich schaute mich um. Dennis stand in der Tür. Aber selbst, wenn er nicht zugehört hätte, wäre mir nicht eingefallen, ihn bei seinem Sohn anzuschwärzen. »Daddy liebt euch genauso wie ich. Wir versuchen herauszufinden, wie wir euch beiden am besten unsere Liebe geben können, ohne im selben Haus zu wohnen.«

»Aber wir sind eine Familie, warum können Daddy und du sich nicht versöhnen?«
Wieder schaute ich mich zu Dennis um. Er sah müde aus und – das mußte ich ihm zugute halten – betroffen, aber ich verspürte nicht wie früher das Bedürfnis, ihn zu trösten. Ich war auf Distanz zu ihm gegangen.
Könnten wir uns versöhnen? »Ich glaube nicht, daß wir das können.«
»Dann sind wir keine Familie mehr?«
»Doch – nur auf andere Art. Wir sind jetzt zwei Familien.«
»Werden du und Daddy sich jetzt immer streiten?«
»Nein, der Streit wird bald zu Ende sein.«
»Und dann?«
»Dann kommen wir alle zur Ruhe und gewöhnen uns an eine neue Ordnung.«
»Ich will aber, daß alles wieder so wird, wie es war.«
»Ich weiß«, sagte ich und küßte ihn auf den Scheitel. Ich hatte mir als Kind auch immer verzweifelt gewünscht, daß alles wieder so würde wie vor dem Tod meines Vaters. Ich erinnerte mich noch gut an den Schmerz, den ich damals empfunden hatte.
»Du nicht?« holte er mich in die Gegenwart zurück. Ich mußte mir mit meiner Antwort ein paar Sekunden zu lange Zeit gelassen haben, denn er fragte mit schriller, dünner Stimme: »Werden wir nie wieder alle in einem Haus wohnen?«
»Wahrscheinlich nicht«, sagte ich traurig.
»Das ist Scheiße!« schrie er, und hätte ich nicht so schnell reagiert, wäre er mir entwischt. So aber hielt ich ihn eisern fest. Es war ein regelrechter Ringkampf, aber schließlich gab er auf und fing an zu schluchzen.
Obwohl es mir das Herz zerriß, hielt ich ihn weiterhin fest. Ich wiegte mich sanft mit ihm hin und her, wie ich es getan hatte, als er noch klein gewesen war.

»Laß es raus, Johnny«, flüsterte ich. »Du kannst soviel weinen, wie du willst – ich werde dich deswegen nicht weniger liebhaben.«
Wahrscheinlich hätte er auch geweint, wenn ich ihm nicht die Erlaubnis dazu gegeben hätte. Es hatten sich zu viele Emotionen aufgestaut – der Damm hatte irgendwann brechen müssen. Als die Sturzbäche zu Rinnsalen versiegten, sagte ich: »Es ist ganz normal, ab und zu unglücklich zu sein. Es ist ganz normal, zornig, verwirrt und ängstlich zu sein.«
»Dad wird böse auf mich sein«, sagte er mit brüchiger, kleiner Stimme.
»Dad wird nicht böse auf dich sein«, beruhigte ich ihn. »Er spricht vielleicht nicht darüber, aber er empfindet das alles auch. Doch es wird uns allen bald bessergehen.«
»Woher weißt du das?«
»Ich weiß es einfach.«
»Woher?«
Ich hatte Johnny mit einem zweiten, entschiedeneren »Ich weiß es einfach«, beruhigen können, aber als ich, nachdem ich die Kinder ins Bett gebracht hatte, wieder in meinem Leuchtturm saß, dachte ich an all die Dinge, die schiefgehen könnten, und hatte meinerseits das dringende Bedürfnis nach ein wenig moralischer Aufrüstung. Doch als ich den Hörer abnahm, um Brody anzurufen, kam kein Freizeichen. Ich drückte auf die Gabel. »Hallo?« Drückte noch einmal. »Hallo?«
»Claire?«
Ich hatte gedacht, die Stimme meiner Schwester bereits in jedem erdenklichen Gemütszustand gehört zu haben – dieser jedoch war mir neu.
»Du mußt kommen, Claire! Sie ist ins Koma gefallen, und die Ärzte wissen nicht, wie lange sie's noch macht.«

VIERZEHNTES KAPITEL

Diesmal hatte Rona nicht übertrieben. Als ich am Sonntag morgen ins Krankenhaus kam, stellte ich fest, daß die Ärzte ihren Pessimismus teilten. Das Koma war nicht durch eine dramatische Verschlechterung ihrer Zustandes eingetreten – Connie war einfach hineingeglitten. Und sie hatte nicht die Kraft, wieder daraus aufzutauchen.

Rona sah aus wie ein Gespenst. Der Anruf hatte sie in der Nacht zuvor aus dem Schlaf gerissen. Sie war in einen Trainingsanzug geschlüpft, hatte ihre Haare zu einem Pferdeschwanz zusammengebunden und war zur Klinik gerast, wo sie nicht von Connies Seite gewichen war. Als ich die Zimmertür öffnete, stand Rona neben Connie und umklammerte das Geländer des Bettes.

»Gott sei Dank!« hauchte sie. »Ich war sicher, daß sie sterben würde, während ich bei ihr Wache hielt, damit ich mich für den Rest meines Lebens schuldig fühlen würde. Es ist schrecklich, sie so daliegen zu sehen. Meinst du, sie weiß, daß ich die ganze Nacht hier war?«

Ich versuchte die Kraft aufzubringen, den Raum zu betreten. Die Luft war mit Verlust geschwängert. Unter normalen Umständen hätte ich das vielleicht besser verkraftet, aber die Vorfälle zu Hause hatten mich bereits stark beansprucht. Ich fühlte mich schwach und hatte Angst. Wollte ich meine Mutter in diesem Zustand sehen?

Sie war ebenso weiß wie die Bettwäsche und ebenso leblos. Sie war im Begriff, uns zu verlassen, das wußte ich und verspürte denselben Anflug von Panik wie jeden Tag als Kind, wenn sie morgens das Haus verließ und erst am Abend zurückkehrte. Aber ich war kein Kind mehr, und diesmal ging sie endgültig.

»Claire?«

Mühsam riß ich den Blick von Connie los und hob ihn zu Rona.

»Bist du okay?« fragte sie mit ängstlicher Stimme.

Ich schluckte, nickte. »Nur zittrig.« Dann zwang ich mich, meinen Platz an der Tür aufzugeben, ging zum Bett und beugte mich hinunter. »Hi, Mom. Ich bin hier – sogar früher, als ich sagte.« Bei dem letzten Wort brach mir die Stimme. Connies blasses Gesicht war wächsern. Sie war dem Tode nahe, schon seit Wochen nur ein Schatten ihrer selbst, aber ich wünschte mir inständig ihr früheres Gesicht zurück. »Mom?« rief ich leise. Meine Hand verhielt über ihrer, doch nach einer Sekunde des Unbehagens umfaßte ich sie. Ich fühlte Knochen und kühle, glatte Haut darüber, schüttelte ihre Hand leicht. »Mom?« Keine Reaktion. Ich versuchte es noch einmal. »Mom?«

»Die Ärzte sagen, wir sollen mit ihr sprechen«, flüsterte Rona mir aus ein paar Zentimetern Entfernung zu. Sie war nah an mich herangerückt, was mich ebenfalls mit Unbehagen erfüllt hätte, wenn da nicht das Bedürfnis gewesen wäre, mich an jemanden anzulehnen. Ich war zwar früher nie auf den Gedanken gekommen, mich an Rona anzulehnen, aber ich hatte mich auch noch nie so schwach gefühlt.

»Sie sagen, daß sie vielleicht hören kann«, flüsterte Rona weiter, »und darum habe ich ihr all die Dinge aufgezählt, die ich in meinem Leben getan habe, um ihre Anerkennung zu gewinnen, aber sie nickt nicht, sie lächelt nicht, sie macht nicht einmal die Augen auf und starrt mich an. Darin war sie ganz groß: Wenn sie mich anstarrte, wußte ich, daß ich wieder mal ihr Mißfallen erregt hatte. Komm schon, Mom!« flehte sie mit eindringlicherer Stimme. »Starr mich an! Hörst du? Ich warte!«

Ich drückte Ronas Handgelenk, und dann fand meine Hand das Geländer und schloß sich fest darum. »Ich habe gestern früh mit ihr telefoniert. Am Ende des Gesprächs erschien sie mir kräftiger? War es so?«

»Vormittags war ich nicht da, aber am Nachmittag. Ich habe ihr das halbe VANITY FAIR vorgelesen – ich bin wirklich keine schreckliche Tochter.«

»Das sagt doch auch keiner.«

»Vielleicht nicht mit diesen Worten.«

Wir verfielen in Schweigen. Ich konnte den Blick nicht von Connies Gesicht lösen. Es wirkte ausgehöhlt – und totenstill. Nur das gleichmäßige Piepen der Maschine zeigte an, daß sie noch lebte.

Zweimal kam die Schwester herein. Wir rührten uns nicht.

»Sie ist so blaß«, flüsterte ich schließlich. »Ich wünschte, ich wüßte, ob sie hören kann.«

»Was würdest du ihr denn sagen, wenn du wüßtest, daß sie es kann?«

»Ich würde ihr vom Zirkus erzählen.«

Nach kurzem Überlegen tat ich genau das. Ich erzählte ihr von den Löwen, den Pferden und den Elefanten. Ich erzählte ihr, wie ich mich um die Trapezkünstler geängstigt und über die Clowns amüsiert hatte. Ich erzählte ihr von der Zuckerwatte und dem purpurroten Alligator, den Kikit sich gekauft

hatte. Am Ende sagte ich zu Rona: »Es war schön im Zirkus – es hätte ihr gefallen.«
»Sie haßte die Gerüche.«
»Sie hat die Gerüche nie gerochen.«
»Was?«
»Sie war nie im Zirkus.«
»Tatsächlich?« Rona schüttelte den Kopf. »Komisch, ich war überzeugt davon.«

Wieder standen wir eine Weile schweigend nebeneinander. Dann hielt ich allein Wache, während Rona Kaffee holen ging. Ich redete leise auf Connie ein, rief ihren Namen, streichelte ihre Hand. Ich hatte angenommen, daß Rona sich jetzt, da ich hier war, Zeit lassen würde, aber sie kam nach nicht einmal zehn Minuten zurück.
Wir tranken den Kaffee, warfen die Becher in den Papierkorb, blieben dicht nebeneinander stehen. Die Unbehaglichkeit war dem Bedürfnis nach menschlicher Wärme gewichen. Wir waren eine Familie, alles, was nun, da Connie sich fortstahl, von ihr noch übrig war.
»Wie geht's denn zu Hause?« erkundigte sich Rona flüsternd.
»Mies«, flüsterte ich zurück.
»Willst du's ihr erzählen?«
»Will ich schon, werde ich aber nicht.«
»Vielleicht würde sie das wieder zu sich bringen. Der Schock, weißt du?« Ich schrak zusammen, als sie plötzlich die Stimme erhob: »Mom? Kannst du mich hören, Mom? Claire ist hier. Sie ist den ganzen, weiten Weg hergekommen, um dich zu sehen. Wach auf und rede mit ihr. Es macht mir nichts aus. Wirklich nicht.«
Connies Gesicht blieb wächsern-reglos.

Ronas Schultern sackten herab. »Sie kämpft sogar jetzt noch gegen mich, weigert sich, aufzuwachen, um mich zu provozieren.«
»Vielleicht ist unsere Taktik falsch«, meinte ich. »Der Arzt sagte, wir können ihr sagen, daß es okay ist, loszulassen.«
Entsetzen malte sich auf Ronas Gesicht. »Das hat er mir auch gesagt, aber ich kann sie doch nicht auffordern, zu sterben.«
»Das täten wir ja auch nicht. Wir würden ihr nur sagen, daß sie nicht mit Gewalt bei uns bleiben muß, wenn sie zu müde ist. Das wäre wahrscheinlich barmherziger.«
»Aber ich brauche sie. Sie muß aufwachen. Ich muß ihr noch so vieles sagen!«
Ich legte den Arm um Ronas Schulter. Sie und ich hatten in vielerlei Hinsicht verschiedene Ansichten, aber ihren Schmerz konnte ich nachempfinden. Es schwang Verzweiflung darin mit, Furcht, daß sie mit dem Wissen zurückbliebe, sich nicht genug bemüht zu haben.
»Sie hält mich für oberflächlich, aber ich habe Jerry wirklich geliebt, und ich habe auch Harold wirklich geliebt, und die beiden haben auch mich ein Weilchen geliebt, und es hat mir gutgetan. Für dieses Weilchen hatte ich bei beiden das Gefühl, der einzige andere Mensch auf der Welt zu sein, und das tat mir gut. Ich fühlte mich sicher. Okay, ich habe nicht gearbeitet wie sie oder du, aber macht mich das zu einem schlechten Menschen?«
Sicherheit. Die brauchte ich auch. Darum hatte ich Dennis geheiratet. Aber Brody gab sie mir. Machte mich das zu einem schlechten Menschen? »Nein.«
»Warum hat sie mir dann das Gefühl vermittelt, es zu sein?«
Es kostete mich Mühe, mit meinen Gedanken bei Rona zu bleiben. »Vielleicht war sie eifersüchtig.«
»Eifersüchtig?«

»Du hattest all den Luxus, der ihr nicht vergönnt war oder den sie sich nicht zu holen wagte. Sie kam sich wie ein Feigling vor. Du hattest Courage, und darum beneidete sie dich.«
»Meinst du?«
Ich glaubte es.

Aus Sonntag vormittag wurde Sonntag nachmittag. Ärzte und Schwestern schauten vorbei, aber außer mit Maschinen und Infusionen zu hantieren, taten sie nicht viel. Connies geistlicher Beistand kam vorbei. Connie blinzelte nicht einmal.
Rona kuschelte sich in einen Sessel und schlief eine Weile, wachte auf und bezog wieder Posten am Bett. Ich wartete ständig darauf, daß sie nach Hause fahren würde, um zu duschen und sich in ihrer gewohnten Weise aufzudonnern, aber sie rührte sich nicht aus dem Zimmer, außer, um Kaffee oder etwas Essen zu holen. Ein-, zweimal wusch sie sich das Gesicht im Waschbecken und kämmte sich die Haare, aber das war auch schon alles. Ich hatte sie seit Jahren nicht so »natürlich« erlebt.
Sie seufzte. »Mom hat das auch immer gesagt.« Sie schloß die Augen, ließ den Kopf im Nacken hin und her rollen und seufzte wieder. »Ist das nicht verrückt? Jetzt bin ich schon so alt und bemühe mich noch immer um ihre Anerkennung.« Sie öffnete die Augen und schaute mich an. »Denkst du je über den Tod nach?«
»Kaum.«
»Kein Wunder. Du hast ein erfülltes Leben. Aber ich denke darüber nach. Ich denke über Dinge nach, die ich dann nicht getan haben werde, aber gerne getan hätte.«

Zorn kochte in mir hoch. Connie hatte fast das gleiche gesagt, aber es mußte nicht so sein, verdammt noch mal. Sie hätte mehr tun können. Sie hätte ihr Leben genießen können, anstatt sich als Märtyrerin zu gebärden. Sie hätte uns mehr genießen können.

Ich atmete tief durch. Der Zorn verpuffte.

»Was hättest du denn gerne getan?« fragte ich Rona.

»Kinder bekommen.« Sie warf mir einen Blick zu, der mich herausforderte zu lachen.

»Das überrascht mich nicht. Mit meinen kannst du wunderbar umgehen. Es ist noch nicht zu spät. Mom wäre begeistert.«

Rona stützte die Unterarme auf das Bettgeländer. »Sie hält mich für zu flatterhaft.«

Ich tat dies ebenfalls. »Und, bist du es?«

Sie zuckte die Schultern. »Wenn man es oft genug hört, glaubt man es schließlich, wobei ich nicht weiß, warum ich überhaupt zuhöre.«

»Nicht nur du hörst zu, ich tue es auch. Connie ist der Fels in meiner Brandung.«

Rona schaute mich überrascht an. »Du bist der Fels in ihrer Brandung. Du warst immer die Starke in der Familie. Du kannst sagen, was du willst – es ist so.«

»Ich konnte immer auf ihre bedingungslose Unterstützung zählen.«

»Das ist richtig, aber wenn es Probleme gab, warst du für Lösung zuständig. Als Stimme der Vernunft. Als Macherin. Da hast du Mom und mir viel voraus.«

Ich fühlte mich ganz und gar nicht als Problemlöserin, als Stimme der Vernunft, als Macherin – ich fühlte mich völlig hilflos, während ich im Stehen oder im Sitzen auf Connies vernichtenden Spielzug wartete. Leben oder Tod – es hing allein von ihr ab, aber vielleicht auch nicht. Und dieser Gedanke war noch beängstigender, denn er bestätigte meine Hilflosigkeit. Ich hätte mir gewünscht, mehr Kontrolle über das Leben zu haben.

Hatte ich also doch einen Kontrollwahn?

Rona und ich könnten uns ewig darüber streiten, wer der Fels in der Brandung war – Tatsache war, daß ich mit zitternden Knien versuchte, mich auf dem wackligen Untergrund meiner Welt aufrecht zu halten.

Wenn doch nur Brody dagewesen wäre. Er war ein Problemlöser, eine Stimme der Vernunft, ein Macher. Ich hätte mich liebend gern an ihn gelehnt.

Aber Brody hatte hier nichts zu suchen – diese Situation betraf nur Connie, Rona und mich. Die Stunden vergingen, aus dem Nachmittag wurde der Abend, und Connies Gesicht wurde zusehends durchsichtiger. Ich dachte an die Geschichte von Großmutter Kates Perlen. Nun würde Connie selbst zu einer werden. Das machte das Wesen von Totenwachen aus, dachte ich: Sie gaben Familien Gelegenheit zu ein paar letzten Stunden friedlichen Beisammenseins, ließen die letzte Erinnerungsperle für die Kette wachsen. So gesehen war ich dankbar dafür, daß Connie sich Zeit ließ.

Am Sonntag abend schickte ich Rona für ein paar Stunden nach Hause, während ich in einem Sessel an Connies Bett döste, doch sie war schon vor Tagesanbruch zurück. Sie hatte geduscht und Jeans und einen Pullover angezogen, aber sie trug noch immer den Pferdeschwanz, und ihr Gesicht war noch immer ungeschminkt. Man hätte sie ohne weiteres für achtzehn halten können.

Nachdem sie sich einen Sessel neben meinen gerückt hatte, aßen wir frische Croissants, tranken Kaffee und unterhielten uns flüsternd und vertraulich, wie wir es seit unserer Pubertät nicht getan hatten. Damals waren Jungs das Thema gewesen, heute sprachen wir über Männer – Rona über ihre Ehemänner, ich über Dennis. Ich wußte nicht, ob wir uns aufgrund der Atmosphäre zu Beichten gedrängt sahen – jedenfalls gestand Rona mir im fahlen Licht des beginnenden Morgens, das die Krankenhauswelt gerade erst zum Leben erwachen ließ, daß ihre Ehe mit Harold rein platonisch gewesen war, und ich gestand ihr, daß Dennis mich aus dem Haus hatte werfen lassen.

»Vermißt du ihn?« fragte sie, als ich mit meiner Geschichte fertig war.

Das hatte ich mich auch schon mehr als einmal gefragt. Angesichts der Plötzlichkeit unserer Trennung müßte ich ihn eigentlich auch noch lange über die von Dean Jenovitz angesprochene Trauerperiode hinaus vermissen, denn nach fünfzehn gemeinsamen Jahren sollte an dem Platz, den er in meinem Leben eingenommen hatte, nun eigentlich Leere gähnen, oder?

»Die erste Zeit war so von Zorn beherrscht, daß nur Raum dafür blieb, die Kinder zu vermissen«, antwortete ich. »Und jetzt? Ich vermisse die Ehe an sich. Eine Ehe gibt einem ein Gefühl von Sicherheit. Ich vermisse mein geordnetes Leben. Auch das gibt einem Sicherheit. Ich vermisse die Anonymität, mit der ich mich in unserem Städtchen bewegen konnte. Jetzt gehen den Leuten Fragen durch den Kopf. Sie brauchen sie gar nicht zu stellen – ich sehe es ihnen an. Die Kinder vermisse ich natürlich, und daran wird sich auch nie etwas ändern, aber vermisse ich Dennis? Den Mann selbst?« Ich dachte noch einmal gründlich darüber nach, um eine übereilte Äußerung auszuschließen, aber so viele Gefühle mich auch in den letzten paar Wochen bewegt hatten – ein Vermissen von Dennis war nicht dabei gewesen. Die guten Zeiten meiner Ehe waren jetzt Erinnerungen, fest in die Kette geknüpfte Perlen, aber es würden keine neuen, mit Dennis verbundene mehr dazukommen.

»Nein, ich vermisse ihn nicht. Wir haben uns emotional auseinandergelebt.« Das war mir jetzt völlig klar. »Wir sind nicht mehr die Menschen, als die wir damals geheiratet haben. Wir haben uns gegenseitig in einer Weise geformt, die uns weniger kompatibel machte. Ist das nicht eine Ironie? Und es ist bestürzend, daß Dennis zu so drastischen Mitteln greifen mußte, damit ich es erkannte. Mein Gott, war ich blind. Ich dachte immer, daß es in jeder Ehe Probleme gebe, daß keine Ehe perfekt sein kann.«

»Hat Dennis dich betrogen?«

»Nein.« Phoebe fiel mir ein. »Zumindest nicht vor der Endphase.«

»Hast du ihn betrogen?«

»Nein.«

»Du hast nichts mit Brody?«

»Noch nicht.«

Sie bedachte mich mit einem zweifelnden Lächeln, und ich beeilte mich, hinzuzufügen: »Ich weiß nicht, was ich ohne Brody täte. Seit das alles begann, leitet er die Firma praktisch allein, was eine ungeheuere Entlastung für mich bedeutet.«

»Weiß Dennis, daß du hier bist?«

»Ich habe ihn gestern angerufen.« Mein Blick glitt zu Connie zurück. »Ich dachte, er sollte es wissen«, meinte ich. »Um vorbereitet zu sein. Er sagte, er würde mit den Kindern herkommen . . . wenn nötig.«

Connie verharrte auch den ganzen Montag im Koma. Am Abend verließen Rona und ich erschöpft das Krankenhaus, nahmen uns auf dem Weg zu ihrer Wohnung Pizzas mit, schlangen sie in ihrer Küche hinunter, schliefen bis zum frühen Morgen und kehrten in die Klinik zurück.
An diesem Dienstag sprachen wir über unsere Kindheit. Wir tauschten über Connies Bett hinweg Erinnerungen aus. Manchmal bezogen wir sie in unser Gespräch ein, manchmal übergingen wir sie – und manchmal lachten wir. Laut und herzlich. Das brauchten wir, um die Situation emotional durchzustehen.
Außerdem glaubten wir nicht, daß Connie es uns verübeln würde. Sie hätte sich darüber gefreut, daß Rona und ich nach so langen Jahren der Distanz wieder zueinanderfanden. Sie hatte mich gebeten, ein Auge auf Rona zu haben – aber im Moment beruhte das auf Gegenseitigkeit. Im Laufe dieser Stunden in dem kleinen Zimmer mit der rhythmisch piepsenden Maschine durchströmte mich eine tiefe Zufriedenheit. Ich war bei meiner Mutter, und ich war mit meiner Schwester zusammen. Plötzlich fühlte ich seltsam entspannt. Für den Augenblick mußte ich nirgendwo anders hin, mußte nichts anderes tun. Die Arbeit, die Kinder, der Sorgerechtskrieg – alles war auf einmal weit weg. Ich erlebte eine Pause im Drama meines Lebens, und ich genoß sie auf merkwürdige Weise.
Dienstag abend wurde der Beschaulichkeit durch das Rasseln von Connies Atem ein jähes Ende gesetzt. Der Arzt diagnostizierte Lungenentzündung und hängte sie an einen Antibiotikatropf, und Rona und ich wechselten bei jedem neuen Laut von Connie über ihr Bett hinweg alarmierte Blicke.
Kurz vor Mitternacht trat abrupt Stille ein. Der Arzt kam und stellte den Tod fest, Schwestern kamen und schalteten die

Geräte ab. Rona und ich hielten uns aneinander fest, während sie taten, was nötig war, aber als sie Connie wegbringen wollten, protestierten wir.
»Nur noch ein paar Minuten!« flehte ich. Rona weinte leise neben mir.
Sie gingen hinaus und machten die Tür zu, ließen uns drei ein letztes Mal miteinander allein.
Ich zog Rona zum Bett.
»Wie glatt ihre Haut ist«, flüsterte sie. »Selbst die kleinsten Falten sind weg.«
»Sie sind mit ihrer Anspannung verschwunden«, sagte ich. Es war natürlich ganz allmählich geschehen, während langsam das Leben aus ihr schwand. Die Durchsichtigkeit, die ich zuvor bemerkt hatte, war ein Vorstadium gewesen. »Sie sieht friedvoll aus. Ich hoffe, sie ist es auch.«
»Ich wünsche es ihr. Sie war keine schlechte Mutter.« Sie atmete zittrig ein und meinte dann spöttisch: »Schließlich muß es eine Erklärung dafür geben, daß ich so viel Zeit hier verbracht habe.«
»Du hast sie geliebt. Und sie hat dich geliebt. Warum wäre sie sonst so lange geblieben?«
»Aus schlechtem Gewissen? Aus einem irregeleiteten Verantwortungsgefühl?«
»Nein. Mütter sind einfach immer da. Sie lassen ihre Kinder nicht im Stich. Das können sie nicht, sie sind nicht so programmiert.«
»Aber jetzt ist sie weg«, flüsterte Rona und fing wieder an zu weinen.
Auch meine Augen füllten sich mit Tränen. Ich strich Connie sanft übers Haar, streichelte mit den Fingerspitzen ihre Stirn und ihre Wange. Ich konnte mich nicht erinnern, das jemals zuvor getan zu haben. Wir hatten viel versäumt, schoß mir

durch den Kopf, und der unbändige Wunsch stieg in mir auf, sie bei den Schultern zu packen und ihr wieder Leben einzuhauchen, um all diese Dinge nachholen zu können, damit dieses entsetzliche Bedauern schwände.

Natürlich konnte ich das nicht.

Am Donnerstag beerdigten wir Connie unter einem kalten, düsteren Himmel. Es tat mir gut, zu sehen, daß nicht nur der Geistliche, sondern auch viele Freunde tief bekümmert über ihren Tod waren.

Während der Messe hielt ich Kikit an mich gedrückt, während Dennis Johnny an sich drückte.

Brody war ebenfalls gekommen, und seine Anwesenheit war für mich gleichermaßen Qual und Trost. Ich war froh, ihn in meiner Nähe zu wissen, aber ich hätte ihn gern noch näher bei mir gehabt und mußte Zurückhaltung üben.

Brody flog am Freitag morgen zurück und Dennis mit den Kindern mit einer späteren Maschine. Ich blieb bis Samstag abend, um Rona nicht gleich sich selbst zu überlassen.

Wir hatten vorgehabt, in Moms Wohnung zu entscheiden, was mit ihren Sachen geschehen sollte, und eine Weile versuchten wir das auch, doch dann wurden wir erst von Erinnerungen abgelenkt und dann von Trauer. Als sie mich zum Flughafen brachte, hatten wir lediglich entschieden, daß ich den Kater nehmen würde. Ich ging mit zwei Gepäckstücken an Bord: In einer Hand trug ich meine Wochenendtasche und in der anderen Valentino in seinem Korb.

Brody holte mich in Boston ab. Diesmal hatten wir es ausgemacht. Er nahm mir meine Reisetasche ab, legte den Arm um mich und dirigierte mich zu seinem Wagen. Ich erinnere mich noch daran, daß wir über die Brücke fuhren, doch dann verschlief ich sogar den Zwischenstopp, den Brody einlegte, um Futter und eine Katzentoilette nebst Sand für

Valentino zu besorgen. Er weckte mich erst, als wir den Leuchtturm erreichten, trug alles hinein und versorgte Valentino, während ich aufs Meer hinausstarrte. Dann schenkte er mir ein Glas Wein ein, zog mich ins Arbeitszimmer und ließ sich mit mir in dem riesigen Korbliegestuhl nieder. Er gab mir soviel Sicherheit, daß ich meine Selbstkontrolle aufgeben und mich gehenlassen konnte. Ich ließ den Tränen ihren Lauf, weinte um Mom und Rona, um unerfüllte Träume und Versäumtes, das ich nicht hätte versäumen müssen. Als die Tränen schließlich versiegten, war ich wieder müde, aber ich wollte Brody nicht weglassen. Und so schlief ich in seinem Arm, eng an ihn gekuschelt, ein. Das letzte Gefühl, das ich bewußt erlebte, war meine überströmende Liebe zu ihm.

Ich wußte nicht, wie lange ich geschlafen hatte, nahm aber an, daß es ein, zwei Stunden gewesen waren. Als ich mich bewegte, drückte er mich an sich. Hatte er die ganze Zeit über meinen Schlaf gewacht? Plötzlich wurde ich von einer solchen Sehnsucht nach ihm gepackt, daß mich nichts von ihm hätte abhalten können.

Wir küßten einander leidenschaftlich, aber das Zungenspiel genügte uns nicht. Wir schoben Kleidungsstücke beiseite, um die Haut zu spüren, ich ließ die Haare auf seiner Brust zwischen meinen Fingern hindurchgleiten, er knetete meine Brüste, wir streichelten einander und drehten und wanden uns, um einander näher und noch näher zu kommen, und wenn ich in ihn hätte hineinkriechen können, dann hätte ich es getan. Ich liebte Brody. Mit ihm zusammenzusein, erfüllte mich selbst in dem Wirbelsturm der Gefühle, der uns mit sich riß, mit Frieden.

Ich glaube, ich werde niemals vergessen, was ich empfand, als Brody das erste Mal in mich eindrang. Er hatte sich amüsiert,

als ich sagte, ich käme mir fast noch wie eine Jungfrau vor, aber ich hatte den Akt nie vorher so umfassend erlebt.
Ich spürte nicht nur seinen Penis, sondern auch, wie sein Brustkorb sich mit seiner größer werdenden Erregung weitete, wie seine Bauchmuskeln sich anspannten, wenn er sich aufbäumte, die Wellenbewegungen seiner schmalen Hüften unter meinen Händen. Und auch die Hitze und der Geruch, den er verströmte, gehörten dazu. Sein Körper und seine Seele erfüllten meinen Körper und meine Seele. Ich schrie vor Verzückung auf.
Ich schrie mehr als einmal, denn die Erregung war zu stark, als daß ich sie stillschweigend hätte ertragen können, und als ich gerade glaubte, vor Lust das Bewußtsein zu verlieren, mündete sie in einen unbeschreiblichen Genuß.
Auch Brody erlebte ihn – das erkannte ich an den heiseren Lauten, die er ausstieß, an dem Zittern seiner Arme und an dem langanhaltenden Pulsieren in mir, das seine Entspannung anzeigte. Das alles erregte wiederum mich so sehr, daß ich beinahe noch einmal gekommen wäre, doch ich war zu erschöpft.
Wir kuschelten uns aneinander und schliefen ein. Als ich aufwachte, saß Valentino nur Zentimeter von meinem Gesicht entfernt und starrte mich mit seinen Obsidian-Augen an.
»Brody?« rief ich. Keine Antwort. Ängstlich setzte ich mich auf, zog die Beine an und schlang die Arme darum. »Brody?« Wieder keine Antwort, aber es begann Wasser durch die Leitungen zu rauschen.
Ich lief in den ersten Stock hinauf, schlüpfte ins Bad und lehnte mich mit dem Rücken an die Tür. Die Glaswand der Duschkabine war dampfbeschlagen, doch ich sah, daß Brody sich mit ausgestreckten Armen an der Wand abstützte und den Kopf unter dem Brausestrahl hängen ließ.

Ich streifte die wenigen Kleidungsstücke ab, die ich noch trug, stahl mich in die Kabine und lehnte mich auch hier mit dem Rücken an die Tür.
Brody schaute sich zu mir um. Die kleine Drehung seines Körpers genügte, um das Wasser in meine Richtung zu lenken. Ich schrie auf.
»Das ist ja eiskalt!«
»So soll es sein.«
»Mach es wärmer, Brody.«
»Besser nicht.«
Ich suchte Schutz hinter seinem Rücken, schlang die Arme um ihn, verschränkte die Fäuste vor seiner Brust und sagte: »Ich weiß, was du denkst, Brody Parth. Du denkst, du hättest meine momentane Schwäche ausgenutzt und mich überrumpelt oder mir die Chance genommen, meine Kinder zurückzubekommen, aber du hast keinen Grund, dir Vorwürfe zu machen. Ich bereue nicht, was wir getan haben. Absolut nicht!« Die letzten beiden Worte unterstrich ich damit, daß ich seinen Brustkorb zusammendrückte.
Seine Reaktion verblüffte mich. Er lachte glucksend und schüttelte den Kopf.
»Was ist?« Ich preßte mich zitternd vor Kälte an ihn.
Er öffnete meine Fäuste und zog meine Hände nach unten, bis sie auf eine eindrucksvolle Erektion trafen. Ich hatte kaum Zeit, sie zu umfassen, als er sich auch schon umdrehte, kaum Zeit, Atem zu holen oder zu registrieren, daß das Wasser wärmer geworden war, als er sich meines Mundes mit einem Hunger bemächtigte, der wie zuvor alle Gedanken in meinem Kopf auslöschte.
Jegliches Vorspiel erübrigte sich. Ich war für ihn bereit, als er mich an die Wand der Duschkabine drückte und in mich eindrang. Meine Arme lagen um seinen Hals, seine unter

meinem Po. Ich verschränkte die Füße über seinem Steißbein und paßte mich dem Rhythmus seiner Stöße an. Die Wellen der Erregung schlugen höher und höher, brachen sich, von einer Reihe erstickter Schreie begleitet, schaumgekrönt, und bauten sich unglaublicherweise unmittelbar danach erneut auf. Ich kam in der Sekunde zu meinem zweiten Höhepunkt, als Brody zu seinem ersten kam, und ich genoß es, daß seiner länger dauerte. Um nichts in der Welt hätte ich das Pulsieren in mir oder die Laute der Befriedigung versäumen wollen, die er ausstieß, als er langsam wieder zu sich kam. Er lehnte sich schwer gegen mich und zeigte mir mit gelegentlichen Stößen seiner Hüften und wohligem Brummen, daß er noch einige Nachbeben erlebte. Schließlich hob er mich hoch und drehte sich mit mir auf dem Arm um, so daß das Wasser mit voller Wucht auf uns herunterprasselte. Wir sprachen nicht, aber unsere Augen sagten einander alles, was in diesem Augenblick gesagt werden mußte – daß es wunderschön war, noch schöner als in meinen Träumen, ich wollte dich schon seit Jahren, ich liebe dich.

Irgendwann stellte er mich auf den Boden, und plötzlich war ich schüchtern. Es war das erste Mal, daß er mich nackt sah, und er ließ seine Augen und seine Hände ausführlich über die ihm bisher verborgen gebliebenen Regionen wandern. Nicht, daß ich meine Augen geschlossen hätte. Brody war beeindruckend ausgestattet, und ich konnte meinen Blick nicht davon wenden, was mich noch verlegener machte. Ich errötete tief, als er mich dabei ertappte.

»Ich kann nicht anders«, murmelte ich, ärgerlich über meine Prüderie.

Er hatte mich eingeseift, und nun duschte er mich grinsend ab.

Ich zog ein langes Hauskleid an und Brody seine Jeans. Er

machte mit der Maschine, die er mir zum Einzug geschenkt hatte, Cappuccino für uns, und wir setzten uns damit auf die Hocker der Frühstücksbar und lächelten einander zwischen den einzelnen Schlucken einfältig an. Er zog meine Hand an seine Lippen, küßte sie und drückte sie flach an seine Brust.
»Ich bereue nichts«, sagte er. »Nichts.«
»Das ist gut.«
»Ich wollte dich schon lange. Seit einer Ewigkeit.«
»Du hast dir nie etwas anmerken lassen.«
»Wie sollte ich? Du warst mit meinem besten Freund verheiratet.«
Ich bewegte meine Hand auf seiner Brust, strich die Haare darauf glatt. »Hast du damit gerechnet, daß diese Ehe irgendwann scheitern würde?«
»Nein.«
»Hast du es dir je gewünscht?«
»Schwer zu sagen. Es gab Dinge, die mich störten. Ich fand, daß Dennis sich nicht partnerschaftlich verhielt. Er unterstützte dich nicht – weder moralisch noch finanziell. Wie es sexuell bei euch lief, wußte ich natürlich nicht.«
Ich ließ meine Hand an seiner Brust abwärtsgleiten und hakte meine Finger in den Bund seiner Jeans. »Es war okay. Allerdings nicht zu vergleichen . . .« Ich deutete mit dem Kinn in die Richtung meines Arbeitszimmers mit dem frisch eingeweihten Korbliegestuhl, hob den Blick in Richtung Badezimmer, schüttelte mich und grinste. »Dennis fand mich ziemlich lausig.«
»Ich finde dich ziemlich unglaublich.«
»Du warst kein bißchen enttäuscht – nach all der Zeit, die du darauf gewartet hast?«
»Habe ich da oben in der Duschkabine einen enttäuschten Eindruck auf dich gemacht?«

Nein, das hatte er nicht. Ich hatte ihn hocherregt erlebt und danach befriedigt. Trotzdem hatte ich fragen müssen – ich erinnerte mich noch zu gut an das, was Dennis an jenem Tag im Haus gesagt hatte. Ihn hatte ich nicht befriedigt, das stand fest. »Hat Dennis mich je betrogen? Vor Phoebe, meine ich.«

»Das weiß ich nicht.«

»Du hattest nie einen Verdacht?«

»Nein. Du?«

»Nein, aber die Ehefrau erfährt ja immer als letzte davon. Und da war die Sache mit Adrienne.«

»Damals war er nicht verheiratet.«

»Aber sie, und er wußte es. Das hat mich lange irritiert. Schließlich schob ich es beiseite, weil ich damit nicht zurechtkam. Die Geschichte mit Phoebe rührt alles wieder auf.«

»Nach dem, was ich über Phoebe gehört habe, wird die Beziehung nicht von Dauer sein. Sie wechselt von einem Klienten zum nächsten. Es wundert mich, daß noch keine Beschwerden bei der Anwaltskammer eingegangen sind. Wenn es sich umgekehrt verhielte, wäre es bestimmt schon dazu gekommen, aber ein Mann gibt natürlich nicht zu, daß er verführt wurde und dann sitzengelassen. Das erlaubt sein Stolz nicht. Wart's ab – Dennis wird behaupten, er habe sie satt gehabt.«

Ich dachte nach. »Vielleicht kann ich eine Beschwerde bei der Anwaltskammer einreichen.« Als Brody den Kopf schüttelte, fragte ich: »Warum nicht? Schließlich hat sie mir das alles eingebrockt ...«

»Aber offiziell ist Heuber Dennis' Anwalt, und er hat einen Namen. Es würde uns schwerfallen, zu beweisen, daß sie ihn nur vorschickt. Und es ist nicht unethisch, wenn Dennis die Partnerin seines Anwalts bumst.«

»Unethisch vielleicht nicht, aber unmoralisch auf jeden Fall.« Ich begann gewisse Dinge anders zu sehen. »Ich werde gewinnen«, sagte ich überzeugt und zog, um meinen Worten Nachdruck zu verleihen, an Brodys Jeans. »Und ich werde alles dafür tun, Brody, denn ich möchte nicht in fünf oder zehn Jahren dasitzen und mir wünschen, mehr getan zu haben. Meine Mutter starb in Gedanken daran, was sie alles nicht getan hatte. Das soll mir nicht passieren.«

Die Erinnerung an Connie ließ mich in Schweigen verfallen. Brody gestand mir Zeit zum Nachdenken zu. Schließlich strich er mir mit dem Daumen über die Lippen. »Hast du darum mit mir geschlafen?«

Ich rutschte von meinem Hocker auf seinen Schoß, nahm sein Gesicht in die Hände und sagte flüsternd. »Mit dir zu schlafen war das Schönste, was mir seit langer Zeit widerfahren ist. Es war ehrlich. Es war real. Ich hocke jetzt schon beinahe einen Monat lang hilflos herum, aber ich bin es müde. Ich muß agieren, nicht reagieren.« Ich hob mit den Daumen seine Brille an, küßte ihn auf die Augen und die Nase und ließ die Brille wieder herunter. »Wie spät ist es?«

Er schaute auf die Uhr hinter mir. »Zwei.«

»Willst du mit mir schlafen?«

Seine Mundwinkel zuckten. »Haben wir das nicht eben erst getan?«

»Nein, ich meine schlafen. In meinem Bett. Bis zum Morgen. Ich möchte dich spüren, wenn ich mich umdrehe. Ich möchte dich sehen, wenn ich aufwache. Es war eine grauenvolle Woche.«

Ich sah ihm an, daß er sich über meine Bitte freute. Trotzdem sagte er: »Und wenn da draußen einer mit einer Infrarotkamera in einem Boot sitzt?«

»Ich bin eine getrennt lebende Frau«, erwiderte ich und

empfand zum ersten Mal in vollem Umfang die Freiheit, die mir dieser Umstand bescherte. »Ich kann tun, was ich will.«

Dieses Bewußtsein verlieh mir auch noch Selbstsicherheit, als Dennis am nächsten Morgen um acht Uhr früh bei mir klingelte. Ich hätte lügen können, als er Brodys Wagen draußen erwähnte, hätte behaupten können, Brody sei zum Frühstück gekommen – aber ich tat es nicht. Erstens war an meinen zerzausten Haaren, den verschlafenen Augen und der Tatsache, daß kein Nachthemdkragen aus meinem Morgenmantel spitzte, deutlich zu erkennen, daß ich geradewegs aus dem Bett kam, und zweitens hatte ich es satt, Versteck zu spielen.

Es gab auch noch ein Drittens: Ich war stolz darauf, Brodys Geliebte zu sein. Er war so unendlich viel maskuliner als Dennis. Wäre ich nicht so damit beschäftigt gewesen, eine gute Ehefrau zu sein, wäre mir das vielleicht schon eher aufgefallen. Und ich war eine gute Ehefrau gewesen, verdammt noch mal – bis zu dem Tag, an dem Dennis mich rauswarf.

Und so sagte ich, als er fragte, ob Brody noch im Bett sei: »Ja, wir sind erst spät zum Schlafen gekommen.«

Einen Moment lang wirkte er traurig, doch gleich darauf neugierig. »Keine Dementis mehr?«

Valentino erschien und strich mir um die Beine. »Es gab nichts zu dementieren. Brody und ich sind erst zusammen, seit du und ich getrennt leben. Und du hast mir den Floh seinerzeit überhaupt erst ins Ohr gesetzt. Ist das nicht eine Ironie?«

»Hast du keine Angst, daß es deine Chancen auf das Sorgerecht mindert?«

»Nein. Wir haben erst seit diesem Wochenende eine sexuelle Beziehung. Du und Phoebe hattet die schon im letzten Juli. Ich habe Unterlagen über deinen Aufenthalt in dem Motel in Vermont.« Als er verdutzt blinzelte, rieb ich genüßlich Salz in die Wunde. »Bist du nicht auf die Idee gekommen, daß ich es herausfinden würde?« Natürlich war er nicht auf die Idee gekommen, er hatte mich nur als vertrauensselige Ehefrau gekannt. »Ich werde es vor Gericht zur Sprache bringen, Dennis. Das und alles, was noch mit Adrienne zusammenhängt – falls es da noch etwas gibt.«

»Was sollte es da noch geben?«

»Sag du's mir. Sie drohte, dich illegaler Geschäfte zu bezichtigen. Jedenfalls hast du das damals behauptet – oder war das nur ein Mittel, um dich als armes Opfer hinzustellen?«

»Du wirst keine Beweise finden«, erwiderte er.

»Die brauche ich auch gar nicht. Du hast mich verleumdet, und das Gericht hat dir geglaubt. Du hättest die Akte nicht ausräumen dürfen – erst da bin ich wirklich mißtrauisch geworden.«

Dennis schaute mich ungerührt an. »Du kannst mir nicht an den Karren fahren. Die Geschichte mit Adrienne liegt viele Jahre zurück, und selbst, wenn ich mir damals etwas zuschulden hätte kommen lassen, könnte ich nicht mehr belangt werden, denn es wäre längst verjährt.«

»Das mag sein, aber bei Pittney wäre man sicherlich nicht begeistert, davon zu erfahren.«

Das traf ihn. »Du würdest zu Pittney gehen?«

»Wenn es sein müßte. Ich will meine Kinder wiederhaben.«

»Mein Gott, bist du hart geworden.«

»Du hast mich dazu gemacht. Du hast mich vor Gericht gezerrt und mir meine Kinder und mein Heim genommen. Du hast die Abtreibung benutzt, um mir zu schaden.«

»Ich habe dir bereits erklärt, daß Jenovitz diese Unterlagen nicht von mir bekommen hat, und ich habe meine Anwälte auch nicht angewiesen, sie zu beschaffen.«
»Hast du ihnen gesagt, daß du gegen die Abtreibung warst? Jenovitz gegenüber hast du das behauptet, und das war eine Lüge, Dennis. Eine weitere Lüge.« Mein Kopf war klar, und ich fühlte mich kräftiger als in den letzten Tagen. »Du treibst seit einem Monat ein übles Spiel. Nun, das kann ich auch. Ich möchte es nicht, aber wenn es nicht anders geht, dann werde ich es tun. Und ich werde die Scheidungsvereinbarung vor Gericht ausfechten. Du hast alles Geld auf den Kopf gehauen, das du je verdient hast. Mit meinem wirst du das nicht tun! Also mach lieber einen Rückzieher.« Ich wollte ihm gerade die Tür vor der Nase zuschlagen, als mir etwas einfiel. »Wir hatten doch ausgemacht, daß ich heute mittag die Kinder abhole. Wieso bist du hier?«
»Sie haben bei meinen Eltern übernachtet«, erklärte er. »Ich hole sie jetzt ab, aber ich wollte vorher mit dir reden. Doch der Zeitpunkt ist ungünstig.«
Wenn ich hätte beschreiben solle, wie er in diesem Moment auf mich wirkte, wäre mir das Wort »kleinlaut« eingefallen. So hatte ich ihn noch nie erlebt. Etwas weniger heftig sagte ich: »Kein Zeitpunkt ist ungünstig, wenn es um die Kinder geht. Was ist los?«
»Wir müssen ihnen von Jenovitz erzählen, und ich dachte, wir sollten uns auf eine Version der Geschichte einigen.«
»Hast du dir bei Jenovitz Rat geholt?« Natürlich hatte er das nicht getan. Er fuhr ja auch meilenweit auf einer falschen Straße, anstatt nach dem Weg zu fragen, weil er sich nicht die Blöße geben wollte, sich nicht auszukennen.
»Ich wollte erst mit dir sprechen.«
Ich starrte ihn verblüfft an, fragte mich, was hinter diesem

Entgegenkommen stecken mochte und wann es mich als Knüppel am Hinterkopf träfe – aber er wirkte ernsthaft, fast demütig. Trotzdem wartete ich verwirrt ab. Als sich jedoch nicht die leiseste Andeutung von Arroganz oder Hinterlist zeigte, trat ich langsam ausatmend beiseite. »Komm rein. Ich mach uns Kaffee, und dann reden wir.«

Dennis störte zwar meinen ersten Morgen mit Brody, aber es war notwendig, gewissermaßen die Einleitung einer neuen Ära. Dennis und ich mußten, was die Kinder anging, lernen, zivilisiert miteinander umzugehen. Und Dennis mußte sich daran gewöhnen, daß ich jetzt mit Brody zusammen war.

Was allerdings nicht meine Entschlossenheit minderte. Sobald er gegangen war, rief ich Carmen an. Sie berichtete, daß Art Heuber den Widerspruch gegen unseren Antrag am Mittwoch eingereicht habe und wir am Montag von dem Richter hören würden. Morgan hatte herausgefunden, daß Phoebe die Abtreibungsunterlagen ausgegraben hatte, aber was den Rest anging, war er noch auf der Suche.

Ich sagte Carmen, er solle weitermachen. Es bekümmerte mich, daß meine Ehe ein solches Ende fand, aber um meine Kinder zurückzubekommen, würde ich alle nötigen Register ziehen.

Ich hatte es zwar nicht gewagt, Connie das Scheitern meiner Ehe zu beichten, aber ich war es ihrem Andenken schuldig, alle mir zu Gebote stehenden Möglichkeiten auszuschöpfen, um mein Ziel zu erreichen. Das hatte sie mir vorgelebt.

Fünfzehntes Kapitel

Carmen rief mich an dem Montag vor Thanksgiving in aller Frühe an. Sie hatte eine gute und eine schlechte Nachricht zu vermelden.

Die gute war, daß uns eine Anhörung beim Berufungsgericht gewährt würde.

Die schlechte war, daß sie aufgrund des Feiertages erst am Montag danach stattfinden würde.

An diesem Nachmittag hatte ich meinen dritten Termin bei Dean Jenovitz. Während der ersten halben Stunde klemmte die Pfeife kalt zwischen seinen Zähnen. Die nächste Viertelstunde brachte er damit zu, sie zu stopfen, den Tabak festzudrücken, den Kopf zu mustern, schmatzend an dem Stiel zu lutschen, erneut den Kopf zu mustern, erneut den Tabak festzudrücken, bis er sie irgendwann schließlich anzündete. Zu diesem Zeitpunkt fragte ich mich, ob er sich mehr für seine Pfeife interessiere als für mich.

Das fragte ich mich auch noch, als ich mich längst von ihm verabschiedet hatte. So oft ich unser Gespräch auch rekapitulierte – entweder allein oder Carmen oder Brody gegenüber –, ich konnte keinen Sinn darin erkennen. Jenovitz sprach mir sein Beileid zum Tod meiner Mutter aus und fragte mich, wie ich damit zurechtkäme, quittierte meine Antwort jedoch lediglich mit einem Nicken. Er fragte mich, wie meine Besuchstage mit den Kindern verliefen, ging jedoch nicht darauf ein, als ich erwähnte, daß Brody an diesen Besuchstagen teilhabe. Auch die Information, daß ich an diesem Nachmittag zu Johnnys Basketball-Training und am Dienstag vormittag zu Kikits Konzert gehen würde, zeitigte keine Reaktion. Er fragte mich, wie die Arbeit laufe, ob ich irgendwelche Reisepläne habe und wer in diesem Jahr statt meiner die Weihnachts-Boutiquen inspizieren werde. Als ich sagte, daß ich Brody darum bitten würde, verfolgte er auch dieses Thema nicht weiter. Er hätte reichlich Gelegenheit gehabt, meine Befähigung als Mutter zu erörtern. Er hätte mich fragen können, inwieweit der Tod meiner Mutter mir nun Zeit für meine Kinder ließe, ob ich Dennis geholfen habe, sie auf die Beerdigung vorzubereiten oder mir zumindest Gedanken darüber gemacht hätte, ob Kikit vielleicht allergisch auf Valentino reagieren würde.

Ich hatte den Eindruck, daß er sich langweilte.

Schlimmer noch – ich hatte den Eindruck, daß er seine Entscheidung bereits gefällt hatte und nun nur noch die Zeit totschlug.

»Er reagiert einfach nicht«, berichtete ich Carmen nach dem Gespräch am Telefon. »Als ich ihm erzählte, daß Dennis im vergangenen Juli mit Phoebe in einem Motel in Vermont gewesen sei, nickte er lediglich und fragte mich, warum ich mich an ihrer Beziehung hochziehe. Er begriff nicht, worum es mir ging – nicht einmal, als ich es ihm erklärte. Was ist da los?«

»Ich frage mich, ob eine Absprache zwischen ihm und Selwey besteht«, sagte Carmen.

»Eine Absprache?«

»Ich habe seinen Namen letzte Woche bei unserem Weibertreff erwähnt. Es heißt, daß er keine Lust mehr habe, die

Krankenkassen nicht mehr mit ihm zusammenarbeiten und er gerne aufhören möchte, es aus finanziellen Gründen jedoch nicht könne, und sich nun mit seiner Privatpraxis und Fällen über Wasser halte, die das Gericht ihm zuschanze. Er wird stundenweise bezahlt, und mehr als die Hälfte seiner Arbeitszeit rechnet er offenbar über Gerichte ab. Das ist leicht verdientes Geld.«

»Leicht verdientes Geld? Na toll!«

»Sie wissen doch, was ich meine. Er muß keine Therapie durchführen, nur zuhören und eine schriftliche Empfehlung einreichen, und bei einigen Fällen steht die Entscheidung eigentlich schon von vornherein fest. Wenn einer der Elternteile gewalttätig oder psychisch instabil ist, werden die Kinder dem anderen zugesprochen. In den anderen Fällen empfiehlt er für gewöhnlich ein gemeinsames Sorgerecht. Das kann entweder richtig oder einfach nur bequem sein.«

»Mir gegenüber hat er die Möglichkeit eines gemeinsamen Sorgerechts nicht erwähnt.« Ich fragte mich, warum nicht, und die Antwort war beunruhigend.

»Wie würden Sie sich denn dazu stellen?«

»Ablehnend. Ich will meine Kinder nicht teilen.« Der Gedanke daran ließ meinen Zorn erneut hochkochen. »Dennis hatte kein Recht dazu, unsere Familie in dieser Form auseinanderzureißen, und ich möchte auf keinen Fall, daß ein solcher Mann maßgeblich Einfluß auf meine Kinder ausübt.«

»Er ist ihr Vater.«

»Na und?«

»Er macht seine Sache doch gut, oder?«

Nein, hätte ich gerne erwidert, er macht sie schlecht. Die Kinder sind bei ihm nicht gut aufgehoben.

Aber das stimmte nicht. Sie waren wohlgenährt, gepflegt und umsorgt. Soweit ich es beurteilen konnte und laut ihren

Erzählungen gab Dennis sich wirklich Mühe. Sosehr es mir auch widerstrebte – ich mußte es zugeben.

»Aber ich will wissen, was meine Kinder tun«, platzte ich heraus, hielt inne und setzte selbstkritisch hinzu: »Ja, das will ich. Immer. Vielleicht ist das falsch. Vielleicht ist auch das ein Grund dafür, daß ich nie bereit war, eine Scheidung in Erwägung zu ziehen. Ich will sie nicht teilen müssen!«

»Vielleicht sollten Sie Ihren Griff ein wenig lockern.«

»Das hat Brody auch gesagt.«

Carmen räusperte sich. »Apropos Brody ...«

Ich ahnte, was kommen würde, und sagte hastig: »Brody ist meine Rettungsleine. Wenn es ihn nicht gäbe, wäre ich schon vor Wochen untergegangen.«

»Dennis Ihr Verhältnis mit Brody unter die Nase zu reiben, war nicht gerade ein kluger Schachzug.«

»Aber es tat mir unendlich gut«, sagte ich. »Außerdem können wir ihm mit Phoebe das Maul stopfen. Jetzt brauchen wir nur noch mehr Informationen über die Adrienne-Geschichte. Wie weit ist Morgan denn schon?«

»Im Moment geht er mehreren Hinweisen nach.«

»Auf illegale Geschäfte?« Ich wußte nicht, ob ich frohlocken oder bestürzt sein sollte.

»Er wird sich erst präzise äußern, wenn er Beweise gefunden hat, und die sind angesichts der langen Zeit, die seit damals verstrichen ist, nur schwer beizubringen – ebenso wie Zeugen. Einige sind inzwischen verstorben – wie Adrienne –, andere schon so lange umgezogen, daß die Nachsendefrist verstrichen ist. Was die Verjährung betrifft, hatte Dennis recht – er hat nichts zu befürchten.«

»Gesetzlicherseits vielleicht nicht«, sagte ich. »Aber Heuber wird bald ein Gegenangebot bezüglich der Scheidungsvereinbarung haben wollen, und da käme uns dieses Druckmittel sehr gelegen. Es war mir Ernst mit dem, was ich Dennis androhte – wenn es sein muß, gehe ich wirklich zu Pittney. Und ich werde auch nicht davor zurückschrecken, Hillary Howard Stoff für ihre Klatsch-Kolumne zu liefern. Dadurch könnten etwaige zukünftige Klienten abgeschreckt werden. Verstehen Sie mich recht: Es geht mir nicht darum, Dennis zu ruinieren, es geht mir ausschließlich um das Sorgerecht.« Womit ich wieder bei meinem zentralen Problem war. »Carmen?«

»Ja?«

»Was glauben Sie?« fragte ich angstvoll. »Werde ich die Kinder bekommen? Oder ist Jenovitz Selweys Marionette?«

»Dieser Frage gehe ich gerade nach. Eine meiner Mitarbeiterinnen ist dabei, eine Liste der Fälle zu erstellen, mit denen Selwey Jenovitz in den letzten Jahren betraut hat, und zu überprüfen, ob die Gutachten im Sinne des Urteils ausfielen oder eine davon abweichende Empfehlung enthielten.«

»Könnten wir Jenovitz nicht einfach fragen, ob er schon zu einem Schluß gekommen ist?«

»Das könnten wir zwar, aber ich bezweifle, daß er damit herausrücken würde.«

»Wäre das nicht Hinweis genug?«

»Darauf, daß seine Entscheidung zu unseren Ungunsten ausfällt? Nein. Hier geht es um Macht, Claire. Er wird sein Geheimnis ebenso hüten wie der Vorsitzende von Price Waterhouse die Liste der Oscar-Preisträger hütet, und es erst bei seinem Bühnenauftritt preisgeben.«

Dennis hatte die Kinder ursprünglich an Thanksgiving für sich beansprucht, aber als es in den südlichen New-Hampshire-Bergen überraschend schneite, schlug er vor, daß ich

den Tag mit ihnen verbrächte, damit er am Wochenende mit ihnen zum Skilaufen fahren könnte.
Ich hätte natürlich auf stur schalten und darauf bestehen können, daß er sich an den ursprünglichen Plan hielte – angesichts des Theaters, das er jedesmal machte, wenn ich die Kinder zu früh abholte oder zu spät zurückbrachte, hätte Dennis, weiß Gott, einen Querschuß verdient, aber Rona würde am Mittwoch kommen, und mir gefiel der Gedanke, den Feiertag am eigentlichen Feiertag zu begehen.
Und Dennis versüßte mir sein Ersuchen mit dem Angebot, Johnny und Kikit bei mir im Leuchtturm übernachten zu lassen. Bisher hatte er meine diesbezüglichen Bitten immer abgelehnt. Ob die Kinder ihn schließlich »weichgekocht« hatten oder er den Thanksgiving-Abend mit jemand anderem verbringen wollte oder ob er tatsächlich umgänglicher wurde, wußte ich nicht, aber es spielte auch keine Rolle – einem geschenkten Gaul schaut man bekanntlich nicht ins Maul. Außerdem wollte ich Punkte für Flexibilität einheimsen.
Wie schnell ich das Spiel gelernt hatte. Ich verabscheute diese neue zynische Seite an mir, aber Zynismus war eine Rüstung, und wir befanden uns im Krieg. Wenn ich ihn gewinnen wollte, mußte ich sie tragen.

Technisch gesehen war Thanksgiving nicht anders als sonst. Noch immer briet ich den Truthahn, noch immer deckte ich den Tisch mit der edlen Tischwäsche und dem Silberbesteck, die ich aus dem Haus geholt hatte, noch immer sorgte ich für die wichtigen Details wie frische Blumen, Duftkerzen und exquisite Schokoladensorten.
Ansonsten war alles anders als sonst. Es war mein erster wichtiger Feiertag ohne Dennis, mein erster wichtiger Feiertag ohne Connie – und mein erster wichtiger Feiertag mit

Brody als meinem Partner. Auch der Rahmen des Festes – mein wahrhaft zauberhafter Leuchtturm – war anders als sonst. Und Rona! Ich hatte sie noch nie so angenehm erlebt. Was die Kinder betraf, so hatte ich befürchtet, daß der Feiertag ohne ihren Vater – wegen der kurzfristigen Planänderung hatte ich vorher keine Gelegenheit mehr gehabt, mit ihnen darüber zu sprechen – Salz in die Wunde streuen würde, die die Trennung ihrer Eltern ihnen geschlagen hatte, und sicherlich erlebten sie auch kritische Augenblicke, doch sie freuten sich darauf, bei mir zu übernachten – »dürfen wir zu dir ins Bett, Mommy, und alle Lichter ausmachen und so tun, als wären wir mitten auf dem Meer, und den Sonnenaufgang beobachten, bittebitte, Mommy?« fragte Kikit –, und genossen es, mit Joy, Rona und Brody zusammenzusein.

Ja, sogar Johnny. Er brauchte ein Weilchen, um aufzutauen, vielleicht auch zu verdrängen, daß Dennis nicht da war, doch dann war er zum ersten Mal seit Beginn der neuen Ära wieder fast der alte. Er beantwortete meine Fragen nach seinem Basketball-Team in aller Ausführlichkeit, sagte sogar, er könne es kaum erwarten, daß ich ihn spielen sähe, was einer Liebeserklärung nahe kam. Ich atmete auf.

Als Dennis die Kinder am Freitag morgen abholte, waren sie bester Stimmung. Ich wußte nicht, wie es sich auf seine Stimmung auswirken würde, wenn Kikit auf der Fahrt in allen Einzelheiten unsere gemeinsame Nacht schilderte – allem voran Brodys Geschichte von dem glücklosen Walfänger »Godsend« und der Frau des ersten Maats, deren Willenskraft allein bewirkt haben sollte, daß die überlebenden Mannschaftsmitglieder heil nach Hause kamen, aber das konnte unmöglich meine Sorge sein.

Der Kummer, den die Nachwehen dieses Thanksgiving mir bereiteten, hing mit Mom zusammen. Ich vermißte sie. Nicht

etwa, weil sie mit Kuchen, Plätzchen und den Ergebnissen alter Familienrezepte beladen zu uns in den Osten gekommen oder nach ihrer Ankunft besonders viel getan hatte – sie sagte immer, mich zu besuchen, sei Urlaub für sie. Ich wußte, wie hart sie für Rona und mich gearbeitet hatte, und war froh, sie wenigstens diese paar Tage verwöhnen zu können.
Ich vermißte die Freude, die sie an meinem Haus und meinen Kinder gehabt hatte. Ich vermißte den Ausdruck auf ihrem Gesicht, wenn ich zu Tisch rief. Johnny und Kikit nahmen unseren Wohlstand als selbstverständlich hin, aber Connie betrachtete die sich unter Köstlichkeiten biegende Tafel jedesmal mit großen Kinderaugen. Ich glaubte, daß ihr auch die diesjährige gefallen hätte – trotz Dennis' Abwesenheit.
Rona teilte meine Meinung nicht. »Du hast ihr mit gutem Grund verschwiegen, daß ihr euch scheiden laßt. Sie hätte es nicht verstanden, denn sie war so dem Konzept verhaftet, daß sie die Realität nicht gesehen hätte. Ich sehe die Realität, und sie ist nicht so schlimm.«
Es war Freitag vormittag. Die Kinder waren abgefahren, Brody und Joy nach Boston unterwegs, und Rona und ich trotzten warm eingepackt auf den Felsen nahe meinem Leuchtturm dem Sturm. Die Arme um die Knie geschlungen, beobachteten wir die nur drei Meter von uns entfernten Wasserwirbel. Es war neblig und kalt, und trotzdem hatte die Luft etwas Beruhigendes.
»Zu dieser Realität«, fuhr Rona fort, »gehört auch, daß du nicht mehr so angespannt bist wie in Dennis' Gegenwart. Wenn er da war, wolltest du immer alles perfekt machen.«
»Wirklich?«
»Wirklich.«
»Und warum?«
»Sag du's mir.«

Ich dachte darüber nach. »Vielleicht wollte ich, daß er stolz auf mich wäre. Auf jeden Fall zufrieden mit mir.«
»Vielleicht wußtest du auch, daß er seine Augen auf Wanderschaft schickte, und wolltest dich unentbehrlich machen.«
»Das klingt nach Herrschsucht. Vielleicht tat ich es auch für Mom – um ihrer Anerkennung willen, weißt du?«
Rona lachte. »So ein Unsinn. Mom war von allem hingerissen, was du tatest – sie hätte den Unterschied zwischen totaler Perfektion und einer Spur weniger gar nicht bemerkt.«
»Von meiner Scheidung wäre sie nicht hingerissen gewesen.« Der Gedanke verfolgte mich.
»Aber du stellst dich darauf ein.«
»Was habe ich denn für eine Wahl?« Ich drehte mich, die Knie hochziehend, zu ihr herum. »Was für einen Eindruck machen die Kinder auf dich? Ich habe Angst, daß sie neurotisch werden. Kamen Sie dir verändert vor?«
»Johnny wirkte ein wenig in sich gekehrt, aber das kann auch altersbedingt sein. Ich würde mir keine Sorgen um die beiden machen, Claire, du hast ihnen Stabilität gegeben.«
»Sag das dem Gutachter«, murmelte ich.
»Mach ich jederzeit!«
Ich hatte das nur so dahingesagt und nicht damit gerechnet, daß Rona es als echte Bitte auffassen würde. Doch es war ihr ernst, das sah ich ihr an. Sie forderte mich heraus, ihr in dem wichtigsten Bereich meines Lebens Vertrauen zu schenken. Rona wäre ein gefundenes Fressen für Jenovitz. Eine Frage hier, ein kleines Schweigen dort, und Rona würde reden wie ein Wasserfall – und vielleicht in bester Absicht genau das Falsche sagen.
»Ich glaube, er hat etwas gegen Frauen«, versuchte ich sie abzuschrecken.
Ronas entschlossene Miene veränderte sich nicht.

»Er kann mich nicht ausstehen«, versuchte ich es noch einmal. »Du bist meine Schwester, und allein das würde genügen, um ihn gegen dich einzunehmen. Was also würde es uns bringen?«

»Ich kann ihm immerhin sagen, daß du eine großartige Mutter bist. Ich habe eine Menge an dir auszusetzen, aber das würde ich dir niemals absprechen. Du bist eine großartige Mutter. Außerdem«, ihre Stimme wurde hart, »ist Dennis ein Hallodri.«

»Was?«

»Er hat mich betatscht.«

»Wann?«

»Zwischen Jerry und Harold.«

»Warum hast du mir das nie erzählt?«

Sie bedachte mich mit einem Bist-du-irre-Blick. »Weil du mit dem Kerl verheiratet warst. Und außerdem hätte Mom mich umgebracht. Sie hätte mir vorgeworfen, Dennis mit einem engen Kleid provoziert zu haben, und mich gefragt, was ich mir dabei gedacht hätte, eure Ehe zerstören zu wollen.« Sie stützte das Kinn auf die Knie, doch ich hatte den Schmerz in ihren Augen noch gesehen, bevor sie wegschaute.

Ich tätschelte ihren Arm. Als ich begriff, daß sie es durch den dicken Stoff ihrer Jacke nicht spüren konnte, verlieh ich der Geste mehr Nachdruck. Natürlich war unser langjähriges Faß-mich-bloß-nicht-an-Verhältnis nicht in einer Woche zu korrigieren, aber ich wollte zumindest einen Anfang machen. Ich hatte bei Dennis und Connie Berührungsängste gehabt, aber bei den Kindern, bei Brody und auch bei Freunden nicht, und ich wünschte mir, eine neue Beziehung zu Rona aufzubauen.

»Wie geht's dir denn so ohne Mom?« fragte ich sanft.

»Gut.«

»Wirklich?«
»Wirklich. Ich bin beschäftigt – bei Neiman Marcus ist großer Ausverkauf, im Country Club findet eine Riesengala statt, und im Ten-in-a-row-Emporium gibt es ein unglaublich interessantes Special über Fingernägel-Ornamentik.«
»Ich meine es ernst, Rona.«
»Ich auch.«
»Dann formuliere ich die Frage neu: Wie fühlst du dich, wenn du gerade mal nicht beschäftigt bist?«
»Verloren«, antwortete sie wie aus der Pistole geschossen, richtete sich auf und atmete tief ein. »Ich spiele mit dem Gedanken, umzuziehen. Cleveland hängt mir zum Hals raus.«
»Aber du hast doch dein ganzes Leben dort verbracht.«
»Eben! Die Leute da halten mich ebenso für einen Blindgänger, wie Mom es getan hat. Ich muß neu anfangen.«
»Und wo?«
»In Australien vielleicht. Ich habe ›Mutant Message‹ gelesen. Ich könnte meine weltlichen Güter unter die Armen verteilen und fünf Monate auf der Suche nach dem Sinn des Lebens durch das Outback wandern. Oder ich könnte mir meine John-Lennon-Brille aufsetzen und die Cafés am Harvard Square nach einem Intellektuellen durchforsten, der klug genug ist, meine inneren Qualitäten zu erkennen.«
Ich wußte nicht, ob ich lachen oder weinen sollte. Es kam mir zu Bewußtsein, daß mein Leben auch ohne Dennis voller Menschen war, während Rona an Einsamkeit litt.
»Aber ich werde das alles nicht tun«, sagte sie, atmete tief durch und ließ ihre Schultern wieder nach vorn sinken. »Ich spüre plötzlich Eigenverantwortung«, spöttelte sie, sich mir zuwendend, doch dann wurde sie ernst. »Als sei ich jetzt, da ich keine Mutter mehr habe, kein Kind mehr. Verstehst du, was ich meine?«

Ich hatte diese Erfahrung nicht gemacht und schüttelte den Kopf.
»Natürlich verstehst du es nicht«, sagte sie. »Du bist nach Daddys Tod erwachsen geworden. Ich habe lediglich die Zeit totgeschlagen, bis ich alt genug war, um mein Leben leben zu können, ohne daß Connie jeden meiner Schritte verfolgte und beurteilte.« Sie seufzte leise und richtete den Blick auf den Horizont. »Aber das kannst du auch nicht nachvollziehen, stimmt's?«
Sie irrte sich, ich wußte, wovon sie sprach. Ich hatte erfahren, was es hieß, unfair beurteilt zu werden, aber es war mir nicht in den Sinn gekommen, eine Verbindung zwischen Ronas Situation und meiner herzustellen. Jetzt tat ich es, und sie existierte – in dem Zorn, den ich empfand, dem Gefühl der Hilflosigkeit und Ungerechtigkeit, den schlaflosen Nächten und den vergossenen Tränen.
War ich, was Connie betraf, ebenso blind gewesen wie in bezug auf Dennis? Hatte ich nur gesehen, was ich sehen wollte? Hatte ich mich – und das wäre noch schlimmer – Connies Kritik an Rona angeschlossen, weil sie mich im Vergleich besser abschneiden ließ?
Eines wußte ich: Ich hatte Connie auf ein Podest gestellt, aber sie hatte Rona psychisch mißhandelt. Daß ich dazu geschwiegen hatte, machte mich mitschuldig.

Keine noch so wortreiche Entschuldigung meinerseits konnte wiedergutmachen, was Rona hatte erdulden müssen, aber ich konnte ihr auf andere Weise helfen. Die erste Möglichkeit fiel mir am Mittag dieses Tages ein. Wir waren ins Büro gefahren. Rona las USA Today, und ich sah die Monatsberichte unserer Filialen in Milwaukee, Kansas City und Charleston durch.

Wir warteten auf Brody, der Joy zum Flughafen gebracht hatte und uns zum Abendessen ausführen wollte.

Als er schließlich kam, wirkte er geistesabwesend. Er ging zu seinem Schreibtisch und drehte die darauf liegenden Papiere zu sich herum, um sie studieren zu können, ohne Rona aufscheuchen zu müssen, die dort saß. Dann richtete er sich auf und legte eine Hand auf seinen Kopf.

Ich kannte diese Geste.

»Brody?«

Er schaute zu mir herüber, hob die Hand und lächelte. »Keine Sorge, ich bin ganz ruhig.« Er beugte sich wieder über den Schreibtisch, drehte seinen Terminkalender zu sich herum, blätterte ein paar Seiten vor und zurück, richtete sich auf und atmete hörbar aus. »Ich schaffe das.«

Ich hatte das Gefühl, sein Problem zu kennen. »Geht es um die Weihnachtsboutiquen?« Darüber hinaus wurden wir noch bei drei Wohltätigkeitsveranstaltungen erwartet.

»Ich kann es schaffen. Als ich am Flughafen war und daran dachte, Montag fliegen zu müssen, packte mich leichte Panik, das ist alles.«

Wir hatten tagelang über dieses Thema diskutiert. Technisch gesehen wurden wir in den Boutiquen nicht gebraucht – wir hatten bereits detaillierte Berichte über die Weihnachtspräsentationen erhalten und unser Okay beziehungsweise unsere Änderungswünsche übermittelt. Die Besuche fanden hauptsächlich wegen der Arbeitsmoral statt.

Auf diesem Gebiet waren wir ganz groß. Damit unterschieden wir uns von vielen anderen Unternehmen, und unser Konzept motivierte unsere Mitarbeiterinnen zu Fleiß und Loyalität. Bis jetzt hatte sich noch keine unserer Filialleiterinnen selbständig gemacht und ein Konkurrenzunternehmen gegründet. Zugegeben, Brody hatte eine Klausel in unsere

Verträge gesetzt, um das zu verhindern, aber es gab Möglichkeiten, sie zu umgehen, wie zum Beispiel die Eröffnung eines Ladens außerhalb des Neunzig-Meilen-Radius, den wir festgelegt hatten, doch das hatte uns niemand angetan. Wir nahmen an, daß es so war, weil wir unseren Leuten das Gefühl gaben, wichtig zu sein.

Da ich die Rundreise diesmal nicht würde machen können, hatte Brody sich dazu bereit erklärt, aber aufgrund meiner derzeitigen Krisensituation erledigte er auch hier den Löwenanteil meiner Aufgaben. Er hatte fast jeden Tag bis spät in die Nacht gearbeitet und das auch fürs Wochenende eingeplant.

Ich schaute zu Rona hinüber. Sie hielt die Zeitung zwar aufgeschlagen in der Hand, doch ihr Blick war ins Leere gerichtet. Sie sah aus, als schliefe sie mit offenen Augen.

»Rona!« rief ich in scharfem Ton.

Sie schrak zusammen und schaute mich an.

»Hättest du Lust auf eine bezahlte Rundreise durch das Land?«

Ihre Brauen hoben sich fragend.

»Wir brauchen jemanden, der unsere Weihnachtsboutiquen besucht«, erklärte ich. »Es sind zwölf Stück. Brody hat sich für jeden Tag zwei vorgenommen. Du könntest dir mehr Zeit lassen. Was sagst du dazu?«

Sie war sichtlich verwirrt.

»Wir würden dir eine Liste mit Punkten mitgeben, auf die du achten müßtest, und du müßtest uns nach jeder Etappe Bericht erstatten. Ich könnte mir vorstellen, daß es dir sogar Spaß machen würde. Du müßtest unsere Leute zum Abendessen oder zum Frühstück einladen – je nachdem, wie es sich zeitlich ergäbe –, sozusagen als Botschafterin des guten Willens fungieren. Desgleichen bei drei Wohltätigkeitsveranstaltungen zugunsten des Bildungswesens, der Krebs- und der Aids-Forschung.«

Rona schaute von mir zu Brody und wieder mich an. Mit noch immer hochgezogenen Brauen deutete sie fragend mit dem Finger auf sich, und einen Moment lang, nur einen Moment lang teilte ich ihren Zweifel.

Dann erkannte ich, daß nicht ich es war, die ihren Zweifel teilte, sondern Connies Stimme in meinem Kopf, die mich warnte, daß ich damit rechnen müsse, daß Rona die Wicker-Wise-Boutiquen links liegen ließe, um in anderen Geschäften Geld, das sie sich lieber sparen sollte, für Kleider auszugeben, die sie nicht brauchte, und erst wieder an das Flugzeug dächte, das sie erwischen müßte, wenn es bereits gestartet wäre.

»Ja, du«, sagte Brody zu Rona, und Connies Stimme verstummte. »Du wärst die Idealbesetzung für diese Rolle. Wenn ich daran denke, wie du aussahst, als du am Mittwoch hier ankamst ...« Sein Lächeln besagte, daß unser Problem ebenso einfach wie richtig gelöst war.

Als sie am Mittwoch hier ankam, hatte sie kein grellrosa Kostüm getragen, sondern ein dunkelblaues, keinen protzigen Schmuck, sondern dezenten, und ihre seidig glänzenden Haare waren von keinerlei Firlefanz verunziert gewesen.

Rona zeigte sich zwar noch immer zurückhaltend, war aber eindeutig interessiert. »Ich wäre so etwas wie eine Firmenrepräsentantin?«

»Genau. Aber du müßtest nichts verkaufen oder herumstehen und auf Kunden warten. Du hättest nur eine Kontrollfunktion.«

»Als Mitglied der Geschäftsleitung«, fügte Brody hinzu. »Allerdings müßtest du schon übermorgen los. Wir könnten es so einrichten, daß du über Cleveland kämst, damit du die nötigen Dinge zusammenpacken könntest, und du hättest bis zu zwei Wochen Zeit, aber bis Mitte Dezember müßtest du alle Filialen besucht haben.«

Ich trat neben ihn und sagte zu Rona: »Du hast doch nichts anderes vor. Was meinst du zu dem Vorschlag?«

»Ihr habt euch diese Mission nicht vielleicht in aller Eile ausgedacht, um mich jetzt, wo Mom nicht mehr da ist, zu beschäftigen?« fragte Rona mißtrauisch.

»Ausgedacht?« echote Brody entgeistert. »Du lieber Himmel, Rona, sie ist so wichtig, daß ich die ganze Woche Überstunden gemacht habe, um mir Zeit dafür zu schaffen. Wenn du es nicht machst, bleibt es an mir hängen. Du würdest mir einen Riesengefallen tun.«

»Zwölf Städte?« fragte sie.

»Wenn dir das zuviel ist ...«

»Zwölf Städte«, fiel Brody mir ins Wort.

»Könnte ich erster Klasse fliegen?«

»Nein«, sagte er.

Ich hätte mich dazu breitschlagen lassen. Genau aus diesem Grund war Brody in unserer Firma für die Finanzen zuständig.

Rona lehnte sich zurück. »Wieviel würde ich verdienen?«

Ich äußerte mich nicht dazu.

»Zweihundert am Tag«, erklärte Brody.

Rona schnitt eine Grimasse. »Das wären nicht mal zehn Dollar in der Stunde. Da würde ich ja als Hausmeisterin in der Cleveland Heights High mehr verdienen. Dreihundert pro Tag.«

»Zweihundertfünfzig. Der Hausmeisterjob würde dir nicht gefallen. Außerdem bist du nicht auf das Geld angewiesen. Zweihundertfünfzig plus Spesen. Nimm sie oder laß es.«

»Du bist ein harter Verhandlungspartner, Brody Parth«, sagte sie, doch sie lächelte dabei. Geschafft, dachte ich zufrieden.

Drei Tage später, am ersten Montag im Dezember, fand vor dem Massachusetts Court of Appeals die Anhörung statt. In diesem Gerichtssaal lag Teppichboden, die Zuschauerbänke waren leer, und die einzigen Stimmen im Raum die von Richter Wheeler, Carmen und Arthur.

Das Hearing dauerte knapp eine Stunde. Wir hatten gehofft, daß sofort im Anschluß daran eine Entscheidung fallen würde, doch der Richter teilte uns mit, daß er Bedenkzeit brauche, und sagte zu, sich innerhalb der nächsten Tage schriftlich zu äußern.

Also warteten wir. Wieder. Noch immer.

Dean Jenovitz wußte, wie enttäuscht ich gewesen war, als das Gericht ihm eine Fristverlängerung für sein Gutachten bewilligte, aber ich glaubte keine Sekunde, daß meine Ungeduld ihn zur Eile angespornt hatte, eher die Zehntagereise nach Florida, die er für Ende Dezember eingeplant hatte. Wie auch immer – jedenfalls war ich erleichtert, als ich den ersten Anruf bekam, der mir zeigte, daß Jenovitz sich meine Liste von Ansprechpartnern vorgenommen hatte. Und noch mehr erleichtert war ich, als ich den Schilderungen der Leute entnehmen konnte, daß sie mich durchwegs positiv beurteilt hatten. Auch Rona sprach mit Jenovitz, rief ihn dazu von unterwegs an und berichtete mir, sie habe mich in den höchsten Tönen gelobt – Jenovitz sei sehr freundlich gewesen und, wie sich herausstellte, ein Schulkamerad von Harold.

Als Jenovitz wegen der Festsetzung eines Gesprächstermins mit den Kindern für die folgende Woche anrief, riet er uns, ihnen einfach zu sagen, daß sein Hausbesuch ein üblicher Bestandteil eines Scheidungsverfahrens sei. Ich war nicht sicher, daß sie uns das abkaufen würden. Johnny stellte ständig Vergleiche mit der kürzlichen Scheidung der Eltern eines Freundes an, die sehr viel glatter und friedlicher über die Bühne gegangen war, und Kikit hinterfragte grundsätzlich alles.

Jenovitz versicherte mir zwar, daß er solche Gespräche schon oft geführt habe, und je weniger im Vorfeld darüber geredet würde, um so besser sei es, womit ich einerseits konform ging, aber andererseits hatte ich große Bedenken, meine Kinder unvorbereitet Fragen auszusetzen, die sie möglicherweise in Gewissenskonflikte stürzen würden. Jenovitz sollte es nicht wagen, sie unter Druck zu setzen – noch dazu in meiner Abwesenheit, wenn ich sie nicht auffangen könnte –, sonst würde er mich kennenlernen!

Um Brody machte ich mir in der Hinsicht keine Sorgen – der war Jenovitz jederzeit gewachsen. Was mir in diesem Fall Sorgen bereitete, war die Frage, warum Jenovitz, obwohl er um unsere Beziehung und Brodys Bedeutung für die Kids wußte, erst für den Tag nach der Unterhaltung mit den Kindern einen Termin mit ihm vereinbart hatte. Es erhärtete den Verdacht, der schon bei meinem letzten Besuch bei Jenovitz in mir erwacht war – daß die Erstellung des Gutachtens eine reine Formsache und das Ergebnis vorherbestimmt war.

Der gesunde Menschenverstand ließ gar keine andere Empfehlung zu als die, mir das Sorgerecht zu übertragen, aber in letzter Zeit hatte ich genau diesen schmerzlich vermißt. Jetzt konzentrierte sich all meine Hoffnung auf Richter Wheeler.

Der Dienstag kam und ging ohne einen Beschluß von ihm, dann der Mittwoch. Ich versuchte mich mit Arbeit abzulenken, aber meine Gedanken wanderten immer wieder ab.

Wenn Brody da war, vertrieb er meine innere Unruhe mit ein wenig Zärtlichkeit hier und ein wenig Leidenschaft da, aber in der übrigen Zeit rotierte ich innerlich.
Am späten Donnerstag nachmittag war ich mit meinen Nerven am Ende – und dann rief Carmen an.

Sechzehntes Kapitel

Beim Klang ihrer Stimme begann mein Herz wie wild zu hämmern. »Was ist?« fragte ich atemlos.

Sie zögerte. Mein Herz setzte aus.

»O nein!« stöhnte ich.

»Es tut mir leid, Claire. Ich bin gerade angerufen worden. Wheeler wird seine Stellungnahme zwar auch noch schriftlich abgeben, aber ich bin schon jetzt informiert worden, daß er Selweys Entscheidung angesichts Dennis' Vaterqualitäten für durchaus vertretbar hält.«

Mit einem gequälten Seufzer sank ich auf einen Stuhl. Mir wurde klar, daß ich im Grunde fest mit einem positiven Bescheid gerechnet hatte. »Und was ist mit mir?« rief ich verzweifelt. »Hält er mich für eine unqualifizierte Mutter?«

»Nein. Er hält es nur für vernünftig, die Kinder bis zur Fertigstellung des Gutachtens beim Vater zu belassen. Das heißt nicht, daß er auch so entschieden hätte, aber er sieht keine Veranlassung für die Aufhebung der Verfügung.«

Ich schloß die Augen und preßte eine Faust auf mein Herz. Was war nur los? Ich hatte zugegeben, Fehler gemacht zu haben, aber waren die so gravierend gewesen, daß ich nun für den Rest meines Lebens bestraft würde?

»Sind Sie noch da?« fragte Carmen vorsichtig.

»Ja.« Ich seufzte. »Jetzt hängt also alles von Jenovitz ab.«

»In dieser Phase, ja. Er kann die Tortur am schnellsten beenden.«
»Vorausgesetzt, seine Empfehlung fällt zu meinen Gunsten aus.«
»Das ist auch ein Punkt, an dem wir arbeiten. Wenn wir zahlenmäßig belegen können, daß seine Gutachten ungewöhnlich häufig Selweys Verfügungen entsprechen, liefert uns das eine Rechtfertigung für einen neuerlichen Antrag auf nochmalige Überprüfung. Hilfreich wäre, wenn wir uns bezüglich des Sorgerechts mit Dennis einigen könnten. Unglücklicherweise«, wieder zögerte sie, und wieder setzte mein Herzschlag aus, »gibt es da ein Problem. Unmittelbar nach dem Anruf vom Gericht kam einer von Heuber.«
Ich wappnete mich. »Und?«
»Dennis hat einen Käufer für WickerWise.«
Ich schnappte nach Luft. »WickerWise ist nicht zu verkaufen!«
»Heuber teilte mir mit, Dennis habe die Beteiligung an WickerWise gegen die bei Pittney abgewogen und gebe nun letzterer den Vorzug, weshalb er als Abfindung den halben Marktwert verlange. Da Sie nicht über ein Barvermögen in dieser Höhe verfügten, schlage er vor, WickerWise zu verkaufen und ihn auszuzahlen. Ihre Ahnung war richtig.«
Was für ein Trost! »Ich verkaufe nicht! Da prozessiere ich lieber.«
»Darauf lassen sie es ankommen.«
»Auf einen Prozeß? So lange halte ich das nicht aus!«
»Keine Angst, das werden wir ihnen mit Phoebe und Adrienne und mit allem, was Morgan sonst noch ausgräbt, gründlich versalzen!«

Brody fiel eine andere Lösung ein. »Auch wenn Dennis zehn Käufer für WickerWise findet, du bist nicht verpflichtet, an einen von ihnen zu verkaufen. Du kannst die Firma an mich verkaufen. Auf diese Weise kannst du Dennis die geforderte Abfindung zahlen und hast WickerWise trotzdem noch.«
»Nein, dann würde es dir gehören«, widersprach ich.
»Das ist doch dasselbe.«
»Ist es nicht.«
»Was mein ist, ist auch dein.«
»Die Diskussion ist müßig – ich verkaufe WickerWise nicht. An niemanden!«
Wir waren in der Werkstatt, wohin ich mich nach Carmens Anruf zurückgezogen hatte, um zu arbeiten, aber meine Hände zitterten dermaßen, daß ich es sehr bald aufgegeben hatte.
»Bitte versteh mich nicht falsch«, sagte ich. »Es klingt so, als hätte ich etwas dagegen, dir WickerWise zu geben. So ist es aber nicht.« Ich ging zu ihm, legte die Hände auf seine Schultern und schaute ihm beschwörend in die Augen: »Ich würde dir WickerWise sofort überlassen – aber nur freiwillig, nicht gezwungenermaßen. Dennis hat ein Mitspracherecht, was die Kinder betrifft, aber bei WickerWise lasse ich mir von ihm auf keinen Fall reinreden. Die Firma geht ihn nichts an!«
Es klang gut. Es klang energisch. Aber ich wußte, daß ich sie verlieren könnte.
Im Augenblick konnte ich nichts tun als warten, und das war qualvoll. Ich wartete darauf, daß Carmens Mitarbeiterin Material gegen Jenovitz fände, wartete darauf, daß Morgan Houser Munition gegen Dennis fände, wartete darauf, daß Dennis seiner Alleinerzieherrolle müde würde, wartete darauf, daß Jenovitz sein Gutachten fertigstellte.

Auf den Tag genau sieben Wochen, nachdem Dennis mich meiner Kinder beraubt hatte, verbrachte Jenovitz eine Stunde mit ihnen. Eine Stunde! Da weder Dennis noch ich zu dem Gespräch zugelassen wurden, wußten wir nicht, was er sagte. Wir warteten in der Küche, während sie sich im Arbeitszimmer unterhielten.

Carmen hatte recht gehabt – Jenovitz konnte offenbar wirklich mit Kindern umgehen, denn sie wirkten in keiner Weise verstört, als sie herauskamen. Allerdings mußte er sie irgendwie zu Stillschweigen überredet haben, denn nicht einmal Kikit war so mitteilsam wie sonst. Statt dessen drängelte sie, mir das Nest zu zeigen, das sie für den purpurroten Alligator gerichtet hatte, den sie bei unserem Zirkusbesuch gekauft hatte.

Es brach mir fast das Herz, als Johnny hoffnungsvoll fragte, ob ich zum Abendessen bliebe.

Das erlebte Dean Jenovitz natürlich nicht mit, denn er war schon lange zuvor gegangen.

Brodys Gespräch mit Jenovitz gab mehr Anlaß zu Beschwerden.

Es fand am zweiten Donnerstag im Dezember um achtzehn Uhr statt. Ich hatte nach Geschäftsschluß in unserem Laden in Essex Zuflucht gesucht und saß im Schein einer einzigen Lampe inmitten von Entwürfen für die Frühjahrsdekorationen auf dem Fußboden, als Brody hereinkam. Außerhalb meiner Lichtpfütze herrschte Dunkelheit in dem Verkaufsraum, und so sah ich den Gesichtsausdruck nicht gleich, doch seine wütenden Schritte auf dem Teppichboden sprachen Bände.

Ich legte die Hände auf meinen Zeichenblock und hielt den Atem an.

Brody trat ins Licht. Er hatte zu dem Treffen einen dunklen Anzug angezogen, doch mit dem geöffneten Kragenknopf, der gelockerten Krawatte und den zu Berge stehenden Haaren entsprach er nicht dem Bild eines elegant gekleideten Herrn – und seine Augen sprühten Zornesblitze.

»Es stinkt zum Himmel!« schimpfte er.

Ich wollte fragen, was er meinte, brachte jedoch keinen Ton heraus.

»Du hast recht, Claire, er führt die Gespräche nur der Form halber. Seine Meinung über mich stand schon bei der Begrüßung fest, das erkannte ich an seinem widerwilligen Händedruck. Wenn er mich nicht angriff, was er desinteressiert. Er hatte eine Liste mit Fragen vor sich liegen, doch nachdem er sie gestellt hatte, hörte er sich die Antworten nur mit halbem Ohr an. Was zum Teufel geht hier vor?«

»Ich wünschte, ich wüßte es. Es kommt mir vor, als ob sich alle gegen mich verschworen hätten oder als ob an mir ein Exempel statuiert werden soll.« Ich legte meinen Bleistift weg. »Was hat er gesagt?«

»›Erzählen Sie mir von sich‹, sagte er, und dann lehnte er sich zurück und fixierte mich. Ich erzählte ihm, wann und wo ich geboren wurde, wie viele Geschwister ich habe, wo ich studierte. Ich kam gerade zu meiner Freundschaft mit Dennis, als er anfing, sich an seiner Pfeife zu schaffen zu machen.« Brody hob das Revers seines Sakkos an die Nase, roch daran und ließ es angeekelt wieder los. »Ich sage dir, wenn er gefragt hätte, ob es mich störe, hätte ich ja gesagt. Aber danach fragte er nicht. Er fragte nach meiner Scheidung. Wollte nichts von meiner Beziehung zu Dennis wissen oder – und das hätte ihn doch weiß Gott interessieren müssen – wie die Kinder und ich zueinander stehen. Nur, warum meine Ehe gescheitert ist – wobei ich ihm anmerkte, daß er davon ausging, daß ich

daran schuld war.« Er atmete zischend aus und drehte den Kopf zur Seite. »Okay, es war so.« Er wandte sich mir wieder zu. »Aber wann immer ich versuchte, ein paar Jahre zu überspringen und ihm zu schildern, was für ein Vater ich geworden bin, stellte er mir eine neue beleidigende Frage. Wie zum Beispiel, ob ich ›meine Frauen‹ bei mir übernachten ließe, wenn Joy zu Besuch da sei. Ob ich mir nicht wie ein Überläufer vorkäme, weil ich von der mit Dennis gemeinsamen in deine Firma gewechselt sei. Ob ich nicht befürchte, daß Dennis mich als Scheidungsgrund angeben würde. Ob ich mich nicht als Betrüger fühlte, wenn ich mit Kikit und Johnny zusammen wäre.« Er stieß ein kurzes, bellendes Lachen aus. »Die Antwort darauf hatte er schnell!«
Seine Empörung ließ mich lächeln. Er war für gewöhnlich so gelassen, daß leidenschaftliche Ausbrüche einen besonderen Stellenwert hatten. Und wenn es wegen mir zu diesen Ausbrüchen kam, dann liebte ich ihn dafür um so mehr. Er engagierte sich nicht nur für meine Sache, er bestätigte auch den Eindruck, den ich von Jenovitz gewonnen hatte.
»Dann fragte er mich nach meinen Absichten«, sagte Brody.
Ich erwartete, seine Antwort zu hören, doch er verließ den Lichtkreis, und gleich darauf sah ich, wie seine große Silhouette sich vorbeugte, als er sich mit den Fäusten auf den Ladentisch stützte.
»Brody?«
»Also klärte ich ihn darüber auf«, berichtete er, ohne jedoch daran zu denken, lauter zu sprechen, um die Entfernung zu überbrücken, und ich hatte Mühe, ihn zu verstehen. »Vielleicht war es eine Trotzreaktion darauf, daß er mich als Betrüger hingestellt hatte, aber es erschien mir logisch. Er weiß, daß deine Ehe zu Ende ist. Er weiß, wie nah du und ich uns stehen. Ich dachte, er wäre begeistert, wenn er hörte, daß

ich dich heiraten will. Ich dachte, er wäre begeistert, wenn er hörte, daß wir in der Lage sein würden, den Kindern ein intaktes Elternhaus zu bieten.«

Ich stand auf und ging zu ihm, legte die Hand auf seine angespannten Muskeln an seinem Nacken. »Er war es nicht?«

»Nein. Er sagte, es sei ganz schön dreist von mir, deine Firma und dich haben zu wollen, sagte, ich kompliziere die Sorgerechtsregelung, sagte, ich verwirre die Kinder, sagte, ich lenke dich in einer Zeit, da du deine Gedanken beieinanderhalten müßtest, ab.« Er drehte den Kopf nach hinten, jedoch nicht weit genug, um mich ansehen zu können. »Er sagte, ich würde dir einen Gefallen tun, wenn ich die Stadt verließe.«

»Nein!«

Er bewegte den Kopf nicht, aber jetzt fand sein Blick den meinen. »Vielleicht hat er recht.«

»Nein!«

Er richtete sich zu seiner vollen Größe auf und wandte sich mir zu, und einen Moment lang stellte ich mir vor, wie es wäre, wenn er ginge. Das Verlustgefühl war vernichtend.

»Nein!« sagte ich ein drittes Mal und packte ihn an der Krawatte.

»Ich wäre dazu bereit, Claire. Ich liebe dich schon so viele Jahre ...«

Ich zog mich an seiner Krawatte hoch und brachte ihn mit einem energischen Kuß zum Schweigen. Dann legte ich ihm die Hand auf den Mund.

Doch auch Brody konnte energisch sein. Er umfaßte mein Handgelenk, zog meine Hand weg und sagte: »In all den Jahren habe ich geglaubt, es sei hoffnungslos, und mit der Zeit gewöhnte ich mich an den Gedanken. In deiner Nähe sein zu können, war besser als nichts. Jetzt hat es sich anders entwickelt, aber ich kenne dich, Claire. Ich weiß, was die

Kinder dir bedeuten. Wenn es so weit kommen sollte, daß du dich zwischen ihnen und mir entscheiden mußt, verschwinde ich.«
»Ohne mich zu fragen, was ich will?« Zorn kochte in mir hoch. »Du würdest auch einfach über meinen Kopf hinweg über mein Leben entscheiden?«
Er legte den Arm um meinen Hals und zog mich zu sich heran.
»Erstens«, argumentierte ich, »würde, wenn Jenovitz' Meinung wirklich bereits feststeht, dein Verschwinden nicht das geringste daran ändern, und zweitens bin ich nicht willens, auf dich zu verzichten.« Ich schob die Hände unter sein Sakko und ließ sie auf seinem Hemd von seiner Taille zu seinen Achselhöhlen hinaufgleiten. Ich wußte, was sich unter diesem Hemd befand, hatte jeden Quadratzentimeter davon liebkost.
Es gehörte mir, und ich würde es nicht mehr hergeben.
»Sie werden es dich büßen lassen.«
Ich hob den Kopf und schaute Brody an. »Wer? Dennis? Der Richter? Der Gutachter? Wie kommen die dazu, mir vorzuschreiben, wie ich mein Leben zu leben habe? Als wären sie unfehlbar!« stieß ich voller Abscheu hervor. »Ich habe es satt, mich in die Defensive drängen zu lassen! Ich habe es satt, mir alles, was ich tue, vorher im Hinblick auf einen Maßstab zu überlegen, der nicht im entferntesten das Niveau des Maßstabes hat, an dem ich mich seit jeher selbst orientiere. Ich bin es leid, Brody«, sagte ich nachdrücklich. »Wenn Jenovitz mir meine Kinder nicht zuspricht, prozessiere ich gegen Dennis, und ich gehe durch alle Instanzen, wenn es sein muß. Ich kämpfe. Ich kämpfe um dich – und ich werde sogar mit dir um dich kämpfen, wenn es nötig ist.«
Ich hielt inne. Es gab nur einen Menschen, der mir sagen konnte, ob das nötig wäre. Ich wartete auf seine Antwort.

»Mein Gott, Claire!« flüsterte er heiser, bevor er seinen Mund auf meinen senkte. Er hielt meinen Kopf umfaßt, nagte an meinen Lippen und meiner Zunge und raubte mir wieder und wieder den Atem.

Wir hatten uns nach dem ersten Mal auf dem Liegestuhl und in der Duschkabine schon an allen möglichen Orten geliebt – in unseren Schlafzimmern, in unseren Küchen, in Brodys Waschküche, in meiner Werkstatt, sogar unter einer Thermodecke auf den Felsen vor meinem Leuchtturm –, je nachdem, wo unser Verlangen gerade übermächtig wurde, einander zu bestätigen, daß wir nicht allein waren und uns im intimsten Sinne des Wortes liebten.

Und nun taten wir es im Laden, und hier kam zum Reiz der wohlanständigen Kulisse noch der Umstand, daß Brody einen seriösen Anzug trug.

Zuerst bewegten wir uns nicht viel, und auch das war erregend. Ich genoß es, Brody steinhart in mir zu spüren, jede noch so kleine Bewegung von ihm zu registrieren, die heiser geflüsterten Worte zu hören, mit denen er mir sagte, wie fest ich ihn umschlossen halte und wie gut sich das anfühle.

Irgendwann jedoch begannen wir natürlich, uns zu bewegen. Wir glitten am Bein des Schreibtischs hinunter, streckten uns auf dem Teppich aus und gaben unserem Verlangen nach. Brody beherrschte sich eisern, hielt sich immer wieder in letzter Sekunde zurück, ließ sich erst gehen, als ich zum Höhepunkt kam.

Als wir uns danach außer Atem in den Armen lagen, brach ein Schwall von Worten aus ihm heraus. »Wir können nicht mehr zurück, Claire. Wir können nie mehr nur Freunde sein. Ich kann nicht mit dir zusammen sein, ohne mit dir zusammensein zu wollen. Wenn ich hierbleibe, dann nur als dein Mann. Ich kann es nicht ändern. Ich kann überhaupt nichts ändern! Und dabei möchte ich dein Leben so gerne wieder in Ordnung bringen. Ich weiß nur nicht, wie ich dir helfen könnte.«

»Du hilfst mir doch schon«, flüsterte ich. »Mit Augenblicken wie diesem. Allein damit, daß du da bist. Das ist mir eine unschätzbare Hilfe.«

»Aber die Kinder . . .«

Ich hielt ihm den Mund zu. »Überlaß das mir. Ich kriege die Kinder, so wahr mir Gott helfe.«

Oft, wenn ich nachts aufwachte, empfand ich ein Gefühl der Leere. Wenn ich Brody bei mir hatte, war sie kaum mehr als ein Schatten in einer Zimmerecke, aber wenn ich allein war, drohte der Schatten sich meiner zu bemächtigen. Teils hing es mit Connie zusammen und den vielen Malen, die ich tagsüber nach dem Hörer griff, um ihr etwas zu erzählen, das ich gesehen, gedacht oder gefühlt hatte. Und zum anderen hing es mit den Kindern zusammen, mit der Tatsache, daß sie ohne mich auskommen mußten, und der Angst, daß ich sie nicht zurückbekommen würde.

Bei einer dieser nächtlichen Schlafstörungen malte ich mir aus, an einem der Tage, die sie in meiner Obhut sind, mit ihnen nach Argentinien zu fliehen, unsere Namen zu ändern und sie ohne Einmischung seitens Dennis' oder des Gerichts aufzuziehen.

Wäre ich dazu fähig?

Ich war nicht sicher. Bislang war ich eine gesetzestreue Bürgerin gewesen. Aber das Gesetz hatte mich nicht gut behandelt, und dieser Umstand hatte – außer der Erlangung des Sorgerechts für meine Kinder – noch ein anderes Bedürfnis in mir geweckt: Dem Gericht zu beweisen, daß es ungerecht geurteilt hatte. Das war eine Sache des Prinzips.

»Welche Möglichkeiten haben wir?« fragte ich Carmen. Ich war zu ihr nach Boston gefahren, um das Gefühl zu haben, etwas zu tun, und um mich mit ihr zu beraten.
»Juristisch? Wir können einen neuerlichen Antrag auf nochmalige Überprüfung stellen, aber ohne neues Beweismaterial hätten wir damit keine Chance. Mit einem weiteren Antrag auf Selweys Ablösung wegen Befangenheit ebensowenig. Wir könnten einen Klage wegen geschlechtsbedingter Diskriminierung einreichen, aber das wäre eine langwierige Geschichte. So lange wollen Sie bestimmt nicht auf das Sorgerecht warten.«
»Und wenn wir Dennis verklagen? Davon hatten Sie mal gesprochen.«
»Das wäre definitiv eine Möglichkeit. Wir könnten ihn wegen Verleumdung und seelischer Grausamkeit verklagen.«
»Ja, das klingt gut«, nickte ich. »Ich war lange genug anständig. Es hat mir nichts gebracht. Selwey und Jenovitz haben nicht mir geglaubt, sondern Dennis. Und jetzt werfen zur Abwechslung mal wir mit Dreck. Drohen wir mit einer Klage. Vielleicht reicht die Androhung ja als Druckmittel bei der Verhandlung der Scheidungsvereinbarung.«
»Natürlich könnte es sein, daß Dennis seine Position überdenkt. Aber er könnte sich ebensogut entschließen, die Herausforderung anzunehmen und sich auf Selwey zu verlassen.«
»Wenn wir einen Prozeß anstrengen würden – wann fände der dann statt?«
»Gegen Ende des Frühlings.«
»Und wenn wir verlieren und in die Berufung gegen würden – wann wäre dann diese Verhandlung?«
»Zwischen sechs und achtzehn Monaten nach der ersten.«
So lange auf das Sorgerecht für Johnny und Kikit zu warten, war undenkbar für mich, und ich verfluchte zum hundertsten

Mal das Rechtssystem, das gegen mich so wundervoll funktionierte. Ich stand auf und ging zum Fenster. Hinter mir klingelte Carmens Telefon. Sie nahm den Hörer ab, und ich konzentrierte mich um der Diskretion willen auf die schmale, von Läden gesäumte Straße, auf der ein reges Kommen und Gehen winterlich gekleideter Menschen herrschte. Einen Augenblick lang glaubte ich, Dennis zu sehen, doch gleich darauf war, wer immer es war, verschwunden.
Dennis. Er erstaunte mich. Ich hatte erwartet, daß er mit der Alleinerzieherrolle inzwischen überfordert wäre und aufgäbe, doch er hielt eisern daran fest. Um der Kinder willen hoffte ich, daß es aus Liebe geschah, um meiner selbst willen hoffte ich jedoch, daß er es aus reinem Starrsinn täte. Starrsinn würde irgendwann erlahmen – bei Liebe war damit nicht zu rechnen.
Ein Arm legte sich um meine Schultern, und die Anspannung darin deutete auf einen Wandel hin. Ich schaute Carmen an. Ihre Augen blitzten, und als sie sprach, vibrierte ihre tiefe Stimme vor Aufregung.
»Morgan ist auf dem Weg hierher.«
»Er hat etwas entdeckt?«
Sie nickte grinsend.
»Was?« In jüngster Zeit waren meine Hoffnungen zwar immer enttäuscht worden, aber Carmens Gesichtsausdruck ermutigte mich, mir neue zu machen. »Carmen?«
»Er ist auf dem Weg hierher. Kommen Sie, trinken wir einen Kaffee, während wir warten.«

Es hatte sich gelohnt, zu warten.
»Es steckte tatsächlich mehr hinter Adriennes Drohung«, berichtete Morgan. »In der Beziehung zwischen den beiden ging

es nicht nur um Sex – es ging um Sex und Insider-Anlagetips. Dennis wollte die Tips, und Adrienne wollte den Sex. Sie wußte, daß ihr Mann außer sich wäre, wenn er von dem Verhältnis erführe – dieser Teil der Geschichte stimmt –, aber es gefiel ihr, mit dem Feuer zu spielen. Und was die Tips betraf, so schnappte sie die bei Gesprächen ihres Mannes auf, und dann gab sie sie an Dennis weiter.«

Ich war hin- und hergerissen zwischen Triumph und Unglauben. »Wer hat Ihnen das erzählt?«

»Drei Leute – unabhängig voneinander, und damit ist es glaubwürdig. Eine Quelle war eine Freundin von Adrienne, die zweite ein Kollege von Dennis und die dritte ein Zellengenosse von Adriennes Mann.«

Ich schluckte. »Ein Zellengenosse?«

»Kurz nach Dennis' kometenhaftem Aufstieg wurde Lee Hadley wegen unsauberer Geschäfte angeklagt. Dennis war einer von vielen in der Firma, die dazu vernommen wurden, und einer von mehreren, denen für ihre Aussage gegen Lee eine Strafverfolgung erspart wurde. Lee mußte in Allenwood einsitzen, wodurch kein Geld mehr hereinkam, und Adrienne finanzierte ihren gewohnten Lebensstil fortan mit der Erpressung von Dennis.«

»Er hat der Polizei alles gesagt?« fragte Carmen.

»Nein. Das Ausmaß, in dem er die besagten Tips für sich genutzt hatte, verschwieg er – und dafür bezahlte er Adrienne.«

Ich atmete langsam und zittrig aus. O ja, wir hatten etwas in dieser Art gebraucht, aber der Sieg hatte einen bitteren Beigeschmack. Was für eine Enttäuschung! Ich erinnerte mich noch, wie tief es mich getroffen hatte, nur von seinem Verhältnis mit dieser Frau zu erfahren. Die jetzige Desillusionierung war fast genauso vernichtend. »Dann war er also gar kein Wunderkind.«

»Nein.«
Carmen legte die Hand auf meine. »Sind Sie okay?«
Ich setzte mich aufrecht hin und atmete tief durch. »Es geht mir gut.«
»Leider können wir mit dieser Geschichte nicht zu Selwey gehen, weil sie verjährt ist. Sie müssen Sie bei Jenovitz als Ergänzung zu Dennis' Charakterbild anführen.«
Ich nickte.
»Claire?«
»Ich tue es.«
»Sie haben Skrupel. Dennis ist für Sie immer noch Ihr Mann, Sie sind traurig und Sie glauben, ihm nach wie vor Loyalität zu schulden. Trennen Sie sich von dieser Vorstellung! Diese Sache ist vielleicht die schlagkräftigste Waffe, die Sie im Kampf um Ihre Kinder zur Verfügung haben.«
Ich schüttelte die Traurigkeit und mein schlechtes Gewissen ab. Angesichts von Morgans Entdeckung war es müßig, darüber nachzudenken, was ich verloren hatte, denn ein Großteil dessen war Illusion gewesen. Ich zog es vor, über das nachzudenken, was ich gewonnen hatte, und je länger ich darüber nachdachte, um so besser fühlte ich mich.

Jenovitz wollte nicht mehr mit mir sprechen. Ich hinterließ ihm eine Nachricht nach der anderen auf seinem Anrufbeantworter, doch er rief nie zurück. Schließlich, nach drei Tagen, wurde meine Hartnäckigkeit belohnt: Er nahm tatsächlich den Hörer ab, als ich anrief, doch ihn zu einem Gespräch zu bewegen, war äußerst mühsam.
»Ich weiß nicht, Mrs. Raphael, mein Terminkalender ist brechend voll.«
»Ich bitte Sie nur um eine weitere Stunde.«

»Zu welchem Zweck? Ich habe Ihnen alle für mich notwendigen Fragen gestellt, und die Zeit, die Sie jetzt beanspruchen, geht von der ab, die ich brauche, um mein Gutachten niederzuschreiben. Ich dachte, Sie seien an einer schnellen Erledigung interessiert.«
O ja, das war ich, und auch daran, daß es zu meinen Gunsten ausfiele.
»Ich habe Neuigkeiten erfahren, über die Sie meiner Meinung nach informiert werden sollten.«
»Die Feiertage stehen vor der Tür, der Zeitpunkt ist denkbar ungünstig.«
»Eine Stunde, und Sie können mir gerne drei dafür in Rechnung stellen.«
»Es geht mir nicht ums Geld«, konstatierte er indigniert.
»Ich weiß, verzeihen Sie mir. Aber ich bin wirklich verzweifelt, ich halte das nicht mehr lange aus.« Ich wußte nicht, ob er fürchtete, daß ich mir etwas antäte und ihn damit zu einem Leben mit Schuldgefühlen verdammen würde – jedenfalls gab er plötzlich nach. Allerdings in sehr unhöflichem Ton.
Die Unhöflichkeit behielt er auch unser ganzes Gespräch hindurch bei. Er war sichtlich von Unbehagen und Ungeduld erfüllt, lutschte Drops und sprang alle zehn Minuten auf und verließ das Büro, als habe er eine Darmverstimmung. Aber das war mir gleichgültig, Hauptsache, er hörte mich an.
Meinerseits auf ausgesuchte Höflichkeit bedacht, dankte ich ihm überschwenglich, mir eine Stunde seiner kostbaren Zeit zu schenken, und dann berichtete ich ihm, was Morgan herausgefunden hatte. Ich hatte den Bericht so gründlich und so oft gelesen, daß ich die Daten, Orte und Zeiten auswendig konnte, und ich bemühte mich, kein Detail daraus unerwähnt zu lassen. Als ich fertig war, legte ich ihm eine Kopie des Berichts auf den Schreibtisch.

Er schaute darauf hinunter, hob die Hand, um eine Unterbrechung zu signalisieren, und verließ wieder einmal das Zimmer. Nach einigen Minuten kam er zurück, setzte sich wieder auf seinen Platz und starrte mich an.
»Nun, was sagen Sie dazu?« fragte ich schließlich.
»Ich verstehe nicht, weshalb Sie einen Privatdetektiv engagiert haben, anstatt Ihren Mann einfach auf diese Angelegenheit anzusprechen.«
»Wir leben getrennt, und ich habe ihn darauf angesprochen. Vor vierzehn Jahren. Er log mich an.«
»Hatten Sie diesen Verdacht schon immer?«
»Zuerst schon, darum stand unsere Ehe auf der Kippe und ich ließ die Abtreibung vornehmen, aber dann schob ich den Verdacht um unserer Ehe willen beiseite.«
Jenovitz klopfte mit einem Finger auf den Tisch, nickte und starrte mich weiterhin unverwandt an.
»Es überrascht mich, daß Sie nicht schockiert sind«, sagte ich.
»Schockiert? Worüber?«
»Über das, was Dennis damals getan hat. Er hat es Ihnen gegenüber nicht erwähnt, oder?«
»Nein. Wir haben uns über seine Vaterqualitäten unterhalten ...«
»Und über die Dinge, die gegen mich sprechen – wie die Abtreibung. Sie sagten, sie lasse Rückschlüsse auf meinen Charakter zu. Und was ist mit dieser Geschichte?«
»Was soll mit ihr sein?«
»Morgan Housers Bericht beweist«, erwiderte ich mit schwindender Geduld, »daß mein Mann sich Verfehlungen schuldig gemacht hat, für die er hätte ins Gefängnis kommen können, wenn sie damals herausgekommen wären. Aber er hat sie verschwiegen. Er hat gelogen. Unter Eid! Stört Sie das nicht? Haben Sie keine Bedenken, einem Mann, der sich als Krimi-

neller erwiesen hat, als Alleinerzieher für zwei Kinder zu empfehlen?«
»Verstößt er derzeit gegen irgendwelche Gesetze?«
»Nein, aber in der Vergangenheit hat er es getan, und wer garantiert, daß er es nicht wieder tun wird?«
»Er ist älter geworden. Reifer. Er hat mehr zu verlieren. Damals hatte er keine Kinder. Das Sorgerecht und damit die Verantwortung für sie zu haben, ist eine gute Motivation für ihn, auf dem rechten Weg zu bleiben.«
Ich konnte nicht fassen, daß er Dennis noch immer die Stange hielt. »Aber ... aber was ist mit mir?« fragte ich.
Jenovitz atmete tief ein und begann, leicht mit seinem Stuhl zu schaukeln. Kein Zweifel – er langweilte sich.
Ich wechselte zu einer anderen Taktik und mäßigte meine Stimme. »Im allgemeinen ist es üblich, daß der Mutter das Sorgerecht zugesprochen wird. Warum nicht auch in meinem Fall?«
»Sie sind beruflich eingespannt, Ihr Mann kann sich seine Zeit einteilen – und er hat den Wunsch und die Fähigkeit, die Kinder allein aufzuziehen.«
»Hat er Ihnen von seinen neuen Plänen erzählt? Er will sich eine Vizepräsidentschaft in einer aufstrebenden Firma kaufen. In Springfield, das, wie Sie wissen, fast am anderen Ende des Staates liegt. Wann will er sich da noch um die Kinder kümmern? Ich wohne nur zehn Minuten von meinem Büro entfernt, zehn Minuten von den Kindern und der Schule ... Ich habe einen Stellvertreter, der die Firma leitet, wenn ich nicht da bin. Ich bin der Boß, brauche also niemanden um Erlaubnis zu bitten, wenn ich während der Arbeitszeit weg will. Ich bin flexibler als die meisten berufstätigen Frauen, und ganz sicher als die meisten berufstätigen Männer.«
Jenovitz drehte sich um, nahm einen Ordner von dem Stapel

auf dem Bücherschrank hinter ihm, warf ihn aufgeschlagen auf den Schreibtisch und deutete mit einer wegwerfenden Geste darauf. »Es steht alles da, schwarz auf weiß: Die Anzahl Ihrer Arbeitsstunden, die Anzahl Ihrer Reisetage, und auch der Tribut, den Ihre Vielbeschäftigung fordert – die versäumten Fahrten, die abgesagten Termine.«

Ich protestierte nicht gegen die Vorwürfe, das hatte ich schon zu oft vergeblich getan. Statt dessen fragte ich ihn geradeheraus: »Halten Sie mich für eine schlechte Mutter?«

»Halten Sie Ihren Mann für einen schlechten Vater?«

Er wartete meine Antwort nicht ab, sondern signalisierte mir eine neuerliche Unterbrechung, stemmte sich aus seinem Sessel hoch und verließ das Zimmer.

Als er zurückkam, hatte ich über seine Frage nachgedacht. »Dennis ist kein schlechter Vater. Ich bin überzeugt, daß er seine Kinder liebt. Aber halte ich ihn für besser geeignet als mich, die Kinder aufzuziehen? Nein. Bin ich der Meinung, daß er begreift, was eine Vollzeitvaterschaft bedeutet? Ich glaube, es beginnt ihm gerade zu dämmern, aber zwei Monate sind gar nichts.«

»Sie denken, daß ihn die Geduld verlassen wird?«

»Ich denke, daß sein Engagement erlahmen wird, sobald er die Scheidungsvereinbarung in der Tasche hat.«

»Er sagt nein.«

»Was sollte er sonst auch sagen?« fragte ich. »Wenn er es in diesem Stadium zugeben würde, hätte er kein Druckmittel mehr für die Verhandlungen in der Hand.«

»Aus Ihrem Mund klingt das, als handle es sich hier um ein Strategiespiel.«

Ich lachte freudlos auf. »Ich sehe es nicht als Spiel, mir war es von Anfang an bitter ernst, aber alle anderen betrachten es als Spiel – der eine zieht, der andere pariert den Zug. Glauben

Sie mir, Dr. Jenovitz, daß die Zukunft meiner Kinder wie ein Preis auf einem Basar ausgehandelt wird, macht mich krank, aber ich habe meine Lektion gelernt. Wenn ich um das Sorgerecht spielen muß, dann spiele ich eben darum. Meine Kinder bedeuten mir mehr als alles andere auf der Welt, und das ist einer der größten Unterschiede zwischen meinem Mann und mir.«

»Was bedeutet ihm denn mehr als seine Kinder?«

»Sein Image.«

Jenovitz schaute auf die noch immer offene Akte hinunter und zuckte die Schultern. »Ich hatte nicht den Eindruck, daß es ihn groß kümmert, als Hausmann angesehen zu werden.«

Dennis hatte etwa so große Ambitionen, ein Hausmann zu sein, wie Valentino. Jenovitz hatte mir entweder nicht zugehört oder war hoffnungslos voreingenommen. »Wissen Sie, was er im Falle der Scheidung fordert?«

»Mein Interesse gilt allein den Kindern, nicht Dingen.«

»Aber in diesem Fall hängt das eine mit dem anderen zusammen«, erklärte ich. »Er verlangt, daß ich meine Firma verkaufe. Angeblich kommt es ihm nur auf das Geld an, aber das ist nicht alles. Er will, daß ich WickerWise verliere, denn mein Erfolg sitzt wie ein Stachel in seinem Fleisch. Er entmannt ihn.«

»Er entmannt ihn?« echote Jenovitz spöttisch. »Das glaube ich kaum.« Er runzelte die Stirn. »Genau da haben wir einen der Gründe, die dafür sprechen, daß die Kinder möglicherweise bei ihrem Vater besser aufgehoben sind. Sie sind eine zornige Frau, und diese Art Zorn mitzuerleben, tut Kindern nicht gut.«

Dieses Argument war so absurd, daß es eigentlich unter meiner Würde war, darauf einzugehen, aber ich konnte es einfach nicht widersprochen durchgehen lassen. »Mein Mann ist auch zornig – aber nicht nur das. Er ist eifersüchtig, er fühlt sich gedemütigt und hat Rachegelüste. Wie gut tut das den Kindern? Und um darauf zurückzukommen – wie gut wird es ihnen tun, wenn er wie geplant ins Topmanagement einsteigt? Sie sagen, ich sei viel unterwegs – wie oft wird er denn da sein?«

»Er hat Eltern, die bei Bedarf einspringen können«, sagte Jenovitz leise.

Ich nahm an, daß er seinen Ton im Hinblick darauf gedämpft hatte, daß meine Mutter gestorben war, doch ich hatte keine Gelegenheit, festzustellen, ob er ihn beibehalten würde, denn er war schon wieder aufgesprungen und verließ das Zimmer.

Ich spielte mit meiner Uhr. Es war zum Verrücktwerden. Ich hatte meine Trumpfkarte ausgespielt und nichts damit erreicht. Jenovitz interessierte sich nicht für Dennis' frühere Verfehlungen. Wenn ich ihn als pädophil entlarvte, würde Jenovitz wahrscheinlich lediglich einen weiteren Drops in den Mund schieben und seufzen.

Brody hatte recht, es war etwas faul.

Eine Übereinkunft zwischen Selwey und Jenovitz – ja, das mußte es sein.

Nach einigen Minuten hörte ich Schritte auf der Treppe. Gleich darauf öffnete sich die Tür, und Jenovitz kehrte, deutlich frischer wirkend, auf seinen Platz zurück. Jetzt oder nie!

»Können wir kurz über den Zorn reden, den Sie vorhin ansprachen?«

Er wedelte desinteressiert mit der Hand. »Reden Sie, worüber Sie wollen.«

Was ich sagte, kam aus tiefstem Herzen, war ein persönlicher Appell eines Menschen an einen anderen. »Als das alles anfing, war ich zornig auf Dennis, aber mein Zorn hat sich

verlagert. Dennis hätte das nicht tun können, was er getan hat, wenn das Rechtssystem es ihm nicht gestattet hätte. Wäre dieses System gerecht, hätte ich nach dem ersten Wochenende zumindest ein partielles Sorgerecht für die Kinder bekommen, während Dennis und ich zu einer Einigung kämen. Bitte glauben Sie mir, Dr. Jenovitz, ich war nie eine Rebellin. Ich bin angepaßt, habe mich immer innerhalb des Systems bewegt. Mein ganzes Leben lang! Aber ich bin noch nie zuvor von dem System beschissen worden. Entschuldigen Sie diese drastische Ausdrucksweise, aber anders kann man es wirklich nicht bezeichnen, und natürlich bin ich zornig – auf dieses Rechtssystem, das mich zu einem Menschen gemacht hat, der ich nicht sein will, und mich Dinge tun läßt, die meinem Wesen völlig zuwiderlaufen. Es hat mich aggressiv, mißtrauisch und skrupellos gemacht.«
Er wirkte nicht mehr gelangweilt, und die Hoffnung keimte in mir auf, daß ich endlich zu ihm durchgedrungen war. Leise und um Verständnis flehend, fuhr ich fort: »Ungerechtigkeit macht mich zornig. Korrigieren Sie sie, und mein Zorn wird sich augenblicklich legen.«
Jenovitz runzelte die Stirn und schüttelte dann ruckartig den Kopf. »Sie meinen, wenn man Ihnen Ihren Willen läßt, ja?«
Ich beugte mich vor. »Nein, das meine ich nicht. Ich möchte lediglich als Individuum gesehen werden, nicht als Prototyp der Gattung berufstätige Frau. Das ist in höchstem Maße unfair und führt zwangsläufig zu einer tendenziösen Beurteilung – und dagegen wehre ich mich.«
»In diesem Fall geht es um Prioritäten«, sagte er. »Wir alle müssen Entscheidungen treffen. Das fängt schon morgens mit der Wahl unserer Schuhe für den betreffenden Tag an. Wir können unmöglich drei Paar gleichzeitig tragen und wir

können auch nicht gleichzeitig drei Aufgaben gerecht werden. Aber Sie wollen das. Und nicht nur das – Sie möchten von uns hören, daß Sie dieses Kunststück mit Bravour bewältigen. Aber Sie müssen sich entscheiden, Claire, sonst funktioniert es nicht.«

»Das sehe ich anders«, widersprach ich. »Mein Kinder sind keine Babys mehr. Den größten Teil des Tages verbringen sie in der Schule, und danach wollen sie mit ihren Freunden zusammensein. Ich würde ihre emotionale Entwicklung behindern, wenn ich das zu unterbinden versuchte. Also habe ich genügend Zeit für andere Dinge, ohne daß sie auf mich verzichten müßten. Das gleiche gilt für Brody. Er ist eine Bereicherung für die Kinder, keine Belastung. Das gleiche gilt für WickerWise. Alles greift reibungslos ineinander, niemand kommt zu Schaden. Manche Frauen entscheiden sich für eine Vollzeit-Mutterschaft. Ich habe mich für ein facettenreiches Leben entschieden. Ist das verwerflich?«

»Wenn Ihre Kinder dadurch zu kurz kommen, ja.«

»Aber das tun sie nicht!«

Er stand auf und schaute auf mich herunter. »Wenn Sie glauben, mich durch Arroganz zu einer Meinungsänderung bewegen zu können, sind Sie im Irrtum. Sie müssen sich entscheiden.« Er steuerte auf die Tür zu.

»Selbst wenn ich das jetzt täte, würde es nichts ändern. Ihre Ansicht über mich stand schon bei unserer ersten Begegnung fest, ich habe in diesem Zimmer von Anfang an auf verlorenem Posten gekämpft.«

Er verließ wortlos den Raum.

Ich begann auf und ab zu gehen, warf einen Blick auf meine Uhr und dann auf Morgans unbeachtet gebliebenen Bericht, der auf meiner Akte lag. Ich sollte eine Entscheidung treffen? Nun, ich könnte mich dafür entscheiden, zur Presse zu gehen und die Ungerechtigkeit, die mir widerfuhr, an die große Glocke zu hängen. Nicht bei Hillary Howard – ein lokales Wochenblättchen wäre ein zu kleines Forum. Der GLOBE würde die Geschichte mit Begeisterung bringen. Die NEW YORK TIMES würde die Geschichte mit Begeisterung bringen. Desgleichen Dan Rather und Barbara Walters. Ich könnte die Runde durch die Talkshows machen, zur Sprecherin aller Frauen werden, denen Unrecht widerfahren war. Ich könnte ein Buch schreiben.

Aber das wollte ich alles nicht, verdammt noch mal, alles, was ich wollte, waren meine Kinder.

Etwas war oberfaul hier.

Ich versetzte Morgans Bericht einen kleinen Schubs. Darunter lagen die Schulzeugnisse der Kinder. Neugierig versetzte ich den Zeugnissen einen kleinen Schubs.

Über mich selbst erschrocken, trat ich einen Schritt zurück und verschränkte meine Arme. Ich war keine Schnüfflerin.

Dann wurde mir bewußt, daß es meine Akte war. Das Gericht hatte Jenovitz zwar mit dem Gutachten betraut, aber ich bezahlte ihn dafür. Hatte ich ihm nicht eben erst einen Scheck geschickt?

Trotzdem horchte ich ängstlich nach draußen. Es war nichts zu hören. Die letzten Male hatte Jenovitz' Rückkehr sich fünf, sechs Sekunden, bevor die Tür aufging, durch deutlich vernehmliche Schritte angekündigt.

Angestrengt danach lauschend, blätterte ich die Akte durch. Ich wußte nicht, was ich suchte, wußte nicht, warum ich sie mir überhaupt ansah. Aus Neugier vielleicht, oder aus Trotz. Ich stieß auf Carmens Briefkopf und auf Art Heubers Briefkopf und auf Jenovitz' maschinengeschriebene Notizen. Ich stieß auf ein Memo aus der Klinik, wo ich die Abtreibung hatte vornehmen lassen, nahm es heraus, überflog es und legte

es wieder an seinen Platz vor einem Briefbogen mit dem offiziellen Stempel des Essex County Probate Court.
Über dem Briefkopf stand ein handgeschriebener Vermerk. Ich weiß bis heute nicht, was mich bewog, genauer hinzusehen. Jedenfalls tat ich es. Ich nahm das Schreiben heraus und hatte bereits genug gelesen, als ich Jenovitz' Schritte auf der Treppe hörte.
Ich zögerte nur so lange, wie ich brauchte, um zu realisieren, daß ich etwas stahl, das von rechts wegen mir gehörte. Dann faltete ich den Brief zusammen, steckte ihn in die Tasche und setzte mich wieder auf meinen Platz.
Als die Tür aufging, schaute ich Jenovitz genauso an wie die Male davor, wenn er zurückgekommen war. Ich hatte kein schlechtes Gewissen, und so konnte er mir auch keines anmerken. Daß mein Herz wie wild schlug, konnte ohne weiteres von dem Triumphgefühl herrühren, das mich erfüllte, oder von der unendlichen Erleichterung, die ich empfand. Es war, als sei eine Eisenklammer von meiner Brust entfernt worden, eine Zentnerlast von meinen Schultern, Handschellen von meinen Handgelenken.
»Wir haben nicht mehr viel Zeit«, hielt Jenovitz mir vor Augen. »Haben Sie noch irgendein Anliegen?«
Ich räusperte mich, um meine Stimme zu festigen. »Nur eine Frage. Aus reiner Neugier. Hätte ich im Verlauf der Erstellung Ihres Gutachtens irgend etwas tun können, um Ihre Achtung zu erringen?«
Er strich die Unterlagen glatt und klappte den Ordner zu. »Sie hätten andeuten können, sich ändern zu wollen. Aber davon war nie die Rede. Sie sind überzeugt, daß Sie alles richtig machen und Probleme in Ihrem Leben ausschließlich von anderen verursacht werden. Manchmal müssen wir die Verantwortung für unsere Handlungen selbst übernehmen, Claire.«

Ich hätte ihm nicht inbrünstiger zustimmen können.
Um mir meine Erleichterung nicht anmerken zu lassen, übte ich mich in betont kühler Zurückhaltung, dankte ihm, daß er sich Zeit für mich genommen hatte, und ging.

Zehn Minuten später faltete ich den Brief auseinander, den ich geklaut hatte, und strich ihn auf Carmens Schreibtisch glatt. Es war ein Formbrief, in dem Dean Jenovitz das Gutachten im Fall Raphael übertragen wurde. Es waren Daten darin enthalten und Hinweise auf Anlagen, aber keinerlei persönlicher Text.
Der befand sich über dem Briefkopf – in der gleichen krakeligen, blauen Tintenschrift wie die des Richters am Ende. Zu wissen, aus welchen Buchstaben dieser Name zusammengesetzt war, half uns per Vergleich bei der Entzifferung der Notiz. »Dennis Raphael scheint es ernst zu sein«, besagte sie. »Lassen Sie diesmal den Vater gewinnen.«

Siebzehntes Kapitel

Als ich zu meinem Leuchtturm zurückkehrte, schneite es. Große Flocken schwebten herab und ließen sich auf den Zweigen der Kiefern nieder. Obwohl es nicht der erste Schnee dieses Winters war, besaß er diese charakteristische Frische. Schmutz verschwand, die Abenddämmerung glitzerte. Die Künstlerin in mir sah Dinge anders, wenn sie auf Grün und Weiß reduziert waren oder auf Grau und Weiß auf dem Bürgersteig oder auf Rot und Weiß auf den Briefkästen, an denen ich vorüberkam.

Aber es konnte auch sein, daß die Frau in mir Dinge anders sah, nachdem ich jetzt eine Erklärung für die haarsträubende Verfahrensweise des Gerichts und des Gutachters gefunden hatte.

Ich parkte neben dem Wärterhäuschen und schlurfte, weil ich es so hübsch fand, wie der Schnee sich vor meinen Füßen bauschte, ohne die Füße zu heben zur Tür, schloß sie auf und stellte die mitgebrachten Tüten auf den Küchentisch. Ich würde für Brody und mich kochen. Wir wollten feiern. Natürlich wäre es schön gewesen, die Kinder dabei zu haben, doch der Glaube, daß sie bald für immer hier wären, ließ auch ohne sie keine Trübseligkeit aufkommen.

Um sechs rief Brody an, um mir zu sagen, daß er trotz des Schneefalls zum Joggen gehe. Um zehn vor sieben rief er an, um mir zu sagen, daß er zurück sei, und dann wieder um zehn nach sieben, um mir zu sagen, daß er gerade geduscht habe und sich bald auf den Weg zu mir mache. Zwei Minuten später rief er noch einmal an, weil ihm eingefallen war, daß wir vielleicht einschneien würden und er mich fragen wollte, ob er von unterwegs noch etwas mitbringen solle.

Ich hatte Risotto mit Meeresfrüchten, Spinatsalat und knuspriges Baguette parat und brauchte nichts mehr, außer ihn.

Als er um halb acht kam, brauchte ich auch das Essen nicht mehr – er war nahrhaft genug. Wir stürzten uns gleich an der Eingangstür aufeinander und leckten einander gerade die Lippen ab und erwogen eine zweite Portion, als das Telefon klingelte.

»Laß es klingeln«, flüsterte er.

Aber das brachte die Mutter in mir nicht fertig. Ich versprach zurückzukommen und schaffte es, nachdem wir unsere Glieder und Kleidungsstücke unter Gekicher entwirrt hatten, gerade noch, den Hörer abzunehmen, bevor sich der Anrufbeantworter eingeschaltet hätte.

»Komm ins Krankenhaus!« Ich hätte Dennis' Stimme beinahe nicht erkannt. »Kikit ist krank.«

Mir stockte der Atem, und aller Übermut erstarb. »Hat sie einen Allergie-Anfall?«

»Ja. Wir sind mit dem Auto unterwegs. Es ist zwar grausig zu fahren, aber ich traute mich nicht, auf eine Ambulanz zu warten.«

Ich hörte ihn fluchen, hörte – gedämpft – seine Dreiklangfanfare und das entsetzliche, pfeifende Atmen von Kikit. Ich hielt den Hörer mit der Schulter fest, warf Brody einen angstvollen Blick zu und machte mich daran, meine Jeans anzuziehen. »Hast du ihr Epinephrin gegeben?«

»Ja – und das Antihistamin auch. Aber erst spät. Sie hatte mich nicht gleich gerufen.«

»Halt ihr den Hörer ans Ohr.« Das Pfeifen wurde lauter. »Kikit? Hier ist Mommy, Süße. Du bist bald wieder okay. Entspann dich und versuche langsam zu atmen. Ich bin kurz nach euch im Krankenhaus. Hab keine Angst.« Mit ungeduldigen Fingern knöpfte ich meine Bluse zu. »Atme laaaang-saaaam, laaaang-saaaam«, demonstrierte ich ihr das Tempo, indem ich die Worte in die Länge zog. Ich war zwar alles andere als ruhig, doch Kikit durfte ich das nicht merken lassen. »Langsam und gleichmäßig, und versuch nicht, gewaltsam Luft zu holen.«

Ihr halb geschluchztes und halb gepfiffenes »Mohh-myyy!« brach mir fast das Herz.

»Versuch, nicht zu sprechen«, ich stopfte die Bluse in die Jeans, »atme nur ruhig und entspannt, ja, Süße? Du brauchst nicht tief zu atmen«, ich wußte, daß sie das gar nicht konnte, »flache Atemzüge genügen völlig. Und hab keine Angst. Du kennst das doch schon. Ich leg jetzt auf und fahre los. Wir sehen uns im Krankenhaus. Die Ärzte werden dir helfen, leichter zu atmen. Das weißt du ja auch aus Erfahrung. Du bist bald wieder gesund, Baby.« Ich hatte die Jeans zugemacht und suchte meine Schuhe. Brody fand sie bei seinen. »Du mußt nur noch ein kleines Weilchen tapfer sein. Ihr seid bald da. Kann ich noch mit Daddy sprechen?«

Ich stellte mir vor, wie sie das Telefon wegstieß – zu mehr wäre sie angesichts des quälenden Juckreizes, ihres Anschwellens und der Atemnot nicht fähig. Dennis' »Jaaa?« klang angstvoll.

»Sieh zu, daß sie ruhiger wird. Ich fahre jetzt los. Bis dann.«

Als ich auflegte, hatte Brody bereits meinen Mantel parat, und gleich darauf waren wir unterwegs.

Meine Angst um Kikit und das Wetter machten die Fahrt zum Alptraum. Es schneite wie verrückt, die Sicht war gleich

Null, die Fahrbahn schneebedeckt und kein Schneepflug zu sehen. Die Furcht und die Hilflosigkeit, die ich empfand, fanden ihren Ausdruck in Zorn – auf Dennis, weil er sie etwas hatte essen lassen, das sie nicht hätte essen dürfen, auf die Leute vom Winterdienst, die in meiner Vorstellung in aller Ruhe im örtlichen Imbiß hockten, bis es ihrer Meinung nach Zeit für einen Einsatz wäre, auf die Laune des Schicksals, der dieser Schneefall zu verdanken war.

Ich weiß nicht, ob ich es mit meinem Wagen überhaupt geschafft hätte. Sogar der Rover schlingerte um einige Kurven, aber Brody fuhr hervorragend. Als wir vor dem Eingang zur Notaufnahme hinter Dennis' Wagen anhielten, sah ich, daß seine Scheibenwischer mitten in der Bewegung angehalten worden und bereits schneebedeckt waren.

Johnny saß im Wartezimmer kerzengerade auf einem Stuhl. Als er uns sah, sprang er auf und stürzte auf uns zu. Er packte meine Hand und zog mich mit. »Wir wollten eigentlich essen gehen«, erzählte er, »aber beim Chinesen und beim Italiener standen endlose Schlangen an, und darum holten wir uns was bei Mad Mel's und nahmen es mit heim. Dad hat alle Nüsse aus dem Salat gefischt, und wir wissen nicht, was es war. Als wir fertig waren, stand sie ganz normal auf und ging in ihr Zimmer.«

Wir waren bei einer kleinen Kabine angekommen. Brody legte den Arm um Johnny, um ihn zurückzuhalten, während ich hineinschlüpfte.

Kikit lag auf dem Untersuchungstisch. Wäre ihr Gesicht nicht so dick geschwollen gewesen, hätte die Sauerstoffmaske, die auf ihrer Nase saß, es völlig bedeckt. Ich konnte nicht beurteilen, ob das Pfeifen bereits schwächer wurde, denn die Maske dämpfte das Geräusch. Ich sah große, rote Flecken auf ihrer nackten Brust, und daraus, wie sie sich wand, war zu schließen, daß sie über ihren ganzen Körper verteilt waren. In einer ihrer kleinen Hände steckten bereits Nadeln, eine Blutdruckmanschette umschloß ihren Oberarm. Zwei Ärzte, eine Krankenschwester und Dennis, der ihre freie Hand hielt, standen um sie herum, und er sprach leise auf Kikit ein. Sein beruhigender Tonfall stand in starkem Kontrast zu dem panischen Blick, den er mir zuwarf.

»Mommy ist da«, sagte er und rückte beiseite, um mir Platz zu machen, ließ Kikits Hand jedoch nicht los.

»Hi, Süße.« Ich streichelte ihr über die Haare. Sie waren feucht. Frische Tränenspuren verloren sich in ihrem Haaransatz, ohne Zweifel eine Folge des Anbringens der Infusionen. »Siehst du, ich hab dir doch gesagt, ich komme gleich. Wie geht's dir? Schon ein bißchen besser?«

Ihre Augen, klein und ängstlich in dem geröteten, aufgedunsenen Gesicht, öffneten sich kurz, um mich anzusehen, und schlossen sich dann wieder. Mein Blick flog zu den Ärzten.

»Es kann ein Weilchen dauern«, meinte der ältere der beiden. »Die allergische Reaktion war schon in vollem Gange, als Ihr Mann ihr die erste Spritze gab.«

Dennis sah aus wie ein Häufchen Elend. »Es wäre noch später geworden, wenn Johnny das Pfeifen nicht gehört hätte.« Seine Stimme war leise und heiser. »In dem Salat waren Pinienkerne, aber ich dachte, ich hätte alle erwischt. Sie hatte ihren Hamburger gegessen und sagte schon nach der Hälfte ihres Salats, sie sei satt. Wahrscheinlich spürte sie da schon die ersten Anzeichen, wollte sich aber nichts anmerken lassen.«

Natürlich wollte sie sich nichts anmerken lassen, dachte ich hysterisch. Ihrem letzten Anfall war unmittelbar unsere Trennung gefolgt – zweifellos sah sie eine Verbindung zwischen beidem.

»Sie muß geglaubt haben, ich würde böse werden«, fuhr

Dennis fort, »und das ist kein Wunder, denn das hatte sie ja schon erlebt.« Er beugte sich wieder über sie. »Aber ich bin nicht böse auf dich, Kikit, wirklich nicht. Wenn jemand schuld ist, dann bin ich es. Ich hätte den Salat gründlicher untersuchen müssen.«

Ihre Augen blieben geschlossen. Als sich eine kleine Träne aus einem ihrer Augenwinkel stahl, stieß Dennis einen gequälten Laut aus. »Es ist nicht deine Schuld, Baby, überhaupt nicht. Ich hätte früher nach dir sehen sollen, aber ich versuchte in der Küche all die Dinge zu tun, die Mommy immer tut. Ich hab dich lieb, Kikit.« Besorgt fragte er mich: »Wo ist Johnny ...?«

»Draußen bei Brody.«

»Er macht sich Vorwürfe, weil er sie nicht früher gehört hat.«

Ich wischte Kikits Träne weg und ließ die Hand auf ihrer Schläfe liegen, damit sie mich spürte. »Es war nicht sein Fehler.«

»Es war mein Fehler.«

Verdammt richtig, es war dein Fehler, bestätigte eine leise Stimme in mir zornig. Sie war in deiner Obhut, und es war deine Aufgabe, dafür zu sorgen, daß ihr nichts passierte. Jetzt ist sie schon zum zweiten Mal krank geworden, während ich nicht da war.

Aber die zornige Stimme starb einen schnellen Tod. »Es war auch nicht dein Fehler. Allergische Reaktionen kommen nun einmal vor. Du hast immerhin versucht, sie zu verhindern. Wenigstens kennen wir diesmal die Ursache.«

Der Arzt pumpte die Blutdruckmanschette auf und setzte das Stethoskop auf ihren Puls. Dann horchte er ihren Brustkorb ab, und anschließend nahm er die Spritze, die die Schwester ihm reichte. Dennis verstärkte den Druck seiner Hand, und ich legte meine auf Kikits Stirn, beugte mich zu ihr hinunter und redete mit ihr, um sie von der Injektion abzulenken.

Die Tatsache, daß sie kaum reagierte, zeigte, wie geschwächt sie war.

»Das letzte Mal war ein Schokoladenriegel schuld«, flüsterte Dennis dicht an meinem Ohr.

Ich schaute zu ihm auf. »Was?« flüsterte ich.

»Ein Schokoladenriegel«, wiederholte er so leise, daß Kikit es nicht hören konnte. »Ich fand ein paar Tage danach das Einwickelpapier in ihrem Zimmer. Die Sorte war mir unbekannt. Bei den Inhaltsstoffen waren auch Nüsse aufgelistet, aber ich konnte nicht glauben, daß sie sie absichtlich gegessen hatte. Also kaufte ich einen solchen Riegel, um ihn zu testen. Das Zeug war ganz weich, keine Nuß auch nur zu ahnen. Da hätte sie schon die Zutatenaufstellung lesen müssen.«

Wie hatte mich die Frage gequält, was sie gegessen haben mochte und wie wir sie davor schützen könnten, wenn wir es nicht wußten, ganz zu schweigen von der Angst, daß vielleicht doch etwas in dem Auflauf gewesen war, den ich gemacht hatte – und Dennis hatte die ganze Zeit Bescheid gewußt!

Ich starrte ihn ungläubig an.

Zu seinen Gunsten sei gesagt, daß er meinem Blick nicht auswich.

»Wußte sie, daß der Schokoriegel schuld war?« fragte ich.

Dennis' Nicken war überflüssig. Natürlich hatte sie es gewußt. Darum hatte sie sich auch über den Anfall nicht mehr aufgeregt als sonst. Und es erklärte auch ihre Tränen und Selbstvorwürfe an dem Tag, als sie von unserer Trennung erfuhr.

Sie hatte den Schokoriegel mir gegenüber nicht erwähnt. Ich fragte mich, ob Dennis es ihr verboten hatte. Aber etwas anderes beschäftigte mich noch mehr.

»Was war mit der Medizin?« flüsterte ich.
Er schüttelte den Kopf. »Ich konnte sie nicht finden. Ich schwöre es!«
Ein leiser Jammerlaut von Kikit lenkte unsere Aufmerksamkeit wieder auf sie, aber ihre Augen blieben geschlossen. »Ich bin hier, Baby«, beruhigte ich sie. »Mommy und Daddy sind bei dir. Die Ärzte werden dir helfen. Sei ein tapferes, kleines Mädchen. Reg dich nicht auf.«
Wir sprachen weiter abwechselnd mit ihr, in ruhigem, ermutigendem Ton. Eine Infusionsflasche wurde abgehängt, eine andere angeschlossen.
Für gewöhnlich war das Schlimmste nach ein, zwei Stunden überstanden, und im Laufe der dritten waren wir schon wieder auf dem Heimweg. Diesmal war es anders. Das Pfeifen hielt an. Dennis ging hinaus, um nach Johnny zu sehen. Als die Tür eine Minute später aufging und eine Schwester hereinkam, schaute ich schnell hinaus und sah, daß Dennis Johnny in den Arm genommen hatte. Sekunden später kam er zurück, und ich war tatsächlich froh darüber und fühlte mich nicht so allein.
Die Ärzte konferierten am anderen Ende des Zimmerchens. Sie sprachen mit gedämpften Stimmen, und ihre Mienen waren ernst. Ich wußte, was ihnen Sorgen bereitete: Wenn Kikit nicht bald auf die Medikation anspräche, wenn ihre Luftwege noch weiter zuschwellen würden, drohte der Erstickungstod.
Dennis und ich wechselten angstvolle Blicke.
Die Ärzte kamen zurück. Einer drückte die Sauerstoffmaske fester auf Kikits Gesicht, der andere horchte ihre Lunge ab. Derjenige, der die Sauerstoffmaske festhielt, beschleunigte den Durchlauf der Infusion, der mit dem Stethoskop überprüfte ihren Blutdruck. Mit blassen, angespannten Gesich-

tern wachten sie über sie, während wir voller Entsetzen zuschauten.

Tut doch etwas! hätte ich am liebsten geschrien, aber ich wußte, daß es nicht viel gab, was sie noch tun könnten. Ein Schlauch in der Luftröhre hätte nur Sinn, wenn die Lungenkapazität noch ausreichte, und eine Überdosierung der Medikamente könnte fatale Folgen haben.

Ihre Augen waren geschlossen, ihr Gesicht bläulich verfärbt. Jetzt begannen auch die Ärzte, mit ihr zu sprechen, doch im Gegensatz zu unserem flehenden schlugen sie einen harten Befehlston an.

Ich glaube, ich starb zehn Tode, während ich hilflos zuhörte, wie ihre Atemzüge immer flacher und flacher und kürzer und kürzer wurden. Tränen strömten über mein Gesicht. Ich spürte Dennis' Arm um meine Schultern, hörte sein hektisches: »Komm schon, Kikit, komm schon!« und die noch energischeren Appelle der Ärzte. Ich betete, insgeheim und inbrünstig, und schlug die Hand vor den Mund, um einen gequälten Aufschrei zu ersticken, als ihre peinigenden Atemzüge plötzlich verstummten.

Es dauerte einen Moment, bis ich den Arzt erleichtert sagen hörte: »So ist's gut, Schätzchen, du bist ein braves Mädchen«, und begriff, daß sie nicht tot war, sondern über den Berg. Ungeduldig starrte ich auf sie hinunter, bis die Färbung ihres Gesichts sich normalisierte, und dann lächelte ich unter Tränen und schickte ein unartikuliertes Dankgebet nach dem anderen gen Himmel.

Erst dann erinnerte ich mich an Dennis. Er stand vornübergebeugt mit den Händen auf den Knien an der rückwärtigen Wand und stieß die gleichen Laute der Erleichterung aus wie ich zuvor – nur in einer anderen Stimmlage. Ich legte die Hand auf seine Schulter. Er ließ den Kopf noch tiefer hängen, schien sich zu sammeln und wischte sich dann mit den Händen das Gesicht ab. Als er sich aufrichtete, waren seine Augen gerötet, doch er hatte sich wieder einigermaßen in der Gewalt. Trotzdem protestierte ich nicht, als er mich in die Arme nahm. Wir hielten einander einen Moment lang fest, teilten unsere Erleichterung, bevor wir zu Kikit zurückkehrten.

Die Besserung ging langsam, aber stetig vonstatten. Als ich wußte, daß ich mir keine Sorgen mehr zu machen brauchte, ging ich, um nach Johnny zu sehen. Er wartete mit Brody direkt vor Kikits Zimmerchen. Die beiden saßen auf dem Boden, Brody an die Wand gelehnt, Johnny zwischen seinen Beinen. Sie wußten nicht, wie kritisch Kikits Zustand gewesen war, doch als sie mich sahen, richteten sie sich kerzengerade auf, und zwei Augenpaare stellten mir die gleiche, angstvolle Frage.

Ich ging in die Knie, stützte mich mit einer Hand auf Brodys Knie ab und brachte ein erschöpftes Lächeln zustande. »Sie schafft es.«

»Was heißt das?« fragte Brody.

»Das sie auf die Behandlung anzusprechen beginnt. Aber wir werden noch eine Weile hierbleiben. Sie wird wahrscheinlich stationär aufgenommen.«

Johnnys Augen waren groß und dunkel. »Warum?«

»Weil das Pfeifen immer noch nicht weg ist.«

»Das war doch schon mal so, und sie haben sie trotzdem nach Hause gelassen.«

»Diesmal ist ihr Blutdruck extrem niedrig. Sie geben ihr Mittel dagegen, aber die wirken am besten intravenös.«

»Wird sie wieder gesund?«

»Sie wird wieder gesund«, nickte ich, und die Gewißheit ließ meine Knie zittern. »Sie wird wieder gesund«, wiederholte ich

flüsternd, aber ich wußte, daß ich meinerseits erst frei atmen würde, wenn Kikit wieder ganz die alte wäre.
Ich wollte gerade zu ihr zurückgehen, als Johnny plötzlich heraussprudelte: »Daddy hat die Nüsse gesucht wie verrückt! Du hättest sehen sollen, wie er die Tomatenscheiben und die Salatblätter hin und her schob. Er hatte einen ganzen Berg auf seiner Serviette.«
Ich ließ mich neben Brody an der Wand entlang zu Boden gleiten und mich von seiner Wärme umfangen, bevor ich die Hände nach Johnny ausstreckte. Es dauerte eine Minute, bis ich ihn im Arm hatte. Ich drückte ihn fest an mich und sagte in seine Haare: »Ich gebe Daddy nicht die Schuld. Manche Dinge kann man nicht verhindern, sosehr man sich auch bemüht.«
»Du hättest ihn an Halloween sehen sollen. Da hat er alle Etiketten und sogar die winzigste Schrift auf den Einwickelpapieren gelesen. Und er zwingt uns, Haferbrot aus dem Reformhaus zu essen.«
Ich entdeckte einen Anflug von Abscheu in seiner Lobeshymne.
»Das hat er alles super gemacht«, lobte ich, »und heute hat er sich auch als Supervater erwiesen. Er ist nur von Kikits Seite gewichen, um nach dir zu sehen. Wir werden noch eine Weile bei Kikit bleiben, er und ich, aber du brauchst deinen Schlaf.«
»Brauche ich nicht, ich bin nicht müde.«
»Morgen ist Schule.«
»Wenn Kikit dann noch hier ist, gehe ich nicht.«
»Natürlich tust du das. Wer soll ihrer Lehrerin denn sonst erzählen, was passiert ist, damit die Kinder Karten für Kikit malen können? Und wer soll die Karten nach Hause bringen?«
»Warum sollen sie denn Karten malen?« fragte er irritiert.

»Das haben sie doch noch nie gemacht. Sie ist doch immer viel zu schnell gesund dafür. Warum müssen sie diesmal was malen? Ist sie kränker?«
Ich warf Brody einen Blick zu. Er legte den Arm um mich und zog mich näher zu sich heran.
»Sie war kränker«, erklärte ich Johnny. »Aber jetzt ist es nicht mehr schlimm. Es geht ihr von Minute zu Minute besser, doch es kann sein, daß sie ein, zwei Tage nicht in die Schule kann.«
»Wenn es weiterschneit, fällt die Schule sowieso aus«, argumentierte er. »Ich möchte hier bei euch bleiben.«
»Weißt du, was uns am meisten helfen würde? Wenn wir dich sicher und fest schlafend zu Hause wüßten. Wenn du die ganze Nacht hier draußen sitzt, machen wir uns bloß Sorgen um dich. Fahr mit Brody heim, bevor die Straßen ganz zuschneien.«
Nach einer Pause fragte er: »Ins Haus?«
Das hatte ich mir vorgestellt, und im Sinne der Normalität erschien es mir das beste.
Jenovitz' Meinung nach war ich zu bestimmend. Vielleicht hatte er recht. Vielleicht brauchte Johnny im Moment etwas anderes dringender als Normalität. »Wo möchtest du denn hin?«
Johnny zuckte die Schultern. »Weiß nicht.« Er schaute Brody an. »Wo willst du denn hin?«
»Mich zieht es in den Leuchtturm«, sagte Brody. »Da gibt es gutes Essen, und Valentino ist dort. Der arme Kerl ist ganz allein. Ich weiß nicht, wie es dir geht, aber mir ist nicht nach Alleinsein. Nicht bei diesem Schnee. Nicht nach diesem Schrecken.«
Es folgte eine neuerliche Pause und dann, an mich gerichtet, die ängstliche Frage: »Wird Dad nicht böse sein?«
Ich lächelte. »Ganz bestimmt nicht.«

Wir blieben noch eine Stunde in der Notaufnahme, und dann wurde Kikit, weil die Ärzte sie über Nacht dabehalten wollten, auf die Kinderstation gebracht, in ein Doppelzimmer, dessen zweites Bett jedoch nicht belegt war.
Ich setzte mich zu ihr ans Kopfende, nahm sie in den Arm und wiegte sie behutsam in den Schlaf.
Nachdem Dennis und ich einige Blicke gewechselt hatten, fragte er: »Wo bleibt die Standpauke?«
Ich schaute ihn verständnislos an.
»Sie ist in meiner Obhut krank geworden«, sagte er. »Nach allem, was ich über dich gesagt habe, ist es dein gutes Recht, zurückzuschießen. Du warst schon ohne diesen Vorfall zornig genug auf mich. Wo ist der Zorn geblieben?«
Anfangs hatte ich ihn empfunden, und wenn ich in meine Seele hinabtauchte, könnte ich ihn wahrscheinlich wieder heraufholen, doch es erschien mir nicht der Mühe wert. Ich kam mir vor wie durch die Mangel gedreht und hielt es für sinnvoller, meine kläglichen Energiereserven darauf zu verwenden, Kikit beizustehen. Und so sparte ich mir die Antwort und legte statt dessen meine Wange auf ihren Scheitel und schloß die Augen.
Wir hielten sie abwechselnd im Arm und standen, saßen oder liefen herum. Ärzte und Schwestern kamen und gingen, schienen mit den Fortschritten ihrer Gesundung zufrieden zu sein.
Gegen Mitternacht erfaßte mich plötzlich ein leichtes Schwindelgefühl, und ich erinnerte mich, daß ich nicht zu Abend gegessen hatte. Als ich es Dennis gegenüber erwähnte, erbot er sich, etwas zu holen, doch die Sorge in dem Blick, mit dem er Kikit betrachtete, zeigte mir, daß er nur sehr ungern wegfahren würde, und das rührte mich so sehr, daß ich sein Angebot ablehnte.

Ich fand am Ende des Flurs einen Gebäck- und Getränkeautomaten und ein Telefon und rief Brody an. Er und Johnny hatten sich das Risotto aufgewärmt, und Johnny schlief inzwischen tief und fest in seinem Bett.

Als ich wieder an Kikits Bett saß, wanderten meine Gedanken zu den Stunden zurück, die ich an dem Bett meiner Mutter verbracht hatte, wo ich ihrem Atem lauschte und zusah, wie die Sorgenfalten sich glätteten und sich dieser schreckliche Friede über ihre Züge legte.

»Bist du okay?« fragte Dennis.

Ich schrak aus meinen Gedanken auf, und mein Blick flog zu ihm. »Ja, warum?«

»Du zitterst.«

Ich verschränkte meine Arme. »Ich habe für dieses Leben genug von Krankenhäusern.«

Er schwieg eine Weile und sagte dann: »Es tut mir leid wegen Connie. War es schwer für dich, sie gehen zu lassen?«

»Ja. Nein. Merkwürdig. Rona und ich sind uns nähergekommen. Sie ist übrigens im Moment für WickerWise unterwegs.«

»Rona?«

»Ja, und sie macht ihre Sache sogar recht gut.« Kikit bewegte sich, und ich wandte meine Aufmerksamkeit wieder ihr zu. Sie öffnete die Augen. »Hi, Baby.«

»Es juckt so, Mommy!« Ihre Stimme klang durch die Sauerstoffmaske gespenstisch hohl.

Dankbar, etwas tun zu können, holte ich mir bei der Schwester eine Lotion und rieb Kikit damit ein. Dennis stand die ganze Zeit daneben. Als ich fertig war, schlief Kikit schon wieder.

Es schneite und schneite. Wir sahen von Kikits Fenster aus, wie die Mützen auf den Bäumen und Dächern der nahegelegenen Häuser immer höher wurden. Schneepflüge räumten den Parkplatz und die Zufahrtsstraßen, und zwei Stunden später noch einmal. Und dann, kurz vor Tagesanbruch, fielen die letzten Flocken.

Dennis fuhr nach Hause, um zu duschen und sich umzuziehen und kam knapp eine Stunde später mit Kikits kleiner Reisetasche zurück, in die er Travis, Michael und Joy, ihre Lieblingspuppen, einen Pyjama und ihre Barney-Hausschuhe gestopft hatte.

Ich war gerührt, daß er daran gedacht hatte, sie ihr mitzubringen, wobei es mich nicht kümmerte, ob ihn Schuldgefühle oder echte Fürsorge dazu veranlaßt hatten. Die Ärzte wollten sie noch nicht entlassen, und beim Aufwachen ihre Freunde bei sich zu haben, würde ihre Enttäuschung mildern.

Dennis arrangierte ihre Lieblinge auf dem Bett, und ich legte den Schlafanzug auf den Nachttisch und stellte die Hausschuhe davor. Als ich die federleichte Tasche, an deren einem Henkel noch das Etikett der Fluggesellschaft befestigt war, mit der die Kinder zuletzt geflogen waren, wegstellen wollte, merkte ich, daß noch etwas darin war. Ich tastete den Innenraum ab, fand jedoch nichts. Ich schaute hinein, sah jedoch nichts. Ich ließ die Hände über das Nylon gleiten, lokalisierte das Gewicht, zog den Reißverschluß einer Innentasche auf und griff hinein.

Mein Herzschlag setzte aus, als ich spürte, was ich da entdeckt hatte. Langsam zog ich den Epi-pen und das Antihistamin heraus, die ich »nicht eingepackt hatte«, als die Kinder im Oktober aus Cleveland heimgeflogen waren.

Dennis starrte wie hypnotisiert auf meinen Fund. Einen Moment lang fragte ich mich, ob er mit gespielter Überraschung sein Entsetzen darüber verbergen wollte, überführt worden zu sein, doch als er den Blick hob, sah ich, daß sein

Erschrecken echt war. Er schloß die Augen, senkte den Kopf und fuhr sich mit der Hand darüber.

»Mein Gott«, sagte er schließlich und hob den Kopf wieder. »Was für eine Scheiße!«

Ich mußte fragen, mußte die Worte hören. »Du hast es nicht gewußt?«

»Nein, ich habe es nicht gewußt.« Angewidert drehte er den Kopf weg. »Was für eine Scheiße!«

»Ich habe dir gesagt, daß du mir unrecht tust!« rief ich.

»Ich war überzeugt, im Recht zu sein«, erwiderte er. »Die Anwälte gaben mir recht, der Richter gab mir recht ...«

Ich war dankbar, daß Kikit diesen Augenblick wählte, um aufzuwachen, denn sonst hätte ich Dennis vielleicht von Selweys Direktive für Jenovitz erzählt, und das wäre nicht klug gewesen. Wir befanden uns juristisch gesehen noch immer im Krieg, und ich durfte Carmen nicht ihre wirkungsvollste Waffe aus der Hand schlagen. Ich vertraute darauf, daß sie sie mit Bedacht einsetzen würde, und ich schuldete ihr die Chance dazu.

Als Brody mit Johnny und mit Frühstück kam, hatte ich Kikit gewaschen und ihr ihren eigenen Schlafanzug angezogen. Nachdem die Schwellung zurückgegangen und die Sauerstoffmaske durch eine Nasenklemme ersetzt worden war, sah sie schon fast wieder aus wie immer. Es störte sie zwar, daß noch eine Infusionsnadel in ihrer Hand steckte, doch die Ärzte versprachen ihr, daß sie, wenn ihr Zustand sich weiter normalisiere, am Nachmittag davon befreit und entlassen würde.

Dennis wirkte bedrückt. Er hielt sich im Hintergrund, während Johnny und Brody auf Kikits Bett saßen und ihr Witze erzählten, um sie aufzuheitern. Auch ich hielt mich im Hintergrund. Ich begann zu spüren, daß ich eine schlaflose Nacht hinter mir hatte.

Als Brody mir vorschlug, mich heimzufahren, damit ich mich ein wenig hinlegen könnte, war mein erster Impuls, ihm entgegenzuhalten, daß Kikit mich brauche und ich mich, wenn ich wirklich müde würde, auch auf das andere Bett legen könnte. Doch dann hörte ich auf meinen zweiten Impuls, der mir sagte, daß Kikit mich in dieser Phase nicht mehr unbedingt brauche, und ihr Vater schließlich auch für sie da sei.

Und so ließ ich mich von Brody zu meinem Leuchtturm fahren. Ich war gerade nach einer ausgedehnten Dusche mit einem Bein im Bett, als Carmen anrief und mir mit an Schadenfreude grenzender Befriedigung eröffnete, daß uns auf unseren neuerlichen Antrag auf Ablösung wegen Befangenheit eine Anhörung gewährt worden sei. Selwey würde sich uns am nächsten Tag um vierzehn Uhr stellen. Und nicht nur das, sagte sie –, wir hätten auch die Jenovitz entlarvenden Zahlen. Seine Gutachten der letzten drei Jahre hätten lediglich in zwei von den dreiundzwanzig Fällen, mit denen Selwey ihn betraut hatte, eine von dessen Urteil abweichende Empfehlung enthalten, und von den einundzwanzig verbliebenen seien mehr als die Hälfte irgendwann umgewandelt worden.

Ich legte auf, grinste Brody an und fiel in Tiefschlaf.

Kikit hatte angefangen zu reden. Nonstop. Sie war noch immer heiser, und auch das Pfeifen und die Flecken waren noch nicht ganz verschwunden, aber die Ärzte dachten wohl, daß sie angesichts dieser Geschwätzigkeit nicht mehr ernsthaft krank sein könne, und so waren wir schon am frühen Nachmittag in dem Haus, das ich als Dennis' Haus zu betrachten begonnen hatte. Ich hatte das Gefühl, daß er auch einverstanden gewesen wäre, wenn ich sie in den Leuchtturm hätte mitnehmen wollen, aber Kikit brauchte uns beide, und ich wollte Dennis nicht in meinem Zuhause haben.

Dennis jedoch hatte offensichtlich nichts dagegen, daß ich mich in seinem aufhielt. Er packte Kikit auf das Sofa im Arbeitszimmer und sorgte dafür, daß sie alles bekam, was ihr kleines Herz begehrte – was sie, als sie das merkte, weidlich ausnutzte, indem sie ihn ständig irgend etwas holen ließ. Aber er war nach wie vor bedrückt und manchmal bis zur Geistesabwesenheit nachdenklich. Keine Spur mehr von Aggressivität oder Arroganz. Ich wußte nicht, ob Kikits Anfall es bewirkt hatte oder irgendeine Erleuchtung – jedenfalls spürte ich, daß er die letzten zwei Monate plötzlich mit anderen Augen sah.

Ich hoffte es zumindest. Wir waren noch nicht fertig miteinander, und ich wagte es trotz Carmens Zuversicht nicht, den Tag vor dem Abend zu loben. Selbst wenn ich tatsächlich das Sorgerecht für die Kinder bekäme, stand immer noch die Scheidungsvereinbarung an.

Am späteren Nachmittag war Johnny mit Freunden beim Schlittenfahren, Brody ins Büro gefahren, und ich hatte Kikit in den Schlaf gesungen. Ich schlief neben ihr auf dem Bett ein, und als ich aufwachte, stieg mir Kaffeeduft in die Nase. Ich ging in die Küche hinunter. Dennis stand mit einem dampfenden Becher in den Händen am Fenster.

»Ich bin beeindruckt«, sagte ich und deutete, als er mich ansah, auf die Kaffeemaschine. Dann fiel mein Blick auf eine danebenstehende gläserne Auflaufform, und ich war noch mehr beeindruckt, denn sie enthielt nach Kikits Lieblingsrezept vorbereitete, bratfertige Hühnerbeine. Die Marinadenschüssel und der Schneebesen standen abgewaschen im Abtropfkorb neben dem Spülbecken, und auch sonst war die Küche untadelig sauber und aufgeräumt.

»Erstaunlich, was ein Mann alles kann, wenn er muß, nicht wahr?« brummte er.

Ich schenkte mir Kaffee ein und lehnte mich an die Arbeitsplatte. Dennis schaute wieder aus dem Fenster. Die Dämmerung brach herein, und der Schnee im Garten schimmerte bläulich.

»Wann kommt Johnny heim?« fragte ich.

»Bald, nehme ich an. Er wollte ja eigentlich gar nicht gehen.«

»Warum nicht?«

»Weil du hier warst. Er ging erst, als ich ihm versprach, daß du zum Essen bleiben würdest.«

Dieses Eingeständnis war eine Sensation. Noch vor kurzem hätte Dennis sich eher die Zunge abgebissen, als mich wissen zu lassen, daß die Kinder mich dahaben wollten.

»Heuber hat vor ein paar Minuten angerufen«, sagte er und führte den Becher an die Lippen.

Ja. Wegen der neuerlichen Anhörung.

Ich sah zu, wie er den Kaffee schluckte und den Becher wieder senkte, mit dem Daumen an seinem Rand entlangfuhr und die Unterlippe vorschob. Als er den Blick hob, stand Resignation darin. »Wirst du die Adrienne-Geschichte zur Sprache bringen?«

»Nur, wenn du mich dazu zwingst. Wie konntest du all die Jahre damit leben? Hattest du keine Angst, daß jemand dahinterkommen würde?«

Er zuckte die Schultern. »Manchmal schon.«

»Meinetwegen? Hattest du Angst, daß ich dahinterkommen würde?«

»Das auch.«
»Warum hast du es mir denn nicht erzählt, als ich dich damals fragte?«
»Weil ich befürchtete, daß du dich scheiden lassen würdest.«
Er sah mich scharf an. »Sei ehrlich. Das hättest du doch getan.«
Vielleicht. Vielleicht auch nicht.
»Du hättest es getan«, sagte er. »Und jetzt wirst du die Sache gegen mich verwenden.«
»Wenn es die einzige Möglichkeit ist, meine Kinder zu bekommen, dann ja. Aber darum geht es bei der Anhörung gar nicht.«
»Sondern?«
»Wir haben den Beweis dafür, daß Selwey und Jenovitz miteinander mauscheln, und wir wollen, daß Selwey den Fall abgibt.«
Dennis sagte kein Wort, schaute nur abwechselnd auf seinen Becher hinunter und auf den Schnee hinaus.
Ich nippte an dem Kaffee. Er war stärker als der, den ich mir machte, aber er tat gut.
»Ich habe Phoebe gefeuert«, sagte er, ohne sich mir zuzuwenden.
»Gefeuert?«
»Gefeuert, mit ihr gebrochen, was auch immer. Sie hatte nicht das Recht, die medizinischen Unterlagen auszugraben. Wenn sie mich gefragt hätte, hätte ich es ihr verboten. Ich hatte mehr Schuld an der Abtreibung als du.«
Einen Moment lang war ich sprachlos, sonst hätte ich mich vielleicht bedankt. Statt dessen fragte ich, als ich mich gefaßt hatte: »War es schwer für dich, mit ihr zu brechen?«
»Nicht so schwer, wie ich gedacht hatte.«
»Liebst du sie?«

»Nein. Allerdings glaubte ich es anfangs. Wir planten alles sorgfältig, damit ich das Sorgerecht für die Kinder und danach bei der Scheidung eine ordentliche Abfindung bekäme – und dann passierte etwas Komisches: Ich entdeckte, daß ich meine Kinder mochte.« Jetzt schaute er mich an. »Phoebe mag Kinder nicht.«

»Aha. Hat sie unsere kennengelernt?«

»Nein, so weit kam es nicht.«

»Nur Sex und Jura, keine Familie.«

Seine Augen blitzten auf und er wollte protestieren, doch dann wandte er sich wortlos wieder dem Fenster zu.

»Hast du dich in Phoebe verliebt, bevor oder nachdem du mit ihr über die Scheidung gesprochen hattest?«

»Danach.«

Ich empfand eine seltsame Erleichterung. Wenn überhaupt, dann war mir danach lieber.

»Sie war so . . . auf meiner Seite«, sagte er, und plötzlich schien er weit weg zu sein. »Sie sagte mir, ich hätte recht, und du hättest unrecht. Sie sagte mir, ich sei klug. Und sie fand mich gutaussehend.«

»Ich fand dich auch gutaussehend.«

»Ja«, erwiderte er, »aber wenn jemand anderer es sagt, empfindet man es anders. Von der eigenen Frau erwartet man, daß sie es sagt, aber wenn eine andere Frau es sagt, eine, die jung und schön und emanzipiert ist und nicht dazu verpflichtet, dann ist es aufregender.«

»Schmeichelhaft.«

»Ja. Vielleicht war eine Midlife-crisis daran schuld – zumindest an der Geschichte mit ihr. Was die berufliche Seite betrifft, war es eine Zeitlang ganz schön hart. Früher mal hatte ich magische Kräfte, aber die sind weg.«

Ich hätte ihn darauf hinweisen können, daß das damals nichts mit Magie zu tun gehabt hatte, sondern schlicht und einfach ein Ergebnis seiner Beziehung zu Adrienne Hadley gewesen war, aber ich wollte die Stimmung nicht verderben. Wir brauchten Gespräche wie dieses.

»Du wolltest WickerWise gar nicht wirklich, oder?« fragte ich.

Er schnaubte. »Was sollte ich denn damit? Ich habe keine Ahnung von Korbmöbeln.«

»Dann geht es also nur ums Geld. Für Pittney?«

Er nickte, trank seinen Kaffee aus und lehnte sich mir zugewandt ans Fenster. Seine Haltung war lässig, sein Ausdruck jedoch wachsam.

»Hast du tatsächlich vor, mich zum Verkauf von WickerWise zu zwingen?« wollte ich wissen.

Er lächelte schief. »Das kann ich ja jetzt, wo du die Hadley-Geschichte kennst, nicht mehr.«

»Aber wenn du es könntest, würdest du es dann tun? Obwohl du weißt, wie viel die Firma mir bedeutet?«

Er runzelte die Stirn, schaute zu Boden. »Wahrscheinlich nicht.«

Das war doch immerhin etwas.

Seine Züge waren sanft, als er mich wieder ansah. »Ich habe zugehört, als du Kikit vorhin in den Schlaf sangst. Deine Stimme ist noch genau so rein wie vor zwanzig Jahren. Kaum zu glauben, daß es schon so lange her ist. Zwanzig Jahre. Ich habe mich damals in diese Reinheit verliebt.« Er senkte den Blick und betrachtete seinen Becher. »Wenn wir miteinander sangen, waren wir in Einklang miteinander.«

»Ja.«

»Aber wenn wir aufhörten, war das vorbei.«

Stark vereinfacht, aber zutreffend – ich hatte den gleichen Gedanken gehabt. »Das Singen war schön in unserer Ehe. Es gab auch noch anderes – allem voran die Kinder. Allein um ihretwillen bereue ich unsere Ehe nicht.«

»Was ist mit uns geschehen?«

Ich hatte ihm vor langer Zeit die gleiche Frage gestellt, und damals war seine Antwort eine Anklage gewesen, und er hatte mir die Schuld an dem Bruch zwischen uns gegeben. Es wäre mein gutes Recht gewesen, jetzt ihm den Schwarzen Peter hinzuschieben, aber ich tat es nicht. Obwohl nach Kikits Anfall erschöpft, fühlte ich mich stärker als seit Monaten. Man hatte mich gezwungen, Dinge zu tun, die mir widerstrebten, doch jetzt gewann ich die Kontrolle über mein Leben zurück.

»Wir haben unterschiedliche Bedürfnisse«, sagte ich. »Ich bin nicht die richtige Partnerin für dich. Du brauchst nicht eine Frau, mit der du beruflich oder als Elternteil konkurrieren zu müssen glaubst. Du brauchst eine Frau, die hilflos ist, sich an dich lehnt, zu dir aufschaut und jedes Wort von dir als Offenbarung betrachtet. Ich« – ich lächelte selbstironisch – »bin ein alter Hase, was Selbständigkeit betrifft. Ich habe sie schon mit acht Jahren praktiziert. Und darum hatte ich mir andere Dinge von meiner Ehe erhofft.«

»Zum Beispiel?«

»Die Gewißheit, nie alleingelassen zu werden.«

Es dauerte eine Weile, bis Dennis sagte: »Das habe ich wohl vergeigt.«

Ich überlegte. Sosehr ich Jenovitz auch ablehnte – einige seiner Äußerungen waren erwägenswert. »Vielleicht bin ich zu selbständig.«

Dennis sagte nichts dazu. Gut, dann gab es keinen Streit. Ich fuhr fort.

»Manchmal höre ich nicht zu. Ich finde Lösungen und setze sie durch. Ich ergreife die Initiative, ohne anderen Gelegenheit dazu zu geben, selbst wenn sie es wollen oder das Bedürfnis haben.«

Als Dennis wieder nichts sagte, schaute ich ihn an. Er lächelte sanft. »Ich widerspreche nicht.«

»Nimm zum Beispiel Kikit«, sagte ich, weil sie uns beide anging. »Sie kann lesen. Sie kann all die Dinge buchstabieren, auf die sie allergisch reagiert. Wir müssen ihr beibringen, die Etiketten selbst zu überprüfen, damit sie Eigenverantwortung entwickeln kann. Wir müssen unsere Macht über sie an sie abtreten. Das bedeutet loslassen.« Leise fügte ich hinzu: »Das muß ich lernen.«

Dennis studierte wieder seinen Becher. Als er den Blick hob, sah ich eine Verletzlichkeit darin, die mich daran erinnerte, warum ich diesen Mann geheiratet und so lange an dieser Ehe festgehalten hatte, und es schmerzte mich, daß wir das vorhandene Potential hatten verkümmern lassen.

»Gibt es noch eine Chance für uns?«

Der Moment der Wehmut verflog, und ich kehrte in die Realität zurück, und in dieser Realität gab es Gemeinheit, moralische Schwächen – und Brody.

Ich lächelte, um mein Kopfschütteln zu entschärfen. »Vielleicht als Freunde«, meinte ich. »Ich würde es gerne versuchen. Du auch?«

Achtzehntes Kapitel

Am Nachmittag des nächsten Tages trieb mich ein böiger Wind die Federal Street hinunter, doch mein Zittern war eher nervlich als temperaturbedingt. Ich erinnerte mich nur zu gut an meinen ersten Auftritt hier, als Dennis alle Trümpfe in der Hand hatte. Jetzt hatte ich auch ein paar, aber es stand zuviel auf dem Spiel, als daß ich der Anhörung gelassen hätte entgegensehen können.

Die Kälte hatte die Treppe vor dem Gerichtsgebäude leergefegt – dafür drängten sich die Leute in der Halle, und im Gerichtssaal trugen die über die Rückenlehnen der Bänke geworfenen Mäntel noch zusätzlich zu der chaotischen Atmosphäre bei. Ansonsten glich die Szenerie der im Oktober. Anwälte und ihre Klienten konferierten im Flüsterton, uniformierte Gerichtsdiener unterhielten sich, der Richter huschte hinter seinem Tisch hin und her, und die Heizkörper zischten.

Carmen und ich saßen im rückwärtigen Teil des Raumes und warteten darauf, daß wir aufgerufen würden. Sie hatte Missy bereits eine Kopie von Selweys Brief und der statistischen Analyse von Jenovitz' Gutachten ausgehändigt. Da Dennis und Art Heuber ein paar Reihen weiter vorn saßen, konnte ich ihre Gesichter nicht sehen.

Ich hatte mich in der Halle kurz mit Dennis unterhalten, aber eigentlich nur, um die Zeit totzuschlagen, bis unsere Anwälte

kamen. In dieser Umgebung fühlten wir uns unbehaglich miteinander. Wir hatten privat eine Art Frieden geschlossen, aber hier führten wir noch immer Krieg gegeneinander.
»Der Fall Raphael gegen Raphael«, rief Missy.
Wir nahmen dieselbe Aufstellung ein wie im Oktober – Dennis, Art, Carmen und ich, in dieser Reihenfolge. Selwey ließ sich Carmens eingereichte Unterlagen von Missy bringen und stand hin- und herschwankend vor uns, während er sie durchlas. Plötzlich hörte er auf zu schwanken. Er las noch einen Moment weiter, legte die Papiere weg und sagte zu Carmen: »Es ist Ihnen doch klar, daß Ihre Klientin einen Diebstahl begangen hat.«
»Nein, Euer Ehren«, widersprach Carmen. »Da sie den Gutachter aus eigener Tasche bezahlt hat, stehen wir auf dem Standpunkt, daß der Inhalt des betreffenden Ordners ihr Eigentum ist. Ich denke nicht, daß Dr. Jenovitz Klage erheben wird. Es dürfte ihm kaum daran gelegen sein, daß dieser Fall vor Publikum verhandelt würde.« Sie deutete mit dem Kinn auf die vor Selwey liegenden Unterlagen. »Er wird nicht riskieren, daß diese Zahlen bekannt werden.«
Selwey bebte vor Zorn. »Was genau wollen Sie?«
»Das ist in unserem Antrag präzise formuliert«, ersparte sie ihm die öffentliche Erniedrigung. Wir hatten ihn ersucht, die Verfügungen gegen mich aufzuheben und den Fall abzugeben.
»Der Gegenstand meiner Bemühungen waren zwei Kinder«, sagte er grimmig. »Was ist mit ihnen?«
Die Antwort kam von Art Heuber. »Euer Ehren, mein Klient ist bereit, seine Forderung nach dem alleinigen Sorgerecht zurückzunehmen.«
»Und was ist mit den ursprünglichen Anschuldigungen? Die habe ich mir nicht aus den Fingern gesogen. Ich habe mich

nicht um den Fall gerissen, Sie haben ihn an mich herangetragen.«
Wieder antwortete Heuber. »Mein Klient läßt die ursprünglichen Anschuldigungen fallen. Die Eltern möchten die Sorgerechtsfrage lieber unter sich klären.«
»Wenn die Eltern vor zwei Monaten nicht dazu in der Lage waren, was befähigt sie dann jetzt dazu?«
»Es hat ein Dialog begonnen«, sagte Heuber.
Selwey wedelte mit den Armen. Die Ärmel seiner Robe flatterten wie räudige Flügel. »Was ist denn nun mit den ursprünglichen Anschuldigungen?«
»Es hat ein Mißverständnis gegeben.«
»Ein Mißverständnis? Sie haben die Zeit dieses Gerichts und eines Gutachters wegen eines Mißverständnisses vergeudet?« Mit einer angewiderten, schwungvollen Geste machte er einen Vermerk auf ein vor ihm liegendes Blatt Papier. »Die Klage ist abgewiesen. Wer ist der nächste, Missy?« fragte er, wandte uns den Rücken zu und trug unsere Unterlagen zum Ende der Bank.
Und damit war alles erledigt. Schnell und schmerzlos.
Als meine Beine diesmal auf der Treppe vor dem Gerichtsgebäude nachgaben, war Erleichterung der Grund. Ich lehnte mich an die Steinmauer und atmete tief die kalte Dezemberluft ein. Mit jedem Atemzug fühlte ich mich stärker, freier, glücklicher, mit jedem Atemzug wuchs mein Selbstbewußtsein.
Als Carmen sich zu mir gesellte, lächelte sie ebenso strahlend wie ich.
»Gute Arbeit«, lobte ich.
Ihre Mundwinkel zuckten. »Es ist immer ein Genuß, den Gegner im Staub kriechen zu sehen, während man sich taktvollerweise in Schweigen hüllt.«

»Es hätte mich nicht gestört, wenn Sie Selwey vor aller Ohren mit lauter Stimme unethischer Gerichtspraktiken beschuldigt hätten.«

»Das kommt noch«, versprach Carmen mir. »Der Brief wird die Runde machen, bis Selwey seinen Hut nehmen muß. Wie ich die Sache sehe, wird allerdings schon die erste Station das bewirken: die Judicial Conduct Commission. Glauben Sie mir – Selwey ist erledigt. Jenovitz wird sich einen anderen Futtertrog suchen müssen, und er wird auch einen finden. Er wird Aufträge von anderen Richtern bekommen. Vielleicht nicht genug für die Altersversorgung, die ihm vorschwebte, aber er wird nicht verhungern.«

»Er hat es also wegen Geld getan, und was war Selweys Motiv?«

»Sein Ego. Kontrolle. Macht. Nun – damit ist es jetzt vorbei, und das zu Recht. Was er Ihnen angetan hat, ist eine Schande für unser Rechtssystem.«

Aber er war fast damit durchgekommen. Ein stiller Abgang war mehr als er verdiente. In zornigen Momenten hätte ich am liebsten vor dem Gerichtsgebäude demonstriert, dem Gouverneur geschrieben, mich an die Medien gewandt. In vernünftigeren wollte ich diese Erfahrung einfach nur weit, weit hinter mir lassen.

Dennis trat zwischen den steinernen Säulen hervor, blieb auf der obersten Stufe stehen und schaute in die Runde. Als er uns sah, zögerte er einen Moment, schlug dann seinen Mantelkragen hoch und kam die Treppe herunter. Als er uns erreichte, hatte er die Hände tief in den Taschen vergraben, und sein Gesichtsausdruck verriet keinerlei Regung.

»Gratuliere«, sagte er zu Carmen, und dann zu mir: »Ich wußte nichts von Selweys Notiz für Jenovitz. Und Art und Phoebe wußten auch nichts davon. Natürlich war uns bekannt, daß er voreingenommen war, aber wir wären nie auf die Idee gekommen, daß er so weit gehen würde.« Er ließ die Hände in den Taschen, preßte die Arme an den Körper. »Also – was wird nun?« fragte er nach einer Pause.

»Wir werden reden«, sagte ich. »Wie wir es im Oktober hätten tun sollen.«

»Ich will die Kinder immer noch.«

»Ich auch«, entgegnete ich gelassen.

»Ich habe immer noch mehr Zeit für sie als du.«

»Nicht, wenn du dich bei Pittney einkaufst.«

»Und wenn ich es nicht tue? Wenn ich in den Ruhestand gehe und von den Alimenten lebe?«

»Werden dir die Alimente reichen, um deinen Lebensstil aufrechtzuerhalten?« fragte ich in einem Ton, der die Hadley-Geschichte zur Sprache brachte, ohne daß ich sie angesprochen hätte.

»Ich glaube«, mischte Carmen sich ein, »daß wir dieses Thema behandeln sollten, wenn auch Dennis' Berater dabei ist. Ich rufe Art an und verabrede einen Termin mit ihm.«

Dennis nickte in ihre Richtung und wandte sich dann mit der ihm eigenen Terrier-Hartnäckigkeit wieder an mich. »Ich werde mich nicht aus dem Haus werfen lassen.«

»Du kannst das Haus haben«, erwiderte ich, womit ich ihm den Wind aus den Segeln nahm, aber nicht für lange.

»Also, wer bekommt die Kinder?«

Wir einigten uns auf ein gemeinsames Sorgerecht – diese Lösung bot sich an. Wir wohnten nahe genug beieinander, daß die Kinder zwischen uns pendeln konnten, ohne daß ihr Lebensrhythmus gestört worden wäre. Sie würden bei Dennis wohnen, wenn ich auf Reisen wäre, und bei mir wohnen, wenn er auf Reisen wäre, und in der übrigen Zeit würden wir uns wöchentlich abwechseln, was wir allerdings, wenn die Kinder älter würden, flexibler zu gestalten planten. Wir vereinbarten, alle wichtigen Entscheidungen gemeinsam zu fällen und die Verantwortung gemeinsam zu tragen und einander in allen die Kinder betreffenden Angelegenheiten zu konsultieren. Der Unterhalt für sie war nie ein Thema. Ich war glücklich, meinen Kindern finanzielle Sicherheit gewährleisten zu können, wie ich sie nie gehabt hatte.

Die Scheidungsvereinbarung war problematischer. Dennis verlangte einen Batzen Geld, aber ich hatte die besseren Nerven. Es dauerte allerdings eine Weile, bis ich ihn überzeugt hatte, daß ich alles, was ich hatte, gegen ihn einsetzen würde, wenn er auf WickerWise losginge.

Würde ich das? Wirklich? Carmen fragte mich das während der Verhandlungen mehr als einmal, und ich dachte gründlich darüber nach. Die Frau, die ich vor all dem gewesen war, hätte ihren Mann niemals in der Öffentlichkeit schlecht gemacht, doch diese Frau hatte sich verändert. Sie war ein gebranntes Kind, und die Narben, die sie davon zurückbehalten hatte, waren schwerwiegend. Sie würde ihren Mann vielleicht nie von sich aus angreifen, sich jedoch mit Klauen und Zähnen verteidigen, wenn er jemals wieder bedrohen sollte, was ihr lieb und teuer war.

Die Einigung, zu der wir schließlich kamen, beinhaltete eine monatliche Alimentenzahlung, die Dennis ein angenehmes Leben ermöglichte, plus einer beträchtlichen Summe für das letzte Jahr und jedes der vier kommenden in der Höhe eines Viertels des Reingewinns von WickerWise.

Allen Klagen von Dennis zum Trotz, daß ich ihm die Möglichkeit nähme, sich eine Existenz aufzubauen, kaufte er sich auch ohne den größeren Anteil an WickerWise, den er ursprünglich hatte haben wollen, bei Pittney Communications ein. Mit der ersten großen Summe, die ich ihm zahlte, und einem Vorschuß auf die zweite plus der Abmachung mit Pittney, den Rest mit einem Teil seines Monatseinkommens abzustottern, hievte er sich in den Sessel des Vizepräsidenten.

Wenn man alles bedachte, war das zwar mehr, als er verdiente, aber ich war zufrieden. Ich hatte in unserer Ehe Fehler gemacht, und es minderte meine Schuldgefühle, Dennis in wirtschaftlicher Sicherheit zu wissen. Außerdem spielte in seinem Leben sein Ego eine Hauptrolle. Je zufriedener er war, um so umgänglicher war er. Je umgänglicher er war, ein um so besserer Vater war er. Und je besser er als Vater war, um so besser ging es meinen Kindern. Und das war das wichtigste. War es immer gewesen.

Mitte Januar lag unsere Vereinbarung in schriftlicher Form vor, am 1. Februar hatten wir eine Anhörung. Nachdem Selwey auf unbestimmte Zeit beurlaubt war, standen wir vor seinem Nachfolger, Richterin Collier. Sie sprach ein vorläufiges Urteil aus, und neunzig Tage später wurde die Scheidung rechtskräftig.

Anfang Mai war die Sonne kräftig genug, um der Kälte des Atlantiks zu trotzen und Brodys rückwärtige Veranda für einen späten Sonntagsbrunch zu wärmen. Wir waren allein. Dennis besuchte mit den Kindern seine Eltern in New Hampshire, und Rona war mit Valentino im Leuchtturm.

In eine Decke gewickelt, saß ich in meinem hellgrünen Schaukelstuhl und blickte, während die Kufen auf den verwitterten Dielenbrettern vor und zurück knarrten, träge auf mein Königreich hinaus. Die Luft roch nach Salz und den ersten winzigen Maiglöckchen, die am Fuße der Veranda wuchsen. Später würden Prunkwinden und Flieder dazukommen, und Apfelrosen, wo das Gras auf Fels traf. Ich freute mich darauf, über allem die Sonne aufgehen zu sehen. Lächelnd betastete ich die Kette, die unter der Decke bis auf meinen Oberschenkel fiel. Connie hatte recht: Sie war lang und wurde ständig länger. Allein in den letzten paar Monaten waren ein Dutzend neue Perlen dazugekommen. Eine mit der strahlenden Kikit, wie sie in ihrem Tutu beim Vortanzen posierte, eine mit dem triumphierenden Johnny, wie er beide Arme hochriß, nachdem seine Basketball-Mannschaft nach zweimaliger Verlängerung die Meisterschaft gewonnen hatte, eine mit der gemeinsamen Geburtstagsparty für die beiden, zu der dreißig ihrer Freunde kamen, ein Zauberer, Dennis mit seinen Eltern, und Brody, Rona und ich uns die Gastgeberpflichten teilten; eine mit einer neuen Filiale von WickerWise in der Newbury Street in Boston, und eine weitere mit einer erfolgreichen Wohltätigkeitsveranstaltung der Alzheimer Association in Washington, die Brody und ich unterstützt hatten.

Es gab auch Perlen an meiner Kette, die noch im Wachsen waren: Ronas Suche nach dem Platz bei WickerWise, der ihr am besten zusagte, ihre und meine Bemühungen um eine angenehme Beziehung, meine Erinnerung an Connie, in der sie nicht die welke Gestalt war, als die ich sie am Ende erlebt hatte, sondern eine gesunde Frau in ihren besten Jahren.

An anderen Perlen arbeitete ich, versuchte unermüdlich, hartnäckige Sandkörner zu entfernen, die sich meinem Streben nach Vollkommenheit widersetzten. Obwohl Kikit seit ihrem letzten Anfall im Dezember keinen mehr gehabt hatte, weigerte sie sich, Dinge zu essen, dir wir und sie nicht genauestens überprüft hatten, und selbst dann suchte sie während des Essens noch nach irgendwelchen Tücken. Johnny hatte immer noch Probleme mit der Scheidung, versuchte immer noch herauszufinden, welche Regeln jetzt galten, auf welcher Position er spielte und wie er Punkte machen könnte.

Eine Scheidung ist niemals eine Ideallösung. So entgegenkommend Dennis auch war – ich haßte die Absprachen, wer wann bei wem sein würde. So vernünftig das gemeinsame Sorgerecht auch war – ich hörte nie auf, mir zu wünschen, meine Kinder ganz bei mir zu haben.

Positiv war, daß Dennis seine Kinder kennengelernt hatte. Und daß ich Brody hatte.

Ahhh, Brody. Ihm verdankte ich mehr Perlen, als ich zählen konnte. Glatt waren sie und kostbar – bester Freund, Liebhaber, zukünftiger Ehemann ... Ich streichelte sie alle. Die Sonne fing sich in dem Brillantring, den er mir geschenkt hatte. Er war so facettenreich wie unser Leben.

»Du siehst aus, als ob du Wurzeln schlägst«, meinte er, zog den zum Schaukelstuhl passenden Tisch heran und stellte ein Tablett darauf. Wunderbar – Toast, frische Erdbeeren und eine Kanne Kaffee.

Ich schenkte ihm ein träges Lächeln und streckte mich unter meiner Decke. »Schon möglich.«

Er ging vor mir in die Hocke, schlug die Decke auseinander, schlang die Arme um meine Taille und drückte einen Kuß auf meinen Bauch. Als er aufschaute, hatte ich meine Finger in seine Haare geflochten. Ich war glücklicher, als ich es noch vor ein paar Monaten für möglich gehalten hätte.

Leise begann ich zu singen. Wieder ein Liebeslied. Ich hatte in letzter Zeit viel gesungen.

Er legte seine Wange auf meinen Oberschenkel, und seine Zärtlichkeit wärmte mich. Ich streichelte seine Haare. Süßer Frieden durchströmte mich, als ich das Lied zu Ende summte. Viel schöner könnte das Leben nicht werden.

Noch immer leise, aber jetzt überschwenglich, wechselte ich zu einem Song, in dem es um Hochzeitsglocken und Champagner ging, worauf wir Kurs genommen hatten.

Brody hob den Kopf und grinste. Ich versuchte gerade herauszufinden, was für eine Teufelei hinter diesem Grinsen steckte, als er von sich aus ein Lied anstimmte. Es hatte mit Flitterwochen zu tun und war leicht obszön.

Lachend wickelte ich ihn in meine Decke, um seinen Gesang zu dämpfen. Er mochte unmusikalisch sein wie ein Blecheimer, aber, bei Gott, ich liebte ihn.